Y의 비극 '88

월광 게임

옮긴이 **김선영**은 1979년 생으로 한국외국어대학교 일본어과를 졸업했다.
KBS 등 다양한 매체에서 프리랜서로 일했으며 아리스가와 아리스의 작품을 비롯한
본격 미스터리에 지대한 관심을 가지고 있다.

월광 게임 Y의 비극 '88

2007년 12월 20일 초판 1쇄 발행
2011년 5월 30일 초판 5쇄 발행

지은이 ǀ 아리스가와 아리스
옮긴이 ǀ 김선영
발행인 ǀ 전재국

본부장 ǀ 이광자
단행본개발실장 ǀ 박지원
책임편집 ǀ 박윤희
마케팅실장 ǀ 정유한
마케팅부 ǀ 정남익
책임마케팅 ǀ 조용호 조광환 이지희

발행처 (주)시공사
출판등록 1989년 5월 10일(제3-248호)

주소 ǀ 서울특별시 서초구 서초동 1628-1(우편번호 137-879)
전화 ǀ 편집(02)2046-2852 · 영업(02)2046-2800
팩스 ǀ 편집(02)585-1755 · 영업(02)588-0835
홈페이지 www.sigongsa.com

ISBN 978-89-527-5061-7 03830
     978-89-527-5060-0 (set)

moonlight

Y의 비극 '88

월광 게임

Game

아리스가와 아리스 有栖川有栖 지음

김선영 옮김

시공사

등장인물

에이토(英都) 대학 추리소설연구회

에가미 지로(江神二郎) - 문학부 4학년, 부장

모치즈키 슈헤이(望月周平) - 경제학부 2학년, 별명 모치

오다 고지로(織田光次郎) - 경제학부 2학년, 별명 노부나가

아리스가와 아리스(有栖川有栖) - 법학부 1학년, 나

유린(雄林) 대학 '워크' 동호회

기타노 쓰토무(北野勉) - 경제학부 3학년, 별명 벤

쓰카사 다카히코(司隆彦) - 상경학부 3학년, 별명 피스

도다 후미오(戶田文雄) - 법학부 2학년, 별명 변호사

다케시타 마사키(竹下正樹) - 이학부 2학년, 별명 박사

하루미 미카(晴海美加) - 문학부 3학년

기쿠치 유코(菊地夕子) - 문학부 2학년

아라시 다쓰코(嵐竜子) - 문학부 1학년

유린 대학 스터디 멤버들

잇시키 쇼조(一色尚三) - 법학부 3학년

미사카 나쓰오(見坂夏夫) - 법학부 3학년, 별명 신주

넨노 다케시(年野武) - 법학부 3학년

신난(神南) 학원 단기 대학

야마자키 사유리(山崎小百合) - 영문과 1학년, 별명 샐리

히메하라 리요(姫原理代) - 영문과 1학년

후카자와 루미(深沢ルミ) - 영문과 1학년, 별명 루나

차례

moonlight
Game

《카멜레온》에 바칩니다.

프롤로그

대지가 또다시 몸을 떨었다. 선잠마저 깬 나는 힘겹게 일어났다.

침낭에 파묻힌 그림자 셋은 꼼짝도 하지 않는다. 이 정도 진동에는 이미 신경이 무디어지고 말았나, 아니면 낮의 피로가 세 사람을 감싸고 있는가. 영안실에 홀로 남겨진 것처럼 마음이 불안해진다.

가만히 텐트 문을 열고 바깥 상황을 살펴보았다. 어둡다. 화산 연기에 숨어 버렸는지 한줄기 달빛도 보이지 않는다.

산꼭대기로 눈길을 돌렸다. 큼직하고 저주스러운, 불확실한 무언가가 치솟아 깜깜한 밤바다 같은 하늘로 올라가는 것이 느껴졌다. 아스라이 떨어지는 거친 재. 입술에 들러붙은 불쾌한 그것을 천천히 손등으로 닦았다.

화산은 여전히 살아 숨 쉬고 있다.

텐트에서 나와서 어깨를 가볍게 빙 돌렸다. 잠을 잘못 잤는지

묘하게 피곤했다.

회중전등이 켜졌다. 다카히코네 텐트 쪽이다. 빛은 이쪽으로 다가왔다. 어둠 속에 떠오른 하얀 운동복. 다카히코다.

"또 올까요?"

하얀 그림자를 향해 말하자 다카히코는 이렇게 내뱉었다.

"못 참겠다. 정말 더 이상 못 견디겠어."

사흘 전, 이백 년 만에 되살아난 화산 꼭대기를 우리는 나란히 서서 똑같은 모양새로 바라보았다.

"사흘 전보다 더 큰 분화가 올까요?"

"글쎄." 다카히코는 슬쩍 웃으며 고개를 설레설레 저었다.

"내가 그런 걸 알 턱이 있냐. 당장이라도 꼭대기에서 불기둥이 솟구치고, 발밑에서 땅이 입을 쩍 벌려도 이상할 거 없잖아. 그렇다고 마음을 다잡을 수 있는 것도 아니고."

"이런 데서 죽고 싶지 않다고요."

"누군들 그렇겠어? 하지만 말이지, 대체 누군지는 모르겠지만 나이프를 휘두르는 살인광한테 찔려 죽을 바에야 대 분화로 전부 같이 사라지는 쪽을 택하겠어, 진심이야."

"둘 다 내키지 않는걸."

텐트에서 에가미 선배가 고개를 내밀었다. "방금 전에 흔들렸지?"

"아, 깼어요? 아직 조금……느껴지지 않나요?"

"흔들려, 흔들리고 있어." 다카히코는 익살스럽게 비척거렸다.

"잠이 깰 만도 하네요."

에가미 선배도 텐트에서 나와 기지개를 켰다.

"도쿄 사람들은 지진에 익숙하지 않아? 한 달에 몇 번이나 들썩인다던데. 간사이 사람이 들어도 기가 막히니 외국인은 오죽하겠어."

"에가미 형, 이건 지진이 아닙니다. 우리는 분화하는 화산의 품속에 있다고요. 이거 참 절망적입니다."

에가미 선배는 다카히코가 내미는 라이터 불을 얻어 담배를 한 대 물었다. 보랏빛 연기가 춤사위처럼 일렁거렸다. 마찬가지로 헤비 스모커인 다카히코도 평생의 친구인 피스*를 빨기 시작했다. 담배를 피우는 행위가 무슨 의식처럼 생각되어서 나는 말없이 가만히 있었다.

"여자 애들 텐트도 불 켜졌네."

다카히코가 입에 문 담배로 가리키는 쪽을 돌아보자, 불이 켜진 크림색 텐트에서 사람 그림자가 움직이고 있다. 회중전등 불빛이 흔들리자 실루엣도 흔들린다.

"야부키 산 디스코장이로군."

"가 보자."

에가미 선배가 앞장서서 걸어갔다. 여학생들만 다섯이 모인 성(城) 안은 약간 혼란스러워 보였다.

미카가 뛰쳐나왔다. "아."

"모두 별일 없나? 또 우는 녀석이 있는 건 아니겠지?"

---

* PEACE, 담배 상표 – 옮긴이

에가미 선배가 열혈 고등학교 선생처럼 말하자, 미카는 금속테 안경을 살짝 추켜올리며,

"대략 한 명, 훌쩍이고 있어. 피스, 부탁할게."

"엉? 또 그 녀석이야?" 피스라는 별명을 가진 다카히코는 혀를 차며 텐트 안쪽을 향해 큰 소리로 고함을 질렀다. "야, 다쓰코. 잠깐 나와!"

싸움을 거는 것 같다.

기사의 마중에 다쓰코가 눈물을 훔치며 계면쩍게 모습을 드러냈다. 나도 제발 좀 그만 울라고 말해 주고픈 심정이었지만, 다카히코에게는 조금 더 부드럽게 대해 주라고 충고하고 싶다.

"이 바보야. 안 그래도 짜증나는데 혼자 구질구질하게 굴래? 울어서 분화가 멈춘다면 실컷 울어."

"미안……."

다쓰코는 연인의 얼굴을 보자 안심했는지 질질 짜던 얼굴에 생긋 웃음을 띠며 작게 말했다.

"자, 다쓰코, 이제 진정됐지? 예이, 피스, 고생 많았어요."

다카히코도 미카에게는 꼼짝 못하나 보다. 입술을 삐죽거리며 눈을 번득인다.

핑크색 카디건을 걸친 리요가 나왔다.

"다른 애들도 깨울까요?"

리요는 에가미 선배에게 물었다. 다카히코가 비추는 회중전등 탓인지 낯빛이 파리하다.

"조금만 더 상황을 지켜보도록 하지. 그것보다 라디오를 듣고

싶은데."

"그러네."

미카는 그렇게 말하고 다카히코에게 비스듬히 눈짓 했다. 빨리 가져와, 라고.

다카히코는 고개를 까딱하고 우리들의 유일한 트랜지스터 라디오를 가지러 자기 텐트로 달려갔다.

"오늘밤은 이상하게 어둡네." 미카가 말했다.

"달도 별도 나와 있기는 할 텐데, 화산 연기에 숨어 버린 것 같군." 에가미 선배가 대답한다.

"내일 아침 하산 작전을 결행하려는데, 하필 오늘밤 또다시 커다란 분화가 덮쳐올 줄이야."

"커다란 게 올지 안 올지 모르지. 온다고 해도 앞으로 네 시간, 아침까지만 참아 주면 좋겠는데."

"조금 춥네." 리요는 카디건 양쪽 어깨를 두 손으로 여미면서 내게 말했다.

"무서워서 그럴 거야."

"그럴지도 몰라. ……하지만 날이 새면 산을 내려갈 거잖아, 그때까지만 참으면 되지?"

마음에도 없는 그런 말로 기분을 달랠 정도로, 그리고 그 말을 받아 주길 바랄 정도로 리요는 겁을 먹은 걸까.

다카히코가 라디오에 귀를 바짝 대고 돌아왔다. 마사키도 함께 왔다.

"뭐라고 그래?"

미카가 물어보았지만 다카히코는 "쉿." 하고 집게손가락을 세웠다.

텐트 안에서 세 여학생이 어물쩍어물쩍 기어 나왔다. 지금 또 하나의 그룹, 나쓰오네 텐트에서도 두 사람이 나와 이쪽을 향해 종종걸음으로 다가왔다.

"모두 일어났군요. 모치 선배하고 노부나가 선배도 불러올까요?"

"그래 주렴." 에가미 선배가 대답했다. 참 나, 이런 때에도 끝까지 눈을 뜨지 않다니. 그 콤비의 태평함은 어디까지가 한계인지.

텐트 문을 걷어 올리고 고개를 들이밀자 두 사람은 얼굴을 핥는 고양이 형제처럼 졸린 눈을 비비고 있었다.

"아아, 아리스. 에가미 선배는?"

모치즈키가 하품을 참으며 묻는다.

"아까부터 조금 들썩들썩한데다 땅울림도 있다고 해서 모두 일어났어요. 모치 선배랑 노부나가 선배 둘만 이제껏 쿨쿨 자고 있었다고요."

"헉, 크게 터질 것 같아?"

"몰라요. 지금 모두 함께 다카히코 형 라디오를 듣고 있어요."

"좋았어, 노부나가, 냉큼 일어나지 못할까!"

"오냐."

하는 짓마다 코미디다. 대 분화로 저 세상에 가게 되면, 삼도천에서 귀신을 모아 놓고 무대를 열지도 모른다.

이제 캠프장 멤버가 전부 모였다. 섬뜩한 진동 소리에 우리는 겁먹은 작은 동물처럼 몸을 바싹 붙였다.

"1시 5분 전."

나는 작게 중얼거렸다. 우리는 화산 활동을 재개한 야부키 산 산허리에 있다. 지금은 8월 2일 오전 0시 55분. 그 사실만은 알고 있다. 어쨌든, 어떻게 할지 누가 정해 줬으면 좋겠다.

"날이 밝기 전에는 산을 내려갈 수 없어. 남은 네 시간동안 얌전히 있어 달라고 산꼭대기에 대고 두 손 모아 기도할 수밖에 없겠군요."

쓰카사 다카히코는 턱을 문지르며 말했다. 깎지 못해 덥수룩이 자란 수염 때문에 로빈슨 크루소처럼 보인다.

"그 전에 터지면?"

다쓰코가 다카히코의 왼팔에 매달려 물었다.

"숲으로 도망치는 수밖에 없겠지." 에가미 선배가 아이를 타이르듯 대답했다. "화쇄류*가 밀려들 일은 없을 테니 화산탄으로부터 몸을 지켜 내면 돼. 피난 장소가 될 만한 곳은 저 숲뿐일 거야."

"아, 구덩이라도 팔까요? 이제부터라도."

오다가 손을 치켜들며 말했다. 옆에서 팔짱을 끼고 있던 키 큰 모치즈키가 그를 내려다보며 말했다. "댁 혼자."

리요는 여전히 카디건을 입지 않고 어깨에 걸친 채, 얼어붙은

---

* 화산쇄설물이 수평이나 산허리 방향으로 고속 분출되는 현상 또는 그 분출물 – 옮긴이

듯 몸을 움츠리고 있었다. 나는 리요가 있는 곳으로 슬금슬금 다가갔다.

"텐트로 돌아갈까?"

내가 바로 옆까지 다다랐을 때, 리요는 발치에 앉아 있던 후카자와 루미에게 말을 걸었다. 첫 번째 분화 때 화산탄을 맞은 루미는 오른쪽 다리 상처가 꽤나 아파 보였다. "그래." 하고 대답하고는 리요의 어깨를 빌려 일어섰다.

"텐트로 돌아가서 자는 게 나아."

미사카 나쓰오가 말했다. 하얀 피부의 미청년은 공포가 얼굴에 드러나는 것을 능숙하게 감추고 있었다.

"자는 게 나아. 여기서 우두커니 서 있어 봤자 뾰족한 수가 나오는 것도 아니고, 날이 밝으면 길 없는 길을 내려가야 하니까, 쉬어 둬야 해."

모두 수긍했다.

텐트로 돌아가 땅울림을 들으며, 기묘하리만치 순식간에 잠에 빠져 들었다.

AM 03:00.

머릿속에서 뇌가 홀떡 뒤집히는 듯한 충격으로 인해 꿈도 꾸지 않던 잠은 산산조각 났다. 기둥 하나가 쓰러져 텐트가 와락 덮쳐들었다.

왔다!

융기하려는 대지의 화농(化膿)에, 산은 짐승처럼 포효했다.

놀랄 것 없다. 겁낼 것 없다. 이렇게 될 줄 알고 있었다.

우선 이 텐트를 걷어 내야 한다. 눈앞이 캄캄하지 않은가. 이곳을 빠져나가 숲으로 달려가야 한다. 발버둥을 치자 텐트가 커튼처럼 단숨에 걷혔다. 에가미 선배가 서 있었다.

"달려, 아리스."

자작나무 숲을 향해 기어가는 모치즈키와 오다의 슬프고도 우스꽝스러운 모습이 눈에 들어왔다.

산꼭대기를 보겠다는 생각은 들지도 않는다. 나는 리요 일행의 텐트로 달려갔다.

"아 리 스!"

역시나 쓰러진 텐트 앞에서 루미를 부축한 리요가 찢어지는 목소리로 나를 불렀다. 두 사람의 모습이 흔들리고 있다. 사람도, 나무도, 모든 것이 상하좌우로 흔들리고 있다.

"지금……."

뭐라 소리를 지르려 했었다. 두 다리는 허공을 박차고, 뺨은 지면에 처박혔다. 관자놀이에 금이 가지 않았나 싶을 정도로 격렬한 통증에 온몸이 흠칫 부들거렸다. 살짝 오줌을 지리고 말았다.

일어설 수 없었다.

왼쪽으로 쓰러져 대지에 처박힌 채 신음하는 내 몸을 따라 지면이 흉터 자국처럼 점점 솟아오른다.

왼쪽 눈은 보이지 않는다. 남은 한쪽 눈은 불길한 붉은 불빛으로 물들어 있는 산꼭대기를 보았다.

뭘 하고 있나? 언제까지 누워 있을 거지? 오른쪽 다리로든, 왼쪽 다리로든, 일어서. 일어서서 달려. 네가 리요와 루미를 숲까지 데려가 숨는 거야. 냉큼 하지 못할까, 멍청이!

뼈에 금이 간 것 같다고? 허풍떨기는.

나는 일어섰다. 아프다. 아프지만 그뿐이다. 통증과 달리기는 별개다. 제대로 달릴 수 있지, 암. 코피를 흘리면서도 달릴 수야 있다. 그렇지만…… 수도꼭지 열린 듯 쏟아지는 이 코피는 조금 싫다.

비척이면서도 몸은 앞으로 나아갔다. 리요는? 내가 찾는 리요는 어디지? 핑크색 카디건은 어디에 있지?

"리요!"

굉음이 목소리를 지운다. 녀석은 나의 모든 힘을 빼앗으려 한다. "아리스." 하고 부르는 목소리가 전혀 다른 방향에서 들려오는 것 같았지만 나는 비척이면서 지금 몸이 향하는 쪽으로 그대로 전진했다. 타성으로 움직이는 것과 마찬가지다. 방향 전환을 하려면 다리가 엉켜 금방이라도 고꾸라질 것이 틀림없다. "아리스." 목소리는 또다시 멀어졌다.

진자처럼 경치가 흔들린다. 하나, 둘, 셋, 수많은 나무들. 자작나무 숲. 안전을 보장하지 않는 불성실한 피난처. 숲으로 도망쳐. 이제 20미터쯤 남았다. 코피가 헤벌린 입 안으로 흘러들어와 구역질이 난다. 구토. 장 폴 사르트르. 이제 15미터. 왼쪽. 오른쪽. 왼쪽. 오른쪽. 저항하기 어려운 힘. 이것이야말로 폭력이다. 이제 10미터? 아직 멀었나.

나는 데굴데굴 굴러 숲 속으로 뛰어 들어갔다. 화산력(火山

礫) 때문에 나뭇잎들이 비를 맞는 양철 지붕처럼 후두두둑 소리를 냈다.

둥치를 한 그루 끌어안고 주저앉아, 거친 숨을 헐떡이면서 콧구멍에서 콸콸 솟아나는 체액을 두 손바닥으로 번갈아 훔쳤다. 얼굴 왼쪽과 옆구리가 뜨겁다. 한쪽 눈은 역시 채 반도 뜨이지 않지만, 이쯤이야 잠깐 쉬면 낫는다. 이제껏 사라지지 않았던 아픔 따위는 없었으니까.

몸을 천천히 돌려서 내가 지금 도망쳐 온 방향을 보았다. 텐트는 전부 지면에 쓰러져, 그럴싸한 폐허의 양상을 띠고 있었다. 아무도 보이지 않는다. 모두 이쪽, 아니면 저쪽 숲에 무사히 도착했을까? 리요는? 리요도 찾을 수가 없는데, 그녀도 루미를 끌고 얼마간 안전한 장소로 피난했을까? 아마 그렇겠지. 단지 나와는 반대쪽 숲을 향했겠지.

좋다, 이제 됐어. 모두 숨었습니다.

지구의 창자가 들끓는 소리가 고막에 울려 퍼진다. 산 전체가 부르르 몸을 떨었다. 어딘가에 나무가 쓰러져 있다. 귀에 익은 여자 애의 비명 소리. 소리를 지르는 건 다카히코인가? 두 목소리 다 아득하다.

나는 가까이에 누가 없는지 찾아보았다. 어두워서 모르겠다. 옴짝달싹 못하고 휘둘리는 사람처럼 무력감이 밀려온다. 내가 여기 있다는 사실을 전하기 위해 소리를 지르려 했다. 하지만 가냘픈 목소리는 내 귀에도 간신히 들릴 정도였다.

이제 끝장일지도 모른다. 마음의 준비를 할 때가 왔나 보다.

사람이 죽음 직전에 본다는, 일생이 요약된 선명한 환상, 파노라마 영상. 이 여행의 파노라마가 시작되려 한다. 첫 장면은 고우미선 디젤 열차 안. 에가미 선배, 모치즈키, 오다의 웃는 얼굴. 버스를 기다리며 들어갔던 카페. 거기서 만난 얼굴. 버스에서 만난 얼굴. 캠프장에서 만난 얼굴. 발톱을 숨기고 능청을 떨던 화산의 푸르른 정상. 녹음 속을 건너는 바람. 캠프파이어. 신비로운 달밤. 식사 당번. 그 이상한 경험. 첫 번째 분화. 그리고 뒤이어 일어난 비참한……. 죽음. 살인. 리요.

리요는 어디 있지? 마지막은 함께 있고 싶다. 그 손을 잡을 수는 없어도, 적어도 그녀를 보고 싶다. 어차피 죽는다면 이 세상에 남기고 갈 육체 따위 인형처럼 부서져 버려도 좋다. 갈기갈기 찢긴다 해도 그녀 곁으로 가고 싶다.

"리요."

그녀가 피신한 숲으로 가자. 엉뚱한 쪽으로 와 버렸으니 올바른 쪽으로 가야한다. 팔이 떨어져 나간 것도, 다리가 찢겨 나간 것도 아니다. 몸이 두 동강 나도 두 팔로 기어서 나아갈 수 있다. 지금의 나는 멀쩡한 편이다.

몇 걸음 만에 좌절했다. 나는 두 팔로 몸을 지탱한 채 옴짝달싹 못하게 되었다. 증오스러운 이 산의 살갗에 손톱을 박으며, 하다못해 이 세상에서 마지막으로 사랑한 사람의 얼굴을 떠올리려 애썼다.

하지만 리요, 너는 정녕 살인자란 말이냐?

제1장
살인 게임의 초저녁

1

"《Y의 비극》."

오다가 바로 대답하고는 입 안으로 껌을 던져 넣는다.

"《Y의 비극》? 그건 내가 말하고 싶었는데. 어디 보자? 《9마일은 너무 멀다》." 모치즈키가 대답했다.

"어라, 단편도 되나?"

"한 권이 연작으로 이루어져 있으니 괜찮지 않아? 그렇죠, 에가미 선배?"

에가미 선배는 관심 없다는 듯 차창을 흘러가는 고원을 바라보며 "깐깐하게 굴 필요 뭐 있나." 하고 무심하게 말했다.

"그럼 《9마일은 너무 멀다》. 아리스, 네 차례야."

"그렇게 끝을 냈다 이거죠. 음……, 승부수를 던지셨네."

나는 내 책장에 꽂힌 책들의 표지를 끝에서부터 순서대로 되짚어 갔다. 으……음. 끙끙대면서 생각한다. 멀쩡한 총각 넷이 열차 안에서 잠꼬대처럼 말장난에 열중하는 이 구도는 주위 승객들 눈에 어떻게 보일까.

"음…… 으음…… 앗, 있다.《루팡 대 홈즈》."

현명한 여러분께서는 이미 눈치 채셨으리라. 우리는 미스터리 제목 끝말잇기에 빠져 있다.

"쳇, 이 녀석《Y의 비극》,《9마일은 너무 멀다》다음에 시시한 작품을 대는군. 아동서도 포함되요?"

《루팡 대 홈즈》는 아동서가 아니라고 반박하려 했지만 에가미 선배는 "깐깐하게 굴기 없기."하고 짤막하게 말했다.

모치즈키는 여전히 종알거렸다. "정확히는《뤼팽 대 홈즈》아닌가?"

끈질기다, 우리 선배는.

내 이름은 아리스가와 아리스. 교토의 사립대학인 에이토 대학 법학부 법률학과 1학년이다. 이 진기한 이름은 외우기 쉬운 이름이 최고라는 지론을 가진 아버지가 지어주셨다. 참고로 아버지의 이름은 하지메(一), 본인이 외우기에도 더없이 쉬운 글자였으리라.

올 봄 간신히 졸업 후 바로 지망 대학에 합격한 나는 두근거리는 가슴을 안고 대학 문에 들어섰다.

교토고쇼*의 벚꽃이 한들한들 흩날리고 바람이 눈부시던 날, 수강 신청을 나섰다. 좁은 캠퍼스는 학생으로 가득해서 어깨를 부딪치지 않고 걷기가 힘들 정도였다. 풋풋한 신입생―개중에는 백전연마, 드디어 재수 생활에서 벗어났습니다, 싶은 녀석들도 있었지만—과 그들을 노리는 크고 작은 각종 클럽의 권유 부대 선배들로 어찌나 북적거리던지. 가입 접수 테이블이 양쪽에 죽 늘어서 있고, 클럽들은 저마다 입간판, 소도구와 대도구를 캠퍼스 안에 어지러이 늘어놓는다. 스포츠카도 있다. 요트도 있다. 글라이더까지 있다. 구석에서는 가라데 부가 기왓장을 깨고, 연극부가 정체를 알 수 없는 팬터마임, 프로레슬링 연구회의 복면 레슬러가 공중제비를 돌며 거리 공연을 보여 주고 있었다.

이건 뭐야. 만국 박람회야, 레저 랜드**야?

이쯤 되자 은근슬쩍 기가 찼다. 하지만 누가 뭐래든, 수험이라는 무거운 짐을 내려놓은 신입생들은 이 축제를 한껏 즐기고 있었다.

"너 신입생이지?" 옆에서 불쑥 손이 튀어나와 내 팔을 붙잡았다. "클럽 아직 못 정했지? 펜싱해 본 적 있니?"

기도 안 찬다. 자위대에 들어가지 않겠냐는 말과 오십보백보 아닌가. 어정쩡하게 거절했다.

"안녕하세요! 저……, ESS인데 영어 좋아하시나요? 괜찮으시면 차 한 잔 하면서 우리 클럽을 소개하고 싶은데요."

아름다운 연상의 여인이 차를 마시자고 한다. 하지만 그 말에 홀랑 넘어갈 정도로 이성을 잃지는 않았다.

---

* 京都御所, 교토에 있는 황궁 – 옮긴이
** 일본의 종합 오락 시설 – 옮긴이

"이것 받아요." 복사한 팸플릿을 받았다. 들여다보니 '틀리기 쉬운 수강 신청 상담'이었다. 팸플릿 가라사대, '하나라도 더 많은 A를 받고 싶은 당신, 어떤 강의를 신청하는지가 가장 중요한 과제. 대학은 고등학교와는 전혀 다릅니다. 매시간 성실하게 출석하고 필기를 하고, 가혹한 리포트를 견뎌 내도 상위 몇 명에게만 A를 주는 교수가 있는가 하면, 시험 당일 친구 노트를 가져가도 오케이, A는 수강 기념으로 거의 전원에게 증정하는 교수도 있습니다. 부원 모집을 위해 다양한 클럽이 테이블을 끌어내서 요상한 수강 신청 상담을 하고 있습니다만, 이것이 진짜 결정판' 그 밑에 어떤 문화계 클럽 이름이 적혀 있었다. 대단하다.

"우리느은, 이와 같으은, 학교 당국의, 노골적인 산학 유착에 대하여어, 분명한 투쟁을……."

선동 연설을 하는 미스터 헬멧 앞을 가로질러 법학부 수강 신청 장으로 들어가려는 순간, 또 붙잡혔다.

"뭐든 해 보고 싶다면 복싱을 시작해 보지 않겠나?"

대체 상대를 보면서 말을 거는 걸까. 당신 같은 면상이 되는 건 사양하겠습니다, 라고 속으로 종알거리며 도망치겠다는 의사를 확실하게 표기하기 위해 옆으로 폴짝 피했다.

어떤 사람과 부딪히고 말았다. 내 실수다. 상대방은 그만 손에 들고 있던 책을 떨어뜨렸다.

"죄송합니다……."

사과하려고 고개를 숙인 순간, 떨어진 책의 제목이 눈에 들어왔다. 나카이 히데오의 《허무에의 공물》.

"그 책, 상당히 많이 읽으셨군요?"

책을 주워 건네면서 말하자, 상대방은 하얀 이를 드러내며 웃었다. 가볍게 굽이치는 장발을 어깨까지 늘어뜨린 남자였다. 상당히 나이가 들어 보인다. 분명히 신입생 부류는 아니다. 이발을 하면 조교수라 해도 되겠다.

"벌써 일곱 번째 됐나. 해마다 한 번 이상 되읽거든."

"저도 두 번 읽었어요."

"나카이 히데오 좋아해?"

"최고입니다."

"우리 클럽에 올래?"

그는 옆구리에 둥글게 말아 끼고 있던 종이를 펼쳐 보였다. 운명이로다. 그 포스터에는 이렇게 써 있었다.

부원 모집. 추리소설연구회

그 인물, 에가미 지로 선배는 나의 수강 신청이 끝난 후 캠퍼스에서 가라스마 대로를 사이에 두고 있는 학생 회관 휴게실로 안내해 주었다.

"부실이 없거든. 항상 학생 회관 휴게실에 모이지. 오늘은 부원 전부 휴게실에 와 있으니 잠깐 들렀다 가."

에가미 선배는 그렇게 말하고 장난스럽게 웃었다. 학생 회관 2층의 휴게실. 스무 개 남짓한 테이블과 목제 벤치가 두 줄 늘어서 있다. 아직 봄방학 기간이지만 따분함을 견디다 못해 클럽에 고개를 내밀거나, 신입생을 끌어들이려는 재학생들로 테이블은 거의 만석이었다. 포크 기타 튜닝입네, 회보 편집 회의입네, 테이블에도 신입생이 잘 알아볼 수 있도록 자기네 클럽 이름을 적은 표찰이 세워져 있다.

"저쪽."

가장 안쪽, 베란다를 향한 창가 자리에 악필로 '추리소설연구회'라고 쓴 표찰이 보였다. 분명 부원들은 전부 모여 있었다. 총 두 명. 두꺼운 매직으로 한창 열심히 포스터를 쓰고 있었다.

"앗, 벌써 한 사람, 입부 희망자인가요?"

금속 테 안경을 쓴 마르고 길쭉한 사람이 우리를 보고 말하자, 상고머리를 한(케케묵었군) 땅딸막한 사람이 돌아보았다.

"부장이 손수 포스터 붙이느라 힘쓴 보람이 있었네요."

나는 권해 주는 대로 딱딱한 벤치 끄트머리에 앉았다. 장다리가 모치즈키 슈헤이, 땅딸보가 오다 고지로라고 자기소개를 했다.

"수강 신청은 끝냈어? 우리 둘 다 경제학부니까 궁금한 게 있으면 물어봐."

모치즈키가 매직을 정리하면서 말했다. 어째서 수강 신청을 도와주겠다는 사람이 이렇게나 많은 것이냐.

"아니요, 법학부라서요. 게다가 벌써 끝냈어요."

"너 집은 어디야? 하숙?"

"오사카입니다. 통학하려고요."

"미스터리는 누가 좋아? 어떤 책을 읽지?"

신원 조사가 한참 이어졌다. 특별히 위험한 클럽이 아니라는 사실만은 알 수 있었다. 다만 무엇을 하는 클럽인지 상상이 잘 되지 않았다. 작년 한 해 동안 부원 셋이서 근근이 꾸려 왔다니까 적어도 마작 클럽은 아닌 듯하다.

"저어, 어떤 활동을 하시나요?"

내가 갑작스러운 질문을 시도하자, 모치즈키와 오다는 얼굴을 마주보더니 우물쭈물했다. "그게……." 모치즈키는 말을 꺼내기가 어려운 듯 했다.

"회지를 내기도 하나요?"

"아니."

에가미 선배가 대신 대답했다. 내가 입을 열려고 하자,

"아리스가와 군, 창작을 하려고?"

추리소설연구회가 이 대학에 있다는 사실도 방금 전에 알았는데 별 생각이 있을 리가.

"너는 지금, 우리 클럽의 가장 아픈 부분을 찔렀어. 여기는, 무엇을 하고 싶은지, 무엇을 하는지 모르는 인간들의 집단이다."

"에가미 선배, 올해는 창간호를 내고 싶네요." 모치즈키가 약간 불쾌한 듯 말하고는 이렇게 덧붙였다. "부장의 일대 장편이 단번에 게재될 수 있도록."

이미 이 년째 문학부 철학과 4학년을 다니고 있는 에가미 선배에게는 '환상의 대작'이 있다던가. 오구리 무시타로와 에드거 앨런 포에 맞먹는, 《적사관 살인 사건》이라는 제목의 그 작품은 지금 원고지 1200매를 넘어, 아직도 신비의 베일을 뒤집어쓴 채 진

행되고 있다고 한다.

"에가미 선배, 그거 정말로 쓰고 있어요? 한 장도 보여 준 적이 없으니 원."

오다의 말에 부장은 싱글싱글 웃고만 있다.

"일단 여기에 성명과 주소, 전화번호를 적어."

모치즈키가 클럽 노트라 불리는 스프링 연습장을 펼쳐 나에게 내밀었다.

"아리스가와 아리스, 아리스가와 아리스. 진짜냐?"

오다가 화들짝 놀랐다.

"네가 좋아하는 87분서*에 마이어 마이어라는 형사가 있지 않았냐?" 오다에게 한마디 던진 모치즈키가 나를 보면서 말했다. "장난스런 이름이라 마음에 든다."

어쨌든 이렇게 이름과 주소를 적고 돌아왔다. 개강하자 걸음은 자연히 학생 회관으로 향하게 되었다.

나에게 있어 미스터리 그 자체인, 에가미 지로라는 인물의 수수께끼를 풀기 위하여.

---

* 미국 추리작가 에드 맥베인의 시리즈 작품 – 옮긴이

2

"홈즈? 《수필, 검은 수첩》, 마쓰모토 세이초." 에가미 선배가 말했다.

"멋지다!" 손뼉을 치는 모치즈키. "하지만 수필도 되나?"

고원 철도로 유명한 고우미선 열차는 마침 그 하이랜드인 JR 최고 지점을 통과하고 있었다. 최고점을 나타내는 비석 앞에서 기념 촬영을 하는 여자 아이와 열차에 카메라를 들이대는 소년 철도 마니아가 보였다.

에가미 선배는 열차를 타자 어딘지 서늘한 눈빛으로 줄곧 차창 밖을 바라보고 있다. 말을 해도 시선은 경치에 못 박힌 채로, 조는 일도 없었다. 지금도 활짝 열린 창을 통해 들어오는 바람에 머리카락을 나부끼며, 나타났다 사라지는 고원의 야채밭이나 펜션의 붉은 지붕에 마음을 쏟고 있는 모양이었다.

열차는 고원을 내려가기 시작했다. JR 최고 지점인 노베야마역에서 꽤 많은 승객들이 내리자 디젤 기관차는 경쾌한 소리를 내며 고모로를 향해 쾌속 질주했다.

11시 전, 고모로 도착. 역 앞 식당에서 이른 점심을 때웠지만 목적지인 야부키 산으로 가는 버스 출발 시각까지 아직 한 시간 가까이 남았다.

"가이코엔이라도 가 볼래요? 역 바로 옆인데."

내 말에 들쭉날쭉 콤비가 종알거린다.

"전에 가 봤어."

"이 무거운 짐을 들고?"

알겠습니다. 실은 나도 마찬가지다. 쓰치야 다카오가 쓴 《그림자의 고발》의 무대에 다시 한 번 경의를 표하기 위해 찾아가 보는 건 어떨까 싶었을 뿐이다.

버스 정류장 근처의 카페에 들어가 시간을 때우기로 했다. '솔레이으' 라고 적힌 무거운 아크릴 문을 밀었다. 좁고 긴 복도처럼 안으로 길쭉하게 이어진 가게였다. 손님은 젊은 남녀 그룹 달랑 일곱 명.

우리는 그들과 테이블을 하나 사이에 두고 입구 근처에 자리를 잡았다. 넉 잔의 아이스커피를 주문하고 나자 이유도 없이 입을 다물고, 커피가 나올 때까지 한 마디도 하지 않았다. 에가미 선배와 모치즈키는 담배를 물고, 오다는 손을 뻗어 잡지꽂이에서 조간신문을 꺼내 테이블 한가득 펼쳤다. 나는 이마에 맺힌 땀을 손수건으로 닦으면서 벽에 걸린 석판화를 멍하니 바라보고 있었다. 계절에 안 어울리는, 파리의 쓸쓸한 겨울 광장.

"정말 끔찍했어. 완전히 썩은 밀크 티였다니까."

"어머, 그렇게나 맛있는 차를 대접했는데. 뭐, 지난달 롯폰기에서 먹이려고 했던 수상쩍은 칵테일에 대한 답례야."

"어머, 어머, 유코, 그게 무슨 말이야?"

"아, 별일 아냐. 그보다 이 녀석이 네팔 요리의 본고장에서 식사하자고 유혹해도 차이라는 차만큼은 절대 마시지마." 이어 폭소.

저쪽 두 테이블을 점거한 그룹의 즐거운 목소리가 들려온다. 남자 넷, 여자 셋 그룹으로 약간 소란스러울 정도다. 커다란 배낭과 텐트가 바닥에 놓여 있다. 그 복장하며 장비로 보아 우리와 마찬가지로 캠핑하러 온 일행임은 틀림없다. 어쩌면 행선지도 똑같이 야부키 산일지 모른다. 앞으로 등산할 일이 즐거워 죽겠다는 듯 들떠 있는 그들에 비해, 부루퉁하게 입 다물고 있는 우리는 수련장으로 향하는 고행승처럼 음침하다. 일찍이 우리 추리소설연구회에 여성이 가입했던 적은 단 한 번도 없다.

"에가미 선배, 아니, 부장." 모치즈키가 입을 열었다. "올 가을에는 반드시 회지 창간 제1호를 낼 겁니다."

"힘내, 초대 편집장. 그런데 너 평론은 쓸 수 있어?"

에가미 선배의 말에 모치즈키는 크게 주억거렸다.

"맡겨만 주세요. 혼신의 역작입니다. 건곤일척. 엘러리 퀸에 대해서 논하라면 전 좀 까다롭거든요. 이름하여 'Who-가 기법' 유명한 바흐의 다성 푸가(fugue)의 중층성에 퀸이 완성한 범인 찾기의 양식미를 은유법으로······."

"너, 갑갑한 말 좀 쓰지 마. 누가 그런 걸 읽겠냐?"

적어도 하드보일드 팬인 오다는 쳐다보지 않을 소재다.

"사교의 신도는 알 턱이 없지. 항상 생각하건대, 논리의 횃불을 치켜 든 탐정이 유일하게 존재 가능한 단 한 명의 범인을 맞추도록 독자들을 이끌어 간다는, 순수한 범인 찾기 소설은 정말로 수가 적어. 그야말로 포의 〈마리 로제의 수수께끼〉와 퀸의 초기 작품들 정도가 아닐까 싶은데."

우리 클럽 멤버 중에서 미스터리 논하기를 가장 좋아하는 게 바로 모치즈키다.

"본격 추리소설을 영어로 퍼즐러(puzzler)라고 하지만 그렇게 엉성한 퍼즐이 어디 있겠냐? 반 다인도, 애거서 크리스티도, '누가 죽였나'를 명제로 삼고 있으면서 그 실태는 어떠하냐 이 말이야. 누구에게나 범행 동기와 기회가 있었다고 써 놓고는 끝에서 '범인은 A다. 그는 책을 가지러 2층 침실에 올라갔을 때 테라스로 통하는 돌계단을 내려가 프랑스식 창문을 통해 서재에 침입해 피해자를 죽인 후, 황급히 돌계단을 이용해 2층으로 돌아와 천연덕스러운 얼굴로 아래층으로 돌아갔던 것이다.' 라고 하잖아. A만 알리바이가 없었던 게 아닌데, 어째서 난데없이 A냐고? A가 2층으로 갔을 때가 범행 찬스였다는 사실은 알겠어. 어째서 B가 별채에 갔을 때도 아니고, C가 현관 벨을 울리기 전도 아닌, A가 2층에 올라갔을 때라고 특정 지을 수 있는 거지? 한 마디라도 설명해 달란 말이야."

"아, 시끄러워!" 오다가 신문을 난폭하게 퉁겼다. "그렇게나 논리적인 이야기를 좋아하면서 어째서 너는 경제원론 강의를 빼먹는 거냐? 물권법을 중도 포기 하는 거냐? 수학을 피해서 시험을 쳤냐? 퀸 소설은 단순한 궤변이야."

"모치 선배가 하는 말은 알겠어요." 내가 끼어들었다. "지나치게 편협한 취미이기는 해도, 말씀하시는 바는 충분히 이해가 됩니다. 분명 범인 찾기라는 것은 제약이 엄격하고, 밀실 소재나 알리바이 붕괴 트릭처럼 떠오르기만 하면 한 작품 써낼 수 있는 게 아닐 테니까요."

"하지만 반 다인이나 크리스티까지 물고 늘어지면 본격 추리 소설 팬도 고생스럽지 않겠냐? 읽을 책이 없잖아." 오다가 말했다.

모치즈키는 의기소침한 표정을 지었다.

"요코미조 세이시 선생님도 말씀하셨어요. 다양한 꽃이 있기에 들판은 즐겁다."

뭐 이렇게, 나는 마무리를 짓고 화제를 바꾸려했다.

"저기요, 저 안쪽 사람들 말인데요, 어쩌면 우리랑 같은 곳에 가려는 거 아닐까요?"

그렇게 말하면서 나도 슬쩍 뒤를 돌아보았다. 마치 그것이 신호인양, 왁자지껄 웃음이 일었다.

"하지만 노부나가." 노부나가는 물론 오다의 애칭이다. "야부키 머시기 하는 산을 오를 녀석이 과연 있을까? 알려지지 않은 장소인 건 좋지만, 캠핑 정도는 가능하겠지?"

앞으로 우리가 도착할 야부키 산은 나가노 현과 군마 현 접경

지역 근처에 있는, 아사마 산맥에 속하는 표준 고도 2400미터의 산으로 캠프장 가이드북을 보아도 텐트 마크가 없다.

"너무 엄청난 장소면 안 돼요. 우린 등산 클럽이 아니니까."

"무서워하지 마, 아리스. 초등학교 때 삼촌을 따라 간 적이 있는데, 탐험대 흉내를 낼 정도는 아니었어."

"낡아 빠진 캠프장이야."

추임새처럼 안쪽에서 목소리가 들려왔다. 우리 이야기에 끼어든 게 아니라 우연히 화제가 일치한 듯싶다.

"예전에 보이스카우트에서 갔을 때에는 타지 캠프 팀이나 가족끼리 온 팀이 있어서, 서른 남짓한 텐트가 색색이 늘어서서 북적거릴 정도였어. 하지만 이 산은 휴화산이라 십 년 전에 소규모 분화가 있었거든. 그 후로 사람들이 겁을 먹고 멀리했지."

"어머나, 그런 산에 올라도 괜찮아?"

"괜찮아. 산기슭까지 버스도 다니니까. 하긴 그 버스는 기슭에 있는 온천에 가는 사람들을 나르고 있겠지만."

"노부나가 선배, 화산이었어요?"

내가 목소리를 낮추자 노부나가는 고개를 절레절레 내저었다.

"십 년 전에 퐁 소리를 냈을 뿐이야. 대 분화는 이백 년도 더 전이었다더라. 그 후로 다시 활동을 멈췄으니 걱정할 것 없어. 그보다 여기서 같은 산에 가는 그룹을 만날 정도니까, 올라가 보면 의외로 사람이 많아서 실망할지도 모르겠다."

"지나치게 쓸쓸한 것보다 그 편이 나아요."

두서없이 잡담을 나누는 사이에 시간이 지났다. "나갈까?" 하고 에가미 선배가 일어섰다. 일곱 명 그룹도 "이제 버스가 오지 않을까?" 하며 짐을 정리하기 시작했다.

먼저 가게를 나선 우리가 버스 정류장에서 시각표를 확인하고 있자, 그들이 곧 따라왔다.

"여러분도 야부키 산에 가는가 보군요."

아까 산을 설명하던 남자가 말을 걸어왔다. 올 여름, 바다에서 한 번 태우고 왔는지 건강하게 그을린 얼굴에 살가운 웃음을 지으며 "잘 부탁해요." 하고 에가미 선배에게 살짝 목례를 했다.

"우리야말로 잘 부탁합니다. 어디에서 왔습니까?"

"도쿄입니다. 유린 대학의 '워크'라고 하는 하이킹 동호회예요. 저는 기타노라고 합니다. 간사이 지방 분들인가요?"

"교토의 에이토 대학에서 왔습니다. 일종의 문화계 클럽인데, 부원들 모두 같이 놀러왔습니다. 사이좋게 지냅시다. 에가미라고 합니다. 이쪽이 모치즈키, 오다, 아리스가와."

이런 말을 하고 있을 때 버스가 거들먹거리며 도착했다, 우리는 짐을 둘러메고 올라탔다. 앞으로 한 시간, 이 버스를 따라 흔들리게 된다.

전세 낸 거나 다름없는 버스에서 여학생들이 벌써부터 과자를 꺼냈다. 네 명의 모 문화계 클럽에게도 은총을 베풀어 주셨다.

기타노 쓰토무는 중간에 서서 멤버를 소개해 주었다. 덥수룩하고 약간은 거칠어 보이는, 목청이 큰 쓰카사 다카히코. 사법 시험을 목표로 캠프장까지 육법전서를 들고 온 도다 후미오. 말쑥한 도련님 헤어스타일의 이학부생 다케시타 마사키. 기타노와 쓰카사가 3학년, 도다와 다케시타가 2학년. 이상 남성 팀 끝. 여성 팀은 젓가락은 물론이요 이쑤시개만 굴러가도 웃음을 터뜨릴 정도로 발랄한 기쿠치 유코. 이름은 씩씩하지만 사람은 내성적인 아라시 다쓰코. 뾰죽한 턱에 강한 의지가 느껴지는 하루미 미카 여사. 미카가 3학년, 유코가 2학년, 다쓰코가 1학년이란다.

일부 예외는 있지만 일단은 즐겁게 지낼 수 있을 것 같다. 심지어 유쾌하게 캠프파이어도 할 수 있겠다.

버스 기사가 시동을 걸었을 때, 두 팔을 휘저으며 이쪽으로 달려오는 여학생의 모습이 보였다. "탈 거예요, 기다려 주세요!" 애원하는 목소리.

"동지인가보군."

헤비 스모커로 '피스'라는 별명이 붙은 다카히코가 중얼거렸다. 지금 막 도착한 열차에서 내렸는지 두 사람이 더 개찰구를 빠져나와 달려온다. 빈손으로 달려온 한 명이 버스 계단에 다리를 올려놓고, 짐을 맡긴 나머지 두 사람을 큰 동작으로 불렀다.

"빨리, 빨리! 기다리고 있어."

짊어진 무거운 짐으로 헐떡이면서 나머지 두 사람도 비척비척 버스에 뛰어올랐다. 세 사람은 배낭을 빈자리에 놓고 거칠게 숨을 몰아쉬다가 쑥스러운 듯 차 안을 보며 누구에게랄 것 없이 "죄송합니다." 하고 사과했다.

"앉으세요. 위험합니다."

기사는 한 마디 주의를 주고, 버스를 출발시켰다. 역 앞 광장을 반 바퀴 빙글 돌더니, 버스는 '오늘 아침도 세 줄기 연기 솟는'* 아사마 산맥을 향해 달리기 시작했다.

"야부키 산에 캠핑하러 가나요?"

세 여학생이 한숨 돌린 타이밍을 노려 쓰토무가 말을 걸었다.

"네, 그래요."

방금 선두에 서서 버스를 막았던 여학생이 대답하고는, 칫솔 선전에 출연해도 될 법한 가지런한 치아를 보이며 살짝 웃었다.

"저는 기타노 쓰토무라고 합니다. 뒤에 앉은 사람들은 대학 클럽 멤버인데……."

소개하기 좋아하는 쓰토무가 자기 친구들에 이어, 우리까지 한꺼번에 소개해 주었다.

"어머, 교토의 에이토 대학에서 오셨어요? 우리는 고베의 신난 학원 단기 대학에서 왔어요. 같은 영문과 친구 셋이서요. 야마자키 사유리라고 합니다. 잘 부탁드릴게요."

고개를 숙이자 티셔츠의 가슴께에서 금색 십자가가 빛과 함께 찰랑였다. 아름다운 사람이다.

"후카자와 루미예요, 잘 부탁해요."

포니테일을 흔들며 달려왔던 두 번째 여학생이 기묘할 정도로 깊숙이 고개를 숙이는 바람에, 나도 덩달아 절을 했다.

"히메하라 리요입니다. 잘 부탁드려요."

완벽하리만치 윤기가 흐르는 검은 머리칼의 여학생이었다. 그녀는 인사가 끝나자 얼굴 반을 덮은 그 검은 머리칼을 쓸어 올리

---

* 고모로 지역 민요 – 옮긴이

살인 게임의 초저녁 41

며 살짝 기운 없이 웃었다.

"히메하라 리요? 허허, 완전 연예인 이름이네."

다카히코가 놀렸다. 나는 은근히 울컥했다. 그리고 어째서 겨우 그런 말에 가벼운 불쾌감을 느꼈는지, 스스로도 이해하기 힘들었다.

"신경 쓸 것 없어요, 히메하라 씨." 오다가 말했다. "우리 클럽에는 진기한 이름 챔피언이 있거든요. 하하, 아하, 아하하."

바보. 혼자 실컷 웃어라. 이름 얘기로 기분이 나빠지기는 오랜만이다. 이 이름 때문에 어렸을 때는 놀림도 많이 받았지만, 요즘에는 이 세상에 둘도 없을 이름이라고 내심 자랑스럽게 여기고 있었는데.

어찌 됐든 버스는 배우들을 무대로 옮겨 주었다.

3

산허리에 있는 오래된 캠프장에 도착한 것은 4시가 한참 지나서였다. 표고는 어림잡아 2000미터. 버스로 제법 거리를 단축했지만, 그래도 고된 등산이었다. 기자재가 무거웠고, 가파른 경사나 출렁대는 구름다리라는 난관도 있었다. 이쯤 되니 다들 기진맥진했다.

초등학교 운동장만한 토지가 비어 있었다. 과거에 형형색색의 대여 텐트가 늘어섰던 캠프장 시절을 짐작케 하는 것은 당시 관리실이었을 것 같은 완전히 해묵은 조립식 폐옥뿐으로, 적막함 속에서 새들이 지저귀고 있었다.

"변했군." 오다가 중얼거렸다.

먼저 자리 잡은 팀이 있었다. 오렌지색 가옥형 텐트가 덩그러니 한 채. 푸르른 녹음의 배경 속에서 선명히 눈에 띄었다. 영 인기척이 없다.

"어디 갔나 보네요."

우리는 호기심 어린 눈을 하고 그 텐트로 다가갔지만 역시나 아무 반응도 없다.

"있다 보면 돌아오겠지요." 하고 쓰토무가 어깨의 짐을 내려놓으면서 말했다. "자아, 보금자리를 세워야지."

네 개의 텐트를 치기 시작했다. 처마가 나란히 늘어서면 시시하니까 적당히 거리를 두고 장소를 골랐다. 쓰토무 팀 남자 넷, 미카 팀 여자 셋, 사유리 팀 여자 셋, 그리고 우리 추리연구회 네 명의 성은 중앙에 있는 선 입주자의 텐트를 둘러싸고 위성처럼 흩어졌다. 그들이 돌아오면 영토를 침략당한 기분이 들지도 모르겠다.

익숙한 솜씨의 쓰토무 팀이 가장 먼저 작업을 끝마치고, 사유리 팀이 텐트 세우는 것을 도왔다. 우리도 엄청 낡아 보이는 지붕형 텐트를 세워 놓고 한숨 돌리며 수풀 위에 주저앉았다. 텐트도, 모치즈키가 신나서 뒤집어쓰고 있는 티롤리언 모자*도, 오다의 삼촌에게 물려받은 유서 깊은 물건이다.

마지막까지 남은 사유리네 집도 이윽고 완성되었을 때, 자작나무 숲 속에서 세 명의 남자가 나타났다. 우리와 마찬가지로 여름 방학을 이용해 놀러온 대학생으로 보이는 그들은, 캠프장의

---

* tirolean hat. 차양이 좁고 뒤쪽이 위로 살짝 감긴 좁은 테를 두른 모자 - 옮긴이
** 일본 고전 설화의 등장인물. 거북이를 구해 준 보답으로 용궁을 찾아가게 된 우라시마 다로가 보물 상자를 얻어 마을로 돌아오자 세상은 삼백 년이라는 세월이 흐른 뒤였다 - 옮긴이

달라진 모습에 우라시마 다로** 트리오처럼 얼빠진 모습이었다.

"안녕하세요?"

우리들의 사회자, 기타노 쓰토무 씨가 태연스레 나서서 인사를 했다. 유린 대학 워크, 에이토 대학 모 문화계 클럽, 신난 학원 단기 대학 영문과 단짝 친구들, 이렇게 점차 소개할 사람은 늘어간다. 그는 술술 막힘없이 열네 명의 얼굴과 이름을 짝지어서, 그 큰 역할을 마쳤다.

"아아, 그런가요."

그들 중 코 밑에 멋들어진 수염을 기른 한 남자가 어벙하게 말했다.

"저는 잇시키 쇼조라고 합니다. 이쪽은 대학 스터디 친구들입니다. 우리도 유린 대학이에요."

"유린 대학이라고요!" 기쿠치 유코가 간 떨어지게 큰 소리를 냈다. "엄청난 우연이군요."

"대학이 너무 커도 싫어." 다카히코가 웃었다. "나는 상경학부고 이 녀석은 경제학부 3학년인데, 그쪽은?"

"법률입니다. 아는 얼굴이 없어도 이상할 것 없지요."

"크니까." 다카히코가 되풀이했다.

"이쪽도 소개할게요."

쇼조는 일단 곁에 있는 갸름한 얼굴의 미청년을 미사카 나쓰오라고 소개했다. "잘 부탁해." 목소리도 성우처럼 귀에 쏙 들어오고, 달콤하다. 또 한 사람이 넨노 다케시. 양지의 나쓰오에 비해 음지의 사람이라는 게 그의 첫인상이다. 선이 굵은 얼굴에 아련히 근심의 그늘을 드리우고, 말없이 가볍게 고개를 숙였다.

"우리도 점심 지나서 막 도착했어요. 아침에 고모로에서 출발하는 첫차를 탔거든요. 텐트를 치고 잠깐 쉬다가 주변을 둘러보러 나서려했지요. 그랬던 게 돌아와 보니 글쎄, 이 모양이지 않겠습니까? 깜짝 놀랐어요. 저희 집은 성냥갑 주택으로 유명한 다카시마다이라 단지인데, 마치 술에 취해 실수로 이웃 동으로 들어간 기분이었어요. 정말로.

나중에 이 주변을 한 번 둘러보세요. 상당히 흥미롭습니다. 이곳이 예전에 캠프장이었을 때 만든 전망대도 있고, 숲이 미로처럼 된 장소도 있어요. 50미터쯤 내려가면 맑고 깨끗한 개울도 흐르고 있습니다. 통풍이 잘 되는 숲 속에는 해먹도 쳐 놓았어요."

쇼조라는 이 남자는 놀란 가슴이 진정되자 엄청 종알댔다. 나는 수염 아래서 잘도 움직이는 얇은 입술을 잠시 바라보고 있었다.

"아아, 그런가요."

아까하고 똑같은 대사를, 이번에는 쓰토무가 말했다.

"우리는 3박 예정인데, 다른 분들은 어쩔 건가요?"

"와 보고서 결정할 셈이었어." 벤이라는 애칭을 가진 쓰토무는 목을 움츠리고 말했다. "식량은 나홀치 가져왔어."

"나는 아까부터 당분간 도쿄로 돌아갈 생각은 없어졌는데." 옆에서 다카히코가 끼어들었다.

"우리는 2박 예정이에요." 사유리가 대답했다. "너무 쓸쓸한 장소면 그 날로 도망쳐 버릴까 하는 얘기도 했지만, 그런 걱정은 하지 않아도 되겠네요."

우리도 캠프장에서 이틀을 묵을 예정이었다. 어제 이미 마쓰모토에 사는 오다의 삼촌댁에서 하루를 묵었다.

"이렇게 같은 날에 이만큼 사람들이 모인 것도 인연입니다. 함께 즐거운 여름휴가를 보냅시다."

쓰토무가 거들먹거리며 마무리를 지었다.

"기뻐. 멋진 추억이 되겠어."

유코를 비롯한 여학생들이 들떠 있다.

오길 잘했다. 여행 경비를 벌기 위한 고통스러웠던 아르바이트의 날들이 눈앞에 아른거렸다. 에가미 선배는 나라의 고분 발굴 조사, 오다는 정석대로 도로 공사 잡역부로 온종일 삽과 곡괭이를 휘둘렀다. 모치즈키는 학원 강사, 가정교사 다섯 건에 통신교육 첨삭 지도로 오로지 두뇌 노동. 나는 낮에는 접시닦이, 이사센터 트럭 조수, 밤에는 도시락 가게에서 밥을 펐고, 백화점 디스플레이, 마네킹 운반 등 다각 경영에 힘썼다. 저마다 기막힌 소동이 있었지만, 그것은 말하지 않겠다. 좌우지간 오길 잘했다.

"열일곱 명인가, 이름 외우기 힘들겠는걸. 텐트에 이름표를 달아야겠어."라고 미사카 나쓰오가 말했다.

"어머? 저것 좀 봐."

루미가 뭘 찾아냈는지, 손가락질을 했다. 그 하얀 손가락이 가리키는 방향을 따라가자 우리의 텐트가 있었다. 그녀가 발견한 것은, 우리들의 정체였다. 그만두라고 했는데 어제 오다가 매직으로 텐트에 큼직하게 적었던 것이다.

EMC 에이토 대학 추리소설연구회

들통 났군.

4

한숨 돌리자마자 저녁 식사 준비를 해야만 했다. 야외 취사는 태어나서 처음이라 기대가 컸다.

숲 속을 헤치고 들어가 걷기 불편한 길을 50미터쯤 내려가자 폭이 1미터 남짓한 개울이 있었다. 위쪽에서 솟아 나온 맑은 물줄기가 몇 개 모여서 갑자기 강을 이룬 것이다. 두 손으로 떠서 마셔 보았다. 목구멍이 기뻐한다. 마치 몸속을 시원스레 씻어 주듯 맛있었다. 이거면 맛있는 밥을 지을 수 있겠구나, 기대가 부푼다.

하지만 막상 실제로 해 보니 내가 밥에 모래를 넣지 않나, 모치즈키가 가로대를 받치고 있던 돌을 걷어차 뒤집지를 않나, 다

---

* 영국의 추리소설 작가 조이스 포터의 '도버 경감 시리즈' 주인공, 심술궂고 난폭하다 - 옮긴이

양한 사고 연발. 온화한 에가미 선배가 드물게 도버 경감*과 맞먹는 호통을 쳤다. 하지만 은근히 맛있게 지어져 서로 시식해본 결과, 우리 그룹이 다른 세 팀에게 찬사를 받았다. 그 밥에 캔에 든 카레를 얹은 것이 캠프 첫째 날의 만찬.

"학교 식당 카레보다는 나은가."

"아주 조금."

평소 하루 한 끼는 카레를 먹는 경제학부 콤비도 입맛을 다시고 있다.

기나긴 여름해도 저물어 간다. 열일곱 명의 청년들이 모여 되살아난 캠프장을 저녁놀이 품에 감쌌다. 어떠한 고급 레스토랑 풀코스도 따라오지 못할 풍성한 식사. 우리들의 방문을 환영한 대자연이 가슴을 활짝 열어 주었다는 확신이 드는, 아름다운 저녁이었다.

"여기 오길 잘했지?"

"아무렴요, 오다 사장님."

일전에 이렇게 즐겁고 설레는 경험은 또 언제였을까? 사랑하는 할아버지와 할머니가 계신 시골로 향하는 여름방학 기차? 짝사랑하던 여자 아이와 둘이서 열심히 졸업 문집을 만들었던 방과 후의 교실? 용돈이 생길 때마다 세트로 구입했던 홈즈와 소년 탐정단을 끌어안고 총총히 돌아오던 길? 꽤 오래전으로 거슬러 올라가야 할 것 같았다.

에가미 선배는 흐뭇한 얼굴로 저물어 가는 저녁 해를 바라보고 있었다. 미남이다. 그렇게 생각한 순간, 기다란 혀가 튀어나와 입가에 묻은 카레를 날름 핥아 먹었다.

7시 반. 주위도 서서히 어둑어둑해졌다. 캠프파이어는 9시부터 할 예정이었지만 이제 슬슬 시작하자는 쇼조와 몇몇 사람들의 제안에 다들 찬성했다.

"딱 알맞은 땔감이 위쪽에 잔뜩 있으니까, 신주(神主)가 지금 가지러 갈 거야."

잇시키 쇼조의 말에 유코가 물었다.

"어머, 신주라니 누굴 말하는 거야?"

"미사카 나쓰오 선생님. 그 녀석네 집 신사(神社)거든. 그래서 별명이 신주야."

"그렇구나. 우리 팀 다케시타 마사키의 별명은 박사야. 보기에 딱 이학부잖아? 집에서 괴물 프랑켄슈타인이라도 만드는 거 아닐까."

곁에서 듣고 있던 나는 씩 웃음이 났다. 미치광이 학자 취급은 불쌍하지만, 박사라는 소박한 별명이 우스웠다. 수학을 연구하는 녀석은, 얼굴에 티가 난다.

쇼조도 슬쩍 웃었다.

"쓰카사는 엄청난 헤비 스모커라서 피스라고 부르는 거지? 달리 재미있는 별명은 없어?"

"기타노 선배는 이름이 쓰토무(勉)니까 벤이라고 불러.* 벌써

---

* 勉이라는 한자는 '쓰토무'라는 훈독에 대해 '벤'이라는 음독을 갖고 있다 - 옮긴이

눈치 챘겠지만, 도다는 이런 산꼭대기까지 다이제스트 육법전서를 들고 올 정도로 근면한 법학생이라 모두들 농담 반 진담 반으로 변호사라고 부르고 있어."

"어때?" 쓰카사 다카히코가 또다시 연기 나는 작은 막대기를 입에 물고, "신주, 박사, 변호사도 갖추었겠다, 멋지지 않아? 필요하다면 탐정도 있지. 그런데 너희도 이상한 소리 하던데. 노부나가 어쩌고 하는 건 오다를 말하는 거지?"

"네. 저 사람, 적응이 빨라서 진득한 간사이 사투리를 쓰고 있기는 해도 오와리 나고야 출신이거든요. 오다 노부나가의 후예 같지는 않지만요."

"노부나가에 모치에 아리스라. 에가미 형은 뭐야? 교수인가?"

"장로(長老) 아닐까?"

쇼조가 말하자, 유코는 "아, 미안!" 하면서 큰 소리로 웃었다.

소문의 주인공 에가미 선배가 신주 나쓰오와 함께 두 손 가득 마른 가지를 끌어안고 다가왔다.

"어이! 위에 잔뜩 널려 있어. 남자 셋만 더 가면 충분할 거야."

그렇게 말하는 나쓰오에게 유코가, "고생 많았어요, 힘센 신주님!"

나쓰오는 순간 눈을 휘둥그레 떴다.

"남자 셋이란다. 갈까?"

다카히코와 다케시, 내가 뒤를 이었다. 에가미 선배와 나쓰오도 운반해 온 가지를 발치에 내던지고는 이미 어두컴컴해진 숲으로 되돌아갔다.

우리가 땔감을 끌어안고 캠프장에 돌아오자, 모두 광장 가운데에 모여 있었다. 쇼조와 벤이 진두지휘를 하며 캠프파이어 준비에 임하고 있다. 둘 다 보이스카우트 출신이다.

"아, 왔다 왔어. 땔감이." 쇼조가 뒤를 돌아보았다. "이쪽으로 가져오세요!"

여학생들은 들뜬 기분으로 남자들이 일하는 모습을 구경하고 있었다. 그 중 특별히 강한 시선 하나가 뒤통수에 느껴졌다.

"좋았어, 삼각형으로 쌓아 줘. 잔가지를 먼저 넣고, 이렇게 굵은 가지는 불꽃이 솟은 후에 조금씩 던져 넣습니다. 그래, 그거 이쪽으로 줘."

벤이 익숙하게 말하자, 우리는 군말 없이 따랐다.

"오케이."

넨노 다케시가 만족스럽게 말하며 '솔레이으'의 성냥을 그어, 삼각형으로 쌓은 땔감 가운데에 쏙 집어던졌다. 그들도 아침 일찍 버스를 기다리며 고모로 역 앞의 그 카페에서 시간을 때웠나 보다.

기름을 붓지 않아서 좀처럼 불이 붙지 않았다. 도다 후미오 변호사와 다케시타 마사키 박사도 똑같은 성냥을 꺼내 불을 던져 넣었고, 쇼조는 "이게 잘 타."라면서 솔방울을 더했다. 이윽고 마른 나무가 쩍쩍 갈라지는 소리가 나더니 날름거리는 오렌지색 불꽃이 보이기 시작했다.

"우와."

뜻하지 않게 환성과 박수가 일었다. 그것은 내게도 왠지 무척 감동적인 광경이었다. 태곳적부터 인간이 지녀 왔던, 불에 대한 경외심 때문인지도 모른다.

"……예쁘다."

내 옆에서 리요가 작은 목소리로 말했다. 살포시 오렌지 빛으로 물든 옆모습을 보니 리요는 마치 넋을 빼앗긴 듯했다.

예쁘다.

"자, 그럼!" 쇼조가 갑자기 큰 소리를 내는 바람에 흠칫 놀랐다. "모두 원을 만들자."

우리는 같이 온 사람들끼리 뭉치지 않도록 뿔뿔이 흩어져 둥글게 앉았다. 내 오른쪽에 마사키, 왼쪽에 리요가 자리를 잡았다. 사실 솔직히 말하자면 내가 리요의 오른편에 앉았다. 나는 이미 내 안에서 일어난 이변을 분명하게 알 수 있었다.

주위를 둘러보니 우리 추리연구회 멤버들도 여기저기 흩어져 둥근 원 안에 녹아들었다. 여학생들이 여섯 명이나 되다 보니 퍽 화려한 원이다.

"피스하고 다쓰코, 거기 반칙이야. 떨어져."

하루미 미카 여사의 질책이 날아들었다. 그녀의 지적을 받고 다카히코는 머쓱하게 웃으며 세 칸 옆으로 자리를 옮겼다.

"쓰카사 형하고 다쓰코는 사귀는 사이야."

마사키가 혼잣말처럼 흘렸다. 알게 모르게 얼굴이 내 쪽을 향하고 있는 것으로 보아, 지금 상황을 설명해 준 모양이다.

"헤, 부럽다. 우리 클럽은 보다시피 남자들뿐이라 클럽 커플이 있었다간 큰일이야."

"그래도 추리소설연구회라니 재미있을 것 같아." 리요가 이쪽 이야기에 끼어들었다. "여자 애들이 잔뜩 몰려들 것도 같은데."

"그런 클럽에 들지 않아도 애거서 크리스티든 뭐든 읽을 수 있거든, 사람이 모이는 곳이 아냐. 미스터리 읽어?"

그렇게 물어보자 "읽어 본 적 없어."라는 쌀쌀한 대답. 뭐야, 역시 빈말이었잖아.

"난 엘러리 퀸은 좋아서 종종 읽어. 《네덜란드 구두의 비밀》 이런 거 좋더라."

반대쪽에서 마사키가 뜻밖의 말을 했다. 역시 퀸의 유사논리는 이학부생의 전두엽을 자극하나? 하지만-실례되는 말이겠지만-당신은 관심 보이지 않아도 되거든?

"나중에 모치 선배한테 말하세요. 저 사람 기뻐할 거예요. 열광적인 엘러리언이니까."

"재미있는 책 알려 주면 읽어 볼게."

리요는 마음이 쓰였는지, 그렇게 말했다. 나는 "생각해 둘게." 하고 고개를 끄덕였다. 지극히 사소한 일이지만 그녀와 나 사이에 하나의 약속이 생겼다는 사실이 기뻤다.

보이스카우트 출신인 쓰토무와 쇼조가 파이어 치프*와 엘 마스터**를 맡았다. 두 사람은 자기소개에 재치 있는 질문을 더하거나, 모두 함께 부를 수 있는 노래를 선곡해서, 오늘 처음 만난

---

* fire chief, 보이스카우트 용어로 '캠프파이어 책임자'라는 뜻 - 옮긴이
** yell master, 사회자 - 옮긴이

네 그룹을 순식간에 허물없는 사이로 만들었다. 나와 나쓰오, 마사키가 파이어 키퍼. 그냥 불을 꺼뜨리지 않으면 되는 단순한 역할이 아니라, 그때그때 분위기에 따라 불의 세기를 조절해 달라는 치프의 주문을 받았다.

노랫소리는 밤하늘에 뜬 별에 닿으리만치 울려 퍼졌다. 게임과 담소에 지쳐 한 사람, 두 사람, 손목시계에 눈길을 주는 사람이 나타났다. 정신을 차리고 보니 11시가 가까웠다.

땔감도 이미 다 떨어졌고, 졸려 죽겠다는 듯 하품이 연쇄반응처럼 일었다. 오늘밤은 이쯤에서 정리하자, 다들 얼굴에 그렇게 쓰여 있었다. 나도 지쳤다.

"오늘밤은 이걸로 끝내지 않겠어요? 여행하느라 지치기도 했고, 캠프파이어는 내일도, 모레도, 할 수 있으니까요."

마사키가 결정타를 날렸다. 우리의 마음을 대변한 것이다. 게다가 이과계 인간은 밤잠이 많다.

"그러네, 그렇게 할까?"

동그라미 속에서 가장 신나 날뛰던 모치즈키와 오다가 수긍하자, 모두 한숨 놓은 표정으로 자리에서 일어났다.

"모두 내일은 어떻게 할 거야?" 쇼조가 갑자기 생각났다는 듯이 말했다. "우리는 분화구를 보러 꼭대기까지 올라가 볼까 해."

"우아, 가고 싶어." 유코가 그렇게 말하고서, "하지만 오를 수 있어? 꽤 멀어 보이던데."

"괜찮아, 괜찮아. 나는 초등학생 때 위까지 올라갔는걸. 두 시간쯤 걸리긴 하지만, 웅장하다고. 한 번 볼만한 가치는 있어."

쓰토무의 한마디에 결정 났다. 오전에 출발해서 산 정상에서 점심을 먹자는 계획을 의결하고 해산하기로 했다.

"그럼 내일 또 봐."

"즐거웠어."

"잘 자."

"잘 자요."

저마다 피로한 기색은 있었지만 그렇게 말하는 얼굴에는 행복이 가득했다. 모두들 침낭에 들어간 후에도 이제까지의 흥분으로 좀처럼 잠을 이루지 못할지도 모른다.

"잘 자."

간이 철렁할 만큼 가까이, 귓가에서 리요의 목소리가 들렸다.

"잘 자, 내일 또 보자."

마음의 준비가 안 되어 있던 나는 어색하게 입가를 씰룩대며 웃음을 지었다. 리요는 아까와 마찬가지로 새하얀 치아를 드러내 보이며 빙글 뒤로 돌아 자기 텐트로 걸어갔다. 나는 그 뒷모습을 한참 바라보다가, 리요가 텐트 안으로 사라지자 우리 텐트로 발길을 돌렸다.

5

다음날 아침, 눈을 떠 보니 6시가 넘었다. 여섯 시간도 채 못 잤지만 깊이 잠들어서 일어났을 때의 기분은 최고로 좋았다. 그렇다, 산에 왔지. 금방 머리가 맑아졌다.

선배 셋은 여전히 순진무구한 얼굴로 잠에 빠져 있었다. 나는 세면도구를 가지고 텐트를 나왔다. 일찍 일어난 새들이 지저귀는 소리가 바깥 세상에 가득했다. 싸늘한 공기에 몸을 부르르 떤다. 다른 텐트는 하나같이 쥐죽은 듯 조용했고, 기분 탓인지 희미하게 숨소리가 새어 나오는 것만 같았다. 아침 해를 등에 업은 야부키 산 정상을 바라보니, 역광 속에서 당당한 보랏빛 산등성이를 과시하고 있었다. 황금색 구름이 길게 꼬리를 드리우고 있다.

"잘 잤어?"

후미오가 머리와 목덜미를 북북 긁어대며 나타났다.

"좋은 아침이에요."

"기분 좋다, 다른 세상에 태어난 것만 같아."

성실한 법학부생이 말하자, 그렇지 않은 법학부생이 "그러네요." 하고 맞장구를 쳤다.

"어제는 잘 잤어?"

"캠프파이어 여운 때문에 한 시간쯤 잠이 안 왔어요." 무슨 생각을 그리 했는지. "하지만 역시 피곤했는지 그러는 사이에 푹 곯아떨어졌습니다. 그래서 상쾌해요."

"나도 비슷해."

자작나무 숲에 들어가 개울로 이어지는 샛길을 걸어갔다. 걷기 힘든 길이라 두세 번 발이 걸려 구를 뻔 했다. 게다가 햇빛이 나무에 가려 어둑어둑하다. 우리의 발자국소리 사이로 청량한 물소리가 들려온다. 누군가의 이야기 소리도.

내려가 보니 넨노 다케시와 야마자키 사유리 두 사람이었다. 먼저 온 손님들은 둘만의 세계를 만끽하면서 재잘대고 있다. 어디로 보나 연인들처럼 사이좋은 분위기여서 의외였다.

"어라." 후미오는 짤막히 소리를 내더니 이어서 "잘 잤어, 거기 둘!" 하고 크게 소리쳤다.

그 목소리에 두 사람은 어지간히 놀랐는지 다케시는 앞으로 고꾸라져 까닥했다간 강에 빠질 뻔했다.

"누구야? 아아, 변호사랑 아리스구나. 잘 잤어? 하지만 너무 사람 놀라게 하지 말라고."

그는 칫솔을 입에 물고 투덜댔다.

"방해해서 죄송하옵니다. 소인들도 양치질을 하고자 하는데,

괜찮으시렵니까?"

"아아, 하세요, 하세요."

후미오는 이런 식으로 사람을 놀리는 게 유쾌해 죽겠다는 기색이다. 다케시는 어정쩡한 표정으로 양치질을 시작했고, 사유리는 무언가 좋은 일을 감추려는 듯 살포시 미소를 지으며 입안을 가시고 있다. 넨노 다케시, 제법인데?

"아, 제군들, 신경 쓰지 말고 그대로. 아니, 잘들 잤나?"

앞머리만 파마한 머리를 긴다이치 코스케처럼 긁적대며 쓰토무가 다가왔다. 이어서 눈을 뜨자마자 한 대 꼬나물고 다카히코가. 유코, 다스코, 미카 세 아가씨가 이른 아침의 공기를 휘저으며 소란스럽게. 에가미 선배, 모치즈키, 오다 세 사람이 무어라 주절대면서. 쇼조가 멋들어진 휘파람을 불며 등장. 사람이 이만큼 모이자 어젯밤 캠프파이어만치 시끌벅적해졌다.

"안녕히 주무셨어요?"

리요가 루미와 함께 다가왔다. 아침 햇살을 받아 찬란히 빛나는 검은 머리카락이 눈부시다. 마치 지금 막 이슬에서 태어난 것처럼, 환상적이고도 신선했다.

그렇다, 오늘 아침은 확실히 새로 태어난 아침이다. 그녀를, 이 아름다운 생물을 알고 처음으로 맞이한 아침인 것이다. 잊고 있었다. 뭔가 특별한 꿈을 꾸었다고 느낀 것은 착각이었다. 가슴이 두근거리는 데에는 다 이유가 있었다. 칫솔을 씹는 바람에 와작, 하는 기분 나쁜 소리가 났다.

"엄청 일찍 깼네, 아리스."

"자리에 없어서 무슨 일인가 싶었어."

리요를 눈으로 쫓고 있는데 오다와 모치즈키가 말을 걸었다.

"이런 곳에 오면 이상하게 눈이 일찍 뜨이더라고요. 평소 같으면 열 시간이고 열두 시간이고 줄기차게 잘 텐데."

적당히 대꾸하면서 다시 리요가 있는 쪽을 바라보았다. 그녀는 한쪽 무릎을 꿇고 강가에 웅크려 앉아, "우와! 차가워."라고 말하면서 얼굴을 씻고 있었다.

옆에서 들러붙는 누군가의 시선을 느끼고 그쪽을 보자, 에가미 선배가 스윽 눈길을 떨어뜨렸다. 느낌이 좋지 않다. 여자 애를 넋 빠지게 쳐다보고 있다가 들켰을 뿐이라면 별 상관없지만, 목격자인 에가미 선배가 민망하다는 듯 눈길을 돌린 것이 마음에 걸린다. 부끄러워해야 할 사람은 바로 나인데.

나쓰오도 다가왔다.

"히야, 벌써 이만큼이나 모였어? 늦었네."

그렇게 말하는 나쓰오에게 모치즈키가, "늦었어. 그러고 보니 박사는?"

"녀석은 한참 전에 세수하고 돌아와 있던데." 다카히코가 대답했다.

이과계 인간은 아침잠이 없다.

우리는 양치질을 끝낸 후에도 강가에서 한참 잡담을 나누다가, 줄지어 우리들의 마을로 돌아왔다.

"일치단결해서 귀환했군요. 세트로 좋은 아침입니다."

마사키가 맞이해 주었다. 어딘지 모르게 망망한 눈빛의 그는,

상쾌한 고원의 아침과 어울리지 않았다.

그보다, 또다시 애써 아침 식사 준비를 해야만 한다. 그것이 아웃도어 라이프의 즐거움이지만 아침부터 에가미 선배를 발작하게 만들었던 그 전쟁이 또 시작되나, 하는 생각에 약간 우울하기도 했다.

"있잖아, 취사 당번을 정하자."

유코가 벌떡 일어나 멋진 아이디어가 떠올랐다고 말하자, 그것도 재미있겠다며 모두 가결했다. 네 그룹, 열일곱 명은 바야흐로 하나의 공동체로 통합되었다.

"그래, 어떤 식으로 정할까?" 쇼조가 손가락을 꼽으며, "열일곱 명이지? 한 끼에 당번을 네 명 붙인다 치고…… 다섯 명 팀이 하나 생기긴 하지만, 네 팀을 짤 수 있겠군. 1반부터 4반까지. 네 끼분 당번이다. 오늘 아침 식사부터 내일 아침 식사까지. 좋아, 그렇게 하자. 제비뽑기로 정할까?"

"제비 만들게요."

루미가 빨간 수첩을 꺼내어 능숙하게 제비를 만들었다. 우리는 순서대로 제비를 뽑았고, 마지막 하나를 그녀가 뽑아 결과를 발표했다.

"첫째 날, 즉 오늘 아침은 나하고 쓰토무하고 나쓰오, 박사. 점심은 어디 보자, 다케시하고 변호사 후미오, 샐리하고 다쓰코."

"샐리가 누구야?"

"사유리. 사유리니까 샐리*. 루미는 루나라고 불러줘." 리요가 답했다.

"루나? 어째서?"

"머리가 이상하니까." 루미는 자기가 말하고 웃었다. 광기(lunatic)라는 말인가? 그다지 이상해 보이지는 않는데.

"저기, 오늘 점심은 야부키 산 정상에서 도시락 먹기로 했잖아? 지금 루나가 말한 여덟 명이서 두 끼 식사를 만들면 되지 않아?" 오다가 말했다.

"음, 그렇군요. 그럽시다." 루미가 승인했다. "계속하겠습니다. 오늘 저녁은……."

그녀가 내일 아침 당번으로 리요와 나란히 내 이름을 읽어 주었을 때에는, 혼자 옳거니 하고 고개를 끄덕였다. 하지만 연달아 에가미 선배와 모치즈키, 오다의 이름이 이어지자 휘청 미끄러졌다. 어째서 추리연구회 네 명이 한 반에 다 모여 버린 거야? 패를 잘 섞었어야지, 패를. 후미오라는 훼방꾼이 딸려 있는 다케시와 사유리도 안 됐지만, 이쪽은 더 비참하다.

정상 침공 개시는 오전 9시. 쓰토무, 다카히코가 선두에 섰고, 튼튼한 다리를 가진 워크 일동이 뒤를 이었다. 한가운데에 여학생 세 명 샐리, 루미, 리요를 끼고 쇼조 그룹이 그 다음, 우리 추리연구회가 후방을 맡고, 에가미 선배가 가장 뒤에 섰다. 간간이 휴식을 취하면서 하는 등산이라 그리 힘들지 않았다. 허파 한 가

---

* 샐리는 일본식 발음으로 〔사리:〕이다. '유' 자를 뺀 사유리의 이름에 빗댄 것 – 옮긴이

득 피톤치드를 들이키며 삼림욕을 만끽한다. 만병초나 용담의 앙증스러운 꽃을 즐기며 길을 걸었다. 한참 앞서 있는 선두에서 파란색과 녹색이 섞인 워크의 클럽 깃발을 휘둘렀다. 모치즈키 가 깃털 달린 멋쟁이 티롤리언 모자를 흔들어 답했다.

정상에 가까워지자 바위가 많아져서 갈수록 걷기 힘들었다. 화산이 연기를 뿜는 것도 아니고, 유황의 썩은 냄새가 코를 찌르 는 것도 아닌데, 분화구에 다가가고 있다는 생각을 하자 살짝 긴 장되었다.

"어이……."

깃발을 크게 휘두르고 있다. 아무래도 선두가 정상에 도착한 모양이다. 우리도 걸음을 재촉했다.

AM 11:00, 정상 정복.

동쪽으로 아사마 산의 모습이 보였다. 웅장함 그 자체인 경관. 칼새가 찌르르 울면서 저 높은 하늘을 가로지른다. 바위틈에 둥 지가 있나 보다.

분화구는 발밑에서 허망한 입을 쩍 벌리고 있었다. 직경이 200 미터는 됨직한 거대한 절구 사발이다. 한참 밑에 있는 분화구의 바닥은 황폐한 모래밭이다. 펄펄 끓는 마그마 같은 건 물론 어디 에서도 찾아볼 수 없었지만 주위의 검은 바위들은 명백하게 용 암질 화석이다. 수염처럼 난 잡초가 바람을 따라 흔들리고 있었 다. 유적에 서 있는 기분이 들어, 잠시 동안 모두들 말없이 눈 밑 에 펼쳐진 구멍을 바라보고 있었다.

"마음 놓아도 되겠군, 이 산은 푹 잠들어 있어." 나쓰오가 침묵을 깨고 말했다. "점심 먹자."

도시락을 펼쳐 놓자 즐거운 점심시간이 되었다. 사유리와 둘이서 사뭇 친밀하게 이야기하는 다케시를 흘겨보는 나를 모치즈키와 마사키가 붙잡았다.

"아리스, 너는 퀸의 후기 작품에 대해 조예가 있지, 잠깐 박사 이야기 좀 들어봐."

"네, 퀸은 말할 필요도 없이 리와 대니 두 사람이 합작을 발표할 때 쓴 펜네임이니까요, 그 합작의 역할 분담이 전기, 중기, 후기에서는……." 내 입이 뭐라고 말은 하고 있는데.

나의 마돈나는 루미와 쇼조, 나쓰오에게 둘러싸여 그들이 하는 농담에 배를 움켜잡고 웃고 있었다. 오다는 쓰토무 일행의 그룹에서 오토바이 이야기를 하며 즐거워하고 있다. 에가미 선배는? 분화구를 바라보며 말없이 젓가락을 놀리고 있었다.

마을로 돌아온 것이 2시 전. 각자 자유롭게 대자연 속에서 휴일을 보내기로 했다.

쇼조, 나쓰오, 리요, 루미와 워크의 여성 팀 세 사람은 나무 그늘에서 트럼프를 시작했다. 쓰토무와 다카히코는 그 모습을 은근히 경멸하는 눈초리로 쳐다보면서, 새를 관찰하자며 에가미 선배, 모치즈키, 오다를 꼬여 다시 산으로 올라갔다. 마사키는 잠이 모자란다며 텐트로 기어들어 갔고, 후미오는 해먹에서 기분 좋게 법률 공부에 몰두, 다케시와 사유리는 숲을 산책하다가 전망대에 자리를 잡고 담소를 나누고 있었다.

나는 리요 그룹의 트럼프에 낄 타이밍을 놓치고, 갈 곳을 잃고 말았다. 요령 좋은 다케시와 사유리를 보며 손가락을 빨면서도, 이쯤에서 혼자만의 시간을 갖고 싶어졌다. 마음속에 싹튼 무언가를 관찰하기 위해서라도.

나는 하얀 숲 속으로 들어갔다.

6

다카히코, 유코, 미카, 쇼조 네 사람이 바지런하게 움직이고
있다. 취사 당번들에게 가볍게 인사를 하고, 나머지 사람들은
숲을 빠져나와 전망대로 나섰다. 일몰을 보기 위해서다. 어제와
마찬가지로 아름다운 석양이었다. 다 썩어 가는 울타리 너머로
살펴보니 아래쪽은 누운잣나무가 무성하게 자란 험준한 급경사
였다.

"우리 있잖아요, 일정 변경해서 이틀 더 묵기로 했어요." 샐리
가 기쁜 표정으로 말했다.

"아아, 그래, 그렇게 해. 더 있자고. 식량은 문제없겠지?"

쓰토무의 물음에 사유리는 고개를 끄덕이고서 우리 쪽으로 몸
을 돌렸다.

"모치 오빠네 팀은 어떻게 할 건가요?"

"그래, 2박 3일이라고 했으니까 오늘이 마지막 밤이 되는군."

다케시가 말했다.

그런가, 2박이라는 건 내일은 여기를 떠난다는 말이 되나. 그러고 싶지 않다. 혼자서라도 이곳에 남고 싶다. 나는 멋대로 그런 생각을 했다. 샐리가 지금 그런 말을 하지 않고, 리요 일행과 함께 산을 내려간다면 내일 돌아가도 아무렇지 않았을 테지만.

"그러네, 아득히 멀리서 왔는데 오늘이 벌써 마지막 밤이라니."

모치즈키가 오다의 얼굴을 내려다보았다.

"느긋하게 지낸 건 오늘 하루뿐인 셈이네."

오다는 모치즈키의 얼굴을 올려다보았다. 그러더니 두 사람은 천천히 나에게 시선을 돌렸다.

"싫습니다." 내 입에서 단호한 결의가 튀어나왔다. "무엇을 위해서 그렇게나 땀을 뻘뻘 흘리며 아르바이트를 했지요? 식량도 남았겠다, 하루 더 있으나 이틀 더 있으나 마찬가지잖아요? 여기 오는 교통비를 생각한다면 내일 돌아가는 건 어리석어요."

"말 한 번 잘 했다, 오사카 사람. 너 그거 나중에 부장한테 말해라."

오다는 만족스러운 표정이다.

"그래. 알았지, 아리스, 에가미 오빠한테 잘 말해야 해."

리요의 그 말에 나는 천군만마를 얻은 심정이었다.

마을에서는 저녁 식사 준비가 한창이었다. 김이 모락모락 피어오르는 쌀밥에, 미역과 양배추만 달랑 넣은 된장국. 소금에 절인 고기와 소시지를 주워 온 잔가지에 꽂아 만든 꼬치 반찬.

"밥 하나는 잔뜩 있으니까, 배 터지게 드세요."

취사 당번 리더를 맡았던 유코의 인사에 저마다 두 손 모아 감사를 표하고 먹기 시작했다.

저녁 식사 자리에서 쇼조 실행위원이 오늘밤도 떠들썩하게 캠프파이어를 개최해 보자고 했는데, 슬슬 준비하려는 참에 갑자기 비가 내리기 시작해 땔감이 몽땅 젖어 부득이하게 그만 둘 수밖에 없었다. 하지만 비는 땔감만 적시고 금세 그쳤다. 불은 없어도 된다며 모두들 어제 그 장소에 둥그렇게 모여들었다. 쇼조가 캠프파이어가 아니라면 괜찮다고 음주 허가를 내리자, 강에 담가 두었던 차가운 캔 맥주를 낚아왔다.

"그러면 모두 함께 맥주로 건배를 하고자 합니다. 이 자리는 역시 장로, 에가미 형님께 선창을 부탁 드리고 싶군요."

쓰토무가 부추기자 에가미 선배가 늑장을 부리며 일어섰다.

"방금 전," 헛기침. "넷이서 의논했습니다만, 우리도 예정을 하루 늦추기로 했습니다. 하루 더 함께 지냅시다."

박수가 일었다. "이얍!"하는 유코의 목소리가 날아들고, 몇몇은 휘파람을 불었다. 에가미 선배를 설득하기란 식은 죽 먹기였다.

"그럼, 외람되지만 건배 선창을 하겠습니다."

저마다 캔이나 컵을 들고 입을 다물었다. 에가미 선배는 무엇에 대고 건배를 할까 잠시 망설였지만 이윽고 정해졌는지, 캔을 머리 위로 높이 치켜들었다.

"오늘밤의 달을 위하여!"

상당히 센스가 좋다. 별이 빛나는 밤하늘을 올려다보니 흠잡을 데 없이 환한 둥근달이 떠있었다.

"건배!"

"건배!"

나는 이 사람 저 사람과 건배를 하며 리요에게 접근했다. 간신히 다가가자 리요는,

"건배. 저기, 아리스, 에가미 오빠도 월인파(月人波)인가봐."

"월인파?"

그녀는 맥주의 씁쓸한 맛에 얼굴을 찌푸렸다.

"루미의 별명이 어째서 루나인지 의아했지? 루미는 월인파야. 그러니까 루나."

"월인파라니, 귀에 익숙하지 않은 말이로군."

"제레니트(月人). 문 차일드. 저 애는 달님에게 사로잡혀 있어. 오늘밤 기괴한 행동을 할지도 모르지만, 가만히 내버려둬."

"설마 털북숭이로 변신하는 건 아니겠지?"

리요는 웃지도 않고 고개를 저었다.

"저 애는 이렇게 말하곤 해. 태양의 빛은 너무 강해서 견딜 수 없게 되는 순간이 있대. 한겨울의 태양이라도 마찬가지래."

"나도 저녁 형 인간이라 알 것 같아. 달빛이 창가에 비쳐 들면 마음의 평안이 찾아온다는 그건가."

"아니야. 달빛은 인간을 해방시켜주는 게 아니라, 그 신비한 힘으로 속박하는 거야. 인간은 달의 작용으로 광기에 몰린다고 믿고 있는걸."

"옛날 미신이야?"

"저 애는 나한테 많은 이야기를 해 주었어. 보름달이나 그 반대인 초승달 밤에는 살인, 자살, 교통사고가 증가한다더라. 정신병원 병동이 소란스러워지고, 출산이나 출혈도 많아진대."

"그거 정말?"

"달의 리듬에 지구상의 생명체는 응답하고 있어. 조수가 달의 인력에 따라 차고 빠지는 것처럼, 인간의 체내에 있는 물을 조종한대. 생명은 모두 바다에서 태어났다. 그 바다는 달의 리듬으로 운동한다. 따라서 모든 생명은 달의 리듬과 함께 살아가고 있다. 그런 삼단논법을 쓰는 거지."

나는 입을 다물었다. 나도 미스터리 팬이니까 오컬티즘에도 흥미야 있고, 그런 방면의 이야기는 일종의 기호품으로 삼고 있다. 하지만 그것은 뒤에서 부르면 언제든지 되돌아갈 수 있는 범위 내에서 그쳐야 하는, 너무 깊이 빠져서는 안 될 영역이라고 생각하고 있었다.

"오늘밤 루나가 뭘 어쩐다는 거야?"

"아니, 굳이 아리스가 무서워할 건 없어. 저 애는 월광욕이라도 하면서 달님하고 이야기하는 게 전부야."

"월광욕? 알겠다. 우치다 학켄도 그런 글을 썼었지."

"저 애의 피부가 저렇게나 눈부시게 하얀 건 달빛으로 태워서 그래. 햇빛은 인간을 검게 태우고, 달빛은 인간을 하얗게 태워."

"재미있는 소릴 하는구나."

"캠프 기간 중에 보름달을 맞이한다는 사실을 알고 있었으니까, 저 아이 달님하고 나눌 대화를 기대하고 있는 모양이야. 수풀 위에 드러누워 달빛 아래서 라포르그 시집이나 이나가키 다루호 문고라도 읽겠지."

나는 루미의 모습을 찾았다. 루미는 에가미 선배와 함께 달을 바라보고 있었다. 에가미 선배도 태양보다 달이 더 어울리는 사람이라, 둘이 나누는 대화도 활기를 띤 것 같았다.

"오늘은 열네 번째 밤. 달이 완전히 차오르는 건 내일 밤 12시 26분이에요."

루미의 목소리가 들려왔다.

모두들 여기저기 흩어져서 유쾌하게 놀고 있다. 쓰토무, 유코와 마사키, 사유리 네 사람은 보아하니 인생론, 연애론에 대한 화제로 논쟁을 벌이고 있다. 쇼조와 다카히코는 십년지기처럼 어깨동무를 하고 의기투합하여 벌건 얼굴로 맥주를 주거니 받거니 하고 있다. 다른 사람들은 한데 모여 환성을 지르고 있다. 다케시가 쓰토무의 스케치북을 빌려 다른 사람들의 초상화를 그리고 있기 때문이다.

"너무해! 이게 뭐야. 텔레비전에서 남한테 미움만 사는 노처녀 회사원이잖아."

미카는 토라졌지만 주위 사람들은 환호했다.

"다음, 나를 그려줘, 나."

오다가 모델을 지원하고 나섰다. 다케시가 콩테를 놀리는 동안에도 피식피식 몰래 웃는 소리가 새어 나왔다.

"다케시는 미대를 지망했었어."

나쓰오가 말하자 넨노 화백은 고개를 까딱 끄덕였다.

"지금도 그림에 미련은 있지만, 색감에 문제가 있어서 포기할 수밖에 없었어. 자, 완성."

"헉, 그만둬!"

오다가 고개를 돌리고, 모치즈키가 폭소를 터뜨렸다.

"굉장해! 시대에 뒤떨어진 얼굴 분위기가 팍팍 느껴지는데! 쇼와 30년대 닛카쓰 무국적 액션 영화에서 튀어나온 것 같아."*

"멋대로 떠들어라. 좋았어, 이번에는 너다. 삼류 학원 사기꾼 강사."

오다가 모치즈키의 팔을 끌어당겨 다케시 앞에 앉혔다. "제발 좀 봐주라."

쓰토무네 네 사람도 재미있어 보인다며 가세했다. 나하고 리요도 들여다본다. 드디어 모치즈키의 묘하게 성실해 보이는 초상화가 완성되자, 관객들은 또다시 흥분했다.

"샐리의 로사리오, 예쁘다." 웃음이 멈췄을 때 다쓰코가 조심스럽게 말했다. "크리스천이니?"

"응." 사유리는 가슴께의 십자가에 손을 뻗었다. "부모님이 가톨릭이셔서 태어나자마자 세례를 받았어. 어렸을 때부터 줄곧 몸에 지니고 있었던 거라 남자 애들이 장난삼아 자주 괴롭혔어.

---

* 닛카쓰(日活)는 영화 · 방송 등 영화 콘텐츠 제작, 배포사로 회사명은 창립당시 명칭인 '일본활동사진주식회사'의 약칭에서 유래한 것이다. 쇼와 34년(1959년), 고바야시 아키라 주연의 일본식 서부 액션영화 '기타를 든 철새'를 필두로 '닛카쓰 무국적 액션 영화'라는 일종의 장르가 탄생했다 – 옮긴이

'십자가에 매달아라!' 하고."

리요가 십자가를 쥔 사유리의 오른손을 가볍게 붙잡았다.

"그보다 이 반지 좀 봐. 십자가도 그렇지만 이것도 샐리가 항상 몸에 지니고 있는 거야. 미국에 사는 큰어머니가 주신 선물인데 굉장해."

"진짜? 어디어디."

유코가 사유리의 손을 잡고 넷째 손가락에 끼워진 반지에 눈을 불쑥 들이대더니 "호오!" 하고 탄성을 질렀다. 나도 나도, 하고 미카와 다쓰코가 얼굴을 디밀었다.

"플래티나 링에 흑접패(黑蝶貝)로 조각한 천사 부조가 환상적이지?"

리요가 마치 자기 손가락에 낀 것처럼 기쁜 표정으로 설명했다. 나도 여자 애들 머리 너머로 봤는데, 말마따나 훌륭한 반지였다.

"이거 굉장히 비쌀걸." 미카가 사유리의 얼굴을 바라보며 말했다. "용케 산 속까지 끼고 왔네. 정말 한시도 몸에서 떼지 않고 지니고 있는 거니?"

"네. 고등학교를 졸업했을 때 선물로 받은 거예요. 비싼 돈을 주고 산 게 아니라 큰어머니가 항상 끼고 계시던 반지였다고 해요. 보석함에 넣지 말고 항상 손가락에 끼우고 있어 달라는 큰어머니 말씀대로 언제나 몸에 지니고 있어요."

"……헤, 하지만 굉장하다. 부러워." 유코가 사유리의 얼굴을 들여다보며 말했다. "있지. 나 잠깐 끼워 보면 안 될까? 한 번만."

사유리는 별일 아니라는 듯 고개를 끄덕이며 반지를 빼서 그녀에게 건네주었다. 유코는 기뻐하며 그 반지를 끼더니, 요리 보고 조리 보고, 달빛에도 비춰 보며 한숨을 쉬었다. "나도." 하고 미카와 다쓰코도 차례로 손가락에 끼워본다.

거기까지는 좋았다. 쇼조가 "나도, 잠깐 괜찮을까?" 하고 쓸데 없는 소리를 한 것이 탈이었다. 그는 그 소중한 반지를 꾸역꾸역 오른손 넷째 손가락에 쑤셔 넣었다. 반지가 여성용치고는 사이 즈가 컸고, 또 그의 손가락이 남자치고는 가늘었던 것이 문제였 다. 반지는 일단 쇼조의 손가락에 들어갔다. "좋다." 그는 싱글거 리며 사유리에게 반지를 돌려주려다가 눈살을 찌푸렸다.

"설마 안 빠진다고 말하지는 않겠지?"

오다가 천천히, 쇼조의 초조함을 부채질했다. "잠깐 기다려." 그는 반지를 잡아당겼지만 도무지 두 번째 관절을 넘기지 못했다.

"엑, 말도 안 돼." 유코가 유난스럽게 소리쳤다. "이렇게 소중 한 반지인데 '죄송합니다. 안 빠지니까 파실래요?' 하는 말로 끝 날 것 같아? 어쩔 건데."

"기다려, 기다려, 지금."

쇼조는 손가락의 통증을 참으며 용을 썼지만 실패로 끝났다. 그는 몹시 난처한 기색으로 힘없이 웅얼거렸다. "어쩌지……."

"신경 쓰지 않아도 괜찮아요." 사유리는 그를 안심시키려고 미 소를 지었다. "그러다가 분명 빠질 거예요. 만약에 아무래도 안 빠지면 산을 내려가서 전문가한테 부탁하면 괜찮아요."

"하지만 그 전문가라는 사람은 반지를 끊어버릴 거 아냐? 우리 집 근처에서 그런 일이 있었어. 소방서 사람이 왔는데, 그 집 아줌마가 울면서 하는 수 없이 끊어 달라고 하던걸."

"어이 유코, 쓸데없는 소리 좀 하지 말라니까." 쇼조는 한심한 표정을 지었다. "미안. 괜히 따라하다가 이렇게 되어 버려서. 만약에 빠지지 않으면 내 손가락을 잘라서라도 돌려줄게."

사유리는 언짢아하기는커녕, 허풍스러울 정도로 당황하는 그의 모습이 우스운 모양이었다. 정말로 신경 쓰지 않아도 된다고 몇 번이나 말했다.

"비눗물을 바른다거나 이것저것 방법이 있잖아. 그 정도는 지금 해볼 수 있어."

미카의 말에 쇼조의 귀가 번쩍 뜨였다. 어쩔 수 없는 녀석이라며 나쓰오가 텐트로 돌아가 비누와 컵에 물을 담아 왔지만, 그 시도도 허사였다.

"어쩔 수 없다. 이거 이삼일 빌릴게."

체면이 완전히 구겨진 쇼조가 고개를 숙였을 때도, 사유리는 방글방글 웃고 있었다.

"황당한 해프닝이었어. 이렇게 얼간이일 줄은 몰랐다." 쓰토무는 그렇게 말하며 다른 사람들을 둘러보았다. "기분 전환하자. 이쯤에서 모두 함께 할 수 있는 놀이를 하지 않을래? 어제 안 했던 걸로."

"그거 좋지." 나쓰오가 생각에 잠겼다.

그 때, 모치즈키가 손을 들었다.

"살인 게임!"

"살인 게임?" 그 말을 처음 들어보는 쇼조가 눈살을 찌푸렸다. "뭐야, 그게?"

"그러니까 살인 놀이야. 추리소설연구회라는 이름의 클럽에 속해 있는 사람은 다 아는 유명한 놀이지."

"흐응, 재미있을 것 같은데. 규칙을 설명해 줘."

유코가 솔깃해하자 모치즈키는 설명을 시작했다.

"먼저, 멤버 수만큼 트럼프 카드를 준비합니다. 어떤 모양도 상관없습니다만, 퀸, 킹, 에이스는 한 장씩만 넣어야합니다. 이 카드를 뒤집어 놓고 모두 한 장씩 뽑아서 탐정, 그 조수인 왓슨, 범인 세 가지 역할을 정합니다."

흠흠. 모두들 열심히 귀를 기울이고 있다.

"킹이 탐정, 퀸이 조수인 왓슨 역할의 카드이고, 그것을 뽑은 사람은 카드를 뒤집어 모두에게 보여 줍니다. 다른 사람들은 카드를 절대로 보여주지 말 것. 에이스를 뽑은 사람이 범인인데, 물론 이는 공표하지 않습니다. 그리고 이것은 원래 실내용 게임인지라 탐정과 왓슨 두 사람은 방 밖으로 퇴장합니다. 그리고 방안의 불을 끕니다."

"어이어이, 여기서 그런 걸 할 수 있겠어?"

다카히코가 말하려는 걸 모치즈키가 제지했다.

"숲 속으로 가면 깜깜하잖아. 거기서 하면 돼. 모두 회중전등을 들고 가. 그래서 실내를 어둡게 하고 각자 마음대로 돌아다닙니다. 이게 참 스릴 넘친단 말이야. 그리고 범인은 그 어둠 속에서 누군가 한 사람을 죽입니다. 죽인다고 해도 물론 죽이는 흉내만 내는 거고, 살해 방법은 머리를 쿡 쥐어박든, 엉덩이를 걷어차든 자유입니다. 피해자는 살해당했다고 생각했으면 '꺄아!'나 '와!' 하고 비명을 질러 사건 발생을 알리고, 그 자리에 쓰러집니다. 그것을 신호로 전등 스위치 가까이 있는 사람이 불을 켭니다. 그 짧은 사이에 범인은 최대한 시체에서 떨어져야 합니다."

"흠, 그 부분은 전등 스위치를 켜는 대신 회중전등을 켜면 되는 거로군." 쇼조가 말했다.

"그래. 하지만 비명과 점등 간격이 너무 짧으면 범인을 금세 알아 버려서 시시하니까, 비명 소리가 나면 셋을 세고 나서 불을 켜면 좋습니다."

모치즈키의 말씨가 요리 교실 선생님처럼 변해간다.

"그래서, 불이 켜지면 탐정하고 왓슨이 방으로 들어와 현장검증을 하고, 수사를 행합니다. 시체 주변에 있는 사람들에게 '도망치는 인기척은 없었나' 하는 식으로 묻는 거지요. 우리 클럽의 규칙은 독특해서, 탐정이 시체한테도 질문할 수 있습니다. '어떤 식으로 살해됐나', '얼마나 세게 맞았나' 하는 식으로요."

"그래서 시체가 드러누워 대답하는 건가? 그거 걸작이로군." 다케시가 말했다.

"그 때, 범인은 어떠한 거짓말을 해도 상관없지만, 그 이외의 사람들은 아는 사실을 있는 그대로 대답합니다. 질문 수나 시간에 제한을 두어서 그 범위 내에서 수사를 하고, 탐정과 왓슨이 서로 의논해 범인을 추정하는 게임입니다만."

"하자, 하자!" 유코가 목소리를 높였다. "그거, 분명 재미있을 거야."

"한번 해 보자, 꽤 분위기 산다니까."

오다도 미스터리 팬의 게임을 홍보하고 나섰다. 사실 소문으로는 들었지만 나도 이 게임을 해 본 적은 없다. 모치즈키 선배들은 설마 셋이서 이 게임을 했을 리도 없을 텐데-당연하다. 탐정과 조수가 퇴장하면 방에 범인만 남는다-어디서 누구랑 놀았는지 끝나면 물어봐야겠다.

그런 짓이 대체 뭐가 즐겁냐고 의심하는 얼굴도 눈에 띄었지만 뭐든 해 봐야 안다고, 한 번 해 보기로 했다. 트럼프와 회중전등을 준비하고 모두 줄줄이 숲으로 들어갔다.

모치즈키가 열일곱 장의 카드를 두 손으로 솜씨 좋게 뒤섞어 내밀었다. "뽑으세요." 사방팔방에서 손을 뻗어 카드를 뽑는다. 각자 성적표를 받은 초등학생처럼 뽑은 카드를 몰래 들여다본다. 내가 뽑은 카드는 스페이드 4.

"내가 탐정이다."

"나는 그 조수. 맞지, 퀸은 조수지?"

마사키와 사유리가 의기양양하게 카드를 치켜들어 보여 주었다. 나머지 열다섯 명은 카드를 주머니에 넣었다. 모치즈키가 일동을 향해 말했다.

"그럼 두 사람은…… 응, 저쪽 나무 그늘로 가서 대기해. 규칙을 확인하겠다. 수사진이 퇴장하면 신호에 맞춰 일제히 불을 끈다. 범인은 누군가를 죽인다. 살해당한 사람은 비명을 지르며 쓰러진다. 비명 소리가 나면 삼 초 후에 불을 켠다. 탐정은 비명 소리가 들리면 불을 켜고 이쪽으로 달려온다."

"그리고 심문하는 거지. 가자."

마사키와 사유리는 15미터쯤 떨어진 나무를 향해 걸어갔다.

"심문은 삼 분 이내로 하자."

모치즈키가 뒤에서 외치자, 마사키가 알았다는 듯 손을 들어 답했다.

"좋아, 그럼 하나, 둘, 셋 하면 불을 끕니다. 하나…… 둘…… 셋!"

코를 베어 가도 모를 정도로 깜깜해졌다.

"꺅! 뭐야 이거. 정말 하나도 안 보이잖아."

유코가 외쳤다.

"몸에 부딪히기도 하겠지만, 그건 상관없어. 범인은 죽였다는 걸 분명하게 알 수 있도록 확실하게 죽여."라고 말하는 모치즈키.

확실하게 죽이라고? 말은 잘한다.

어둠 속에서 수많은 숨소리와 옷깃 스치는 소리만 들려왔다. 유난히 거친 콧김은 오다의 숨소리인가 보다. 나도 적잖이 흥분되었다. 이 어둠 속에 분명히 살인범이 한 사람 숨어 있고, 범행의 기회를 살피고 있는 것이다. 게임이라고는 해도 때때로 등줄기가 서늘해진다.

"야야, 뭐하는 거야. 냉큼 죽여."

다카히코가 거칠게 말했지만 그 목소리 역시 상기되어 있다. 범인도 분명 긴장했을 것이다. 혹은 피스 본인이 범인일지도…….

일 분 남짓, 어둠 속을 헤엄쳤다. 조금씩 눈이 어둠에 익숙해지자 사람 그림자가 좌우로 움직이는 것이 보였지만, 그것이 누군지는 전혀 식별할 수 없었다. 저 자그마한 그림자가 유코인가? 그런 생각을 하고 있을 때, 뒤통수에 가벼운 충격을 느꼈다.

"당했다!"

외마디 비명을 지르고 그 자리에 벌러덩 쓰러졌다. 삼 초 후, 거의 동시에 켜진 열네 개의 회중전등이 피해자를 찾아 어지러이 흔들렸다.

"오, 아리스. 형체도 알아볼 수 없군."

에가미 선배가 내 시체를 찾아내자, 불빛은 드러누운 내 위에 집중되었다. 마사키와 사유리가 달려왔다.

"야아, 아리스가 피해자야? 너부터 심문하겠다. 흉기는?"

"가라데 손날 공격입니다."

왁자지껄한 웃음소리. "이거 웃긴데." 하고 나쓰오가 말했다.

"뒤에서 이 언저리를 퍽! 적당히 봐준 것 같았으니까 우리 선배는 범인이 아니겠지요."

"시체는 추리하지 않아도 돼." 마사키의 말에 또다시 모두들 웃음을 터뜨렸다. "게다가 그렇게 어두웠잖아. 범인도 너라는 걸 알고 죽였을 리가 없어."

오오, 날카롭다. 감탄하는 목소리.

"아리스 근처에 있었던 건 다케시 오빠, 신주 오빠, 미카 언니지요?" 왓슨역의 사유리가 세 사람을 둘러본다. "그러면 순서대로 묻겠습니다. 신주 오빠, 그 쪽으로 누군가 도망쳐 오지 않았나요?"

"아니. 난 아리스가 비명을 지른 다음에 여기 가만히 있었는데 아무 것도 못 느꼈어."

미카가 "이 쪽도."라고 말했다. "다케시 쪽으로 간 거 아냐?"

"응, 누군가 내 뒤를 스윽 지나갔던 것 같기도 해."

끙끙거리는 마사키. "……그렇다면, 이러한 코스로 말이지, 쓰카사 쪽으로……."

"내가 아냐. 옆에 있는 루나한테 물어봐. 줄곧 이 근처에 있었어."

"그래, 이쪽은 움직임이 별로 없었나 봐."

"속지 마, 박사." 변호사 후미오가 말한다. "누가 뒤를 지나갔다는 다케시의 말을 곧이곧대로 듣지 마."

"사립 탐정은 빠져 줘. 직업 탐정이 수사 중이니까." 일동 폭소.

"일 분 삼십 초 경과." 모치즈키가 알렸다.

마사키와 사유리는 무턱대고 걸리는 사람들에게 질문을 하며 돌아다녔지만, 확실한 증인은 없었다.

"네, 삼 분 경과. 자, 범인은 누구냐?!"

모치즈키가 몰아세우자 팔짱을 끼고 신음하던 두 사람은 잠시 속닥속닥 하더니 극적인 연출을 했다.

"다케시!"

다케시는 아랫입술을 삐죽이 내밀고 드물게 장난기 어린 동작으로 자기 카드를 그들에게 내보였다. 하트 10이다.

"어머, 아휴." 사유리가 고개를 갸웃거렸다.

모치즈키는 에가미 선배와 무어라 의논하더니,

"이런 경우, 탐정과 범인을 바꾸지 않고 게임을 속행해서 범인이 몇 명까지 연속 살인을 할 수 있는지 겨루는 규칙도 있다는데, 그보다 많은 사람들이 탐정과 범인 역할을 하는 편이 즐거우니까 탐정도 범인도 교대제로 합시다. 네, 이번 범인은?"

미카가 차분한 여의사 같은 자세로 천천히 스페이드 에이스를 펼쳤다.

"상당한데." 쇼조가 감탄했다. "놀라운 연기력이야."

유코도, "역시나 선배님. 우리 또 해요, 또. 나 범인 하고 싶어!"

"그렇게 촐싹거려서야 어디 범인을 할 수 있겠냐." 모치즈키가 놀리면서 카드를 회수한 후, 잘 섞어서 내밀었다. "뽑으세요."

두 번째. 탐정은 다쓰코, 조수는 다케시. 피해자는 나쓰오이고 범인은 유코였는데, 그녀가 실실 웃으며 심문에 응했기 때문에 대뜸 발각. "그것 봐."하며 웃음거리가 되었다.

세 번째는 탐정 루미, 조수가 모치즈키. 이 때 또다시 내가 살해당하는 역을 맡게 되었다. 모치즈키가 귀찮게 종알거리고 결국 범인을 못 맞추었는데, 달의 아이 루나는 질문 하나 던지지 않았던 다카히코에게, "역시 피스 오빠인가."하고 단정했다. 그는 입에 물려던 담배를 툭 떨어뜨리며 에이스 카드를 꺼냈다.

"여자의 육감은 못 당해내." 모치즈키는 끝까지 포기 못하고 투덜거렸다.

그리고 네 번째. 아리스가와 아리스 군이 탐정, 히메하라 리요 씨가 조수가 되었다. 이것은 낮에 놓친 기회에 대한 보답인가 보다.

"힘내자." 리요의 말.

둘이서 떨어져 나와 나무 그늘로 들어가 회중전등을 껐다. 리요가 후우하고 내쉰 한숨이 목덜미에 닿았다. "하나, 둘, 셋." 하는 구령에 맞춰 뒤에서도 불빛이 꺼지고, 어둠의 카니발이 시작되었다.

"완전히 깜깜하지는 않네." 리요는 하늘을 바라보며 말하고 있는 것 같았다. "저기 봐, 나뭇잎 새로 달빛이 살짝 보여."

올려다보니 진짜로. 형태가 있는 존재는 그곳에도 없었지만, 그것은 얼마간 밝은 어둠이었다.

"나뭇잎 새로 쏟아지는 달빛."

내가 흘린 말에 리요는,

"예쁜 말이네. 나뭇잎 새로 쏟아지는 햇빛이 아니라 달빛이란 말이지? 아까 아리스가 말했던 월광욕도 그렇지만, 해를 달로 바꾸면 멋진 단어가 돼. ……달시계 ……월사병."

"월광 사진, 월광 소독."

"달 뜨는 나라, 어때?"*

"우리도 월인파에 들어갈까?"

어둠 속에서 우리의 시선이 맞았다는 걸 분명하게 알 수 있었다. 리요의 미소도 내게는 보였다.

별안간 멀리서 들리는 목소리.

"어이! 거기 명탐정. 조수 꼬이고 있을 때냐?"

다카히코다. "직권 남용 반대."하고 나쓰오가 놀렸기에 나는
아무도 보지 않는데도 고개를 꾸벅 숙였다. 리요는 어쩌고 있을
까? 살포시 웃는 소리가 들렸다. 나는 용기 없이 입을 다물어버
린다.

"꺅!"

여자의 비명. 부스럭부스럭 누군가 서둘러 움직이는 소리.

"가자." 나는 리요를 재촉해 전등을 켜고 현장으로 서둘렀다.
반드시 범인을 맞춰서 멋진 모습을 보여 주겠다는 뜨거운 결심
을 품고.

피해자는 다쓰코였다. 모로 누워 쑥스러워하고 있다. 근처에
서 있는 사람은 다카히코, 오다, 쇼조, 나쓰오, 유코, 미카. 사람
이 많다. 여섯이서 시체를 둘러싸고 있는 형국이다.

"어떻게 살해당했어?" 다쓰코에게 물었다.

"등을 쿡 찔렸어요. 조금 세게."

그녀는 군중의 주목을 받아 민망한 모양이다.

"여섯이나 다쓰코 주변을 둘러싸고 있어. 범인은 이 원을 빠져

---

* 607년 쇼토쿠 태자가 수 양제에게 보내는 국서에 '해 뜨는 나라의 천자가 해
  지는 나라의 천자에게 서한을 보낸다'라는 문장을 쓴 데에서, '해 뜨는 나라'는
  일본을 의미한다. 리요는 이 문장에 빗대어 일본을 '달 뜨는 나라'로 표현한 것
  – 옮긴이

나갈 수 없었을 테니……."

"하지만 누군가 도망치는 소리가 났던 것 같아."

유능하고 가련한 조수가 말했다. 고뇌하는 탐정.

일단은 심문이다. 나는 여섯 명에게 차례대로, "누가 옆으로 빠져나가지 않았나?"하고 질문했다. 모두들 "아무도 옆을 지나가지 않았다"고 분명하게 대답했다.

"그렇다는 말은, 범인은 분명 이 여섯 명 안에 있다는 말이야. 만약 누군가 달려서 시체로부터 도망쳤다면, 이 여섯 명 중 두 사람이 '내 옆으로 누군가 빠져나갔다'고 증언해야 하는걸. 여섯 명이 이룬 원의 간격은 그리 넓지 않으니까. 하지만 지금 들은 대로 여섯 명이 전부 '아무도 지나가지 않았다'고 단언하는 걸로 봐서 범인은 분명 이 안에 있다!"

"응, 그래그래." 리요도 동의했다.

"그래서 여섯 명 중에 누군데? 삼십 초 남았다, 아리스."

모치즈키가 재촉해 봤자, 누구로 좁혀야할지 전혀 단서가 없다. 다쓰코는 쓰러졌을 때 방향감각을 잃어, 범인의 손이 어느 쪽에서 뻗어왔는지 전혀 짐작이 가지 않는다며 미안하다고 사과했다. 시체한테 사과 받는 탐정이 이 세상에 어디 있나.

"타임 이스 업!" 모치즈키의 선언.

"아무나 정해, 아리스. 내 감은 하나도 안 맞으니까."

리요에게 전권을 위임받은 나는 더더욱 갈피를 못 잡았지만 상당히 난폭한 범인이었던 것 같다는 점 하나만을 근거로 추측하여 다카히코를 지목했다. 어때, 맞았지?

그는 애태우듯 천천히 카드를 보였다. 틀렸다.

"나쓰오 아닐까?"

미카가 자기의 결백을 증명하는 카드를 보여주면서 말했지만, 나쓰오의 카드는 클로버 3이었다.

"이봐, 우리도 아니야, 이것 봐."

오다, 유코와 함께 카드를 살펴보던 쇼조가 세 장의 카드를 부채꼴로 펼쳐보였다.

"호오, 이건 난해한 사건이었군. 그래, 범인은?"

모치즈키가 말했다. 스페이드 에이스는 에가미 선배의 손 안에 있었다. 술렁술렁. 믿을 수 없다. 에가미 선배는 마치 방관자 같은 무관심한 모습으로 시체에서 가장 멀리, 7-8미터나 떨어진 사건 반경의 끄트머리에 있는 나무에 기대어 이쪽을 바라보고 있었으니까.

"에가미 선배, 어떤 트릭을 쓴 거죠? 원거리 공격무기?"

모치즈키도 기가 막힌 모습이다. 에가미 선배는 태연한 얼굴로 "아무 것도."라고 말했다.

어려운 때에 탐정 제비를 뽑았다. 하필이면 저 사람이 에이스를 쥐고 있었다니. 어둠 속을 민첩하게 주파했을 뿐인지 아니면 뭔가 속임수가 있는지 알 수는 없었지만, 어떤 짓을 해도 이상하지 않을 사람이다.

"졌습니다."

나는 미련 없이 경의를 표했다.

게임은 열 번 되풀이했다. 나에게는 더 이상 어떠한 역할도 돌아오지 않았다. 일곱 번째, 리요가 피해자가 되었을 때에는 영문도 모르게 당황했다. 그리고 뒤에서 목을 조른 범인이 쇼조였다는 사실이 판명되자, 그에 대한 격렬한 질투심을 금치 못했다.

살인 게임은 상당히 체력을 요한다. 끝없이 서 있어야 하고, 끝없이 돌아다녀야 하니까. 쓰토무가 먼저 말을 꺼냈다.

"내일 또 하자. 오늘은 이제 지쳤어."

모치즈키가 트럼프를 모으더니 "그러자."하고 폐회를 선언했다. 다들 이 놀이가 마음에 들었나 보다. "내일도 꼭 하자."하고 유코가 못을 박고 있다.

"저기요, 모치 선배. 작년까지 셋이서 이 게임을 했나요?"

숲을 뒤로 하며 모치즈키에게 물어보았다.

"설마 그랬겠냐. 작년에 셋이서 가나자와로 여행가서 유스호스텔에 묵었을 때, 거기서 했어. 손님들부터 관리인까지 어찌나 좋아하던지. 오늘도 성공했잖아. 우리는 이렇게 끊임없이 살인 게임을 전도하는 거야."

손목시계를 보니 9시가 지났다.

모치즈키는 다카히코, 쇼조와 함께 광장에서 맥주를 홀짝이기 시작했다. 서로 엄청나게 떠들어 대고 있다.

쓰토무는 스케치북을 들고 숲으로 들어갔고, 후미오도 해먹에서 쉬겠다며 쓰토무의 뒤를 따라갔다.

마사키와 유코, 미카 세 사람과 나쓰오는 수풀 위에 앉아 이야기꽃을 피웠다. 그 쪽도 즐거워 보인다.

다케시는 사유리와, 조금 떨어진 장소에서 에가미 선배가 루미와. 에가미 선배와 루미는 역시나 별이 쏟아지는 밤하늘을 바라보며 조용히 이야기를 나누고 있었다.

리요는, 나와 함께 있었다.

"조금 걸을까? 달구경하면서."

"숲 속은 어두워서 못 걷는 거 아니니?"

"괜찮아. 살인 게임 장소처럼 어두운 곳에는 갈 수 없지만, 좀 더 나무가 듬성듬성한 곳을 산책하자. 이렇게 달이 환한 밤이니까."

"응." 리요는 짤막하게 대답했다.

나무가 듬성한 숲을 둘이서 걸었다. 그녀도 살인 게임이 무척 마음에 들었는지, 추리소설연구회에서는 그런 놀이만 하냐고 물었다. 너무 열띠게 취미 이야기를 하기가 부끄러워 애매한 대답을 했다.

"에이토 대학이라…… 부럽다." 그녀는 샐쭉하게 말했다. "나, 교토에 있는 대학에 가고 싶었어."

"어째서?"

"고베도 좋긴 하지만, 역시 학생들의 거리는 교토잖아? 공부나 인생에 대한 사색을 하기에는 철학의 길이나 가모가와 주변이 최고의 장소 같아. 토요일 오후에는 가와라마치의 헌책방에서 문헌을 뒤적거린다든가. ……유치한가? 고등학교 때 클럽 선배가 교토에 있는 대학에 갔는데, 그 사람 이야기를 듣고 있으면 어린애처럼 부럽다는 생각이 들어."

낮이나 밤이나 교토는 학생으로 그득하다. 기야마치에 술을 마시러 갈 때마다 다른 대학 그룹과 의기투합해서 대학 교가나 응원가 레퍼토리가 점점 늘어나는 점이나, 새벽녘 덮밥 가게에는 남학생 네 명 그룹들뿐이라는 유치한 이야기를 그녀는 기껍게 들었다. 정말로 부러운 모양이었다.

내가 고베도 좋은 도시라고 말하자 그녀는, "물론 좋은 곳이지만." 하고 말을 끊었다. 그것은 역시 교토가 좋다는 의미로 들렸다.

리요와 함께 가모가와 주변을 걷는 상상을 해 보려했지만, 어찌된 영문인지 중요한 가모가와의 경치가 떠오르지 않는 바람에 흐릿한 공상은 그대로 사라졌다.

"돌아갈까?"

그녀가 말했다. 둘만의 시간을 끝내는 건 안타까웠지만 너무 늦게까지 둘이서 어두운 곳을 배회하는 것도 이상할 것 같아서, 나는 동의했다.

"앗."

리요가 하늘을 가리켰다.

밤하늘을 가로지르며 별이 흐른다. 유성은 이렇게나 길게 꼬리를 끄는구나. 놀라웠다. 이거라면 소원을 세 번 외울 수도 있겠다. 하지만 그 때의 나는 그 선명한 궤적을 그저 아연히 눈으로 좇느라, 별에게 소원을 빌어야겠다는 생각은 하지도 못했다.

제2장
경악의 아침

1

캠프 사흘째 아침이었다.

역시나 세 선배들보다 먼저 눈을 뜬 나는 텐트 앞에 서서 우윳
빛 베일에 싸인 경치를 멍하니 바라보았다.

불안한 아침이었다.

오늘은 마음에 상처를 입을, 무언가 불길한 일이 일어난다. 나
에게는 때때로 그렇게 느껴지는 아침이 있었다. 둔감한 이 남자
에게 어째서 그런 능력이 있는지. 하지만 기묘하게도 그런 예감
은 높은 확률로 적중했다. 하지만 언제나 무슨 일이 일어날지,
어떻게 처신하면 좋을지는 도무지 알 수가 없다.

"안녕."

그녀의 텐트를 향해 속삭인다.

나는 빈손으로 아침 안개 속에 발을 들여놓았다. 고원의 안개
는 살아 있는 생물처럼 꿈틀거리며 흐르고 있다. 그렇지 않아도

어스름한 새벽녘. 안개는 내 앞길을 짓궂게 가로막았다.

'나는 폐허 속에 하나의 폐허로 서 있다.'

바이런이었던가. 그런 시의 한 구절이 떠올랐다.

짙은 그늘을 드리운 자작나무 숲에서 방황했다. 나의 발소리
만이 말을 걸어온다. 어젯밤 살인 게임을 하며 놀았던 숲 속을,
고독한 남자는 무슨 영문에선지 바쁜 걸음으로 헤매고 있다.

내일이 되면 산을 내려가, 리요와도 헤어져야 한다. 그 사실이
불안의 원인인가. 하지만 그녀는 고베의 학교에 다니고 있다고
했으니 약속만 잡아 두면 쉽사리 만날 수 있지 않은가. 그렇다
면…….

마을로 돌아가자 한바탕 소동이 일어 나 있었다. 안개 속에 수
많은 사람 그림자.

"무슨 일 있어?"

리요 일행의 텐트 앞에 복잡한 표정으로 모여 있던 일동의 얼
굴이 획 돌아보았다. 아아, 너도 있었냐 하는 분위기다.

"샐리가 없어."

루미가 한 장의 종이 쪼가리를 내게 건넸다. 수첩을 찢어 갈겨
쓴 것이었다.

    먼저 내려갈게. 두 사람은 남아서 하루 더 천천히 놀아. 멋대로 굴
어서 미안.

                                                                사유리

"편지를 남겨 둔 거야?"

"그런 것 같아. 짐은 반 정도 없어졌어."

"하지만 갑자기 왜?"

"글쎄, 그걸 모르겠어. 정말 어떻게 된 걸까."

모두들 도무지 이해할 수 없다는 표정이 역력했고, 다케시는 새파란 얼굴로 입술을 깨물고 있다.

"이런 말도 안 되는 경우가 어디 있어?" 다케시는 신음했다. "나한테 아무 말도 없이 어째서."

"그건 내가 하고 싶은 말이야." 루미가 그를 향해 말했다. "샐리가 나하고 리요한테 이유도 말하지 않고 이런 말도 안 되는 짓을 하다니, 납득이 안 가."

다케시도 되받아쳤다. "너희 셋은 단짝 친구라고 말하고 싶겠지. 캠프장에서 잠깐 이야기를 나눈 가벼운 남자하고 같은 취급받기 싫다 이거지? 하지만 그저께 알게 된 남자보다, 겨우 몇 개월 먼저 안 동성 친구가 무조건적으로 샐리에 대해 우선권을 주장할 수 있다고 잘라 말할 수 있어? 샐리가 내게 작별 인사도 없이, 이대로 다시 못 만날지도 모르는데……."

다케시는 거기까지 말하다가 별안간 입을 다물었다. 루미는 고개를 숙이고 사과했다. "잘못했어."

"나야말로, 미안."

발광할지 모르는 자신을 억누르려는 듯 스웨터를 걸친 가슴을 꾹 움켜쥔 다케시의 어깨를 다카히코가 도닥였다.

"그러고 보니 새벽에 머리맡에서 뭔가 부스럭거리는 기척이

났던 것 같아. 반쯤 잠든 상태에서 들었지만."

리요가 침울한 목소리로 말했다.

"여자 애가 아니라도 혼자서 한밤중에 산을 내려가기란 불가능해." 나쓰오가 다케시를 염려하면서 말했다. "날이 밝기 얼마 전에 짐을 좀 챙겨서 산을 내려갔겠지."

"그럼 아직 여길 나선지 얼마 안 되지 않았을까?"

내가 조심스레 말하자 다카히코가,

"그래, 지금부터라도 쫓아가면 따라잡을 수 있어!"

"가겠어!" 다케시는 루미를 보았다. "나, 쫓아가겠어."

"나도 갈래."

리요의 말을 다케시는 거절했다.

"내가 달려가서 쫓을게. 기다려 줘."

"무슨 일 있어?"

우리의 범상치 않은 기색에 EMC 텐트에서 에가미 선배가 얼굴을 찌푸리며 다가왔다.

"아, 에가미 형, 사실은."

나쓰오가 설명하려던 순간.

2

땅 밑에서 굉음이 치솟았다. 움직일 리가 없는 대지가 마치 삼각파에 휩쓸린 보트처럼 휘청거렸고, 우리는 그 자리에 쓰러졌다. 무슨 일이 벌어졌는지 알 수가 없었다.

"부, 분화다!"

누군가가 외치는 소리에 산꼭대기를 올려다보니 아침 안개 속에 묵직한 검은 화산 연기가 피어오르고 있었다. 되살아난 불의산은 흉포한 짐승처럼 하늘을 향해 포효했고, 찢어질 듯한 비명소리가 들렸다. 나는 마른침을 꿀꺽 삼켰다.

"이거 지진이야?"

모치즈키가, 이어서 오다가 뛰쳐나왔다. 다른 텐트에서도 유코, 미카, 쇼조가 헐레벌떡 달려 나왔다.

"위험해, 텐트 안으로!"

쓰토무가 외쳤지만, 피신해야 할 장소인 텐트는 차례차례 무너졌다. 화산력이 머리 위에 후두둑 쏟아졌다.

"숲 속으로 들어가자, 어서!"

에가미 선배가 두 다리로 버티고 일어서서 호령을 붙였다. 그때, 휴대용 텔레비전만한 크기로 엉겨 붙은 화산탄이 우리 위치에서 그리 멀지 않은 곳에 떨어졌다.

"자, 빨리!"

공포에 질린 일행은 에가미 선배가 가리키는 약속의 땅으로 달려갔다. 모세의 뒤를 따르라!

눈길을 돌리니 리요는 겁에 질려 힘이 빠졌는지, 주저앉아 있었다.

"가자."

나는 그녀의 손을 잡고 일으켜 세우고, 그대로 손을 끌어 자작나무 숲까지 달려갔다. 도중에 주먹 크기의 돌 하나가 공기를 가르며 두 사람을 스쳐 지나갔고, 맞으면 끔찍할 게 틀림없는 돌들이 몇 개 시야 안으로 떨어졌다. 그때마다 나도 리요도 눈을 감고 비명을 내질렀다.

간신히 숲에 다다라 나무 그늘에 숨었다. 그녀의 몸은 내 품속에 있었고, 바르르 떨고 있었다. 주위를 둘러보자 저쪽 나무 그늘, 이쪽 나무 그늘에 저마다 몸을 의탁하고 있다. 모치즈키와 눈이 마주치자, 그는 이제 끝장이라는 듯 고개를 가로저었다. 우리가 숨은 나무에 화산탄이 요란하게 명중해 리요가 또다시 새된 비명을 질렀지만, 나는 더 이상 목소리도 나오지 않았다.

화산재가 마치 죽음의 장막처럼 서서히 내려왔다. 안개와 재.

이제 시야는 완전히 빼앗기고 말았다. 산은 또다시 한바탕 높이 포효했고, 발밑의 지면은 더욱 맹렬하게 몸을 흔들어 댔다.

"어이, 모두 무사하냐!"

대지의 굉음을 헤치는 나쓰오의 목소리에 나는 무슨 수를 써서라도 대답해야 한다 싶어, 있는 힘껏 고함을 질렀다.

"이쪽은 무사해, 리요도 있어!"

상처는 없다.

"살아 있어!"

"괜찮아!"

"유코랑 미카도!"

여기저기서 무턱대고 아우성치는 대답이 들려왔다.

"조금만 참으면 잦아들 거야."

내가 말하자 리요는 똑바로 내 눈을 바라보며 끄덕였다. 모두 긴장한 채로 숨을 죽이고 견뎠다.

지옥은 십여 분만에 떠나갔다. 야부키 산은 공물을 받아들고 만족한 사신(邪神)처럼, 순식간에 침묵했다. 나와 리요는 마주 보며 서로 무사한지 확인했다.

짐승의 숨결 같은 미적지근한 바람이 흘렀다.

"어이, 다들 거기 있어?"

화산재 너머에서 나쓰오가 부르는 소리가 들렸다.

"있어!"

"여기, 여기."

"선배, 어디 있어요?"

"다친 사람은 없어?"

한참 동안 재의 장막 안에서 서로를 찾는 목소리가 뒤엉켰다.

"모두 한 데 모이자. 손뼉을 칠 테니 그 소리를 따라 여기까지 와."

나쓰오는 그렇게 말하고 까막잡기처럼 손뼉을 치기 시작했다.

"가자."

나는 리요의 손을 끌고 발밑을 신경 쓰면서 소리가 나는 방향으로 한 발짝 한 발짝 조심스럽게 걸어갔다. 10미터 앞이 부옇게 보일 정도로 시야는 좁았다.

"옳지, 1등은 벤. 다음은 누구냐?"

나쓰오의 목소리는 여전히 아득했다. 리요가 화산탄에 걸려 두어 번 비틀거렸다.

"다음은…… 아아, 변호사인가. 상처는?"

"아니, 살짝 긁혔을 뿐이야."

"3등은 노부나가로군, 괜찮아?"

"멀쩡해."

바람이 강해졌다. 화산재가 점차 엷어지자 주위 상황이 흐릿하게 눈에 들어오기 시작했다.

"두 사람, 이쪽이야."

나쓰오가 손을 흔들고 있다. 두 사람이라는 건 우리를 말하나 보다. 휘청거리면서도 간신히 그들이 기다리는 곳까지 더듬어 갔다.

"무서웠어, 진짜." 유코가 그렇게 말하며 미카 선배와 함께 도착.

그 다음으로 에가미 선배가 루미를 업고 찾아왔다.

"어떻게 된 거야, 루나?" 당황한 리요가 물었다.

"다리에 맞았어. 누가 약 좀 가져다 줘!"

오다가 어쩐 일로 대답보다 먼저 마을로 달려갔다. 에가미 선배는 루미를 살며시 내려놓았지만 그래도 상처에 전해졌는지 루미는 "아파."하고 얼굴을 찌푸렸다. 하얀 청바지의 오른쪽 종아리 부분이 찢어져 붉게 물들어 있다. 이건 긁힌 상처 수준이 아니다.

"부상자 한 명, 다른 사람들은 어떻게 됐지?"

나쓰오가 말하는 사이에 찰싹 들러붙은 다카히코와 다쓰코가 역시나 휘청거리며 모습을 나타냈고, 이어 쇼조, 마사키, 다케시, 모치즈키가 저마다 다른 방향에서 모여들었다. 나쓰오가 일일이 이름을 부르며 인원수를 확인했다.

"전원 생존, 사망자 없음, 부상자 한 명."

"기적이다." 다카히코가 내뱉었다.

오다가 구급상자를 들고 돌아왔다. 외상 응급처치라면 보이스카우트 출신인 쓰토무와 쇼조가 나설 차례다.

"어이, 먼저 상처 부위를 씻어야해."

"하지만 벤, 강물은 화산재로 더러워졌다고."

상황이 그렇다면 루미의 상처 치료는 물론이고 앞으로 우리가 마실 물도 걱정해야 한다는 말 아닌가.

"상류에 물이 솟아나는 곳까지 가면 아마 괜찮을 거야."

쇼조의 도움을 받아 쓰토무가 루미를 업었다.

"우리도 가자." 다카히코가 얼굴을 찡그리며 말했다. "얼굴을 씻어야지. 게다가 강이 오염되었다면 우리 모두의 사활이 걸린 문제니까 내 눈으로 확인하고 싶어."

지당한 말씀이다. 루미를 업은 쓰토무가 선두에 서고, 우리는 일렬종대로 개울로 난 좁은 길을 내려갔다. 강은 화산 분화물로 완전히 오염되어 있었다. 마시기는커녕 손도 씻을 수 없을 지경이다.

"위험하군." 다카히코가 혀를 찼다.

"바로 위쪽에 수원(水源)이 있어. 거기라면 아마도 깨끗한 물이 솟아나올 거야."

쓰토무는 강물 속으로 들어가 상류를 향해 걸어갔다. 이윽고 "살았다." 하는 목소리가 들려왔다. 우리도 무릎까지 강에 담그고 그가 있는 곳으로 가보았다. 커다란 판자 모양 암석 밑에서 흘러나오고 있는 맑은 물을 확인하자 일단 마음을 놓을 수 있었다. 바위가 차양이 되어 쏟아지는 재에도 아랑곳없이 맑은 물이 솟아나고 있었다.

쓰토무는 쇼조와 둘이서 루미의 상처를 치료했다. 둘둘 감은 붕대에 피가 배어 나와 안쓰러웠다.

우리는 교대로 얼굴과 손발을 씻고 마을로 돌아왔다. 강한 서풍이 화산재를 날려 보내 숨쉬기가 편해졌다. 여진도 없어 우리는 냉정을 되찾을 수 있었다.

"내려가는 길이 괜찮은지 살펴보고 올게."

다카히코가 그렇게 말한 순간, 다케시의 안색이 변했다.

"샐리는…… 샐리는 어떻게 됐을까?"

분화 직전에 있었던 일이 기억났다. 사유리의 뒤를 쫓자고 다케시가 주장했던 바로 그 순간에 산이 불을 뿜어냈던 것이다.

"피스, 나……."

"좋아, 같이 가자."

두 사람은 나란히 달려갔다. "조심해!" 다쓰코가 그 뒷모습에 대고 소리쳤다.

우리는 텐트를 고쳐 세우는 작업에 매달렸다. 나무망치로 받침대를 박는 소리가 메아리쳤다. 전부 단순히 쓰러졌을 뿐, 다행히 못 쓰게 된 텐트는 없었다.

후미오가 라디오 스위치를 켜자 마침 임시 뉴스가 나오고 있었다. 다들 그를 중심으로 모여들어 귀를 기울였다. 도쿄 대학의 화산관측소에서는 일주일 전부터 간헐적인 극미소지진*이 관측되고 있었다는데, 사전에 경보가 발령되었던 것도 아니고 전혀 예상치 못한 분화였던 듯싶다. 아나운서가 야부키 산의 분화는 십 년 만이고, 대 분화는 이백 년만이라고 담담하게 말하고 있었지만 잡음이 심해서 대부분 알아들을 수 없었다.

"미안. 미안합니다."

오다가 난데없이 에가미 선배, 모치즈키, 나에게 머리를 숙였다.

"왜, 노부나가?"

---

* 極微小地震. 진도 1 미만의 지진 – 옮긴이

"죄송합니다, 부장. 내가 이런 산을 고른 탓에."

모치즈키가 "덜 떨어진 소리하지 마. 이렇게 될 줄 알고 결정한 것도 아니고. 모두들 마음 놓고 어제까지 잘 놀았잖아."

"하지만 책임을 느끼고……."

"노부나가 선배, 아무도 탓하지 않을 겁니다."

위험은 지나갔을까? 산은 도리어 기분 나쁠 정도로 정적을 되찾았다. 어느새 머리나 어깨에 희미하게 쌓이는 화산재를 누군가가 쉴 새 없이 털어 내고 있다. 그럼에도 불구하고 다들 텐트에 들어가지 않고 광장에 모여 있었다.

"이러고 있으니 보트 타고 표류했던 때가 기억나."

무릎을 끌어안고 앉은 나쓰오가 누구에게랄 것 없이 이야기를 시작하자 우리는 귀를 기울였다.

"그 때가 초등학교 6학년 여름이었나? 남동생하고 오미 마이코에 있는 친척집에 놀러 갔었어. 비와 호수에서 수영도 하고 히에이 산에도 오를 수 있어서 여름이 되면 항상 둘이서 놀러 갔었지. 그리고 그 해 여름, 난 동생하고 둘이서 처음으로 보트를 탔어. 그것도 한밤중에 허락도 없이 나루에 묶어 둔 보트의 로프를 풀고 호수로 저어 나간 거야.

노 젓는 법도 몰랐지만 그러는 사이에 요령을 익히니 재밌어지더라. 눈 깜짝할 새에 호수 저 안쪽까지 가 버렸어. 세 살 어린 동생도 엄청 좋아해서 형 입장에서야 우쭐했지. '너도 해 봐.' 하고 노를 건네주니까 동생도 열심히 젓더라. 육지의 등불이 멀어지는 게 한편으로는 무서웠지만, 즐겁기도 했어."

"헤." 유코가 가만히 미소를 지었다.

"한 시간쯤 그러고 있었지. 10시가 다 되었을 무렵이라 서둘러 돌아가려 했는데, 어디를 봐도 불빛이 안 보이는 거야. 우리를 골탕 먹이려고 동네 집들이 전부 불을 꺼버린 것만 같아서 오싹했어. 형이 방향을 알고 있을 거라 믿어 의심치 않는 동생은, 나한테 노를 내밀었어. 난 당황스러운 걸 꾹 참고 '돌아가자.' 하고 떠벌리면서 어림짐작으로 뱃머리를 돌렸어. 삼십 분쯤 지나자 내 이마에 맺힌 엄청난 땀방울을 보고 동생은 말없이 울기 시작했어. '걱정 마. 오는 데 한 시간 걸렸으니까 가는 데에도 그쯤 걸릴 거야.' 그렇게 달래면서 필사적으로 노를 저어댔어. 불빛은 사방 어디에서도 보이지 않아. 시계 같은 건 갖고 오지 않았으니 공포로 감속된 시간은 더디게 지나가기만 하지, 팔 힘은 빠지지, 두 손바닥은 살갗이 벗겨져서 부어올랐어. '여기는 바다가 아니니까 걱정할 것 없어. 최악의 상황이라도 아침이 되면 유람선이 발견하고 구해줄 거야.' 동생한테 그렇게 말하면서 나는 노 젓기를 관뒀어."

바람이 우리 사이를 지나갔다.

"결국 아침까지 그렇게 비와 호수에서 표류했던 거야. 배고프다고 기운 없이 말하는 동생 마음을 돌려 보려고 애쓰는 사이에 경찰선이 구조해 주었어. 밤 9시부터 아침 9시까지. 정확히 열두 시간 동안 공포 체험이었지."

"혼났지?" 유코가 물었다.

"혼날 리가 있냐? 큰아버지도 큰어머니도 여하튼 무사해서 다행이다. 그 말씀뿐이셨어. 가장 두려운 밤을 보냈던 건 그 두 분이셨던 거야. 표류하고 있던 당사자들도 물론 무섭긴 했지만 구조될 거라 믿고 있었고, 은근히 엉뚱한 얘기에 웃고 떠들고, 잠도 잘 잤거든."

"모험 소년이로구나." 유코가 미소를 지었다.

"하지만 어린애 마음에 확실히 각인되었지. 멋대로 행동해서 타인에게 폐를 끼쳐서는 안 된다는 사실이 말이야. 오늘의 호남 미사카 나쓰오가 존재하는 것은 그 날 밤 덕분이라 이 말씀."

"난 산에서 길을 잃었어." 이번에는 쓰토무가 웃지도 않고 입을 열었다. "컵 스카우트*에서 지치부에 있는 미쓰미네 산에 갔을 때야. 난 고등학교 1학년. 대장이었지. 언제나 리더십에 대해 생각했었고, 내 지도력에 대해 자만에 가까운 마음을 갖고 있었어."

쓰토무는 잡초를 쥐어뜯으며 아무도 보지 않고 말했다.

"이틀째 되던 날, 한 사람이 행방불명되었어. 갓 입단한 활발한 초등학교 2학년 아이였어. 혼자 산 속에 탐험하러 갔다가 못 돌아온 것 같다고, 우리 대장들이 분담해서 산을 수색했어. 아무리 찾아도 못 찾겠기에 하는 수 없이 그 지역 경찰서에 통보를 한 게, 이미 해가 떨어질 무렵이었어. 그 날은 제대로 수색을 못

---

* cub scout, 보이스카우트의 유소년부. 8세부터 11세 소년들로 구성된다 - 옮긴이
** den, 짐승들의 보금자리라는 의미로 카브스카우트에서 조를 뜻하는 단어 - 옮긴이

하고 다음날 아침 동이 트길 기다려 산을 샅샅이 뒤졌어. 그 아이는 내가 인솔하는 덴**의 대원이어서 난 정신없이 산 속 깊이 들어갔어. 혼자서 목이 터져라 소리를 지르면서.

습지에서 웅크리고 있는 그 아이를 발견했을 때, 하필 또 날이 저물고 있었어. 꼬박 하루를 아무것도 못 먹었으니 쇠약해진데다 다리도 부러졌어. 길을 잃고 마구잡이로 헤매다가 발이 미끄러져 5미터 남짓 되는 높이에서 습지에 떨어진 거야. 난 부목을 만들어 응급처치를 하고 그 아이를 등에 업고 내려오려 했지.

나는 내 어리석음을 저주했어. 이번에는 내가 어디로 돌아가야 할지 방향을 알 수 없었던 거야. 우물쭈물하는 사이에 어두워지고, 아이는 점점 더 기력을 잃어 갔어. 하지만 아무리 초조해한들 어떻게 되는 것도 아니야. 난 하다못해 기운이라도 북돋아 주려고 노래를 부르면서 헛되이 산을 헤매었지만, 결국 노숙을 하게 되고 말았지. 아이에게는 두 번째 밤이야. 내 주머니에는 껌 몇 개밖에 안 들어 있었고, 주위에 먹을 건 아무 것도 없었어. 별 수 없이 껌 단물이나 빨게 하면서 아이를 안고 깜깜한 숲 속에서 밤새도록 뜬눈으로 지샜어."

바람이 더 강해져서 낯익은 경치가 되돌아오고 있었지만, 쓰토무의 어두운 목소리는 이어졌다.

"깜빡 졸았었나 봐. 정신을 차려 보니 아직 한밤중이었고 아이는 엄청난 고열로 신음하고 있었어. 나를 계속 불렀던 모양인데 나는 쿨쿨 자고 있었던 거야. '괴로워.'라고 하더라. 난 무력하게 '아침까지만 참자.'고 되풀이하는 것 말고는 할 수 있는 일이 없었어.

날이 밝자 난 내가 가진 지식을 총동원해서 방향을 측정한 후에 그것이 적중하기만을 기도하면서 미친 듯이 걸었어. 등에 업은 아이는 축 늘어져서 아무 말도 하지 않았어. 정오가 다 되어 캠프장에 돌아올 수 있었고, 난 아이와 함께 병원에 실려 갔지. 좀 기진맥진했거든. 그 때, 구급차 안에서 한심해서 눈물이 멈추지 않더라. 아이는 폐렴으로 이틀 후 죽고 말았어.”

침묵이 고요한 정적을 지배했다.

“이런 때에 기분 나쁜 이야기를 해서 미안하군. ……신주 이야기를 들으니 엊그제 일처럼 생생하게 떠올라서 말이야.”

“나야말로 미안.” 나쓰오가 말했다.

아래쪽 상황을 보러 갔던 다카히코와 다케시는 좀처럼 돌아오지 않았다. “늦는군.” 에가미 선배의 목소리에 또다시 우리 사이에 불안이 일었다. 한 시간 반쯤 지났을까. 다카히코가 걱정되는지 다쓰코가 훌쩍였다. 몇 사람이서 보러 가자는 말을 하고 있을 때, 그들은 새파랗게 질린 얼굴로 돌아왔다.

“어이, 어떻든?”

쇼조가 묻자 다카히코는 절망적인 목소리로,

“내려갈 수 없어. 지반이 무너져 내렸는지 길이 막혀 있어.”

다케시는 마치 악마라도 만난 듯 얼굴에 경련을 일으키고 있었다. 다카히코는 그쪽을 흘깃 보고 말했다.

“샐리는 무사할 것 같지 않아.”

3

"그건 무슨 뜻이죠?" 리요가 감정을 억누른 목소리로 물었다. "살아 있을 것 같지 않다는 말인가요?"

다카히코는 신중하게 단어를 고르고 있었다.

"그 분화가 있었을 때 샐리가 어디에 있었는지가 문제야. 샐리의 생사 여부는 단정할 수 없어. 하지만 만약 샐리가 새벽녘에 하산을 시작해서 쉬지 않고 보통 걸음걸이로 내려갔다고 칠 때, 그녀가 다다랐을 지점 부근은 산이 크게 무너져서 파묻혀 있었어."

"그렇게 심해?" 피스를 입에 물고 있는 다카히코에게 에가미 선배가 불을 붙여 주었다. "샐리가 이미 그 무너진 지점 너머까지 내려갔다고 생각하기는 어렵나?"

"에가미 형, 한 번 보면 알 겁니다. 토사가 무너져 내려 길 일부를 막고 있는 정도가 아니에요. 우리도 이 산을 내려갈 수 없습니다."

두려워하던 사태가 현실이 되었다. 우리는 감쪽같이 먹이의 유혹에 이끌려 철창 속에 들어와 유폐되고 말았다. 앞으로 산이 우리를 어떻게 괴롭힐까.

"산이 무너져 내린 곳은 여기서 한참 아래쪽인가요?" 후미오가 물었다.

"여기서부터 뛰어서 삼십 분 쯤 내려간 지점이야. 다케시랑 둘이서 내려갈 수 있는 길을 찾아봤지만, 도저히 방법이 없어."

"어떻게 할 거야?" 유코가 분명하게 답을 요구했지만, 대답할 수 있는 사람은 없다.

"구조가 올 겁니다." 내가 참다못해 말했다. "우리가 이 산에 올랐다는 사실은 알려졌을 거예요. 모두 짐을 저만큼이나 짊어지고 버스를 타고 산기슭에서 내렸으니까요. 일단은 구조대를 기다려야 합니다."

다카히코가 동의했다.

"아리스가 말한 대로야. 소극적인 방법 같지만 여기서 얌전히 있을 수밖에 다른 방도가 없어."

"식량은 얼마나 버틸 수 있어?" 미카가 말했다. "우리는 이틀치 더 남았는데."

리요 일행과 우리는 조금 여유롭게 가져오기는 했어도 2박 3일치 식량밖에 준비하지 않았다. 3박이라면 버틸 수 있겠다 싶어 예정을 하루 늦추었지만 그 이상 연장되면 아무래도 불안하다. 쇼조 일행은 아직 이틀치 넘게 여유가 있는 모양이었다.

"아껴 먹어야겠군."

미카는 팔짱을 끼고 머릿속으로 자원들을 검토하고 있다.

"샐리를 찾아 줘." 다케시가 고통스럽게 말했다. "샐리는 그 근처에서 상처를 입고 움직이지 못하고 있는지도 몰라. 모두 같이 샐리를 찾아 줘."

리요가 일어섰다. 나도, 쇼조도.

"……삽을 가져가는 편이 나을 거야."

다카히코도 말하기 껄끄럽다는 듯 충고하면서 일어섰다.

"나도 가지." 에가미 선배가 말했다. "몇 사람은 여기 남아서 텐트를 정리하고 식사 준비를 해 줘. 취사 당번은 이제 상관없으니까 여자들에게 부탁하겠어. 남자는 삽을 들고 내려가."

"난 갈 거야."

그렇게 말하는 리요에게 에가미 선배는 오케이 허락을 했다.

"그럼 나 여기에 남을까?" 하고 말하는 다카히코.

"여긴 괜찮아. 다녀와."

미카가 그에게 손을 흔들었다. 루미는 불안한 눈빛으로 리요의 뒷모습을 바라보고 있었다.

남성 팀 열한 명과 리요의 행차. 사십 분 쯤 걸려 도착한 현장은 완전히 산의 지형이 바뀌어 비탄하는 목소리가 줄줄이 터져 나왔다.

다케시와 리요는 샐리의 이름을 부르고는, 수많은 메아리 속에 대답이 없는지 귀를 기울였다.

"절망적입니다."

다카히코가 에가미 선배의 귓가에 대고 말했다.

저마다 손에 삽을 들고 오긴 했지만 쓸 수 있을 리가 만무했다. 하산 루트를 찾아보았지만 그 역시 어디에서도 발견하지 못한 채 우리는 마을로 돌아섰다.

맛을 느낄 수 없는 식사를 잠자코 위장에 집어넣었다. 다케시는 전혀 입에도 대지 않았고, 그것을 보고 뭐라 말을 거는 사람도 없었다. 머리를 감싼 다케시를 보는 이쪽도 괴로웠다.

각 그룹의 식량을 하나로 모아 공동으로 관리하기로 했다. 식수 걱정이 없는 것이 그나마 다행이었다. 미카가 식량청 장관에 취임했고, 라디오를 가진 후미오가 정보국을 맡게 되었다.

골치 아픈 걱정거리는 산더미처럼 쌓여 있다. 화산의 동향, 식량 유지, 샐리의 행방 외에 루미의 상처 치료도 충분하지 못했다. 다케시와 리요 일행의 정신적 충격도 컸다.

'어느 날 아침 깨어보니 유명해져 있었다.'

이것도 바이런.

'어느 날 아침 깨어보니 비참해져 있었다.'

산은 단 한번 커다란 하품을 하고 또다시 잠에 빠져 들었는지, 이제 미동조차 하지 않았다. 단지 상공을 가득 뒤덮은 검은 분연이 우리에게서 햇살을 빼앗았다. 나는 음울한 하늘 위에 펼쳐져 있을 창궁(蒼穹)을 머릿속에 그리며, 입술을 깨물었다.

추리연구회 네 명은 텐트에서 쉬었다. 기나긴 오후가 되었다.

"어제까지 실컷 놀고먹었으니 이제 갚으라는 건가 봐. 아무리 생각해 봐도 내가 손해 보는 청구서지만."

벌러덩 드러누운 모치즈키가 텐트의 낮은 천정을 바라보며 말했다. 에가미 선배와 오다는 책상다리로 한 쌍의 불상처럼 나란히 앉아 있다. 나는 한쪽 무릎을 두 팔로 끌어안고 이 위기에서 벗어날 타개책을 찾고 있었다.

"모치, 이거 네가 항상 환장하던 클로즈드 서클이다."

오다의 힘없는 말에 모치즈키는 고개를 주억거렸다.

"지금 상황으로는 《샴 쌍둥이의 비밀》이나 《하얀 공포》, 그것도 아니면 《그리고 아무도 없었다》인가."

클로즈드 서클 테마. 닫힌 원. 미스터리 용어 사전처럼 설명하자면 외부와 일체 교섭이 끊긴 폐쇄된 장소에서 일어나는 살인을 말한다. '눈 내리는 산장 테마'라고 부르기도 한다. 어떠한 환경을 말하는지 예를 들어보자면 말 그대로 엄청난 눈 속에 파묻혀 고립된 눈 내리는 산장, 혹은 태풍으로 고립된 촌락, 배가 다니지 않는 외딴섬. 비행기나 철도처럼 이동 중인 탈 것을 포함시켜도 무방하다. 외부에서 침입자가 들어올 수 없으니 그 집단 안의 누군가가 범인일 수밖에 없고, 게다가 내부에 숨어들어 있는 상태라는, 서스펜스 만점의 설정이다. 용의자가 엄격하게 한정되기 때문에 범인 찾기 본격 미스터리에 자주 사용되는, 모치즈키가 좋아하는 수법이다.

"《샴 쌍둥이의 비밀》에서도 화산에 갇히나?"

오다가 말하자 모치즈키는 코웃음을 쳤다.

"미국 본토에 화산이 있겠냐? 그건 산불에 말려든 퀸 부자가 산꼭대기 집으로 피신했더니 거기서 살인이 일어난다는 스토리야. 살인은 계속 일어나지, 산불은 닥쳐오지, 야단 난 거지."

"흠, 과연. 그렇지만 모치 씨, 세인트헬렌스 화산은 미국 본토에 있는 산이야."

"흠."

텐트 문이 훌쩍 걷히더니 쇼조가 얼굴을 들이밀었다. "안녕."

"노크 정도는 해 줘."

모치즈키가 종알거리며 몸을 일으켰다.

"이거야 실례. 하지만 텐트에 노크할 수 있나? 다름 아니고, 정보국의 낭보를 전하러 왔어. 아까 정시 뉴스에 의하면 야부키 산에서 캠핑중인 것으로 추정되는 청년 그룹에 대해 보도하면서 안위를 걱정하고 있다더군."

"그걸로 끝?" 내가 물었다.

"웅? 뭐 아까 뉴스에서는. 하지만 안위를 걱정하고 있다는 말은 죽게 내버려 두지는 않겠다는 거지. 구조대가 출동했다는 소식은 못 들었지만 출동준비중이지 않을까?"

"그렇다면 좋겠지만요."

비딱한 말밖에 못하는 내가 혐오스러웠다.

"희망의 불빛이 저 멀리서 깜박이는 것 같군." 에가미 선배는 밝게 말했다. "또 무슨 소식이 있으면 알려 줘. 고마워."

"천만에요."

쇼조가 오른손을 살짝 들었을 때, 넷째 손가락에 여전히 끼워져 있는 반지에 눈길이 갔다. 내 시선을 느꼈는지 그는 진지한 얼굴로 자기 오른손을 보았다.

"아무리해도 빠지지 않아." 쇼조는 말했다. "그냥 관절에 걸린 게 아니라, 살이 반지에 휘감겨버려서 움직이지 않아. 샐리의 반지를 언제까지고 끼고 있는 것도 괴롭지만, 그보다 나도 아파서 큰일이야. 무거운 물건은 전혀 들지도 못하고, 주먹도 못 쥐어."

"느긋하게 생각해. 시간은 잔뜩 있다고."

오다가 무책임한 말을 한다. 쇼조는 쓴웃음을 참으며 다음 텐트에 메시지를 전하기 위해 떠났다.

"다른 텐트 상황 좀 보고 올게요."

자리가 불편해진 나는 밖으로 나왔다. 기분 탓인지 풍경이 부옇다. 바람이 적적하게 불어와 나뭇잎들이 술렁이고 있었다. 색색이 화려한 텐트의 원색도 쓸쓸하다. 꿈의 흔적 같은 풍경이다.

나는 리요의 텐트를 찾아갔다.

"들어갈게, 아리스가와입니다."

"들어와." 리요의 목소리가 대답했다.

누워 있는 루미 곁에 간병인 리요가 무릎을 꿇고 얌전하게 앉아 있었다. 둘 다 마치 그것이 예의인 양 생긋 웃었다.

"루나 상처는 어때?"

"어머, 아리스, 내가 걱정돼서 일부러 문병 와 준거니? 기뻐라."

그녀가 리요를 흘깃 쳐다보자 리요는 어깨를 살짝 움츠렸다.

"우선 앉아."

쇼조가 가져다준 정보 이야기부터 시작했다. 겨우 마음을 놓은 두 사람에게 찬물을 끼얹지 않도록 나도 동감을 표했다.

"문제는 샐리야." 루미가 말했다. "우리는 여기서 참고 견디면 식량도 그럭저럭 있고, 살 수 있어. 샐리가 만약 어딘가에서 꼼짝 못하는 상황이라면 찾아내야만 해."

산이 무너진 현장을 자기 눈으로 보고 온 리요는 달리 생각하는 것 같았다.

"난 샐리는 이미 산을 내려가지 않았을까 싶어. 내가 인기척을 느낀 건 새벽 4시쯤이었던 것 같아. 그러니까 4시에 출발했다면 분화가 있기까지 세 시간정도 여유가 있었지. 그 정도 시간이면 거의 산기슭까지 내려가지 않았을까."

거짓말. 아까는 4시쯤이라고 시간을 말하지도 않았고, 그 때 사유리가 텐트를 나갔는지도 확실치 않다. 일시적인 자기 위안으로밖에 들리지 않았다. 물론 정말로 그렇다면 다행이지만.

"이 캠프에 오자고 한 건 누구였어?"

"샐리." 루미가 대답했다. "그 애, 등산을 무척 좋아해서 고등학교 때 반더포겔* 소속이었거든. 양가집 규수처럼 보이지만 씩씩하다니까. 나하고 리요는 임간학교** 체험이 전부라 처음에 주저했는데, 샐리가 가슴을 두드리면서 자기한테 맡기라고 웃었어."

루미나 리요에 비해 훨씬 성숙한 여성의 분위기를 풍기던 사

---

* Wandervogel, 제1차 세계대전 뒤 독일에서 시작된 운동으로 청소년 심신단련을 위해 각지를 걸어 돌아다니는 활동 – 옮긴이
** 여름방학 등을 이용해 시원한 산간 고원에서 야외 활동을 통해 심신을 단련하는 합숙 훈련 – 옮긴이

유리의 얼굴이 떠올랐다.

"하지만 샐리는 어째서 혼자 산을 내려가려 했던 걸까? 여간한 일이 아니어서는 이런 유별난 행동을 할 사람이 아니잖아."

"아까까지 리요랑 미카 언니하고 그 이야기를 했는데, 전혀 짐작이 안 가. 어젯밤까지 별다른 점은 없었는데." 루미는 손톱 끝을 뚫어져라 쳐다보면서 말했다. "옆에서 보면 질투 날 정도로 다케시 오빠하고 사이가 좋았잖아. 둘이 싸운 것 같지도 않던데."

"어젯밤 잘 때도 평소랑 똑같았지?"

"응, 게다가 어제는 일찌감치 잠자리에 들었어."

"아침을 기다리기가 무섭게 산을 내려가야겠다는 결심을 하게 만든 무언가가, 어제 있었던 게 아닐까? 샐리는 아무렇지도 않은 척 가장하고 있었을지도 몰라. 하산할 이유를 설명할 수 없는 사정이 있어서 모두가 잠드는 밤을 기다렸어. 하지만 한밤중에 산길을 내려가는 건 너무 위험해서 새벽까지 참은 거야."

"하지만 어제 그런 특별한 사건이나 대화가 있었을까? 어떻게 생각해, 리요?"

리요는 집게손가락의 손톱을 야금거리며 생각하고 있었다.

"사실은 우리, 오늘 돌아갈 예정이었잖아? 그걸 하루 연장하자는 말을 꺼낸 건…… 바로 샐리였어."

내 사고는 헛바퀴를 돌았다. 사유리의 행동은 도저히 이해하기 어려웠다. 그래서야 마치 루미와 리요를 지붕 위에 올려놓고 사다리를 걷어 버린 것이나 다름없지 않은가.

"아리스 생각에도 이상하지? 루나랑 나하고 함께 고베로 돌아가기가 싫어서 예정을 변경하자고 한 것 같지 않니? 어제 있었던 일들 어디에 혼자서 돌아가고 싶은 사정이 있었던 걸까……."

"잠깐 기다려, 꼭 어제라고 할 수는 없지. 그저께일지도 몰라." 나는 곰곰이 생각하면서 말했다. "그저께, 샐리를 혼자 고베로 돌아가고 싶게 만든 사건이 있었다. 하지만 그건 루나랑 리요한테는 말할 수 없는 일이었다. 그래서 어제 하루 고민한 끝에 이런 행동을 취했다, 이런 경우."

"그저께 일도 생각했어." 리요가 말했다. "역시 짐작 가는 데가 없어. 우리는 캠프파이어가 끝난 후에도 텐트에서 수다를 떨었어. 샐리도 '역시 산은 좋아.'하고 엄청 기뻐했는데. 게다가……."

"게다가?"

"쇼조 오빠한테 반지를 돌려받지 못했잖아. 괜찮을 리가 없는데……."

"짐작도 못하겠어." 루미도 그렇게 말했다. "어머?"

무슨 이변이 일어난 건가 순간 긴장했지만 비가 텐트를 때리기 시작했을 뿐이었다.

나는 세찬 비를 원했다. 오늘 아침부터 이 다섯 텐트만으로 이루어진 마을을 뒤덮은 그 모든 것을 씻어 주고, 흘려보내 줄 비를.

하지만 완벽하다고 생각했던 배수로에도 불구하고 한 번 쓰러진 것을 급조한 탓인지 텐트는 침수되기 시작했다. 빗소리는 귀를 먹먹하게 만들 뿐이었다. 우리 셋은 불안한 심경으로 얼굴을 마주보았다. 해저에서 암반 사이에 낀 잠수함 승조원이 된 기분이었다. 천둥소리에 루미가 귀를 틀어막았다.

비가 개자 나는 리요와 함께 밖으로 나왔다. 투명하리만치 푸르른 하늘 속에, 무지개다리가 걸려…… 있지 않았다. 발치의 물웅덩이를 내려다보니 잿빛 하늘을 배경으로 나와 리요의 얼굴이 이쪽을 바라보고 있었다. 한걸음 내딛면 그 어두운 하늘 속으로 끝없이 추락할 것만 같았다.

참극은 이제 막을 올렸을 뿐이라는 사실을, 그 당시 어떻게 하면 예측할 수 있었을까?

4

그리고 야부키 산에서 맞이하는 세 번째 밤이 찾아왔다.

대부분 10시 전에 침낭에 들었지만, 다들 잠들지 못하는 것 같았다.

나는 텐트에서 나와 근처를 어슬렁거렸다. 광장 중앙에는 그저께 했던 캠프파이어 흔적이 그대로 남아 있었다. 나쓰오와 다케시가 앉아서 인스턴트커피를 마시고 있었다. 따끈해 보이는 김이 컵에서 피어오르고 있다.

"여어, 아리스." 나쓰오가 컵을 들어 보였다. "마실래?"

나는 마시기로 하고 플라스틱 컵에 커피를 받았다.

"해가 있을 때 길어온 물로 끓인 거니까 감지덕지한 커피라고."

나는 나쓰오에게 빈 왼손으로 감사의 기도를 올리고 커피를 입에 댔다. 어찌나 맛있던지 그만 눈을 씀벅 감았다. 이 맛을 음미하기 위해서라도 생명은 얼마나 귀중한가.

"다케시 형, 조금은 기운 차렸나요?"

조심스럽게 묻자 그는 고개를 꾸벅 숙였다. 하지만 아무리 봐도 무리하는 것 같다.

"고마워, 아리스. 저녁 식사 끝나고 리요하고도 이야기해 보았는데, 샐리는 분화 전에 이미 산기슭까지 내려가지 않았을까? 지금의 나로서는 확인해볼 방도가 없지만, 실제로 그 말대로 샐리가 저 아래에서 우리를 걱정하면서 산을 올려다보고 있을지도 모르지."

리요는 또 그 말로 다케시를 위로했다. 물론 내가 지나치게 비관하고 있는지도 모르지만.

"오늘 새벽이라고 했지, 전혀 눈치 채지 못했어." 나쓰오가 두 잔째 커피를 따르면서 말했다. "나도 다케시도 다섯 시쯤 한 번 잠이 깨서 누운 채로 시시한 얘기를 하고 있었는데 아무것도…… 그렇지?"

다케시는 복잡한 얼굴로 수긍했다.

"야, 저거, 벤이지? 오늘밤에도 스케치하나 보다."

파란색 운동복이 숲으로 사라지는 참이었다. 옆구리에 항상 쓰는 스케치북을 끼고 있다. 낮에 그가 스케치를 보여 주었는데, 전망대 부근에서 본 산꼭대기와 그 곁에 떠 있는 달을 큐비즘적인 기발한 터치로 그린 상당히 자극적인 그림이었다. 낮과 밤 두 장의 그림을 동시에 그리고 있는 모양이었는데 지금의 그는 그 창작 속에서만 망아(忘我)의 시간을 가질 수 있을 지도 모른다.

쓰토무와 교대하듯 마사키가 나와 우리 틈에 끼었다.

"박사님이 웬일로. 밤의 산책인가요?"

내 말에 마사키는 심각하게 대답했다. "잠이 안 와서."

"모두 다 그래." 나쓰오가 커피를 권했다. "아까부터 몇 사람이나 숲을 오락가락하더라. 봐, 저쪽은 변호사."

쓰토무하고 마찬가지로 워크의 클럽 운동복이 움직이고 있었다. 색은 그와 그다지 어울리지 않는 화려한 노란색. 해먹 애호가인 후미오는 또 흔들리러 가는 것인지도 모른다.

"커피 잘 마셨습니다."

나도 무언가에 홀린 듯 숲을 헤치고 들어갔다. 물론 회중전등을 켜지 않으면 한치 앞도 안 보이는 어두운 살인 게임용 숲이 아니다. 오늘밤의 힘없는 달빛 속에서도 길을 고를 수 있을만한 나무들 사이를 거닐고 싶었다.

아아, 그렇다. 오늘밤은 보름달이었다. 밤하늘은 재의 세력권 밑에 있었지만, 때때로 그 틈새로 엿보이는 그윽한 은빛 쟁반에서 빛의 화살이 비쳤다.

발길이 멈추었다.

루미가 커다란 화산탄에 걸터앉아 있었다. 포니테일을 풀고 곱슬곱슬한 머리카락을 두 뺨에 늘어뜨리고, 쇼조가 주워온 나뭇가지로 만든 지팡이를 옆에 세워 두었다. 월광욕을 위해 지팡이를 짚고 나온 건가 싶어 기가 찼다. 하지만 그 모습은 마치 동화 속 삽화처럼 아름다웠다.

"모처럼 보름달이 나왔는데 하필 날이 흐리네."

루미는 조용히 고개를 가로저었다.

"흐려도, 폭풍이 쳐도, 보름달이라는 사실에는 변함없어. 지구는 달의 인력에서 벗어날 수 없어."

그녀가 하고 싶은 말은 짐작이 갔다.

"인력이 달의 마력의 비밀이라고 했지. 리요한테 들었어. 인간의 육체의 80퍼센트는 수분, 지표도 그 80퍼센트를 바다가 점유하고 있어. 달이 조수 간만에 영향을 미치는 것처럼 인체에도 그 힘이 미쳐. 그렇지? 난 또 달빛이 인간의 정신을 무너뜨리는 건가 싶었어."

루미는 어중간한 상공의 한 점을 가만히 주시한 채로 아까부터 거의 눈을 깜박이지 않고 있다.

"인력…… 빛…… 쿤다버퍼."

"뭐?"

"달의 먹이."

"……루나?"

"어째서 우리는 지면에 들러붙어 악착같이 일하고, 매일매일 망설이고, 고뇌해야 하는 걸까? 대체 누가 이렇게 커다란 희생을 인간에게 강요하는 걸까? 사람들이 보는 환상은 어떠한 시스템으로 이루어져 있는 걸까?"

"……"

"쿤다버퍼."

"……"

"우리가 달의 먹이를 매일매일 생산하고 있다는 사실을 천사들은 숨기려 들지. 인간이 괴로운 노동에서 도망치지 못하도록. 쿤다버퍼가 박힌, 불쌍한 우리들."

무녀를 상대로 영문 모를 선문답을 하고 있는 기분이다.

"쿤다버퍼는 꿈꾸는 기계. 지구는 문 푸드 제조 공장."

루미의 긴장된 목소리가 귓가에 울렸다.

"쿤다버퍼라는 게 뭐야?"

아마도 키워드는 그것이다. 루미는 손바닥을 위로 하고 의미도 없이 무언가의 무게를 재는 시늉을 했다. 그녀는 책을 읽듯이 이야기를 이어 나갔다.

"달을 위한 노동은 인간에게는 너무나 가혹하니까 천사는 환상을 보여 주어서 사람들을 속여. 사람들에게 환상을 심어 주는 장치가 쿤다버퍼. 환각 기관. 우주중앙위원회는 인간의 객관이성의 발달을 저지하고 싶어 해."

"우주중앙위원회……."

"신성(神聖)우주중앙위원회가 결의한 지구 및 지구상의 유기 생명에 관한 조항."

"……."

"지구는 위계 제도상 신성우주에서 상위 여섯 번째, 하위 두 번째에 위치한다고 본다."

그녀의 주문은 도도하게 이어졌다. 극도로 난해한 신비학 서적의 한 구절인가보다.

"지구는 하나의 위성밖에 거느릴 수 없고, 또 그 위성은 자체 위성을 소유할 수가 없다.

지구는 혹성계에서 오는 각종 방사성 물질을 충실하게 그 위성에 전달해야 한다.

지구는 천사적 위계질서에 입각한 하부 세 조직을 구성하는 유기 생명체, 천사, 대천사, 권천사를 창조하기 위해 중앙위원회에서 전해 오는 우주 제조 에너지를 사용할 수 있다.

지구는 이들 하부 조직의 천사들이 그 이상 상부 질서로 상승하는 일이 없도록 잘 감시해야 한다.

만일의 경우에 대비해 권천사에게는 쿤다버퍼를 이식한다."

"……."

"지구는 위성으로부터 요청을 받을 경우 신속히 이들 삼천사를 그 식량으로 바쳐야만 한다.

지구는 중앙위원회의 허가 없이 그 위성을 파괴해서는 안 된다.

그 외 신성 우주 제규에 위반되는 사건이 발발한 경우에는 중앙위원회의 판단에 의하여 혹성계에서 오는 방사성 물질로 진압에 나서며, 그래도 수습되지 않을 경우에는 군성(軍星)을 파견한다."

이해할 수 없는 조문의 영창이 끝나자 루미는 허공을 향해 이야기했다.

"태양과 그 외 혹성이 만든 달 성장 에너지는 지구 표면을 뒤덮은 유기 생명체의 막에 저장된다. 지구상의 모든 생명은 달에 섭취되기 위해 존재하고 있다.

쿤다버퍼는 인간 육체의 구성 물질 변화와 같은 영적 진화가 일어나지 않도록 인간의 육체 변성을 환상 차원에서 처리해 버리는 장치. 달에서 해방되기 위해서 쿤다버퍼라는 주문의 속박을 끊어야 해. 환상을 한계치까지 써버릴 수 있다면 쿤다버퍼를 피폐하게 만들어 소각하는 것도 가능한데."

"인간은 달의 노예라는 얘기야?"

"앞에서 여섯 번째, 뒤에서 두 번째. 그곳이 인간의 위계니까……."

영창에 가까웠던 그녀의 말투는 점차 느릿해지더니 종국에는 말끝을 알아들을 수 없을 정도로 우물거렸다.

"아리스지?" 새삼스럽게 사람 얼굴을 보며 말했다. "이런 말 샐리나 리요 앞에서도 한 적 없는데…… 오늘은 특별히 이상한가봐."

그녀는 수줍은 미소를 보이며 요염하다고도 할 수 있는 몸짓으로 어깨를 흔들었다. 나는 무심코 흠칫 떨었다.

"잘 자, 거기 소년."

나는 밤의 인사를 돌려주었다.

"잘 자, 달의 소녀."

몇 걸음 떼었을 때, 재 구름을 가르고 달빛이 들었다. 뒤를 돌아보니 루미는 하늘에서 쏟아지는 육각 결정 같은 달빛에 흠뻑 젖어 전신으로 노래하듯 미소를 짓고 있었다.

전망대에서는 쓰토무가 일심불란하게 콩테를 놀리고 있었다. 나는 말을 걸지 않고 지나쳤다.

조금 더 가자 미카가 자작나무 한 그루에 기대어 서 있었다. 사색하는 철학자로 보인다.

"어제, 나 잠이 안 와서 한밤중에 텐트에서 나와 산책을 했어. 샐리는 마침 여기에 서 있었어."

이쪽을 쳐다보지 않고 미카는 말했다. 자기가 말을 건 상대가 누구인지 알고서 그러는 건지 판단이 안 선다. 이쪽도 역시 살짝 상태가 이상하다.

"서늘히 차가운 달빛에 젖어 밤의 숲 속 요정처럼 아름다웠어. 목에 건 십자가가 반짝거리는 빛이 내 눈을 찔렀어. 샐리는 고민 은커녕 무척 행복하다는 듯 가만히 웃고 있었어."

살아 있는 조각상처럼 서 있는 그녀의 모습이 눈에 선했다. 신비로 가득한 아름다운 조각상의 모습이. 사유리를 마지막으로 본지 만 하루가 지났지만, 이상하게도 시간이 흐를수록 그녀의 인상은 깊어만 갔다.

"그 말을 들으니 더더욱 머리가 혼란스럽네요. 미카 누나는 무슨 생각 없어요?"

"없어." 미카는 쌀쌀하게 말했다.

나는 그녀도 뒤에 남겨두고 집으로 돌아가는 길로 접어들었다. 이렇게 방황하는 도중에 리요와 만날 수 있을지 모른다는 생각에 텐트를 나왔는데 기대는 이뤄지지 않았다. 어스름한 밤하늘 아래에서 마을 주위를 둥그렇게 한 바퀴 더 걷다가 텐트로 돌아왔다.

도중에 쇼조와 마주쳤지만, 결국 그녀는 만나지 못했다.

5

유유히 유람을 즐기고 있던 우리들의 배는 역류하는 급류의 흐름에 농락당하기 시작했다. 그리고 나흘째 아침, 그 격류는 굉음을 내는 폭포가 되어 연못으로 떨어져 내렸다.

"일어나! 어이!"

걷어차인 것 같은데 착각이겠지. 하지만 꽤나 난폭하게 깨우는군. 올려다보니 거꾸로 선 에가미 선배의 얼굴이 바짝 다가와 긴 머리카락 끝이 내 뺨을 간질이고 있었다.

"무슨…… 일이 있었나요?"

눈을 비비며 웅얼거리자 에가미 선배는 순간 대답할 말을 못 찾는 듯했다.

"눈을 떠, 아리스. 변호사가 죽었어."

"변호사? 후미오 형이 죽었다?"

나는 여전히 몽롱한 무거운 머리를 들어 올렸다. 서서히 현실

세계가 되살아난다.

"그래. 숲 속에 쓰러져 있는 걸 박사가 방금 전에 발견했어. 그것도 심장 발작 같은 게 아니야. 알겠어? 찔려 죽었어."

뭐야 꿈인가. 에가미 선배는 잠의 구렁텅이로 되돌아가려는 내 어깨를 앞뒤로 거칠게 흔들어 힘껏 깨웠다.

"아리스, 후미오는 살해당했어. 칼에 등을 찔려 살해당했어."

"……정말요?"

처음으로 부장의 얼굴에 초점이 정확하게 맞았다.

"모치도 노부나가도 그쪽에 가 있어. 너도 와라."

어째서 이런 날은 꼭 꼴찌로 일어나고 마는 걸까. 여하튼 나는 에가미 선배의 안내로 뒤늦게 현장으로 향했다.

이미 대부분 그곳에 있었다. 묘지에서 매장을 지켜보는 사람들처럼 음울한 뒷모습들이 나무 틈새로 보였다. 다들 발치의 지면에 시선을 떨어뜨리고 있었다. 한 사람 오직 쇼조만 몸을 굽히고 있었다.

나무가 듬성듬성한 숲 언저리의 모퉁이에 싸늘하게 변한 후미오가 누워 있었다. 개구리처럼 흉한 모습으로, 대지에 엎드린채. 노란색 운동복을 입은 등에 거무튀튀하게 피가 번져 있다.

"안 돼, 죽었어."

시체를 살펴보던 쇼조는 얼굴을 들고 고개를 가로저었다.

소설 속에서 수백 번도 넘게 보았던 살인 현장에, 나는 멍청하게 서 있었다. 갑자기 무대에 끌려 올라간 관객처럼, 내가 무척 부당한 대우를 받고 있다는 생각이 들었다.

"완전히 식었습니다. 죽은 지 몇 시간이나 지났습니다."

"밤사이에 죽은 거로군. 그는 어제 텐트에서 안 잤나?"

"그게, 후미오가 돌아오기 전에 모두 잠들어 버려서⋯⋯." 쓰토무가 말했다.

"에가미 형, 이 등에 난 상처는 아무리 봐도 칼로 찌른 자상(刺傷)입니다." 쇼조가 눈을 부릅뜨고 말했다. "타살이지요?"

에가미 선배는 천천히 담배를 꺼내 한 대 피워 물었다. 마음을 가라앉히려는 모양이다.

"반드시 그렇다는 건 아니지만 사고 같지가 않아. 자살도 아니야. 아무래도 실감은 안 나지만, 살해당했다고 생각할 수밖에 없어."

"하지만⋯⋯." 둘러싼 사람들 뒤쪽에서 다쓰코의 불안한 목소리가 들렸다. "누가 무슨 이유로 선배를 죽이나요? 범인은, 이, 이 캠프장 사람들 속에 있을 텐데."

에가미 선배는 머리 위로 높이 보랏빛 연기를 내뿜었다.

"우리는 이 산에 갇혀 있으니 다쓰코 말대로 여기 있는 사람들 가운데 누군가가 살인범이라는 말이 돼. 내 입으로 말하면서도 정말 믿기지 않지만."

"믿기지 않아도 현실은 그렇습니다." 에가미 선배의 떨떠름한 말에 애가 탔는지 다카히코가 분통을 터뜨리며 말했다. "여기 있는 사람들 가운데 누군가가 변호사를 죽였어. 그놈을 찾아내지 않으면 낮잠도 잘 수 없다고요."

다카히코는 치밀어 오르는 격렬한 감정을 최대한 억누르며 말하고 있었다. 공포다.

"흉기는 주위에 보이지 않는군요."

모치즈키가 주변을 둘러보며 말했다.

"나이프 아닐까. 물론 나는 상처 감정 같은 건 못 하지만."

몸을 굽히고 있던 쇼조가 거기서 일단 말을 끊고 우물쭈물했다. 그러더니,

"저어, 에가미 형, 이것 좀 보세요."

에가미 선배가 쇼조가 가리키는 쪽으로 돌아가자 다른 머리들도 줄줄이 그쪽을 향했다. 쇼조가 가리킨 것은 엎드려 있는 후미오의 오른손 앞쪽의 땅이었다. 나도 에가미 선배와 마찬가지로 그쪽으로 돌아가 들여다보았다.

"뭘까요?"

그 질문을 받은 에가미 선배의 미간에 깊은 주름이 잡혔다.

"Y로군요."

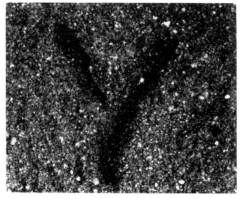

〈그림 1〉

옆에서 고개를 들이밀고 있던 내가 대답했다.

"나도 그렇게 보여."

쇼조는 그렇게 말하고 에가미 선배의 얼굴을 보았지만, 부장은 입을 다문 채 그 Y 엇비슷한 것을 내려다보고 있었다.

"다잉 메시지."

모치즈키가 미스터리 팬에게 익숙한 단어를 입에 담았다. 죽기 직전의 피해자가 마지막 힘을 짜내어 범인의 정체를 전하려고 남기는 메시지를 말한다. 미스터리와 인연이 없는 사람도 굳이 설명할 필요 없이 이 말의 의미를 눈치 챈 것 같았다.

"범인의 이니셜 아닐까."

모치즈키가 거지반 반사적으로 말했다. 그것은 당연한 발상이었지만 특정한 한 사람을 가리키는 결과가 되고 말았다.

"나를 말하는 거지……."

유코가 떨리는 목소리로 말했다. 전원의 성명을 머릿속으로 외워 보았지만 Y를 이니셜로 쓰는 성명을 가진 사람은 기쿠치 유코 단 한명이었다.

"아니, 나는 유코가 범인이라고는……."

"하지만 Y가 이니셜이라면 나 말고 아무도 없잖아. 내가 죽였다고 지명한 거나 마찬가지야."

다카히코는 앞으로 쓰러질 듯 흥분한 그녀의 어깨를 끌어안고 달랬다.

"진정해, 꼭 이니셜이라고 정해진 게 아냐. 모치도 네 얼굴을 떠올리면서 말한 게 아니야."

모치즈키는 허둥지둥 고개를 끄덕이며, "피스 말대로야. Y 이니셜은 좀 더 많을 줄 알았어."

"하지만 내 의혹이 가장 짙어진 거잖아."

유코는 두 눈에 눈물까지 글썽이며 분하다는 듯 말했다. 다카히코가 모치즈키를 보며 혀를 찼다.

"무슨 일이라도 있었나요?"

지팡이를 짚은 루미를 데리고 온 리요의 목소리가 뒤에서 들렸다. 그녀들에게는 알리지 않았었나 보다.

"가르쳐 줘." 루미가 말했다.

에가미 선배는 두 사람을 향해 몸을 돌렸다. "저쪽을 보지 마, 후미오가 살해당했다."

두 사람은 말뚝처럼 꼿꼿이 멈춰 섰다. 리요의 입술이 '거짓말'이라는 모양새로 움직였지만, 목소리는 새어 나오지 않았다. 지팡이로 몸을 지탱하지 못하고 휘청거리는 루미를 에가미 선배가 붙들어 주었다.

"이런 곳에 오지 않아도 돼. 나중에 얘기해 줄 테니 텐트에 돌아가 있어."

리요는 그 말에 고개를 꾸벅 숙이고, "가자."하고 루미에게 어깨를 빌려주었다.

모치즈키는 지면에 얼굴을 갖다 대고 Y를 찬찬히 살펴보더니, 이어서 피해자의 오른손 집게손가락을 조사하기 시작했다. 이윽고 그 손톱 사이에 흙이 끼어 있는 것을 확인하고는 만족했는지 "흐음."하고 말했다.

"어떻게 할까요, 에가미 형. 이대로 후미오를 이곳에 내버려 둘 수는 없습니다."

쓰토무가 굳은 목소리로 의견을 구했다.

"당연하지. 마을로 옮겨서 텐트에 안치해 줘야 해. 경찰이 초동수사를 끝낼 때까지는 건드리면 안 된다지만…… 지금은 상관없어."

"에가미 선배, 사진을 찍어 둬야 하지 않을까요?" 모치즈키가 카메라를 들이대는 포즈를 취하면서 말했다. "현장 사진 말이에요. 하산했을 때 경찰에게 넘겨줄 수 있도록."

몇 사람이 동의했고, 다른 사람은 잠자코 있었다. 이놈들 또 탐정 놀이냐, 싶은 사람도 있을지 모른다. 하지만 모치즈키는 결코 경솔한 태도가 아니었다.

모치즈키는 텐트로 돌아가 자기 카메라를 가져와 연달아 시체와 그 주변을 촬영했다. 물론 몸을 굽혀 다잉 메시지에도 초점을 맞춰 셔터를 누른다.

"이제 속이 시원해?"

다카히코가 불쾌하다는 듯 말했다. 모치즈키는 그를 돌아보고 뭐라 말하려 했지만, 결국 입을 다물었다. 친구를 잃은 다카히코의 마음을 배려한 것인지도 모른다.

"끝났으면 거들어 줘. 후미오를 텐트로 옮기겠어."

쓰토무, 다카히코, 마사키, 쇼조 네 사람이 조심스럽게 후미오의 몸을 들어 올려 마을로 운반했다. 그의 텐트 가장 안쪽에 시신을 뉘었다. 쓰토무가 시신 앞에 앉아 두 손을 모으자 다른 사람들도 텐트 밖에서 합장했다.

유코가 나쓰오의 팔꿈치를 붙들고 말했다. "너, 신주 아들이잖아. 독경 좀 해 줘."

울먹이는 유코를 미카가 타일렀다.

"독경은 스님이 하는 거야, 신주가 아니야."

"어서!" 유코가 이성을 잃고 있다. "모두 빨리 산을 내려가요. 이런 곳에 못 있겠어. 사, 살인자가 섞여 있잖아! 사람 우습게 보고 있어. 뭐가 캠프파이어야. 돌아갈 거야."

"조용히 해." 다카히코가 말했다.

"설마 이대로 여기서 구조를 기다리자는 소리는 아니겠지? 아, 아, 앉아서 죽기를 기다리는 꼴이잖아? 나, 혼자서라도 갈 거야. 지금보다 더, 여기보다 더 지독한 곳은 없어."

"시끄러워, 닥쳐."

다카히코가 치켜든 손을 쇼조가 재빨리 잡아챘다.

"그만둬, 여자 애한테 손찌검할 셈이야?"

"그럴 리 없잖아. 뭐야, 이 자식."

"알고 보니 성질 급한 겁쟁이였군. 진정해. 꽤나 다혈질이네."

"이 멍청한 자식, 내가 죽였다는 말이냐?"

"그만 둬!"

유코가 두 손으로 눈을 가렸다. 말리려고 끼어든 다케시와 쓰토무를 뿌리치고 다카히코는 쇼조의 멱살을 잡았다.

"이 자식, 사람 우습게보면 가만두지 않겠어."

모든 것이 일그러지고 말았다. 한심스럽게도 나는 속이 울렁거렸다.

"둘 다 그만두고 내 말 좀 들어 줘."

나쓰오가 의연한 태도로 두 사람을 떼어 놓았다. 의외로 순순하게 말을 듣는 모습을 보니 둘 다 진짜로 치고받을 생각은 없었나 보다. 쇼조는 어깨를 들썩였고, 다카히코는 침을 퉤 뱉고 입가를 닦았다.

나쓰오는 모두 제자리에 앉히더니 텐트에 있는 리요와 루미도 불렀다.

"들어봐. 이런 말 해봤자 안 믿어줄지 모르지만 나는 범인이 아니야. 맹세코."

"믿어."

유코가 말하자 나쓰오는 싱긋이 웃었다.

"고마워. 자, 내가 결백하다면 이 안에 도다 후미오 군을 살해한 범인이 있다는 말이다. 그래서 일단 한 번 묻고 싶어. 후미오를 죽인 건 누구지? 자수해 줘."

모두 다 서로를 둘러보았다.

"범인이 솔직하게 접니다, 하고 손을 들 줄 알았어?"

쓰토무를 무시하고 나쓰오는 같은 질문을 반복했다.

"굉장히 심각한 사정이 있었을 거야. 말해 주지 않겠어?"

역시 범인은 나타나지 않았다.

"부탁이야, 말해 줘."

유코가 두 손을 모으고 빌었다.

"소용없어, 신주."

다카히코가 일어서서 바지에 묻은 흙을 털었다. 몇 사람이 그를 따라 일어섰다.

"그렇게 기특한 범인이 아니었나 봐."

나쓰오의 옆을 지나가면서 미카가 말했다. 그는 허리춤에 손을 짚고 고개를 주억거렸다.

나는 가만히 그의 눈을 들여다보았지만, 판단하기 어려웠다. 지금 그가 한 행동이 진심에서 우러나온 것인지, 거짓인지를.

6

취사 당번제는 폐지되었다. 다들 자기 그룹 친구가 범인일 거라는 생각은 하기 어려워, 다른 그룹에 범인이 숨어 있다고 억측하고 있는 것 같았다. 자연히 자기 그룹끼리 뭉치기 시작했지만 이제껏 그랬듯이 늦은 아침 식사는 한 자리에 모여서 먹었다.

"제안 하나 할게."

맛없는 식사가 끝나갈 즈음, 쇼조가 말했다. 다들 손을 멈추고 쇼조를 보았다.

"우리 셋이 아까 얘기해 봤는데, 각자 소지품 검사를 했으면 해."

"누가 말할 줄 알았지."

에가미 선배가 속삭이듯 혼잣말을 하더니 스푼을 입으로 가져갔다.

"다들 프라이버시를 침해당하고 싶지 않겠지만, 상황이 상황이니만큼 약간의 불쾌함은 참고 협력해 주길 바라. 어떻게 생각해?"

여자 애들은 얼굴을 마주보며 무언가 의논하기 시작했다. 남자들 사이에서는 쓰토무가 가장 처음으로 반응했다.

"그 소지품 검사의 목적은? 무슨 이점이 있지?"

"최대의 목적은 흉기 수색이다. 범행에 사용된 무기는 날카로운 칼인 것 같은데, 현장에 남아 있지 않았어. 아직 범인이 그걸 지니고 있을 가능성도 크기 때문에 각자 소지한 나이프를 체크하고 싶어."

"범인이 피범벅이 된 칼을 배낭 밑에 쑤셔 넣고 내버려 뒀을 것 같나?"

다카히코가 가시 돋친 목소리로 말했다. 그는 의외로 섬세했는지, 거의 아무 것도 입에 대지 않았다.

"모르겠어. 무엇이 발견될지는 검사를 해 봐야 알겠지. 너희는 검사를 거절할 이유가 있나? 이 경우 다른 사람들이 납득할만한 특별한 이유 말이다."

"없어." 쓰토무가 말했다. "없으니까 반대하는 건 아냐."

"누가 봐서 곤란할 물건은 없어. 다만, 즐거운 놀이는 아니군."

쓰토무도 다카히코도 태도가 분명치 못하다. 아까 쇼조와 다카히코가 한 바탕 싸운 탓인지, 이 두 그룹 사이에 불편한 공기가 흐르는 것은 분명했다.

"그럼 찬성하는 거지? 에가미 형 그룹은 어떻습니까?"

"상관없어. 우리 부원들도 야한 책을 여기까지 가져오진 않았겠지."

"여유로운 농담이군요." 쇼조는 이어서 리요와 루미에게 물었다. "괜찮아?"

두 사람은 나란히 고개를 끄덕였다.

"그럼 모두 동의한 거다. 검사는……."

"나한테도 물어봐." 미카의 목소리. "벤하고 피스한테는 물어보고, 우리는 무시하는 거야?"

쇼조는 쓸쓸하게 웃었다. "벤과 피스의 찬성이라는 대답에 너희들도 포함되어 있는 줄 알았어. 일부러 그런 건 아니야. 그래, 그쪽 여성 팀은 반대인가?"

"아니, 물론 반대는 안 해. 다만 리요랑 루나도 같은 생각일 것 같은데, 여자는 여자들끼리 검사하고 싶어. 그 정도는 인정해 주겠지?"

"괜찮겠지." 나쓰오가 쇼조에게 말했다.

"좋아, 그렇게 하자. 식사 후에 바로 시작하자."

다섯 개의 텐트 앞에 시장에서 파는 물건처럼 각자의 짐을 늘어놓았다. 모두가 지켜보는 가운데 그 내용물들을 하나씩 쏟아내어 수상한 물건이 없는지 살펴보는 것이다. 약속대로 남성 그룹, 여성 그룹으로 나누어 검사를 실시했다.

세면도구, 타월, 갈아입을 옷, 손수건, 샌들, 회중전등, 우비, 카메라, 쌍안경, 라디오, 구급용품, 물통, 지도, 나침반, 스케치북, 방충 스프레이, 트럼프, 원반, 오셀로 게임, 로프, 목장갑, 책, 일기장……

사바세계에서 가져온 형형색색의 물건들이 수풀 위에 줄지어 늘어선다. 쓰토무와 쇼조네 두 그룹은 전원이 나이프를 소지하고 있었지만, 우리 EMC에서는 에가미 선배와 오다만 가지고 있었다. 이것만 봐도 우리는 아웃도어 아마추어 냄새가 풀풀 난다.

"헤에, 이거 좋은데."

나쓰오가 쓰토무의 시스 나이프(sheath knife)를 칼집에서 꺼내 황홀한 눈빛으로 이리저리 돌려 보며 말했다. 10센티미터 남짓한 칼날이 예리하게 빛나고, 손잡이는 윤기 흐르는 사슴뿔로 만든 하나의 멋진 미술 공예품이었다.

"이거는 비쌌지. 나이프는 평생 쓰는 거라 생각하고 돈 좀 썼어."

쇼조가 손에 들고 앞뒤를 세심하게 살펴보았다. 나이프 품질 같은 건 안중에 없다는 그 태도에 쓰토무는 또 심통이 나려는 참이었다. 그는 가죽 케이스 안도 들여다본 후 이상이 없다는 판단을 내렸다.

결국 어느 나이프에도 이상은 없었다. 또한 누구 짐에서도 수상쩍은 물건은 발견되지 않았다.

"이 참에 공동으로 사용하는 물건들도 조사해 두는 편이 낫지 않을까?"

나쓰오의 한마디에 각 텐트 내부에 있던 물건들을 새로 꺼내 코펠, 플라스틱 물통, 가스버너 외에도 조리 도구부터 식료품, 조미료까지 뒤졌지만 역시 수확은 없었다.

여자 애들 쪽은 수사관이 성실한 건지 집요한 건지, 꼼꼼하게 체크를 해서 인원수에 비해 시간이 걸렸다.

"그쪽은 어때?"

타이밍을 봐서 쇼조가 묻자 미카가 대답했다.

"뻔한 물건밖에 없어. 나이프도 갖고 있는 애들 건 다 봤는데, 흉기로 보이는 건 하나도 없었어."

아무런 성과도 없었다는 얘기다.

"그럼 대체 흉기는 뭐였을까?" 오다가 의문을 표했다. "예비 나이프를 가져온 사람이 있었나?"

모치즈키가 대답했다. "아니, 지금 본 나이프 사이에 진짜 흉기가 있었을지도 몰라. 싹 닦아 버리면 눈으로 봐서는 모르잖아. 과학적으로 검사하면 루미놀 반응이 나올지도 모르지. 다들 자기 나이프는 잘 갖고 있어야 해. 산을 내려가면 모아서 경찰에 제출해야 하니까."

에가미 선배가 고개를 저으며 반대했다.

"나이프는 전부 하나로 모아서 관리하도록 하자. 목적은 범인의 증거인멸 방지."

"그것도 좋지만, 에가미 형네 클럽은 추리소설을 연구하고 있지요? 짐작 가는 범인은 없나 보죠?"

쇼조가 빈정거렸다. 기가 막혀서 넷 다 대답하지 않았다.

"관리하다니 어떻게?"

유코가 화제를 되돌렸다.

의논이 시작되었다. 금고라도 있으면 문제될 게 없지만, 이곳에는 자물쇠가 달린 물건이 하나도 없다.

"매달까, 묻을까."

에가미 선배가 중얼거렸다. 하고 싶은 말은 알겠다. 결국 묻기로 했다. 나이프를 전부 모아 구급상자에 담고, 에가미 선배, 쓰토무, 쇼조, 리요가 서명한 종이로 봉했다. 우리 텐트 앞에 상자를 묻고, 그 위에 캠프파이어처럼 땔감을 쌓아 올렸다. 파내려면 땔감을 무너뜨려야 하니까 남의 눈을 피해서 빼내기란 불가능한 장치다.

"없는 머리 쥐어짜서 떠오른 게 결국 이런 수준이군요." 모치즈키가 말했다.

"식사 때마다 다시 파내려면 고생하겠는걸."

미카는 고개를 설레설레 저었다. 확실히 귀찮게 되었다.

견디기 힘든 심정으로 어질러진 짐을 정리했다.

'짐작 가는 범인은 없나 보죠?'라는 쇼조의 말이 거슬렸는지 불쾌해 보이던 모치즈키와 오다는 어디 두고 봐, 하면서 둘이서 살인 현장으로 떠났다. 땅을 기어 다니며 셜록 홈즈 흉내를 낼 심산인가보다.

"정말 밀실 살인이 일어나고 말았네요."

텐트에는 나와 에가미 선배 둘만 남았다.

"한정된 용의자, 범인과 함께 갇힌 데 기인한 서스펜스─클로즈드 서클 테마의 또 하나의 특징적 상황을 논하시오."

에가미 선배는 좁은 텐트 안을 담배 연기로 가득 채우며 말했다.

"글쎄요…… 앗, 과학수사의 개입 불가로군요?"

"정답. 과학수사라는 건 미스터리에 있어서 암적인 존재지. 혈액 응고 상태를 근거로 사망 시각을 산출해내려는 말도 안 되는 연구를 하는 대학도 있다나 봐. 그런 방법을 고안해 내면 수십 퍼센트의 알리바이 트릭이 무효가 돼. 우주개발이 달과 화성 생명체의 존재를 부정해서 SF 작가들을 괴롭히고 있는 것과 비슷하지."

에가미 선배가 드물게 시시한 화제를 꺼냈지만, 아무래도 어색해서 나는 밖으로 나왔다. 발길은 리요의 텐트로 향했다.

"어머, 아리스."

텐트에서 나오는 그녀와 딱 마주쳤다.

"지금 한 번 더 산사태 현장에 가 보려는 참이야. 어떻게든 내려갈 수 있는 길이 없나 찾아보려고."

"루나는?"

"그 다리로는 당연히 멀리 못 걷지. 나 혼자 갈 거야."

"나도 같이 가겠어."

그러기 전에 텐트 안에 있는 루미에게 잠깐 인사를 하려 했다.

"어젯밤 달에서 근성(近星)이 보였어."

루미는 뜬금없이 그런 말을 했다.

"근성이라는 게 뭔데?"

"달 바로 밑에서 빛나는 작은 별을 보았어. 지역에 따라 근성(近星)이라고도, 연성(連星)이라고도 하는데 사람이 죽을 전조야. 별이 달에 다가가면 사람이 죽는대. 게다가 어제는 보름달이었잖아? 구마모토 어디에서는 보름달이 뜨는 밤이면 반드시 죽는 사람이 나온다고 해."

기도 안 차서 민속학 연구라도 하느냐고 물었더니 루미는, "농담이야, 농담." 하고 웃었다.

"별이 달에 다가가면 만선이라는 얘기도 많잖아, 이런 미신까지 일일이 다 믿지는 않아. 어제 분명 근성이 하늘에 떠 있기는 했지만."

나는 텐트 문을 내렸다.

리요와 둘이서 묵묵히 길을 내려갔다. 산은 아직 분연을 뿜어내고 있었지만 그 기세도 약해진 듯했다. 오늘 아침 사건만 없었다면 우리의 동요는 상당히 진정되었을 것이다.

"아리스."

단조로운 발소리에 섞여 리요가 나를 부르는 소리가 들렸다. "샐리, 어떻게 생각해?"

"어떻게 라니……. 갑자기 사라진 이유에 대해서라면 아까도 말했듯이."

"으응, 아냐. 아리스가 보기에 샐리라는 여자 애는 어떤 느낌이야? 그러니까…… 굉장히 매력적이야?"

어째서 그런 걸 묻는지 모르겠다. 하지만 대답하지 않으면 안 된다. 어떻게 말하면 좋지. 확실히 야마자키 사유리라는 여성은 무척 매력적인 면이 있었다. 제대로 표현하지 못하겠다. 깊은 호수의 정적과도 같은, 짐작할 수 없는, 나라는 평범한 존재가 시시하게 느껴지는 무언가를 샐리는 지니고 있었다.

하지만 그것은 달에서 본 지구의 아름다움을 떠올리는 것과 비슷해서 실제로 나에게 다가오는 매력은 아니었다. 왜냐하면, 내게는 네가 있으니까.

"글쎄, 평범한 여자 애한테는 잘 없는, 조금 신비한 매력이 있었어. 아니, 있지."

리요는 동감이라는 듯 수긍했다.

"아리스가 하려는 말은 알겠어. 아마 내 느낌하고 비슷할 거야. 동성의 눈으로 봐도 샐리는 어딘지 모르게…… 그래, 마치 달처럼 항상 한쪽을 숨기고 있는 면이 있었어. 나는 샐리가 남자 이야기를 하는 걸 들어본 적이 없었고, 우리가 농담 반 진담 반으로 그런 이야기를 할 때에도 그 애는 가만히 웃으면서 말없이 듣고만 있었어. 그런 샐리였지만, 다케시 오빠하고는 무언가 서로 끌리는 게 있었나 봐.

그래서 난 납득이 갔어. 다케시 오빠라면 샐리한테 딱 맞는 상대라고. 그 사람도 보이지 않는 면이 있는 사람 같아. 샐리하고 같은 것을 보며 울고 웃을 수 있는 사람인 것 같아. 역시 샐리를 사랑해 줄 사람은 다케시 오빠가 나아."

맥락 없는 화술이다.

"어째서 그렇게 말하지? 다케시 형이 낫다니…… 달리 누구하고 비교하는 것처럼 들려."

"비교하고 있어. 쇼조 오빠. 쇼조 오빠야. 샐리가 마음에 든대."

의외였다. 어떻게 그런 걸 알았냐고 물으려다 나는 입을 다물었다. 인기척을 느꼈기 때문이다.

다케시가 있었다. 그는 무너진 토사에 열심히 삽을 내리 꽂고 있었다. 리요가 손으로 입을 막았다. 다케시가 무엇을 하고 있는지 눈치 챈 내 가슴도 먹먹하니 아팠다.

다케시는 사유리의 시신을 찾아내려 하고 있다. 자기 입으로 사유리는 무사히 하산했다고 말해 놓고, 결국 현실에서 눈 돌리지 못하고 혼자서 계속 가망 없는 발굴 작업을 하고 있는 것이다. 다케시는 무엇을 원하고 있는가? 사유리의 시신을 꺼내주기를? 아니면 그 시신이 나오지 않기를? 하지만 아무리 땅을 파서 시체를 발견하지 못했다 해도 그것이 사유리가 무사하다는 사실을 증명해 주지는 않는다. 처음부터 거의 불가능한 발굴 작업이니까. 그리스 신화의 시시포스처럼 그렇게나 허망한 작업을 다케시는 쉬지 않고 계속하고 있었다.

리요는 괴로운 표정으로 고개를 돌렸다. 다케시를 못 본 척 하기로 했나 보다.

"있지, 아리스. 저쪽으로 내려갈 수 있지 않을까?"

그녀는 다케시와 정반대 방향을 가리키며 앞장서 걸었다.

"무리야. 거기까지 가지 않아도 여기서 보여. 경사는 완만해 보이지만, 5미터도 못 가서 쓰러진 나무로 만들어진 바리케이드에 맞닥뜨릴걸." 여기에 와 봤자 돌아갈 길을 발견하지 못하리라는 사실은 알고 있었다. "돌아가자."

다케시의 삽질 소리를 뒤로 하고 왔던 길을 되돌아갔다.

오 분쯤 지나서야 다시 입을 열 수 있었다.

"쇼조 형도 샐리를 좋아했어? 그런 낌새는 없었던 것 같은데."

"그저께 밤에 나를 살짝 불러내서 묻더라. '샐리는 정말로 다케시가 좋대?' 하고. '어째서 그런 걸 묻나요?' 라고 했더니 약간 쑥스러워 하면서 '아니, 내가 입후보하면 안 될까 싶어서.' 라고 하더라. 내가 완곡하게 가망 없을 것 같다 그랬더니 '두 사람 사이에 끼어들지는 않을 테니 걱정 마. 지금 얘기는 못 들은 걸로 해 줘.' 라고 했어. 비밀로 해 달랬는데 아리스한테 말해 버렸네. 그냥, 샐리의 인력은 굉장한 것 같아."

리요는 힘없이 미소 짓더니 그 말을 끝으로 조개처럼 입을 다물어 버렸다. 급작스럽게 그녀를 덮친 근심에 당혹감을 느끼면서, 나 역시 묵묵히 걸음을 옮겼다.

7

그날 오후, EMC 텐트 안에서는 제1차 수사 회의가 열렸다. 모치즈키가 메모를 뒤적이며 진행자를 맡았다.

"범행 시각은 물론 정확히 추정할 수 없지만 살아 있는 후미오를 마지막으로 목격한 사람은 아무래도 아리스, 신주, 다케시, 박사 네 사람인 것 같다. 광장에서 커피를 마시며 잡담하고 있을 때 후미오가 혼자서 숲으로 들어가는 모습을 봤다고 했지. 시각은 대략 10시."

"네." 증인은 대답했다.

"숲 속에서 후미오를 만났다거나 그를 보았다는 사람은 한 명도 없다. 그 살해 현장까지는 어둠 속을 터벅터벅 걸어서 사오분 거리. 사망 추정 시각은 10시 5분 이후. 엉성하지만 그렇게 말할 수밖에 없어.

일단 이 정도밖에 모르지만, 부득이하게 전원의 알리바이를 조사했다. 이 결과도 성과는 없어서…… 뭐, 쉽게 말하자면 확고한 알리바이를 가진 사람은 아무도 없었다는 사실."

10시 이전부터 침낭에 들어가 아침까지 푹 곯아떨어졌다고 증명할 수 있는 사람이 아무도 없었던 것이다. 잠이 안 와 마을 주변을 어슬렁어슬렁 배회했던 사람도 많았고, 냉기가 스며드는 밤은 화장실 가는 횟수도 잦아진다. 또 모두 잠들어 버리면 누구도 '모두 자고 있었습니다'라고 증언할 수 없으니 어디로 보나 누구 한 사람, 알리바이가 성립할 리가 없었다. 일단 범행 시각이 애매한 탓이다.

"현장검증 결과도 성과 없음. 남은 건 그 Y라는 다잉 메시지뿐이로군."

"역시 그건 범인의 이니셜일까요?"

나는 그렇게 말해 보았지만 유코가 범인이라는 생각은 눈곱만큼도 하지 않았다. 살인 게임의 범인 역할도 완수하지 못했던 유코가 현실에서 살인을 연기할 수 있겠는가. 다른 세 사람도 같은 생각이었다.

"그렇다면 그건 알파벳 Y가 아니라는 말이 되는군. 대체 그건 뭐지?" 모치즈키가 말했다.

"일본 엔(円)화 마크 아닐까?" 오다가 그렇게 말하며 허공에 ¥ 마크를 그렸다.

"그걸 쓰다 말았다는 거야? 으음, 용의자 중에 쓰부라야(円谷)같은 성을 가진 놈이나, 마도카(円)라는 이름을 가진 여자가 있었으면 그나마 이해가 가겠다. 이 안에서 가장 저금을 많이 한 사람이 범인이라는 말은 아니겠지?"

설마.

"쓰다만 양(羊) 자하고 비슷하지 않나?"

오다가 또다시 진기한 가설을 발표했지만, 무슨 말을 하고 싶은 건지 알 수가 없다. 게다가 획순도 엉망이다.

"모치 선배, 다잉 메시지를 보고 범인을 알 수 있을 턱이 없어요." 나는 단호히 말했다.

"이만큼 많은 사람들이 머리를 짜내도 의미를 알 수 없는 기호라는 건 이미 가치가 없습니다. 게다가 이것저것 갖다 붙여 봐도 그 중에서 뭐가 맞는지 특정 지을 수 없잖아요. 알파벳 Y라는 가장 심플한 견해를 부정할 수 있는 근거도 없고요."

그 위대한 엘러리 퀸마저도 다잉 메시지를 사용한 작품은 종종 해결이 미심쩍지 않았던가. 시체가 각설탕을 쥐고 있었다느니, xy라는 글자를 남겼다느니, FACE라고 썼다느니, GI라고 썼다느니, E라고 썼다느니, HOM이라고 했다느니……

"자의적으로 자기가 가장 마음에 드는 흥미로운 해석을 남한테 강요하는 게 바로 다잉 메시지 아니던가요. 그 분석은 그만두죠."

"아리스, 너 신랄한 소릴 하는구나." 모치즈키가 말했다. "그렇다면 어디서부터 손을 대야하지? 단서가 전혀 없단 말이야."

"동기는 어떤가요?"

"그거 그거, 나도 그게 이상해." 오다가 말했다. "범인이 워크 녀석들 내부에 있다면 그나마 말이 돼. 사이가 좋아 보이지만 어디에 어떤 불화나 언쟁이 있었을지 우리야 모르니까. 하지만 만약 범인이 다른 그룹 녀석이라면 이렇게 이상한 일이 또 있을까? 기껏해야 이삼일 전에 안 사이인데, 그것도 어제까지 싸움한 번 안 하고 다들 잘 지내 왔잖아. 어디서 살인 동기가 발생한 거지?"

"저도 그게 신경 쓰였어요. 그래서 카페에서 만났던 때를 기점으로 순서대로 우리 사이에서 일어났던 일을 되짚어 보았습니다. 사소한 일까지 하나하나. 누군가가 후미오 형을 죽일 정도의 이유는 역시 떠오르지 않았습니다."

나름대로 잘 따져 보았다고 생각했다. 하지만 무언가 놓쳤을 것이다. 실제로 살인은 일어났다.

"워크 내부 범인설도 말이 안 돼." 오다가 말을 이었다. "어째서 이런 비상사태에 후미오를 죽이는 거지? 게다가 클로즈드 서클 안이라고. 그야 후미오가 어두운 곳에 자기 발로 태연히 걸어나갔겠지만, 가까운 사람이 범인이라면 좀 더 유리한 기회를 기다리지 않을까?"

모치즈키도 납득하고 고개를 주억거린다. 풀리지 않는 수수께끼 천지라 골치가 아파온다.

"뭐가 수사회의냐. 아까 바깥에서 모두 같이 했던 얘기를 반복한 것뿐이잖아."

모치즈키가 자조하며 메모를 뒤로 휙 집어던졌다.

"에가미 선배, 뭔가 의견은?"

나는 시종일관 말이 없었던 부장에게 물어보았지만, 대답은

"아무 것도 몰라."였다.

"하지만 여기 네 사람도 서로 알리바이를 증언할 수 없으니 수상하긴 마찬가지군." 하고 모치즈키가 비웃는다.

내가 늦잠을 잔 이유는 잠을 설쳤기 때문이다. 동틀 무렵까지 세 선배들은 샘이 날 정도로 쿨쿨 자고 있었고, 이 몸은 결코 도다 후미오를 죽이지 않았다. 당신은 화자=범인설을 버려야만 한다.

점심은 한 그릇 분량의 볶음밥이었다. 점점 가혹해지는 식량 통제 속에서 서로에 대한 의심으로 가득 찬 집단은 기나긴 오후를 견뎌냈다. 주인 잃은 라디오를 물려받은 마사키는 경이로운 인내심으로 잡음만 나오는 라디오에 몇 시간째 귀를 대고 있었지만, 새로운 정보는 나오지 않았다. 모두의 머릿속에 정말 구조대가 올 것인가, 하는 의심이 떠올랐다. 다케시는 대낮부터 삽을 둘러메고 고통으로 가득한 작업에 나섰다. 보다 못한 나쓰오가 그를 도우러 삽을 들고 내려갔다. 쓰토무는 스케치북을 들고 전망대에 눌러앉았고, 모치즈키와 오다는 '현장백회'*라는 이름으로 후미오가 쓰러져 있던 주변을 캐고 다녔다. 혼자 있기가 괴로운 사람들은 일도 없는데 다른 텐트로 출장 가서는 썰렁한 표정으로 잡담을 하며 시간을 때우려 했다. 나도 그 중 하나다.

잡담에도 질린 나는 항상 그러하듯 숲을 산책하러 나섰다. 후

---

* 現場百回. 현장에는 반드시 단서가 남아 있기 때문에 현장 수사를 철저히 해야 한다는 수사 방침 – 옮긴이

미오가 마음에 들어 했던 해먹에서 에가미 선배가 잿빛 하늘을 바라보며 말없이 생각에 잠겨있었다.

"에가미 선배."

눈만 돌려 나를 바라본다.

"다들 뭐하고 있어? 도마에 오른 생선처럼 각오를 하고 있나?"

"에가미 선배는 그런 심경인가요?"

"나는 네가 생각하는 것보다 훨씬 더 낙관적이야. 어떻게든 되겠지. 설마 이런 곳에서 이런 때에 살인 사건이 일어날 줄은 꿈에도 몰랐지만."

"범인은 누구일 것 같아요? 거의 파악하고 있는 것 아닌가요?"

"아리스." 부장은 턱을 긁적였다. "나를 너무 과대평가해도 곤란해. 초인적인 명탐정도 아닌데 어떻게 그렇게 간단히 범인을 알 수 있겠어?"

"……."

"우발적인 범행이겠지. 사소한 일로 다투다 그만 나이프를 빼들었을 거야. 조만간 범인도 자수할 거야."

"……."

"구조대는 아직 더 있어야 올 거다. 그 사이에 범인도 정신을 차리겠지. 나는 기다리면 된다고 생각해."

"……."

"그보다 아리스." 에가미 선배는 거기서 말을 끊더니 잠시 주저했다. "그 리요라는 아이 말인데."

"넷?"

"사이좋게 지내는 것도 적당히. 알겠지?"

그렇게 말하고 몸을 뒤척여 반대편으로 돌아누워 버렸다. 나는 부장이 무슨 말을 하고 싶은지 이해하지 못하고, "하아."라고만 대답하고 그 자리를 떠났다.

제3장
공포의 밤

1

네 번째 일몰. 네 번째 밤이 찾아왔다.

저녁 식사는 메뉴는 물론 양까지도 점심과 똑같아서 그것을 본 다카히코가 미카에게 불평을 쏟아 냈다.

"이게 뭐야. 그래도 만찬이잖아. 조금 더 맛있고 푸짐한 요리는 못 해?"

미카가 울컥했다. "지금이 어느 때인지 알고 하는 소리겠지? 이런 건 못 먹겠다면 피스 전용 특별 메뉴를 만들어줄까? 내일부터 단식할 생각이 있다면 네 몫의 식량을 오늘밤 다 써 주지."

"알았어."

"싫으면 먹지 않아도 돼."

"끈질기군, 알았다고. 잘못했어!"

옆에서 쓰토무가 어깨를 움츠리고 있다. 이제는 어지간히 익숙해진 광경이다.

워크의 여섯 명, 쇼조네 세 명, 그리고 EMC에 리요와 루미, 이렇게 세 개의 그룹으로 나뉘어 식사를 했다.

"살인광이라는 게 정말 있나요?"

식후에 모래알 같은 맛의 커피를 마시면서 리요가 불쑥 에가미 선배에게 물었다.

"정신병에도 살인기호증(殺人嗜好症)이라는 증상이 있다더군. 음혈병(淫血病)이라고 해서 사람을 해쳐서 줄줄 흐르는 피를 보고 기뻐하는 사람도 있다고 해."

리요는 눈살을 찌푸렸다.

"그런 종류의 인간이 이 캠프장에 섞여 있는 건가요?"

"설마. 물론 나는 정신과 임상의가 아니니 뭐라 말할 수는 없지만."

"저기." 루미가 묻는다. "다잉 메시지라는 건 뭔가요? 유코 언니의 Y가 아니라면 무엇을 뜻하는 거죠?"

모치즈키의 강연이 시작되었다. 피해자가 전하려는 정보가 수사원 측에 전달되지 않는 세 가지 케이스에 대해 서술한다. 쓰즈키 미치오의 평론을 인용한 것이다. 첫 번째, 피해자가 메시지를 완성하지 못하고 죽어, 어중간한 형태가 된 경우. 두 번째, 피해자와 수사원 사이에 지식의 간극이 있어 발신자는 명쾌한 메시지를 남겼다고 생각하나 수신자는 이해하지 못하는 경우. 세 번째, 범인이 아직 그 자리에 남아 있을 때 메시지를 남겨야 했기 때문에 범인이 의도를 파악하지 못하고 수사원만 해독할 수 있도록 복잡한 메시지를 남긴 경우. 참고로 미스터리 세계에서 소중한 존재이면서, 동시에 작가가 도를 넘기 쉬운 것이 바로 이 세 번째 케이스다.

"이 사건에서는 세 번째 케이스를 제외해도 무방할 것 같습니다. 범인이 있을 때 썼을지도 모르지만, 현장이 그렇게 어두컴컴했으니 범인은 피해자가 메시지를 쓰고 있는 모습을 못 보지 않았을까요?"

"아리스, 제법인데." 오다가 말했다. "그렇다면 첫 번째, 혹은 두 번째 케이스."

"그러고 보니 《샴 쌍둥이의 비밀》에도 다잉 메시지가 나오지. 찢어진 트럼프를 피해자가 쥐고 있었나?" 모치즈키가 웅얼웅얼.

"여하튼 그 메시지는 머릿속에서 지워야합니다. 다른 그럴듯한 해석을 찾아내보아도 Y가 유코의 이니셜이라는 설은 부정할 수 없으니까요."

리요 앞에서 허세를 부리는 내 모습이 우스꽝스러웠다.

이어 오다가 목소리를 낮춰 이런 말을 꺼냈다.

"범행 동기가 보이지 않는다는 점이 이번 사건의 찜찜한 점인데, 어때, 워크 일곱 명하고 쇼조네 세 명, 다들 같은 대학이지? 처음 만난 사람인 척 했지만, 사실은 후미오하고 잘 아는 사람이 쇼조, 나쓰오, 다케시 셋 중에 있을 가능성도 있지 않나? 아니면 일방적으로 후미오를 잘 알고 있는 사람이."

"살의가 치밀어 오를 정도로 친한 사이 말이야? 하지만 노부나가 씨 당신, 그거 단순한 상상이야, 아니면 누가 그런 냄새를 풍기는 언동을 한 거야?"

오다는 두 손을 쫙 폈다. "낫싱."

"거기까지 준비해 둔 다음에 말씀하셔." 모치즈키는 오다를 힐난하더니 갑자기 화제를 바꾸었다. "루나. 보름달이 뜨는 밤에는 살인 사건 수가 증가한다면서?"

이번에는 루미의 강연회 시간이 되었다.

"미국의 의학자 아놀드 리버(Arnold Lieber) 박사의 책에 자세히 나와 있어요. 그는 달이 사람을 미치게 만든다는 미신을 과학적으로 논증하기 위하여 달이 차고 이지러지는 현상과 살인 건수의 통계를 내보았는데, 상당히 분명한 상관관계를 나타내는 그래프가 완성되었답니다. 보름날 밤의 살인, 교통사고 다발은 경찰관도 경험상 알고 있다고 해요. 소방서는 그런 밤이면 방화 때문에 바빠진다더군요.

리버 박사에 의하면 달은 인간의 공격성을 항진(亢進)시킨답니다. 살인, 교통사고, 방화뿐만 아니라, 그 밖의 폭력 사건이나 자기 파멸인 자살도 달과 같은 사이클로 증감해요."

형태는 다르지만 살인, 자살이라는 두 가지 현상은 파괴 충동이라는 하나의 부모에서 태어났다는 말이다.

"태양, 지구, 달이 일직선상에 늘어서는, 다시 말해 월식이 일어나 보름달이 가까이 와 있던 어느 날 밤의 사건은 특징적이라 할만 해요. 권총을 들이대는 강도에게 맨손으로 덤벼들었다가 총을 맞고, 부상당한 몸으로 도망치는 강도를 쫓으려다 결국 총격으로 죽은 남자. 마찬가지로 총을 들이대자 얌전히 있기는커녕 비명을 지르며 도망치다가 총을 맞은 여자. 이 현상들은 파괴적인 상을 띠고 있다고 생각하지 않나요?"

"확실히 그렇군." 에가미 선배가 말했다.

"박사는 이 현상을 생물학적 조석(biological tide) 이론으로 설명하려 합니다."

루미는 달의 인력이 해수는 물론, 인간 체내의 수분에도 영향을 끼친다는 예의 그 수상쩍은 가설을 펼쳤다.

모치즈키나 오다는 상당히 흥미를 느낀 모양이었지만, 정작 루미는 하나도 재미없다는 표정이었다. 그녀는 형이하로 이야기를 맺어버리는 생물학적 조석 이론보다, 어제 황홀하게 이야기해 주었던 천사론에 더욱 매료된 것이리라.

"어젯밤, 미친 사람은 누구였나? 하!" 모치즈키는 기가 막힌 듯 웃었다. "최고로 달의 영향을 받기 쉬운 사람은 루나 너잖아. 뫼르소도 아니고 '내가 그를 죽인 이유는 달이 푸르렀기 때문입니다.' 하고 법정에서 주장할 거야?"*

모치즈키는 카뮈의 《이방인》을 변격 추리소설로 취급하며 상당히 높이 평가하고 있다.

"저는 죽이지 않았어요. 전 달에 대한 찬미로 쿤다버퍼와 타협하고 있어요."

루미는 그렇게 말하고는 입을 다물었다. 쿤다버퍼라는 주문(呪文)이 어젯밤의 연속처럼 흘러나왔기 때문이다.

---

* 알베르 카뮈의 소설 《이방인》의 주인공 뫼르소는 살인의 이유를 태양빛이 너무 강렬했기 때문이라고 했다 - 옮긴이

"……구제프로군."

에가미 선배가 읊조리자 루미는 다시 한 번 깜짝 놀랐다. 에가미 선배가 뭔가 딱 맞는 주문으로 대답한 걸까? 속세의 언어로 말 좀 해 주었으면 좋겠다.

"어쨌든 리요도 루나도 조심하는 편이 좋아. 살인광인지 아닌지는 몰라도, 살인범이 바로 곁에 있다는 건 틀림없는 사실이니까."

모치즈키는 루미의 실언도, 에가미 선배의 응답도 전혀 못 들은 사람처럼 말했다. 오다와 리요도.

또다시 달이 하계를 비추기 시작했다.

"쿤다버퍼를 알고 있나요?"

텐트 앞에 앉아 있는 에가미 선배에게 조심스럽게 물었다. 대답은 간결했다.

"쿤다리니(Kundalini)와 버퍼(buffer)의 합성어야."

에가미 선배는 이래 봬도—실례인가—철학과 학생이었다.

"그렇게 모르는 단어로 나누어 놓으면 더 모르겠는데요."

"네가 요가나 탄트라에 관심을 가지게 된 거야? 당황스러운데. 루나한테 들었나?"

나는 그렇다고 자백하고 두 개의 새로운 단어에 대한 설명을 요구했다.

"쿤다리니는 요가 생리학 용어라고 해두지. 체내에 있는 지각(知覺)의 소재가 저장되는 장소를 무라다라(Muladhara)라고 해. 그 안에 뱀처럼 똬리를 틀고 잠들어 있는 힘이 쿤다리니."

"지각의 소재의 저장이 대체 뭔가요?"

법률학과에서는 가르쳐 주지 않는다. 철학과에서도 가르쳐 줄 것 같지는 않다.

"네가 리요를 바라본다고 치자." 두근. "리요를 본다, 라는 지각을 갖겠지. 그리고 이번에는 네가 리요의 꿈을 꾼다 치자. 그때 꿈속에서 리요를 보았다는 지각은 어디에서 생겨나는 것이지? 잠을 자고 있으니 실제로 리요를 본 것은 아니야."

"기억입니다. 낮에 본 리요의 기억에서 꿈이 생겨난 거지요."

"요가에서는 리요를 보았다는 경험, 감각의 잔재가 저장되어 몸 안에 존재한다고 봐."

"하아, 그 저장 용기가 무라 머시기 하는 거고, 그 안에 쿤다리니가 있는 건가요? 버퍼는 뭐죠?"

"그건 그냥 영어. 완충기. 두 단어를 연결하면 지각(知覺)을 제어하는 장치라는 의미쯤 되려나."

"구제프는 어떤 건데요?"

에가미 선배는 은근한 웃음을 지었다.

"그건 사람 이름. 금세기의 러시아 신비학자라고 해야 하나, 마술사라고 해야 하나. 게오르그 이바노비치 구제프(George Ivanovitch Gurdjieff). 쿤다버퍼는 그가 지어낸 단어지, 아마."

"그러고 보니 어렴풋하게 들어본 기억이……."

에가미 선배는 또다시 웃었다.

"흥미로운 사람이야. 티베트에서 러시아 스파이 활동을 하고 있었다고도 해. 제1차 대전 후 파리에서는 쉬르레알리슴 운동과 같은 시기에 교단을 만들기도 했고, 제2차 대전 때에 나치스 제3제국 사상을 지지한 지정학자 하우스 호퍼의 친구이기도 하고. 나치의 사상이 마술과 과학을 융합한 영적인 사상이었던 건 알고 있겠지? 나치당의 하켄크로이츠(卐)도 티베트 밀교의 스와스티카(卍)에서 유래한 문장으로, 하우스 호퍼에게 하켄크로이츠를 채용하라고 권한 것도 구제프지."

희대의 아웃사이더쯤 되시려나.

"인간의 의식에는 '수면'과 '깨어 있는 상태'와 '자각'의 세 단계가 있는데, 상황에 휘둘려 자유가 없는 현재의 인간은 단지 깨어만 있을 뿐, 아무것도 모르는 상태라는 거야. 아리스가 지금, 나는 깨어 있다고 말한다면 그건 주관적인 자각이지 객관적인 자각이 아니야. '자각'을 하기 위해서는 먼저 본인이 하나의 '꼭두각시'라는 사실을 알 필요가 있어. 그는 은자, 승려, 요가의 세 가지 길을 승화시킨 네 번째 길이 인간을 자각으로 이끌어 준다고 하지."

"음, 그런데 에가미 선배가 요가를 했던가요?"

에가미 선배는 어떻게 된 게 아닌가 싶을 정도로 껄껄 웃었다. 육체의 그늘진 부분에 성감대가 있듯이 사고의 그늘에도 그러한 것이 있어서, 내가 지금 에가미 선배의 그 부분을 건드렸는지도 모르겠다.

"아니, 아니. 좌선도 한 번 해본 적 없다. 구제프의 사상은 인간의 가능성을 확장시키려는 시도야. 지식을 쌓아서 똑똑해지자는 시시한 소리가 아니라, 정말로 생물로서 한 단계 진화하기 위해서 말이야.

그는 몽상만으로 만족하지 않았어. 예술에도 주관적인 예술과 객관적인 예술이 있어서, 사람의 심금을 울리고 푹 빠지게 만들 뿐인 피상적이고 주관적인 것 따위는 예술이라 부를 가치가 없다고 단언하지. 예를 들어 쳐다만 봐도 감상자의 눈을 멀게 하는 그림, 연주만 해도 물을 동결시키는 음악, 낭독만 해도 벽을 무너뜨리는 시처럼, 물리적인 힘을 가진 예술이야말로 객관적인 예술이래."

"에가미 선배가 집필하고 있는 소설은 어떤가요?《적사관 살인 사건》."

에가미 선배는 치밀어 오르는 웃음을 억지로 참고 있었다.

"내가 그런 걸 쓸 수 있을 리가 있겠어? 하지만 쓸 수 있다면 얼마나 좋을까. 한 번 읽기만 해도 독자들이 붉은 죽음의 병으로 줄줄이 쓰러져, 고열에 시달리다가 죽어가는 미스터리라……좋군."

보름을 하루 지난 달이 에가미 선배의 뇌에도 영향을 미치고 있는지, 우리 부장 상태도 평소와는 달랐다. 나는 가슴에 손을 얹어 내 안에 흐르는 조류의 움직임을 더듬어 보려 했다.

에가미 선배는 그 밖에도 일곱 개의 센터니, 옥타브 법칙이니 하는 기괴한 개념을 설명해 주려 했지만, 사양하기로 했다.

"많은 공부가 되었어요." 일어나려다 한 가지 궁금한 사실이 떠올랐다. "쿤다버퍼의 영향으로 환각을 보고 있는 인간 구제프가 말입니다. 어떻게 그 비밀을 알았을까요?"

"알아 봤자 인간은 어쩔 도리가 없는 비밀이라고 조물주도 안심하고 있는지 모르지. 싸우려면 쿤다버퍼가 망가질 때까지 환상을 소진해 버리면 돼. 승산은 없을지 몰라도, 그 싸움의 과정은 주관 예술 정도는 되겠지. 지금 세상의 인간들은 이미 쿤다버퍼가 제거되었다는 말도 듣긴 했는데."

에가미 선배마저 야릇한 실존철학을 논하기 시작한 덕분에, 점점 더 지금 있는 이 장소가 별세계처럼 느껴졌다. 이 육체의 어딘가—척추 말단이라던데—에 이식된 쿤다버퍼에 의해 인간은 최면 상태에 걸린 채로 살아가고, 죽는가.

한 가지는 알겠다.

이곳은 살의라는 이름의 환상과, 사랑이라는 이름의 환상을 비밀스럽게 자아내고 있다는 사실을.

2

나는 나쓰오와 함께 커피를 마시며 두서없는 이야기를 나누고 있었다. 지면이 약간 흔들렸다. 내가 손에 든 컵 안에서 뜨거운 커피가 찰랑찰랑 흘러 넘쳤다.

"지겹다, 지진이로군. 또 분화하는 건 아니겠지? 그만 좀 하라고."

"나쓰오가 싫어해도 분화할 때는 분화해." 곁에 있던 오다가 싱글거리며 말했다. "걱정 말라니까. 봐, 벌써 멎었지."

분명 지진은 금방 잦아들었다. 다들 한참 말이 없었다. 지금의 작은 지진을 어느 정도 규모의 경고로 받아들여야 하는지, 저마다 헤아리고 있는 듯했다.

"느낌이 안 좋군요."

마사키의 말에 다카히코가 "겁먹지 마." 하고 등을 두드렸지만, 오히려 그가 동요하고 있는 것처럼 보였다. 박사는 냉정하게 이야기하고 있다.

"벤 형이 스케치하러 갔는데 괜찮을까요."

"이 정도야 뭐. 하지만 그 녀석도 용해. 한밤중의 스케치라고 해 봤자 산이나 나무 실루엣밖에 안 보일 텐데."

"전망대니까 밤이라도 산들은 그럭저럭 그릴 수 있어요. 전망대에 한 번 가 볼까요?"

다카히코가 그만두라며 고개를 절레절레 내젓고 있는데, 숲에서 다케시가 느릿한 걸음으로 나타났다. "어째 불안하군." 하고 나직하게 말했다.

"아, 다케시 형. 벤 형 못 보셨나요?" 마사키가 물었다.

"있던데. 항상 있던 자리에서 그림을 그리고 있었어. 아까 한 번 흔들렸을 때 마침 함께 있었는데, 별 것 아니라면서 다시 그림을 그리기 시작하더라. 질리지도 않나봐."

커피를 홀짝이던 나쓰오가 문득 생각났다는 듯 물었다. "쇼조는 어디 있지?"

다케시는 이쪽으로 걸어오더니 나와 나쓰오 사이에 털썩 앉았다.

"쇼조가 뭐? 근처 어디서 어슬렁거리고 있지 않겠어? 그 녀석 여기 온 후로 어딘지 모르게 불안정하지 않냐."

낮에 들었던 리요의 말이 내 뇌리를 스쳐지나갔다. 쇼조는 사유리 생각에 안정을 잃은 걸까. 부끄럽게도 나 역시 그렇지만.

"그야 이런 상황이니 불안하기도 하겠지. 삼십 분쯤 안 보이는 것 같은데 밤 산책이라도 하는 건가."

"위험하지 않을까." 옆에서 모치즈키가 말했다. "어젯밤에 살인 사건이 있었는데 스케치라느니 산책이라느니, 나는 절대 못해. 아니면 자기가 보초인 줄 아나?"

모치즈키는 낮에 다 찍은 서른여섯 장짜리 필름을 꺼내어 새로운 필름으로 갈아 끼우며 혼자서 웅얼웅얼 떠들고 있었다.

"그만 잘까요? 11시입니다."

모치즈키는 손목시계를 보며 말했다. 여자 애들은 다들 텐트로 들어가 이미 잠자리에 든 모양이다. 에가미 선배도 텐트에 틀어박혀 버렸고, 다카히코와 마사키도 "자자." 하고 자리를 털고 일어섰다.

우리는 줄줄이 각자의 보금자리로 파고들었다. 텐트에 들어가자 에가미 선배는 이미 숨소리도 내지 않고 잠들어 있었다. "순진무구한 얼굴." 오다가 종알거리자 모치즈키가 쉿, 하며 손가락을 세웠다. 그 잠든 모습은 마치 불타입멸도(佛陀入滅圖)처럼 보였다.

우리는 부장이 깨지 않도록 살금살금 침낭에 들어가 잡담도 하지 않고 잠들 태세로 눈을 감았다.

하지만 잠에 빠질 여유는 없었다.

"또 지진이로군."

모치즈키가 가장 먼저 소리 내어 말했다. 바닥에서 지면이 떨리는 것이 느껴진다. 텐트도 통째로 흔들리기 시작했다. 그 진동은 좀처럼 멎지 않더니 결국에는 어딘가 높은 곳에서 다이너마이트 폭발음처럼 커다란 굉음이 울려 퍼졌다.

"왔다!"

우리는 벌떡 일어났다. "분화야?" 에가미 선배도 눈을 뜨고 나를 올려다보며 물었다.

"분화가 터졌네요. 어떻게 할까요? 가만히 있을까요?"

내가 말한 순간, 텐트에 후두둑 모래 알갱이가 떨어지는 소리가 났다. 어제 분화 때와 유사한 상황이다. 똑같은 규모의 분화일지도 모른다.

"숲으로 피난하는 편이 낫겠다." 말보다 먼저 모치즈키가 일어섰다. "나가요. 다른 텐트 사람들도 함께 숲으로 피하자고 일러 줘야겠어요."

하지만 내가 텐트에서 나왔을 때, 다른 사람들은 이미 숲을 향해 삼삼오오 달려가고 있었다. 우리야말로 늦었던 것이다.

산꼭대기가 발하는 선명한 오렌지색 빛이 보였다.

"엄청나다……." 마른 침을 삼킨 모치즈키는 베갯머리에 두었던 카메라를 집어 들더니 산꼭대기에 대고 두세 번 셔터를 눌렀다.

"오케이. 가자!" 그렇게 말하고 모치즈키와 오다는 달음박질 쳤지만, 나는 곧장 숲으로 향할 수가 없었다. 루미다. 그녀는 달릴 수 없다. 리요와 함께 부축해 주어야 한다.

"아리스, 나도 간다."

리요 일행의 텐트로 달려가려는 나에게 에가미 선배가 말했다. 나는 마음속으로 부장에게 두 손 모아 감사하며 짤막하게 대답했다. "네!"

멈춰 서서 또다시 산꼭대기를 향해 카메라를 들이대는 모치즈키 바로 옆에 분석(噴石)이 쿵 떨어지자 그는 괴성을 지르며 펄쩍 뛰어올랐다. "멍청아. 지금 종군 카메라맨 흉내 낼 때냐!" 오다가 고함을 질렀다. 둘은 나란히 숲으로 달음질쳤다. 그런 모습을 곁눈으로 보면서 나하고 에가미 선배는 리요 일행의 텐트로 뛰어들었다.

"앗, 아리스, 도와 줘!"

때마침 리요가 루미의 어깨를 부축해 일으켜 세우고 있었다. 내가 왼쪽에서, 에가미 선배가 리요 대신 오른쪽에서 루미를 부축했다.

"죄송해요……." 창백한 얼굴로 그녀는 힘없이 말했다.

"업고 달리자. 자, 업혀서 꽉 붙들고 있어."

그렇게 말하고 몸을 숙인 에가미 선배의 등에 루미는 쓰러지듯이 몸을 맡겼다.

"좋아, 가자!"

에가미 선배는 전력으로 달리기 시작했다. 리요는 루미가 지팡이 대신 쓰던 나뭇가지를 집어 들고 나와 함께 에가미 선배를 따랐다. 떨어지는 뜨거운 모래와 재를 맞으며 우리는 루미를 업은 에가미 선배를 선두로 숲까지 질주했다. 목덜미며 팔에 달아오른 모래 알갱이를 맞고, 리요가 "앗, 뜨거!" 하고 소리쳤다.

일단 숲으로 들어가자 샤워처럼 쏟아지던 미세한 분석은 훨씬 줄어들었다. 첩첩이 겹쳐진 굵은 나뭇가지 아래에 똘똘 뭉쳐 우리 넷은 몸을 웅크렸다. 아랫배에 전해 오는 분화음과 대지의 진동은 계속 이어져, 지옥의 나락에 있는 것만 같았다. 루미는 두 손으로 에가미 선배의 오른팔을 꽉 붙들고 있었고, 리요는 입술을 악물고 발밑의 지면을 뚫어져라 바라보고 있었다.

상당히 멀리서 나뭇가지가 쪼개지는 소리와 무거운 물체가 쿵 떨어지는 소리가 들렸고, 누군가의 "으악!" 하는 비명 소리가 들렸다.

"누굴까…… 괜찮을까?"

리요가 간절한 눈빛으로 나를 보았다. 지금 저건 모치즈키 목소리였던 것 같다.

문득 시계를 보니 이제 겨우 0시를 지났다. 참 재수 없는 시간에 분화하기도 했다. 밤은 이제부터 깊어지기만 하지 않는가. 나는 원망스러운 마음으로 초연히 회전하는 야광 시계 바늘을 그저 바라만 보고 있었다.

0시 15분. 분화는 진정되었다. 산울림도 썰물처럼 저 멀리 물러났다. 여전히 에가미 선배를 꼭 붙들고 있기는 했지만 루미도 아까보다는 손에서 힘이 빠진 것 같았다.

"생각보다 약했네." 나는 가슴 속의 응어리를 털어놓듯 말했다. "살았네요."

"일단은…… 그러네."

리요도 고개를 들고 숨을 크게 내쉬었다. 루미도 간신히 에가미 선배의 팔뚝에서 손을 뗐다. 그러나 우리는 한참동안 움직이지 않았다. 나뭇가지 끝이 여전히 파르르 작은 울음소리를 내고 있는 것만 보아도 알 수 있듯 아직 대지가 떨고 있었기 때문에 조금 더 상황을 살피고 싶었다.

0시 30분. 진동도 잦아들었다.

"이제 괜찮나 보네요." 나는 이제야 제정신으로 돌아왔다. "안전벨트를 푸십시오."

루미가 우훗 하고 웃었다. 긴장이 풀린 것이다.

"다들 무사하겠지? 주위에는 인기척이 없는데." 에가미 선배는 내게 말했다. "찾아볼까. 아, 아니다, 넌 여기에 있어. 리요랑 루나와 함께."

내가 끄덕이자 부장은 일어섰다. 우리는 어두운 밤과 재 속으로 녹아드는 에가미 선배의 뒷모습을 배웅했다. 세 사람은 말없이 오랜 시간을 기다리게 되었다.

"말소리가 들려."

시간이 얼마나 흘렀을까, 루미가 작은 목소리로 말했다. 확실히 몇 사람이 이야기하는 목소리가 들렸다. "정신이 들어?"라는 한 마디를 알아들을 수 있었다.

"무슨 일이 있었나 봐." 나는 두 사람의 얼굴을 번갈아 바라보았다. "잠깐 가 봐도 될까?"

루미가 대답했다. "나도 신경 쓰여. 보고 와, 아리스."

두 사람을 두고 가는 게 약간 불안했지만, 나는 무슨 일이 있었는지 신경 쓰여 견딜 수가 없었다. 발치를 조심하며 어둠을 떨쳐내듯 오른손으로 앞을 더듬어 갔다.

목소리가 가까워졌다. "머리를 부딪쳐서……", "얌전히 있는 편이……." 이런 소리들이 들려온다. 적어도 세 사람은 있어 보

공포의 밤 175

였다. 한 발짝 한 발짝 다가가자 어스름 속에서 세 명의 그림자가 서서히 모습을 드러냈다.

"무슨 일이 있었나요?" 내 목소리에 머리 셋이 뒤를 돌아보았다. "에가미 선배, 아리스예요. 리요랑 루나도 무슨 일이 있었는지 걱정하고 있어서 살펴보러 왔어요."

그림자는 에가미 선배, 오다, 그리고 나쓰오였다.

"여, 아리스냐. 또 만나서 나는 기쁘다."

발밑에서 모치즈키의 목소리가 났다. 쳐다보니 그가 둥치에 기대어 주저앉아 있었다.

"나, 아까 죽을 뻔했어."

"네?"

오다가 머리 위를 가리켰다. 올려다보니 터져 나간 나뭇가지가 몇 개 부러져 축 처져 있다. 그는 이어서 쭉 뻗어 있는 모치즈키 옆을 손가락질했다. 눈으로 좇자, 축구공만한 크기의 시커먼 화산탄이 나뒹굴고 있었다.

"이게 날아온 거예요? 서, 설마 헤딩한 건 아니겠죠?"

"헛소리." 모치즈키는 힘없이 손을 내저었다. "1미터쯤 옆에 이게 떨어졌어. 깜짝 놀라 넘어지는 결에 이 둥치에 박치기를 해 버린 거지. ……아야야."

"얌전히 있으라니까."

나쓰오가 말했다. 모치즈키가 내팽개쳤던 카메라를 주워 멀쩡한지 확인한 후 그에게 돌려주었다.

"십 분인가 기절했었으니 무리하지 마. 머리를 식혀야 할 텐데. 물을 떠 올게."

"됐어, 됐어. 이런 때에 그런 어두운 강까지 가면 진짜 넘어져서 머리 박는다. 특별히 메슥거리지도 않고 괜찮아. 조금 더 얌전히 쉬고 있을 거지만."

모치즈키는 그렇게 말했지만 나쓰오는 회중전등과 물통을 가지러 텐트로 향했다.

"착한 놈일세, 저 녀석." 모치즈키가 멍하니 말했다. "저 녀석이 찾지 않았으면 한참 더 뻗어 있었을걸."

"나쓰오 형이 쓰러져 있는 모치 선배를 찾아냈어요? 노부나가 선배는 어디 있었나요?"

"나? 난 숲에 들어간 후에는 함께 안 있었어. 모치가 분화 사진을 찍는다고 우물쭈물하기에 내버려 두고 먼저 숲 속으로 달려갔거든."

"이 녀석은 박정한 놈이야."

어찌됐든 무사해서 다행이다. 뒤통수에 커다란 혹 하나로 끝났으니까. 다른 사람들은 어떨까? 다케시는? 쇼조는? 워크 녀석들은?

"어이! 다들 괜찮아?"

우리는 사방에 외쳤다. 어둠 속에서 메아리가 되돌아왔다. 대답이 없나 귀를 기울이자 오른쪽에서 다케시 목소리, 왼쪽에서 마사키의 목소리가 동시에 대답했다. 다케시는 그리 멀지 않아 보였지만, 마사키의 목소리는 희미했다.

"회중전등을 가져올게. 이렇게 어두워서야 위험해서 오도 가도 못하겠다."

더듬더듬 숲을 빠져나온 에가미 선배와 나는 텐트로 돌아와 불빛을 들고 다시 숲으로 돌아갔다. 나는 우선 고립되어 있던 리요와 루미를 구출했다.

다케시가 불빛을 보고 우리를 찾아왔다. 다행히 긁힌 상처 외에 큰 부상은 없다. 마사키가 부르는 소리에 내가 그쪽으로 직접 가서 역시 상처 없는 박사를 만날 수 있었다. 이윽고 세 방향에서 여자 애들이 소리쳤다. 불쌍하게도 워크의 여성 팀은 흩어져서 도망쳤는지, 숲 속에서 떨어졌는지, 다들 혼자서 벌벌 떨고 있었나 보다. 여자 애들이 소리치자, "다쓰코, 무사해?"하고 고함치는 다카히코의 목소리가 또 다른 방향에서 들렸다.

"이것 참, 숨바꼭질하는 것도 아니고."

오다가 그렇게 말하며 회중전등을 휘둘러 이쪽이라고 소리쳤다. 이윽고 그녀들도 무사한 모습으로 나타났다.

회중전등을 손에 든 그림자가 다가왔다. 불빛을 맞대 보니 쓰토무였다.

"벤, 무사했구나?"

유코가 기쁜 목소리로 말했다. 쓰토무는 스케치북을 들고 있었다. 정말 오랜만에 그를 보는 것 같다.

"나는 멀쩡해. 분화가 진정되고 나서도 한참 땅이 흔들려서, 납작 엎드려 상황을 살폈지. 너희 목소리를 듣고 이제 괜찮겠다 싶어서 나온 거야. 누구 다치기라도 했어?"

모치즈키가 구사일생으로 살아난 이야기를 오다가 설명하고 있을 때, 물통을 손에 든 나쓰오가 돌아왔다. "많이 기다렸지, 모치."

모치즈키는 욱신거리는 머리를 가볍게 숙여 감사를 표했다.

"일단 이걸로 다들 모인…… 건가?"

오다가 말한 순간, 타월을 짜던 나쓰오의 손길이 멈췄다.

"쇼조는?"

쇼조가 없다. 어쩐지 누가 모자란다 싶었다. 불길한 예감이 사람들 사이를 스쳐갔다. 이제 1시다. 분화가 소강상태에 접어든지 삼십 분이나 지났다. 아직도 쇼조만 아무런 응답도 없다는 건 보통 일이 아니다.

"다들 회중전등을 들고 숲 속을 찾아보자. 어디서 모치처럼 뻗어 있는지도 몰라. 여자 애들은 위험하니까 텐트에서 기다리는 편이 낫겠어. 모치도 쉬고 있어라." 에가미 선배는 그렇게 말하고 한마디 덧붙였다. "두세 사람씩 짝을 지어서 세 방향으로 흩어져 찾도록 하지."

에가미 선배하고 오다하고 나, 쓰토무하고 다카히코하고 마사키, 다케시와 나쓰오 세 팀으로 나뉘어 쇼조의 이름을 부르며 숲속에서 그의 하얀 운동복을 찾아다녔다. 삼십 분 만에 숲 속을 한 바퀴 다 돌고, 다른 그룹과 맞닥뜨렸다. "있어?", "없던데." 하는 소리가 되풀이되었다. 한 번 더 둘러보기 위해 탐색 범위를 넓혀 사십 분을 더 찾아보았지만, 쇼조의 모습은 어디에도 없었다.

"이상해." 무심결에 중얼거렸다.

2시 반을 지나, 3시가 되자 지친 우리는 세 번째로 처음 장소에 집합했다.

"전망대는 봤어?" 에가미 선배가 그쪽 방향을 둘러본 다카히코 팀에게 물었지만 셋은 하나같이 고개를 저었다.

"설마 그럴 리야 없겠지만, 혹시 지진 때문에 거기서 떨어진 건 아니겠지."

쓰토무가 대답했다. "그럴 리는 없습니다, 에가미 형. 제가 거기에 쭉 있었는데 쇼조는 한 번도 못 봤는걸요. ……하지만 전망대에서 약간 동쪽으로 가면 위험한 장소가 있었어요. 울타리도 없는데 갑자기 낭떠러지가 튀어나와서 평소에는 가까이 가지 않는 장소지만요."

"오케이." 에가미 선배는 이마의 땀을 닦았다. "거기 가 보자. 그래도 별 소식이 없으면 오늘밤 탐색은 중단하고, 날이 새면 재개하지. 이렇게 어두워서야 이 이상 범위를 넓혀 찾기도 위험하고, 우리도 조금 쉬지 않으면 쓰러지고 말아."

모두 찬성했다. 쓰토무가 말한 장소에 가 보았지만 사람이 굴러 떨어진 흔적은 없었고, 수색은 거기서 일단 중단되었다.

3

선잠이 들었다. 동이 틀 때까지의 짧은 수면이었다. 우리는 아침 식사를 간단히 끝내고 다시 쇼조를 찾기 시작했다. 아침 햇살 아래에서 어젯밤 찾았던 장소에 놓친 곳은 없는지, 텐트 부근부터 수색을 시작해 점차 그 수색 반경을 넓혀갔다.

아침 햇살에 물든 야부키 산은 저 높은 상공을 향해 분연을 토해 내고 있었지만, 이번에도 강한 서풍이 그 연기를 동쪽으로 날려 보낸 덕분에 떨어지는 재도 견딜만했다. 산울림 같은 건 전혀 들리지 않았지만, 분연은 여전히 기세 좋게 소리를 내며 피어오르고 있었다.

"이 산은 종잡을 수가 없군." 모치즈키가 분석을 걷어차며 말했다. "이정도로 이제 끝난 걸까, 아니면 이제부터 대 분화를 일으킬까? 콰앙 하고 터질 때는 다들 혼비백산하지만 기껏해야 십오 분 정도로 뚝 끊기니까 어딘지 모르게 위기감이 희박하단 말이야."

그렇기는 하다. 물론 분화가 진정되면 아무 일 없었다는 듯 가을에 발행할 동인지 생각에 빠지는 모치즈키 선배를 당할 자는 없겠지만, 유코나 다쓰코도 어제 저녁 식사 후에는 트럼프를 치며 재잘대고 있었다. 도다 후미오 살인 사건과 함께 분화도 꿈속의 일처럼 비현실감을 동반하고 있는 듯했다.

"이런 곳에 있으면 큰일인데." 오다가 그렇게 말하며 대숲을 휘적휘적 쑤셨다. "없네. 앗, 이건 각다귀인가?"

"그나저나 그 녀석 대체 어디로 가 버린 거야. 여태 힘이 풀려서 못 움직이는 것도 아닐 텐데."

잇시키 쇼조는 어떻게 된 걸까? 밤 산책이다 뭐다해서 말도 안되게 멀리까지 갔다가 거기서 무슨 사고라도 당한 걸까? 이미 탐색 범위는 상당히 확장되었다. 글자 그대로 이 잡듯이 뒤지고 있으니 쇼조가 무사하건 무사하지 않건 간에 아직도 발견되지 않는 것은 이해하기 어렵다. 어둠 속에서 방향을 잃어 정말 낭떠러지에서 굴러 떨어진 걸까? 그렇게 판단하는 것이 자연스러웠다. 그렇다면 안타깝지만 납득은 된다.

점심때가 다 되도록 어디에서도 그의 모습이 발견되지 않자, 절망적인 분위기가 감돌기 시작했다.

텐트에 모두 모였다. 쇼조에 대한 걱정보다, 다들 아무래도 이해가 가지 않는다고 말하고 싶은 기색이었다. "이상해, 이상해." 나쓰오가 연발하고 있다.

"없어져 버렸어." 유코가 먼 곳을 바라보며 허망하게 말했다.

"샐리처럼 갑자기 없어져 버렸어."

깜짝 놀란 건 나뿐이었을까? 샐리, 야마자키 사유리도 갑자기 사라져 버렸다. 물론 그녀의 경우, 이유는 알 수 없어도 '먼저 돌아가겠습니다'라는 쪽지가 남아 있었다는 점이 큰 차이지만, 둘 다 인상적으로 사라졌다는 점은 비슷했다. 쇼조도 실종된 것일까? 만약 그렇다면 그와 그녀의 실종 사이에 연관성은 있는가, 없는가? 이거 참 점점 더 알 수가 없다.

"샐리하고는 달라." 쓰토무가 느릿하게 말했다. "샐리는 산을 내려간다고 자기가 쪽지를 써서 남겼잖아. 이유는 밝히지 않았지만 어떤 행동을 취했는지는 확실해. 그에 비해 쇼조는 사고를 당했을 가능성이 커. 분화 전까지 있었으니까."

"샐리도 분화 전날 밤까지는 아무렇지도 않았어." 유코는 역시 허공을 바라보고 있다. "어머, 이상하다. 두 번 다 두 사람이 사라진 후에 산이 분화했어. 어째서일까⋯⋯."

그건 단순한 우연이겠지. 아무도 분화를 사전에 알아챌 수 있을 리 없으니까.

"이상하고 자시고 할 것 없어. 샐리 때 있었던 분화는 우연히 그런 순서로 일어났을 뿐이고, 쇼조의 경우는 분화 후에 없어진 거야. 분화 그 자체가 원인이 되어서."

쓰토무가 이해를 못하는 사람일세, 하는 투로 말했다. 하지만⋯⋯. 역시 이해 못하겠다. 쇼조가 지금 어떠한 상태로 어디에 있는지, 정말로 알고 싶었다.

"이걸로 세 사람째네요." 다쓰코가 쭈뼛쭈뼛 작은 목소리로 말했다. "벌써 세 사람이나 사라지고 말았어요. 그것도 전부 밤에. 밤사이 좋지 않은 일이 있어서 아침이 되면 우리들 가운데 한 사람이 사라진다, 그런 밤이 사흘 계속됐네요."

스티븐 킹의 표현을 빌리자면, 한밤중에 무언가의 키스를 받은 기분이었다. 나는 공포가 소리 없이 다가오는 것을 분명하게 느꼈다. 지금 다쓰코가 속삭인 한 마디에, 나는 내가 있는 장소가 어디인지 혼란스러웠다. 여기는 어디고, 내 운명은 어디를 향해 떠내려가고 있는 것일까?

"아무도 최악의 경우에 대해서는 말을 않는군. 내가 말할까?"

다카히코가 담배를 입에 물고 초조한 기색으로 말했다.

"실종도 아니고 사고도 아닐 경우 말이야. 그저께 밤 후미오와 마찬가지로, 쇼조도 누군가의 습격을 받았을 가능성이 있잖아. 살해당해서 어디 버려진 게 아닌가 생각하는 사람이 나 하나는 아닐 텐데?"

끝끝내 입에 올렸나. 나도 내심 분화로 혼란한 틈을 타 살인범이 두 번째 흉행을 저지른 건 아닐까 의심하고 있었다. 그렇기 때문에 아까 다쓰코가 했던 말이 오싹했던 것이다.

"우리 안에 있는 살인자가 쇼조도 죽이려고 노리고 있었다면, 분화로 다들 혼란에 빠져있을 때가 절호의 찬스였을 거 아냐. 모두 어둠 속에서 뿔뿔이 흩어져 있었으니 누구에게나 기회는 있었어."

나는 부분적으로 다카히코에게 반론하려 했다. 나하고 에가미 선배, 리요, 루미는 함께 도망쳐 분화가 진정될 때까지 하나로 뭉쳐 있었다. 우리 네 사람은 알리바이가 성립되지 않는가, 하고. 그러나 잠시 생각해 보니 그렇지도 않았다. 분화가 진정된 후에 에가미 선배가 다른 사람들을 살펴보러 떠났고, 그 후 말소리가 신경 쓰인 나도. 에가미 선배와 나는 그 사이 혼자였다. 또한 리요와 루미는 시종 둘이 함께 있긴 했지만, 두 사람이 공범 관계라고 의심하면 그걸로 끝이다. 알리바이 주장은 그만두기로 했다.

"물론 혼란을 이용한 범행이니까 돌발적인 사건이다." 다카히코가 단정했다. "그 어두운 혼란 속에서 쇼조를 찾아봤자 좀처럼 눈에 띄지 않았겠지. 하지만 범인은 찾아냈어. 그래서 천재일우의 그 호기를 이용한 거야."

공기가 한층 더 무거워졌다. 다카히코가 입에 문 담배에서 무릎 위로 재가 툭 떨어졌다.

"우리 안에 살인범이 있다는 사실을 상기시켜 주셨군." 나쓰오가 다소 싸늘하게 말했다. "게다가 그 녀석은 연속 살인을 꾀하고 있나 보지? 너무하잖아. 대체 누구야!"

"제이슨이야." 유코가 얼빠진 모습으로 말했다. "'13일의 금요일'이라는 영화에 나온 괴물 같은 살인귀. 하키 마스크를 쓰고 도끼니 톱이니 하는 흉기를 휘둘러서 우리들처럼 캠핑하러 온 젊은 남녀를 차례차례 잔혹한 방법으로…… 아악!"

천천히, 점점 빠르게, 마지막에는 단숨에 쏟아 내려던 그녀는 순식간에 말을 잃고 머리를 싸매고 말았다.

"그만둬." 쓰토무마저 불길한 생각이 들었나 보다. "이런 때에 사람들 겁먹게 시시한 소리 하지 마. 뭐가 제이슨이냐, 웃기네."

"게다가 오늘은 30일의 토요일이야."

오다가 우스갯소리를 했지만 분위기가 가라앉고 말았다.

한동안 아무도 입을 열지 않았다. 그 때, 나는 하늘을 쳐다보았다. 나 말고도 몇 명이 거의 동시에 고개를 쳐들어 상공을 바라보았다. 작지만 헬리콥터 엔진 소리 비슷한 폭음이 들렸다. 환청이 아니었기에 몇 사람이나 동시에 하늘을 보았던 것이다.

"저쪽이다."

다케시가 서쪽 하늘을 가리켰다. 하지만 오늘은 공교롭게도 떨어지는 재 말고도 구름이 많았다. 분명히 소리는 들리는데, 기체 모습은 육안으로 확인할 수 없었다. 날개 소리는 멀어지나 싶더니 다시 가까워진다. 우리는 구름 사이로 헬기가 나타나기를 빌었지만, 폭음은 일정한 레벨 이상으로 커지지 않았다.

"바람이 강해서 그래."

미카가 손으로 햇살을 가리고 하늘을 올려다보며 중얼거렸다. 바람에 흩날린 머리카락이 그 손에 얽혀들었다.

"산이 아직 자잘한 분출물을 쏘아대고 있는데다가 상공은 바람이 너무 강해. 봐, 낮은 구름이 저렇게 빨리 흘러가고 있는걸."

우리는 하늘을 우러러 빌고 또 빌었지만, 이윽고 폭음은 무정하게도 멀어지더니 결국 사라졌다.

4

중간에 점심을 먹고, 오후부터 다시 쇼조를 찾아보기로 했다. 하지만 다들 오전에 산을 샅샅이 수색했는데도 못 찾았으니 이미 찾아도 소용없을 거라는 생각을 갖고 있는지, 거의 포기 상태에 빠진 수색이었다.

모치즈키는 하산했을 때 경찰에 자료로 제출하기 위해서라며 카메라를 들고 여기저기 사진을 찍어댔다. 각 텐트의 배치, 후미오가 죽어 있던 현장은 물론, 전망대 부근이나 개울로 이어지는 길, 화장실로 쓰던 텐트도 카메라에 담았다. 대단하다, 현상하면 지도라도 만들 수 있겠다. 증거 사진과는 별개로 쇼조를 찾아다니는 다른 사람들의 모습을 찰칵찰칵 찍어댔는데, 그쪽은 어설픈 스냅사진 이상의 의미는 없어보였다.

"유코, 기운 차려."

모치즈키가 카메라를 들이대자 그녀는 몸을 돌려 V 사인을 만들었다. 또다시 긴장이 풀려 있다. 공포도 불안도, 여기서는 파도처럼 밀려들었다가 멀어져 간다.

나무에 기대어 피스를 빨아 대며 한숨 돌리고 있던 다카히코를 찍은 게 서른여섯 장째 필름이었나 보다. 모치즈키는 눈금을 보며 혀를 찼다.

"이런, 낭비하고 말았네."

"겁만 집어먹고 있어도 소용없어."

숲을 걷고 있자니 그런 목소리가 들려왔다. 나는 걸음을 멈추고 나무 그늘 너머로 소리가 나는 쪽을 살펴보았다. 다카히코와 다쓰코가 있었다.

"너는 여차하는 순간에는 유코보다 훨씬 빠릿빠릿하니까 그런 걱정은 하지 않지만, 너무 침울해 하지 마. 구조가 올 때까지만 참으면 되니까."

다쓰코가 고개를 꾸벅 숙였다.

다카히코는 갑자기 몸을 숙이더니 무언가 작은 물체를 주워 들었다. 맥주 캔 고리였다. 그러고 보니 사흘 전에 이 부근에서 다카히코와 쇼조가 맥주를 마셨더랬지. 그는 다쓰코의 왼손을 잡더니 넷째 손가락에 그것을 끼우며 말했다.

"널 좋아하니까."

다쓰코는 다카히코의 손을 두 손으로 감싸며 대답했다. "나도."

나는 가만히 그 자리를 떠나며 생각했다. 샐리가 사라지고, 이어서 쇼조가 사라졌다. 혹은 샐리가 사라지고, 이어서 샐리의 반지가 사라졌다……

작은 불안을 품고 있는 사이에 또다시 밤이 찾아오고 있었다. 정신을 차리고 보니 원래 그 자리에 있었던 것처럼, 달이 떠올라 있다.

날이 갈수록 엉성해지는 식사에 실망하지 않기 위해서인지, 저녁 식사 시간에는 이야기꽃이 피었다. 고만고만한 캠퍼스 이야기나 취미가 화제의 중심이 되었다. 물론 추리연구회 일동이 범죄 소설 이야기를 꺼내는 일은 없었다.

식후에는 각자 따로따로 행동했다. 일단 쓰토무가 스케치북을 들고 일어섰다. 다카히코가 그만두라고 했지만 쓰토무는 개의치 않았다. 살인귀가 배회하고 있다는 사실을 전혀 믿지 않는 모양이었다. 오히려 만약에 분화가 터지면 전망대 부근에 커다란 나무가 잔뜩 있어서 몸을 숨기기에 안성맞춤이라며 웃었다.

그렇다, 또다시 공포는 느슨해지고 있었다.

다케시와 마사키, 오다도 텐트에 처박혀 있어 봤자 심심하다며 숲을 어정거리다가 때때로 마주치는 사람들과 자리에 앉아 이야기를 나누고 있었다.

"아리스, 커피 끓여 줄까?"

나쓰오가 불렀다. 그는 항상 커피를 끓이면 나를 부른다. 그의 초대에 응하려 걸음을 떼려는 순간, 리요가 텐트에서 나왔다. 마침 잘됐다, 그녀에게도 함께 마시자고 했더니 "고마워."라고 말하며 총총걸음으로 다가왔다.

"루나는?"

"아까 화장실 다녀온다고 하고는 돌아오지 않는데…… 앗, 저기 있다."

눈을 돌리니 숲 앞 언저리에서 나무에 기대어 앉아 흐린 밤하늘을 바라보고 있었다. 이지러지는 달을 보며 여운을 아쉬워하는 모습이었다.

"혼자 있고 싶었나 보구나. 저 애, 혼자 있는 걸 좋아하거든. 다리도 다쳤고 언제 분화가 터질지 모르고 살인 사건까지 일어났지만, 그래도 둘이서 벌벌 떠는 것보다 혼자만의 시간을 갖고 싶은 거야."

루나틱(lunatic)한 소녀…….

"에가미 형하고 모치는 어쩌고 있어?" 나쓰오가 물었다.

"부장도 대단해요. 해먹에서 생각 좀 하고 싶대요. 거기가 가장 편한 모양이지만, 보통은 조금 무서운 장소 아닌가요. 모치 선배는 쭉 텐트에 있는데, 무얼 하고 있게요? 이쪽도 보통이 아닙니다. 촛불 밑에서 미스터리를 읽고 있어요."

"기가 막힌다. 병입고황(病入膏肓)이로군." 영감 같은 소리를 한다.

"워크 팀 여자들은 피스 오빠를 보디가드 삼아서 설거지를 하고 있어. 난 루나 보호자라고 면제 받았는데, 루나도 참."

리요는 아직도 투덜거리고 있다. 눈길을 돌리니 루미는 구름 사이로 모습을 드러낸 달을 향해 미소를 짓고 있었다. 루나틱한 소녀.

무심코 손목시계를 보았다. 9시 반이었다.

바람이 가로질러 나뭇가지 끝에 매달린 잎이 일제히 팔랑이는 소리가 났다. 그리고 그것에 섞여 이상한 소리가 들려왔다. 그것이 무엇인지 깨달은 순간, 나보다 리요가 먼저 목이 터져라 비명을 질렀다.

"쇼조⋯⋯."

어디서 들려오는지 모를 그 소리는, 음정이 부정확한 쇼조가 노래하는 '즐거운 야영'이었다.

즐거웠던 지난해 여름 야영의 꿈같은 추억은 잊히지 않는데 벌써 한 해가

오늘밤은 여기서 되풀이 되누나 소나무 흔드는 바람도 아름다운 하늘을 지나는

돌아온 건가? 그래도 그렇지, 모습도 보이지 않고 갑자기 큰 소리로 노래를 부르기 시작하다니 어떻게 된 일이지.

"저 녀석, 뭐하고 있는 거야?"

나쓰오가 컵을 내려놓았다. 텐트에서 모치즈키가 총알처럼 튀어나왔다.

"뭐야 뭐야, 어디 있는 거야?"

하지만 아무리 소리가 나는 쪽의 숲을 쳐다봐도, 쇼조는 나오지 않았다.

기다리고 기다리던 방학이 왔네 캠프의 밤이 지금 여기에

모닥불은 타올라 우리네 얼굴을 비추고 있네

여전히 서툰 노래가 이어지고 있다. 아무리 생각해도 이상하다.

"우리가 가 봐요."

나는 일어섰다. 나쓰오, 모치즈키의 뒤를 이어 리요도 약간 망설이면서 따라왔다. 오다가 숲에서 불쑥 튀어나와 주위를 두리번거렸지만, 쇼조가 없는 것을 보고 "어라?" 하고 고개를 갸웃거렸다. 에가미 선배도 왔다. 모두 얼굴을 마주보며 목소리가 나는 쪽으로 향했다.

그제야 눈치 챘다. 이 노래는, 이상하다. 이것은 첫날 캠프파이어 때 쇼조가 불렀던 덴마크 민요다. 보이스카우트에서 배운 노래라고 했었다. 그건 상관없지만 잘 들어보면 노래 뒤편에서 다른 사람들의 말소리가 들려온다. 종국에는 손뼉 치는 소리가 시작되었다.

"이거, 테이프 아냐……?"

나쓰오가 말했다. 틀림없다. 노랫소리 자체도 어딘가 부자연스럽다. 캠프파이어 때 녹음했던 테이프가 흘러나오고 있는 것이다. 유코가 휴대용 카세트 레코더로 녹음했었다.

"그럼…… 장난인가?" 모치즈키가 망연자실했다.

그렇다, 장난이다. 그것도 엄청 질 나쁜 장난. 이런 때에 말도 안 되는 짓을 하는 놈이 있다.

"일단 소리가 나는 곳을 찾자." 에가미 선배가 말했다. "어딘가 레코더가 놓여 있을 거야."

개울 쪽에서 다케시가 왔고, 다카히코와 여자 애들도 모여들었다. 그들은 테이프라는 사실은 벌써 알았지만, 누가 무슨 목적으로 틀고 있는 건지 몰라 깜짝 놀랐다고 했다.

"이거, 내가 녹음한 테이프야." 유코가 새된 목소리로 소리쳤다. "웃기고 있어, 이게 무슨 여흥인 줄 알아? 미친 자식."

"나, 루나랑 같이 있을게요. 장난이라면 오히려 더 소름끼치니까."

리요는 그렇게 말하고 친구 곁으로 되돌아갔다.

우리는 여전히 계속되는 쇼조의 노랫소리를 향해 전진했다.

　　다함께 노래하자 목소리는 드높이 남자 아이들의 노래를 하늘 저 높이
　　다함께 이야기하자 힘차게 세계 평화와 인류를 위해

이런 가사였나. 어디로 보나 보이스카우트다운 노래다.

스케치북을 내려놓은 쓰토무도 도중에 합류했다.

어디 나뭇가지에 걸어 놓기라도 했는지, 음원은 귀 높이에 있는 것 같았다. 하지만 어느 나뭇가지인지 좀처럼 찾아낼 수가 없다.

"더 안쪽인가보군."

다카히코가 들고 있던 회중전등을 켜서 앞쪽을 비추었지만, 나뭇가지들이 몇 겹으로 그림자를 드리우고 있어 상황을 알 수

없었다. 다시 앞으로 나아갔다.

　　목소리를 드높이 힘차게 아아 우리는 노래하네

　　쇼조의 노래는 끝을 맺었고, 짝짝짝 박수 소리가 났다. "고마워, 다음으로 노래할 용기가 솟아오르는군." 그 뒤로 들리는 모치즈키의 목소리. 들어본 적 있는 대사. 인위적으로 확대된 웃음소리가 그로테스크하게 들려왔다.

　　"정말 싫다." 유코가 불쾌하다는 듯 중얼거렸다.

　　"거의 다 왔어. 야, 피스, 저쪽 비춰 봐."

　　미카가 가리키는 방향에 다카히코가 빛을 비추었다. 있었다. 유코의 소지품인 빨간 카세트 레코더가 5미터쯤 떨어진 굵은 나뭇가지에 비스듬히 매달려 있었다.

　　테이프의 목소리. "에, 그렇다면 에이토 대학 엔카 스타, 모치즈키 슈헤이 씨의 노래를 들어보겠습니다. 곡명은……."

　　에가미 선배가 스위치를 껐다. 테이프 속 오다의 목소리가 끊어지자 정적이 찾아들었다. 레코더를 나뭇가지에서 풀어 내 유코에게 보여 주었다.

　　"제 것이 맞아요. 안에 든 테이프도."

　　에가미 선배는 잠시 생각에 잠겼다가 테이프를 되감았다. 잠깐 되돌렸다가 재생 버튼을 누른다. 아무 소리도 없었다. 그냥 테이프가 돌아가는 소리만 계속되나 싶었는데, 갑자기 쇼조의 그 노래가 시작되었다.

에가미 선배는 스위치를 껐다.

"시시한 장치를 해 놓았군. 아마 이 테이프 앞부분은 전부 소리를 지워 두었을 거야. 처음으로 소리가 나오는 부분이 쇼조의 노래 첫 소절이 되도록."

보아하니 한쪽 면이 30분짜리 테이프로, 쇼조의 노래는 그 끝부분에 녹음돼 있었다.

"알겠다." 마사키가 침착한 목소리로 말했다. "이 장난은 한 삼십 분 전에 장치해 놓았군요. 범인은 카세트 레코더를 매달아 놓고 재생 버튼을 누른 후, 뻔뻔스러운 얼굴로 우리가 있는 곳으로 돌아온 거고요. 이십여 분 동안 무음이 계속되다가 갑자기 쇼조 형의 노래가 시작되자 범인은 '무슨 일이지?' 하고 어리둥절한 연기를 한 건가요? 그렇다면 삼십 분 전의 알리바이 조사가 필요하겠군요."

"틀렸어." 모치즈키가 잘난 척 떠들어 댔다. "이 장난을 친 범인이 꼭 삼십 분 전에 재생 버튼을 눌렀다고는 할 수 없어. 이십 분 전일지도 몰라. 아니면 십오 분 전일지도, 십 분 전일지도."

이건 모치즈키의 말이 맞다. 신기하게도.

"그런 짓을 해서 뭐가 재미있는데? 그 녀석 바보 아냐?"

유코는 자기 물건이 이상한 장난에 사용되어 화가 많이 난 모양이다. 그녀는 에가미 선배에게서 레코더를 받아 들어 긁힌 데는 없는지 점검했다.

"누구 짓이지? 솔직히 말해."

유코가 잔뜩 부루퉁한 얼굴로 물었지만 아무도 자백하지 않았다. 그나저나 이런 때에 단순히 놀리기 위해 이렇게 공들여 장난을 치려는 사람이 있을까?

"이상한 일들만 일어나네……."

다쓰코가 침울한 목소리로 말했다. 그녀는 무표정한 얼굴로 유코가 손에 든 카세트 레코더를 뚫어져라 바라보고 있었다.

줄지어 돌아가자, 리요와 루미가 우리의 귀환을 기다리고 있었다. "질 나쁜 장난이야." 유코가 과장된 몸짓으로 사정을 설명했다. 리요와 루나도, "어머나." 하고 어리둥절한 표정이었다.

단순한 장난일까? 나는 의문이 남았지만 다른 사람들은 더 이상 신경 쓰지 않는 것 같았다.

쓰토무는 내팽개쳐 두었던 스케치북을 가지러 가나 싶더니, 장소를 바꿔 또 스케치를 계속 한단다. 다른 사람들도 테이프 소동이 있기 전보다 더 뿔뿔이 흩어지고 말았다.

그나저나 다쓰코의 말 그대로다.

이상한 일들만 일어나네.

5

나는 무엇을 하고 있었지?

별일은 아니다. 나도 숲 속을 비척비척 헤매고 있었다. 머릿속에 수많은 생각이 떠올랐다가 사라졌다. 오늘 보았던 리요의 표정들 중 몇 가지가 번갈아 떠올랐다.

어느새 11시였다. 그만 돌아가려고 텐트로 향했을 때, 멀리서 반딧불처럼 흔들리는 서너 개의 회중전등 불빛이 보였다. 나는 멍하니 그것을 바라보며 걸었다.

흔들리는 불빛 하나가 다가왔다. 얼굴을 확인하기 전에, "아리스냐?" 하는 모치즈키의 목소리가 들렸다.

"네. 걱정 되서 찾으러 온 거예요? 그만 자려고 돌아가려던 참인데요."

"응, 걱정했어. 무사하니 다행이다. 에가미 선배가 벌써 11시가 되는데 아직도 어슬렁거리는 녀석들이 있으니까 불러오라고 했거든. 벤하고 루나가 아직 돌아오지 않았어."

기타노 화백도 루나틱도 사람 걱정 끼치기는. 아니, 남 말 할 처지가 아닌가?

나는 모치즈키와 함께 텐트로 돌아갔다. 워크 여성 팀 세 사람과 리요가 기다리고 있었다.

"루나도 통금 시간을 어겼다면서?"

리요는 입술을 이죽거리며 대답했다. "그래, 굳이 목발을 짚고서 어정거릴 필요는 없잖아. 나도 질렸어."

마찬가지로 어정거리던 나 역시 살짝 귀가 따갑다.

"하지만."

다쓰코가 뭔가 말하려다 입을 다물었다. 왜 그러냐고 다그치자 항상 그렇듯 기어들어가는 목소리로 말했다.

"하지만, 마치 살인 게임을 하고 있는 것 같아."

나는 깜짝 놀라 소리 없는 비명을 질렀다. 사방의 숲을 둘러본다. 여기저기 전기 반딧불이 넘실거리고 있다. 위험해! 누군가 스페이드 에이스를 쥔 사람이 있지 않았던가? 에가미 선배도 어리석다. 아니, 다들 멍청이다!

뭐라 말할 수 없는 불안이 치밀어 올라 가슴을 뚫고 나갈 것만 같던 정점의 순간, 남자의 비명 소리가 밤을 갈랐다.

무슨 일이 일어났다!

우리는 한 순간 가위에라도 눌린 것처럼 우뚝 서 있었다. 슬금슬금 서로의 얼굴을 바라본다. 이번에는 무슨 일이 있었을까 눈짓으로 물어보지만 알 턱이 없다. 참다못한 모치즈키가 짧게 말했다.

"가 보자."

나도 회중전등을 집어 들었다. 여자 애들은 겁을 먹을 줄 알았는데 외려 텐트에 남는 것을 싫어했다.

"우리도 갈래."

미카가 단호하게 말했다. 루미를 걱정하던 리요도 곧바로 대답했다.

"나도!"

우리 여섯 명은 한 팀이 되어 종종걸음으로 비명 소리가 들린 쪽을 향했다. 개울 쪽이다. 심장 고동이 격렬해지고 등줄기에 한기가 느껴졌다.

숲에 들어가자 오른편에서 다카히코가, 왼편에서 에가미 선배가 튀어나왔다. 둘 다 글자 그대로 튀어나오는 바람에 "꺄!"하는 비명이 두 번 울려 퍼졌다.

"강 쪽에서 들렸죠."

다카히코가 확인하듯 말하자 에가미 선배는 작게 끄덕이며 그쪽을 향해 외쳤다.

"어이! 무슨 일이야. 어디야!"

돌아온 것은 다케시의 당황한 목소리였다.

"이, 이쪽입니다. 빨리 와 주세요!"

안쪽이다. 발밑이 위험해서 우리는 손에 든 회중전등을 전부 켰다.

"어이, 이번엔 무슨 일이냐?"

뒤에서 오다가 쫓아왔다. 옆에서도 사람이 다가오는 기척이 나더니 나쓰오와 맞닥뜨렸다. 나쓰오 앞을 지나치면서 다카히코가 이쪽이라고 턱짓으로 앞을 가리켰다.

완만한 경사를 올라갔다. 이제 곧 숲이 끝날 것이다. 거기서 남쪽을 바라보면 우리들의 텐트가 내려다보이고, 북쪽으로 내려가면 개울이 나온다.

우리는 숲을 빠져나가 그 낮은 언덕 위로 나왔다.

"저기." 다카히코가 가리켰다.

때마침 구름사이로 고개를 내민 달빛에 주위가 모습을 드러내어, 우리에게 델보의 몽환적인 그림 같은 광경을 보여 주었다.

언덕 한가운데 다케시가 등을 보이고 서 있다. 영혼을 빼앗긴 듯한 그 뒷모습은 달에서 사다리가 내려오기를 기다리는 광인(狂人)같았다. 그의 곁에 '달에서 온 사자'처럼 지팡이를 짚은 루미가 하얀 얼굴을 이쪽으로 향하고 서 있다. 표정이 하나도 없었다.

다케시의 발치에는 놀란 나머지 떨어뜨려 고장난 것으로 보이는 그의 회중전등과, 피 웅덩이에 엎드린 시체가 있었다.

휘청거리다가 내 쪽으로 쓰러진 유코를 붙잡았다. 다들 숨을 집어삼키고 땅에 박힌 듯 멈춰 서고 말았다. 우리가 달려오기까지, 다케시와 루미가 그러고 있었듯이.

"앗!" 뒤늦게 도착한 오다와 나쓰오가 외쳤다. 비틀거리는 다쓰코의 어깨를 다카히코가 옆에서 감싸 안고 있었다.

모두 모이고 나서야 나는 피해자가 누구인지 확인하지 않았음을 깨달았다.

주위를 둘러보자 쓰토무의 얼굴이 없었다.

"역시 벤인가."

에가미 선배가 다케시에게 다가가 시체를 내려다보며 말했다. 나도 용기를 내어 관찰했다. 복장도 쓰토무의 것이고, 잘 보니 얼굴 밑에 반쯤 깔린 스케치북이 보였다.

일동은 조금씩 앞으로 나와 시체로 다가갔다.

"엄청난 출혈이군요. 또 칼로 찔렀겠지요. ……역시 그 칼은 이 부근에서는 보이지 않는군요."

나쓰오가 에가미 선배와 나란히 서서 말했다.

"가슴을 찔린 모양이군. 바로 눕혀 보자."

에가미 선배가 최대한 침착한 목소리로 말했다. 도와 달라는 말을 들은 나쓰오는 약간 주눅이 들었지만, 결국 각오를 다지고 시체 오른팔을 잡았다.

"간다."

오른쪽 허벅지를 잡은 에가미 선배의 호령에 따라 쓰토무의 시체는 별이 총총한 하늘로 얼굴을 돌렸다.

왼쪽 가슴에 칼을 찔러 넣었다가 뽑았는지 옷이 찢겨 있었다. 파란색 운동복은 뒤집어 보니 붉은색으로 바뀌어 있었다. 햇볕에 그을린 윤기 흐르던 얼굴도 시커멓게 변색되어, 차마 보고 있을 수 없었다.

연속 살인. 범인은 광기 어린 살인 게임이 마음에 든 나머지 멈출 수 없게 된 것일까? 두 번의 살인은 살인 게임을 알려 준 우리 추리연구회에게 바치는 공물처럼 느껴졌다.

어쩌면 범인은 피해자가 누구라도 상관없었을지 모른다. 살의와 함께 걸음을 들인 숲속에서 단순히 가장 처음 눈에 띈 사람을 불쌍한 희생양으로 삼은 것은 아닐까? 그렇다, 이것은 살인 게임이다. 소등, 즉 해가 지고 달이 떠오르는 것을 신호로 시작되는 파괴적인 게임이다.

"내가 발견했어. 다른 그림을 그린다고 했으니 전망 좋은 이 부근에 있지 않을까 싶어서 보러 왔더니, 내가……."

다케시는 식은땀을 흘리고 있었다. 대조적으로 루미는 그 바로 옆에서 아무렇지도 않게 서 있다.

"어째서 이런 데 있는 거니. 루나, 어째서?"

리요가 화를 내며 다그쳤다. 루미는 천천히 그녀를 바라보았다.

"그만 자려고 했어. 나도 모르게 숲 속 깊이 들어와 버려서, 이 언덕을 내려가 지름길로 가려고 했어. 그런데 이 근처에 오니까 다케시 오빠의 비명 소리가 들려서 무슨 일인가 했더니…… 이렇게 되어 있었어."

자기도 모르게 이런 곳까지 지팡이를 짚고 걸어왔다는 소리인가. 이 애라면 그러고도 남는다.

"또 있어요, 에가미 형!"

나쓰오는 발밑에서 혐오스러운 파충류라도 본 것처럼 기분 나빠하며 소리쳤다. 나쓰오가 무엇을 보았는지 궁금해 나도 다가갔다. 그의 시선을 따라가자 쓰토무의 유품인 스케치북이 펼쳐져 있었다. 언젠가, 어디선가 보았던 장면이었다. 그렇다, 언젠

가 어디선가 있었던 일이다.

　그곳에는 피해자가 사라져가는 근육의 힘을 다 쏟아 부어 피로 휘갈겨 쓴 단 하나의 글자가 있었다.

　"y?"

　나한테는 그렇게 보였지만 어쩐지 믿을 수가 없어 누군가가 곁에서 동의해 주길 바랐다.

　"아리스한테도 그렇게 보여?" 나쓰오가 말했다. "역시 y인가?"

　반복되는 다잉 메시지. 대체 얼마나 심오한 의미가 담겨 있는 것일까, 또다시 나타난 기호는 알파벳 스물다섯 번째 글자였다.

　에가미 선배가 살펴보는 시체 오른손 집게손가락에는 생명의 물감이 진득하게 붙어 있었다. 다섯 손가락을 폈다 오므렸다 만지작거리는 이유는 사후경직 정도를 알아보기 위해서인 모양이다.

　"마지막으로 벤을 본 사람은? 그가 여기서 스케치하고 있던 걸 알고 있었던 사람은?"

에가미 선배가 일동에게 물었다.

없다. 아니, 있지만 손을 들지 않는 것이다.

"벤은 그림을 그리며 싫은 일을 잊으려 했어." 미카가 그 시체를 바라보며 조용하게 말했다. "푹 빠질 수 있는 무언가에 매달리지 않으면 견딜 수 없었을 거야. 이 산에서 캠프를 하자고 한 건 벤이었으니까, 더더욱."

에가미 선배는 쓰토무의 시체 옆에 앉아서 스케치북을 펼쳐 드는 포즈를 취했다. 평소에 쓰토무가 그러했듯이 등을 쭉 펴고 앉아 대상물을 바라봤다.

"벤은 그렇게 앉아 있었어." 모치즈키가 입을 열었다. "거기에 범인이 소리 없이 다가와 뒤에서 감싸 안듯이 칼로 왼쪽 가슴을 찌른 거야."

다케시가 처음으로 입을 열었다. "어떻게 뒤에서 그랬다는 걸 알지?"

"앞에서 심장을 쿡 찌르는 건 좀 이상해. 튀는 피를 뒤집어 쓸 테고, 무엇보다 스케치를 하고 있는 앞에 사람이 서 있으면 너무 부자연스럽잖아. 게다가 봐라, 여기 앉은 벤 앞에 서 있었다면 범인은 언덕 사면에 아슬아슬하게 서 있게 돼. 굴러 떨어져도 다치지는 않겠지만, 굳이 앞에 떡하니 서 있지는 않았겠지."

"하."라든가 "과연."하는 목소리가 일었다.

"하지만 말이지, 뒤에서 감싸 안아 손을 앞으로 뻗어 찔렀다고 쳐도 출혈이 이렇게나 엄청난데, 적어도 범인의 손에는 피가 튀지 않았을까?"

오다의 말에 나쓰오가 크게 고개를 끄덕이면서 시체 오른쪽 어깨를 가리켰다. 선명하지는 않았지만 그것이 피로 더럽혀진 오른손을 문지른 손바닥 모양이라는 사실은 알 수 있었다. 그 위치나 형태로 보아 피해자의 것으로 보기는 어려웠고, 쓰토무의 오른쪽 손바닥은 그렇게 얼룩져 있지 않았다. 범인은 범행 시 피를 뒤집어쓴 오른손을 피해자 운동복에 문질러 닦으려했던 것이다.

"범인의 손도장인가……."

모치즈키의 신음. 확실히 살아 숨 쉬는 범인이 이곳에 있다는, 두렵고도 선명한 각인이었다.

"운동복에 손을 닦으려 했군. ……하지만, 이걸로는 아무 것도 알 수 없어." 모치즈키가 증거를 음미했다. "지문, 장문(掌文) 둘 다 남아 있지 않은 건 물론이고, 범인의 손 크기나 형태의 특징도 전혀 짐작할 수 없어. 단지 사람의 오른손이라는 것 밖에……."

아깝다. 범인이 처음으로 남긴 흔적인데 거기서 아무런 단서도 찾아낼 수 없다니.

"한 가지는 알겠어요." 나는 내 생각을 말했다. "이 범인은 오른손잡이입니다."

당연히 탄성은 들려오지 않았다.

"그래, 네 말대로야." 그렇게 말한 사람은 모치즈키였다. "적어도 이게 왼손 자국이었으면 극적이었을 텐데."

"이 안에 왼손잡이가 있나?"

만일을 위해 확인해 두려고 에가미 선배가 물었지만 해당자는 없었다.

"다들 오른손잡이일 겁니다. 식사 시간에 알았지요."

모치즈키가 날카로운 관찰력을 자랑했다.

"범인의 오른손, 즉 흉기를 쥔 손이 피해자의 피로 홍건히 젖었다는 사실은 틀림없다." 에가미 선배는 일동을 돌아보며, "그래서 범인은 손을 씻을 필요가 있었다."

아득한 음악처럼 들려오고 있는 개울 소리를, 이제야 눈치 챘다. 여기는 개울에서 가깝다.

"범인은 손을 씻으러 강에 내려갔다. 그건 확실해."

다카히코의 말에 모치즈키가 대답했다. "그래, 혈액이라는 건 상당한 점성을 갖고 있어. 게다가 그만큼 손을 더럽혔다면 손수건으로는 닦아낼 수 없었을 테지. 범인은 강으로 내려갔을 거야."

"뭐가 있는지 가 보자."

모치즈키의 호령에 부대는 이동을 개시하려했지만, 에가미 선배가 말렸다.

"길이 위험해. 전부 줄줄이 내려갈 필요는 없겠지. 여자 애들은 텐트로 돌아가 기다리는 편이 낫겠어."

"나는 가겠어." 단 한 사람, 미카가 말했다.

"나는 돌아갈래." 다케시가 이마에 맺힌 땀을 손가락으로 닦아냈다. "기분이 좀 안 좋아. 게다가 여자 애들끼리만 돌아가는 것도 위험하고."

마사키가 말했다. "저도 돌아가겠습니다. 가 봤자 방해만 될 테니 나중에 설명을 듣겠습니다."

"방해되는 건 아니지만 좋을 대로 해."

에가미 선배의 대답에 그는 고개를 끄덕이고는 망가진 회중전등을 주워들어 다케시에게 건네주었다.

"가자." 리요가 루미의 팔을 잡아끌었다.

언덕의 완만한 사면을 뛰어 내려가는 것이 가장 가까운 길이었다. 남자가 여자 손을 잡아 줄 것도 없이, 여섯 명은 고갯길을 내려갔다. 남은 일곱 명은 마을로 내려가는 일동을 잠시 지켜보다가 개울로 난 길을 나섰다.

"어둡군."

앞장 선 에가미 선배를 따라 모두 회중전등을 다시 켰다.

그 때, 무엇을 발견했는지 에가미 선배가 멈춰 섰다. 빛의 원이 그 발치에 뚝 떨어져 하나의 성냥갑을 비췄다.

"'솔레이으'의 성냥갑. ……안은 비어 있나 봐."

에가미 선배는 조심스레 집어 올렸다.

범인은 성냥을 다 썼는지, 상자는 텅 비어 있었다. 거 참, 이것도 개성 없는 증거물이다. 이 '솔레이으'의 성냥은 우리 사이에 적어도 십여 개 이상 나돌고 있었으며, 그걸 주거니 받거니 하면서 쓰고 있었으니 소유자를 특정 지을 수 없는 것이다.

"자."

에가미 선배가 빈 갑을 모치즈키에게 휙 던졌다. 어느 누구랄 것 없이 무수한 지문이 찍혀있을 테니 지문감식도 의미가 없을 것이다. 그걸 아는 모치즈키도 맨손으로 성냥갑을 받았다.

"별다른 점은 없네요."

오다도 나도 머리를 들이밀었다. 특수한 홈집이나 흔적 같은 것도 없다.

"누군가 성냥불을 지피면서 이 어두운 길을 내려왔나 보군."

에가미 선배는 다시 지면을 비췄다. 다 타 들어간 성냥개비가 하나 떨어져 있다.

"이걸." 나쓰오가 돌멩이를 두 손바닥에 한 아름 모아왔다. "이 돌을 증거품을 채취한 장소에 둡시다. 표식으로."

에가미 선배는 말없이 그것을 받아들고 빈 성냥갑이 떨어져 있던 지점, 성냥개비가 떨어져 있던 지점에 돌멩이를 하나씩 놓았다.

수집한 성냥에도 특별한 점은 없다.

또 하나, 그리고 또 하나.

일렬로 개울까지 내려가면서 주운 성냥의 수는 열 개비였다.

"캄캄한 50미터 길을 왕복하는 데 성냥 열 개비. 너무 적지 않나?"

미카가 뺨에 집게손가락을 대고 혼잣말을 했다.

"문제는 빈 갑이 떨어져 있었다는 사실이야." 모치즈키가 잘난 표정으로 떠들었다. "범인은 성냥을 다 써 버렸다는 점. 많고 적은 걸 떠나서 손에 성냥이 열 개비밖에 없었다는 뜻이야. ……게다가 성냥불을 하나 피우면 앞쪽 장해물의 유무도 알 수 있으니

왕복에 성냥 열 개비는 적다고만도 할 수 없어."

우리는 개울가에 서 있었다. 여기까지 오니 머리 위를 덮는 나뭇가지도 없어 달빛이 그대로 쏟아지고 있었다.

에가미 선배는 주워 모은 유류품 총 열한 개를 손수건으로 감쌌다.

"달리 더 없나 찾아보자."

우리는 십오 분가량, 수풀도 헤쳐보고 강변의 돌도 들춰 보며 있을지도 모르는 무언가를 찾아 헤맸지만, 아무 것도 발견할 수 없었다.

"돌아가자."

에가미 선배가 중단 선언을 했다. 표식용 돌멩이를 걷어차지 않도록 주의하면서 쓰토무가 쓰러져 있는 현장으로 돌아갔다.

"설마, 벤이……."

피를 토해내듯 신음하는 다카히코에게 에가미 선배가 말했다.

"도와 줄 테니 마을로 데려가자."

다카히코는 눈초리에 맺힌 눈물을 털어 내며 끄덕였다.

마을에서는 여섯 명이 줄을 맞춰 나란히 서서 우리의 귀환을 기다리고 있었다.

"리요랑 루나는 우리 텐트로 옮길 거야." 유코가 두 사람을 슬쩍 보았다. "둘이서 고립되어 있으면 불안하고 불쌍하잖아."

아무렴. 나는 유코에게 감사했다. 리요가 말했다.

"비좁을 텐데 유코 언니네 텐트에 신세지는 걸 허락해 줬으니, 그 대신이라면 이상하지만 우리 텐트를 영안소로 써 주세요.

……그러는 편이 돌아가신 분들도, 살아 있는 분들도 편안히 잠들 수 있을 거예요."

"고마워." 다카히코가 말했다. "너희도 그러는 편이 안전해."

이미 밤이 깊었다. 에가미 선배는 시신을 리요의 텐트로 옮기고 오늘은 그만 자자고 제안했다. 수면 속이 유일하게 남겨진 도피처이니 아무도 반대하지는 않았다.

그러나 잠이 오지 않았다.

"억지로 잘 것 없어."

계속 뒤척거리자 곁에서 자고 있던 에가미 선배가 불쑥 말했다. "그러네요." 하고 대답했다.

에가미 선배는 다리를 뻗어 발가락 끝으로 텐트 문을 홀렁 걷었다.

"환하군." 텐트 안에 달빛이 스며들었다. "구름이 걷혔나."

나는 몸을 일으켰다. 자는 건 포기했다. 바깥을 살펴보니 쇼조네 텐트 앞에 사람 그림자가 보였다.

"나쓰오 형하고 다케시 형인 것 같네요. 텐트 앞에 앉아 있어요."

"뭘 하고 있지?"

"가 볼까요?"

에가미 선배가 말없이 일어났다. 손목시계를 보니 1시 반.

둘이서 꿈지럭거리며 다가가자 마주 앉아 있던 그들은 동시에 고개를 들었다. 사이에 장기판을 끼고 있다.

"한밤의 명인전이로군."

에가미 선배가 말을 걸자 나쓰오가 머리를 긁적였다.

"잠도 안 오고, 뭐라도 해서 기분을 전환하지 않으면 초조해서요. 하지만 승부에도 집중할 수 없어서 연거푸 지고만 있습니다. 평소에는 다케시 쯤이야 우스운데."

"말은 잘하네. 어이, 그거 두 칸이야."

"이크. 에가미 형, 대신 해 주세요."

에가미 선배는 장기는 둘 줄 모른다고 거절했다. 안됐지만 나도 못한다.

"시시하네, 에가미 형도 아리스도. 그럼 뭐든 상관없으니 다른 게임을 합시다." 나쓰오가 고집을 부렸다. "그래, 오셀로. 오셀로 게임은 알죠? 에가미 형이랑 한 판 붙어 보고 싶군요."

입부 당시의 나하고 똑같다. 나쓰오는 에가미 지로라는 인물에게 상당한 흥미를 느끼고 있는 것이다.

"할까?"

"그렇게 나오셔야죠. 야, 오셀로 있었지?"

"그 큼직한 거? 그건 벤 건데."

다케시가 대답하면서 턱짓으로 쓰토무와 후미오가 잠들어 있는 텐트를 가리켰다. 영안소가 된 리요의 텐트다.

"앗…… 그래. 그럼. 그만두고…… 뭘 할까요?"

다케시가 희미하게 입가를 일그러뜨리고 웃으며 일어섰다.

"회중전등 좀 빌릴게. 가져오지."

그가 성큼성큼 가버리자 나는 나쓰오에게 물었다.

"다케시 형, 괜찮은가요? 뭐랄까, 말도 행동도 다 포기한 사람처럼 느껴지는데요."

"음, 좀 그래. 아까도 '나는 아무것도 두려울 게 없어'라고 거침없이 말하더라고. 자포자기 상태인 것 같은데도, 쉴 새 없이 공격을 해 오니 오늘밤은 어찌나 강하던지."

"잘 지켜봐 줘, 신주." 에가미 선배가 진지한 얼굴로 말했다. "삽을 둘러메고 구멍을 파는 걸 도와주는 심정도 알겠지만, 그만두게 하는 게 나아."

"네." 나쓰오는 나직하게 말했다.

어두운 텐트 안에서 물건을 찾느라 고생했는지, 다케시가 한참 만에 게임 판을 들고 돌아왔다. 어깨를 휘적거리며 걸어오는 폼이 불만스러워 보였다. 걱정스러운 눈길로 나쓰오가 부장의 얼굴을 바라보았다.

"자."

다케시가 내민 그것을 나쓰오는 공손히 받아들었다.

"자아, 덤벼 봐."

에가미 선배가 흥을 돋우려는 듯 시원스레 손뼉을 쳤다.

달빛 아래서 게임이 시작되었다. 두 사람은 말없이 반상에서 싸웠고, 남은 두 사람은 말없이 지켜보았다.

제4장
의혹의 하루

1

아베노 긴테쓰 백화점 앞 육교 위.

바쁜 걸음으로 지나쳐가는 인파에 아랑곳없이, 나는 난간에 기대어 발밑을 지나가는 자동차의 흐름을 멍하니 바라보고 있었다. 조금 떨어진 곳에 스탠드칼라 교복을 입은 고등학생이 홀로 서 있다. 그는 이윽고 무표정한 얼굴로 구두를 벗기 시작했다. 어쩔 셈인지 바라보고 있자, 그는 난간 위에 서서 두 팔을 날개처럼 펼치고, 그대로 서서히 몸을 앞으로 기울였다. 소리를 지를 새도 없었다. 그의 모습이 다리 위에서 사라지자, 나는 황급히 도로를 내려다보았다. 대 자로 뻗은 그의 시체. 지독하게 손상되었을 그 앞모습을 상상하자 속이 메슥거렸다.

누군가가 나를 쳐다보는 것 같아 학생이 서 있었던 부근을 둘러보니, 일본도를 치켜든 거한, 귀신이 이쪽을 노려보고 있었다. 봉두난발에 가려 얼굴은 거의 알아볼 수 없었지만, 직감적으로 광기를 느꼈다. 귀신은 검을 뽑아들고 성큼성큼 다가왔다. 나는 영문도 모른 채 냅다 도망쳤다.

덴노지 역 옆에 세워 두었던 자전거에 올라타 뒤를 돌아보니 귀신은 일본도를 휘두르며 엄청난 속도로 달려들고 있었다. 나는 페달을 밟았다. 이를 악물고 심장이 터져라 밟아 댔다.

횡단보도를 건너 뒤를 돌아보니 귀신은 거대한 몸에 어울리지 않게 재빠른 발놀림으로 일정한 거리를 유지하면서 쫓아오고 있었다. 이제 모퉁이 하나만 돌면 바로 집이다. 나는 최대한 속도가 떨어지지 않도록 모퉁이를 돌아 집 앞까지 와서는 내팽개치듯 자전거에서 뛰어내렸다.

자물쇠! 나는 키홀더를 꺼내 미친 듯이 열쇠 꾸러미를 뒤졌다. 귀신이 쫓아오는 발소리가 들린다. 다급하게 맞는 열쇠를 찾아 내 열쇠 구멍에 쑤셔 넣은 순간, 귀신이 모퉁이에 나타났다. 문을 열고 안으로 들어간다. 돌아보니 귀신은 문 앞까지 와 있었다. 그놈의 굵은 팔이, 다리가, 문턱을 넘는 것이 빠른가, 내가 문을 닫는 게 빠른가⋯⋯.

악몽.

악몽을 꾸었다. 머리카락을 타고 줄줄 떨어져 내릴 정도로 땀에 흠뻑 젖어 눈을 떴다. 숨이 거칠었다.

"지독한 꿈이었나 보군. 지금 깨우려던 참이었어."

에가미 선배의 얼굴.

"께름칙한 꿈을 꿨어요."

빨리 잊어버리고 싶다. 나는 타월로 식은땀을 훔치며 액막이 삼아 리요의 얼굴을 떠올렸다.

"세수하고 말끔히 하고 와. 오늘은 날씨도 좋다."

텐트에서 나와 하늘을 올려다보니 쾌청했다. 야부키 산의 분연은 동쪽으로 꼬리를 물어, 머리 위에는 한참 만에 보는 푸른 하늘이 있었다.

개울로 난 길을 따라가다 보니 아무래도 어젯밤 일이 되살아났다. 날이 밝을 때마다 한 사람씩, 요 나흘 동안 네 명이 떠났다. 그리고 모두 없어질 때까지 반복되는 걸까? 설마.

유코가 강에 있었다. 세수를 끝마치고 얼굴을 닦고 있다. "안녕?" 둘 다 인사하는 목소리만큼은 밝다.

"오늘 아침에 무서운 꿈을 꿨어."

기묘한 우연의 일치에 으슬으슬한 기분이 들었다. 유코는 머나먼 옛날의 추억거리처럼 이야기해 주었다.

"어렸을 때 피아노를 배웠는데, 꿈속에서 나는 그 시절 선생님 댁에 있는 거야. 맘씨 좋은 아주머니 같았던 선생님은 잠깐 기다리라며 홍차랑 케이크를 탁자에 두고 방을 나갔어. 홍차는 싸늘하게 식어 있었고, 케이크 속에서 흉측한 벌레가 기어 나왔어. 난 하나도 손대지 않고 둥근 의자에 앉아서 기다렸는데 아무리 기다려도 선생님은 돌아오지 않는 거야. 그러는 사이 커튼을 친 창이 황혼으로 물들고, 방은 어슴푸레해졌어. 나는 때때로 건반을 딩동딩동 누르면서 계속 기다렸어. 날이 저물자 방은 거의 새

카매졌지. 선생님은 오지 않고, 난 울먹이면서 머리에 떠오르는 곡들을 차례대로 연주하는 거야. 건반을 내려치듯이……."

나도 내 악몽이야기로 답례를! ……물론 하지 않았다.

"얼른 잊어버리죠."

나에게 하는 말이기도 했다. 어쩌면 어젯밤의 달은 비단 살인 사건뿐만이 아니라, 한 사람당 하나의 악몽을 나눠 주었는지도 모른다.

"아리스." 그녀는 간절한 표정으로 말했다. "난 범인이 아니야."

나는 "알고 있어요."라고만 대답했다.

"미리 말씀 드리겠는데, 오늘은 세끼 전부 카레입니다. 커피는 이제 한 사람당 한 잔씩 남았습니다."

아침 댓바람부터 미카 여사가 충격적인 발표로 더욱 힘차게 허리띠를 졸라맬 필요성을 호소했다.

"내가 오전에 산나물을 캐 올게." 다카히코가 밝은 표정을 지어 보였다. "그런 책은 갖고 오지 않았지만, 먹을 수 있고 없고는 대충 구별할 수 있어."

"미안." 에가미 선배가 움츠러들었다. "우리 클럽은 그런 데에 무지해서 도움이 안 돼. 부끄럽다."

"그렇게 기대하면 나도 곤란한데."

일단 살아남아야만 한다. 분화로부터도, 굶주림으로부터도, 살인범으로부터도 벗어나 살아남아야만 한다.

아침 식사 후, 어젯밤 사건 발생 당시 각자의 행동에 대해 순서대로 공술했다. 하지만 막상 한 사람 한 사람 이야기를 들어보니 아무리 그걸 재료로 머리를 쥐어짜 봤자 기타노 쓰토무를 죽인 범인을 밝혀내기란 불가능하다는 사실을 금세 알았다. 우선 피해자인 쓰토무가 장소를 바꿔 그리겠다며 숲으로 들어간 후에 살아 있는 그를 본 사람이 없다보니 범행 시각을 짐작할 수가 없다. 즉 카세트테이프 장난 소동 직후부터 시체가 발견되기까지, 연속된 알리바이를 가진 사람이 놀라울 정도로 한 명도 없었다. 잠깐 쏘다녔다, 별을 바라보았다, 화장실에 한참 있었다, 이래서야 다들 용의자다. 모두 범행의 기회가 있었다. 이번 사건에서도 또다시 단 한 명도 혐의를 벗지 못했다. 그것이 자연스러운 일인지 이상한 일인지 판단할 수는 없지만.

씩씩하게 수첩을 펼쳐 들고 열심히 공술을 받아 적던 모치즈키 탐정도 도중에 의욕이 완전히 사라진 모양이다. 얼굴을 찌푸린 채 질문 하나 하지 않았다. 에가미 선배도 이래서야 방도가 없다고 말하고 싶은 표정이었지만, 질문을 바꾸었다.

"강으로 가는 길에서 성냥개비하고 빈 갑을 주운 사실은 다들 들었겠지. 그건 자기가 내려갔을 때 쓴 성냥이라고 말할 사람 있나?"

대답은 없었다.

"아마도 어제, 가장 마지막으로 그 길을 지난 사람은 물을 뜨러 갔던 나일 거야." 에가미 선배가 말했다.

"그 때는 성냥갑도, 성냥개비도 없었어. 날이 저물고는 있었지만 발치를 확인하면서 걸었으니 이건 단언해도 좋다. 그렇게 되면 그건 범인이 남긴 물건이 확실한가 보군."

에가미 선배는 손수건으로 싼 증거품을 꺼내어 모두에게 보여주었다. 쓸 데 없어 보이는 그것을, 다들 보물처럼 조심스럽게 한 바퀴 돌려본 후 에가미 선배에게 돌려주었다.

"도무지 감을 잡을 수가 없군." 에가미 선배도 두 손 두 발 다 들었나 보다. "모치, 뭐 묻고 싶은 건 없나?"

모치는 대답 대신 탁, 하고 거창하게 수첩을 덮었다.

2

우리 그룹이 식사 뒷정리를 맡았다. 한 쪽 쉬고-그래 봤자 이제 하루가 막 시작되었지만-리더 다카히코를 따라 산나물을 캐러 가기로 했다. 에어포켓*처럼 잠시 시간이 비었다.

모치즈키는 메모를 참고로 어젯밤 전원의 행동 시간표를 작성하더니 오다와 둘이서 검토하고 있다. 에가미 선배는 텐트 입구에 털썩 앉아 손가락으로 턱을 쓰다듬으며 생각에 잠겨 있다. 그 머릿속에서 어떤 추리가 전개되고 있는지 짐작도 할 수 없지만, 그 눈빛은 무서우리만치 진지했다.

나는 한참 그 옆모습을 바라보고 있다가, 차차 가슴이 먹먹해져 그 자리를 떠났다. 나는 에가미 선배에게서 어렸을 때 사별한 형의 얼굴을 보고 있었다. 형을 방해하고 싶지 않았다.

---

* 기류 관계로 공기가 희박해 비행기가 갑자기 낙하하는 구역 - 옮긴이

이제 어디로 갈까. 마사키에게 라디오라도 빌려 볼까? 그때였다. 리요가 시체 두 구를 안치해 놓은 자기 텐트에서 나오더니 숲으로 걸어가는 모습이 보였다. 신속히 궤도를 수정했다.

따라붙은 후에 말을 걸려했는데 척 보기에도 그녀의 행동이 이상했다. 나하고 눈이 마주치지는 않았지만, 불안한 눈길로 주위를 두리번거리며 서두르는 걸음이 부자연스러울 정도다. 한마디로 남의 눈을 피하는 모양새다. 무언가 숨기느라 오른손을 가슴에 대고 있는 것 같았다.

나는 말없이 뒤를 밟기로 했다. 봐서는 안 될 것을 볼 성 싶으면 곧바로 미행을 중지할 심산으로, 지장 없는 범위에서 그녀의 비밀을 엿보고 싶었다.

어디로? 풀 향기 그윽한 화장실용 텐트에 볼 일이 있는 것은 아닌지, 그녀는 역시나 두리번거리며 전망대 쪽으로 나아갔다. 나는 약간의 죄책감과 가득한 스릴을 맛보며 나무 그늘에 몸을 숨기면서 간격을 유지했다. 혹시 발각되면 그녀의 수상쩍은 행동은 모르는 척 하고, 갑자기 튀어나가 깜짝 놀라게 할 생각이었다고 얼버무려야지. 이것으로 변명거리도 준비되었다.

그녀가 또다시 속도를 높였다. 뒷모습이 사라졌다. 잡초를 밟는 소리가 나지 않게 추적하는 나로서는 서둘러 달려갈 수도 없었다. 하지만 초조해할 필요는 없다. 여기까지 오면 이 방향에는 전망대밖에 없으니까.

그나저나, 모치즈키나 오다를 비웃을 처지가 아니다. 나도 두 사람 뺨치는 소년탐정단이다. 나와 같이 아케치* 선생님의 제자

흉내를 내던 동급생과 함께 커다란 트렁크를 든 사람을 미행했던, 노을 진 거리에서의 기억이 되살아났다.

전망대 코앞에서 마른 가지를 밟아 요란한 소리를 내고 말았다. "앗!" 리요의 짧은 비명 소리가 들렸다.

"미안, 모습이 보여서 그냥."

의미 없이 변명을 하며 나무 그늘 밖으로 나왔다.

리요는 울타리를 뒤로 하고 이쪽을 향해 서 있었다. 그 얼굴은 경악으로 굳어 있었다. 범상치 않다.

"아리스였어? 깜짝 놀랐네."

하지만 그녀는 금세 풀려 보조개를 지어 보였다.

"놀라게 해서 미안."

거기서 뭘 하고 있었냐는 한 마디를 할 수가 없었다. 분명한 이유는 없었지만, 직감적으로 그것은 입에 담는 것만으로도 그녀를 잃을지도 모르는 위험한 말이라고 느꼈다.

"잠깐 산책하고 있었어. 아침부터 습격당하지는 않을 테니까."

그게 잠깐 산책? 말도 안 된다. 그게 잠깐 산책이라면, 리요가 달리면 육안에는 보이지도 않겠다, 그렇게 말하고 싶었다.

"나도 선배들이 상대를 안 해 줘서 잠깐 나왔어."

대화가 전혀 이루어지지 않는다. 리요의 눈은 내가 어디까지 보았는지 탐색하는 낌새였다. 그건 비뚤어진 생각인가?

"그만 돌아갈래. 루나가 기다리고 있으니까. 가자."

---

* 일본 추리소설 작가 에도가와 란포가 창조한 명탐정 - 옮긴이

어쩔까 순간 망설였다가, 처음으로 그녀의 유혹을 뿌리쳤다. 그녀가 여기서 무엇을 하고 있었는지, 혹은 무엇을 하려 했는지 확인하지 않고서는 속이 시원하지 않다. 그것을 지금, 여기서 조사해야만 한다.

"안 갈 거니?"

리요가 평소와 다르게 집요한 점도 신경 쓰였다. 내 눈을 이 전망대에서 다른 곳으로 돌리려는 분위기다.

"바람이 불어오는 것 같으니 여기 잠깐 앉아 있을래."

때마침 그때, 한줄기 바람이 나뭇가지를 흔들며 지나가 리요의 머리카락을 흩뜨렸다.

"그래?"

그녀는 등을 돌려 숲 속으로 사라졌다. 아직 아무 것도 발견하지 못했는데, 이미 그녀를 상처 입히고 말았는지도 모른다.

나는 그녀가 서 있던 위치에 서 보았다. 불을 뿜으며 발광했던 산은 그 풍경 속 어디에도 존재하지 않았다. 얽매인 몸이 한탄스러운 절경이었다. 하지만 리요가 내게 이 풍경을 숨길 필요가 어디 있겠는가.

울타리에 몸을 내밀고 암석이 가득한 사면을 내려다보았다. 내 눈은 어느 한 점, 어느 물건에 못 박혔다.

알겠다. 리요가 무엇을 오른손에 꼭 쥐고 있었는지. 어째서 남의 눈을 피하려 했는지. 내 출현에 그토록 난처해했는지. 내 눈을 여기서 돌리려 했는지.

10미터 남짓 아래에 커다란 판자 모양의 암석이 산에 쿡 박혀 있고, 암석 틈새로 누운잣나무 한 그루가 휘어진 줄기를 내밀고 있었다. 그 초록빛 잎사귀 사이에서 빛나는 물건을, 나는 발견하고 말았다.

나이프.

얼굴이 딱딱하게 굳고, 등줄기를 스치는 가벼운 오한에 부르르 몸을 떨었다. 역시 보아서는 안 될 것을 보고 말았다. 어째서 쓸데없이 리요의 뒤를 몰래 쫓고 말았는지 후회스러웠다.

뒤를 돌아보니 리요는 이미 멀리 떠나고 아무도 없었다. 일단은 안심이다.

처리해 버려야 해.

나는 적당한 크기의 돌을 주워 잣나무 가지에 던졌다. 두어 개 던지자 나이프는 균형을 잃고 반짝 햇빛을 반사하며 밑으로 떨어졌다. 이제 누구의 눈에도 띄지 않을 것이다.

나는 썩은 울타리에 기대어 안도의 한숨을 쉬었다.

3

산나물을 캐러 가기 전에 소지품 검사를 다시 하고 싶다고 에가미 선배가 단호하게 제창했다.

"반대하는 건 아니지만, 해 봤자 소용없을 것 같은데요."

나쓰오가 조심스레 말해 보았지만 부장은 철회하지 않았다.

"지난번에는 흉기를 찾느라 정신이 없어서 다른 중요한 단서를 놓쳤다는 생각도 들고, 두 번째 범행과 관련된 무언가가 발견될지도 몰라."

찾아내고 싶은 물건이 생겼는지, 조바심을 내며 재촉한다. 다들 대놓고 싫다고 말할 입장도 아니어서 결국 같은 검사를 다시한 번 재현했다.

"수상쩍은 물건이 있다, 있어야 할 것이 없다, 있는 물건의 형태가 본래 모습과 다르다, 뭐든 상관없으니 마음에 걸리는 걸 확인해라."

에가미 선배는 세 명의 부원들에게 귀띔을 했다. 구체적으로 어떤 물건에 주목하라는 말은 없었다.

"박사, 갈아입은 하늘색 티셔츠는 어쨌어?"

모치즈키의 지적에 마사키는 허를 찔린 듯 순간 흠칫 놀랐지만, 폴로셔츠 자락을 걷어 올리며 대답했다.

"지금 이 안에 입고 있어요. 세상에나, 우리가 갈아입은 옷이 몇 벌에 무슨 색인 것까지 외웠던 겁니까?"

"하늘색 티셔츠는 두 벌이라 기억하고 있었던 거야. 또 한 벌은 신주인가?"

나쓰오는 입었던 옷을 담아 둔 비닐봉지에서 둘둘 말린 티셔츠를 보여 주면서, 모치즈키 탐정의 기억력에 공치사를 하고 있다.

"피스. 담배 재고는 괜찮아?"

에가미 선배가 다카히코의 짐을 뒤적이며 불쑥 물었다. 헤비 스모커인 다카히코에게 담배 고갈은 금단증세로 이어질 것이다.

"……두 갑 남았습니다. 하루 열 개비로 참고는 있는데 영 힘들어요."

불필요한 걱정거리를 하나 더 끌어안은 스모커는 안 됐다. 보기에 그 외의 흡연자는 에가미 선배, 모치즈키, 다케시, 사라진 쇼조, 이 네 사람뿐이다. 살해당한 후미오와 쓰토무는 둘 다 담배를 피우지 않았으니 더해 보면 남자 열한 명 중 흡연자가 다섯 명. 여성 팀은 몰래 피우는 사람이 없는 한 제로. 이러니 세상 비흡연자들의 발언권이 커지는 것도 어찌 보면 당연한 추세다.

"여성 전원이 양해해 준다면 좋겠는데," 에가미 선배가 정중하게 허가를 구했다. "소지품을 보여 주었으면 해."

나는 리요를 보았다. 갑자기 무표정을 가장하고 서 있는 그녀에 대한 애틋함이 치밀어 올라 얼굴이 일그러졌다. '괜찮은 거니?' 그녀에게 그렇게 묻고 싶었다.

"나는 상관없어."

미카가 체념하고 허락하자 남은 네 사람도 인정했다.

에가미 선배는 말이 떨어지기가 무섭게 미카의 짐부터 검사했다. 사심 없는 수사관의 손놀림이다. 다른 사람들은 빙 둘러서서 그것을 바라보고 있었다. 화장품, 손거울, 파우치 따위가 화려하게 줄을 섰다. 굳이 산에 가져올 필요가 없어 보이는 물건도 많아, 인종의 차이를 느꼈다.

리요의 사물이 무참하게 폭로되는 것은 정말 견디기 어려웠다. 언더웨어 대신 입는 티셔츠가 백일하에 드러났다. 나는 에가미 선배에게 이제 그만하라고 달려들기 일보직전이었다.

"고마워. 세 가지 더 조사해 보고 싶은 게 있어. 후미오하고 벤, 샐리의 짐이다."

지난 소지품 검사 때, 피해자 도다 후미오의 짐도, 사유리가 남기고 간 짐도 생각해 보지 못했다. 맹점이다. 그러나 죽은 자의 유품을 뒤진다는 것에 거부감을 느낀 몇 명이 이의를 주장했다.

"어째서? 고인의 프라이버시 침해가 목적이 아니야. 그들을 죽인 범인을 찾아내기 위한 조사다."

"하지만." 나쓰오가 난처한 표정으로 말했다. "어째서 피해자의 짐 조사가 범인 수사란 말입니까? 피해자의 사물을 보고 범인을 알 수 있다는 겁니까?"

"총명한 것치고는 감이 둔하군. 범인이 가까이 둘 수 없는 물건을 은폐할 때, 가장 안전한 장소는 그들의 짐 속이지 않나? 주인이 없어져서 아무도 건드리지 않을 테니까."

"……알겠습니다."

오늘은 다들 에가미 선배에게 밀리나 보다.

"어, 잠깐."

다카히코가 텐트에 들어가자마자 흥분해서 소리를 질렀다. "앙?" 그 어깨 너머로 안을 들여다보던 모치즈키가 다음 순간 헉, 하고 신음했다.

"에가미 선배, 보세요."

나도 보았다. 쓰토무의 시신 머리맡에 한 장의 종이쪽지가 있었다. 다카히코는 그것을 집어 들어 에가미 장로에게 바쳤다. 에가미 선배는 그 종이에 눈길을 한 번 주더니, 바로 일동에게 공개했다.

"……범인이 보낸 편지입니까?"

마사키의 질문에 부장은 대답하지 않았다.

가로로 두 줄. 필적도 감정할 수 없을 정도로 부자연스럽게 뒤틀린 초록색 잉크로 쓴 글자가 나열되어 있었다.

더 이상 살인은 일어나지 않는다

더 이상 아무도 살해당하지 않는다

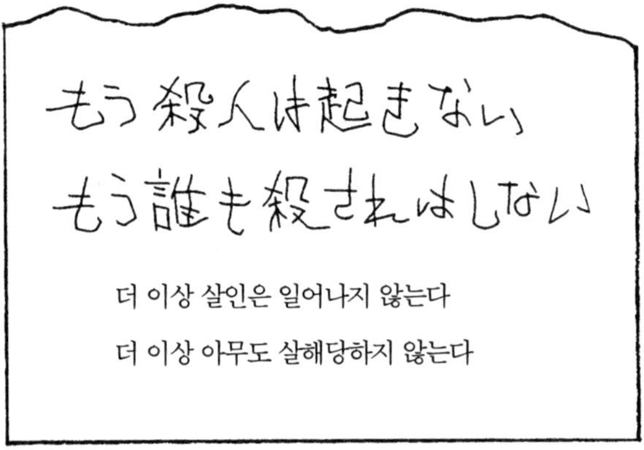

더 이상 살인은 일어나지 않는다

더 이상 아무도 살해당하지 않는다

〈그림 3〉

"범인의 범행 종결 선언이야!" 유코가 찢어질 듯한 목소리로 외쳤다. "이제 더 이상 아무도 죽이지 않겠다고 범인이 알려 준 거야!"

다카히코는 냉정했다. "분명 그래. 하지만 믿을 수 있어? 사람을 둘이나 참살해 놓고, 이제 이걸로 끝이라는 일방적인 메시지를 받아 봤자 눈곱만큼도 안심할 수 없어."

"하지만 범인의 본심일지도 몰라요." 겁을 잔뜩 집어먹은 다쓰코가 말했다. "범인은 기타노 선배를 죽이고, 목적을 달성한 것 아닐까요. 만약 내가 범인이라면, 관계없는 다른 사람들을 공포에서 해방시켜 주기 위해 이제 끝났다고 편지를 쓸 거예요."

과연 그렇게 기특한 범인일까. 연속된 범행에 경계가 심해지는 것을 보다 못한 범인이 우리를 방심하게 만들려고 교활한 수단을 동원했는지도 모른다. 아니, 그렇게 생각하는 것이 타당하

230 월광 게임

지 않은가?

"더 이상 살인은 일어나지 않는다. 더 이상 아무도 살해당하지 않는다." 모치즈키가 복창했다. "그럴싸한 신탁(神託)이로군요. 자기가 절대자인 줄 아나, 밥맛이다. 그런 주제에 소심하게 필적을 들키지 않으려고 글자를 엉망으로 썼어. 꾹꾹 눌러쓴 것만 봐도 공을 많이 들였군, 재수 없는 자식."

우리 선배는 범인을 도발하고 있는 모양이다. 그 의도를 나도 빤히 알겠으니, 범인은 속으로 그저 비웃고 있을 것이다.

"그 종이쪽지는 뭔가요?"

나쓰오의 물음에 에가미 선배는 편지를 뒤집어 보여 주었다.

"우리 텐트의 표찰이에요. 첫 번째 분화가 일어난 후에 비와 재로 더러워져서 새 걸로 바꾸었는데, 그 새 표찰인 것 같아요."

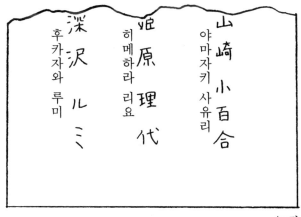

〈그림 4〉

리요가 대답했다. 그녀는 텐트에서 한 번 나와 텐트 문 오른편에 달아 두었던 표찰이 없어졌음을 확인했다.

"위쪽이 찢겨나갔군요. 범인이 한 짓일까요?"

내가 물어도 역시나 에가미 선배는 대답이 없었다. 자기는 대답할 근거를 갖고 있지 않다고 말하고 싶은 것이리라.

"이걸 쓴 사람은 누구지? 범인도 아닌데 엉뚱한 위안을 선사하려고 쓴 사람이 있다면 말해."

한참 만에 입을 연 에가미 선배의 말투는 거칠었다. 대답하는 사람은 없다.

"아무래도 이건 진범이 보낸 메시지인 것 같군."

"그걸 언제 썼을까요? 어젯밤 범행 후에, 범인이 한밤중에 몰래 이 텐트에 다가와 표찰을 뜯어내 휘갈겨 쓰고 두고 갔다는 말이 되는데."

나쓰오가 또다시 에가미 선배의 의견을 물었다.

"이 텐트의 표찰이 뜯겨 나간 걸 여태 아무도 몰랐었네. 아니면 표찰이 없어졌다는 사실을 알았던 사람이 있어?"

미카가 말했지만 그런 걸 유심히 본 사람이 있을 리가 만무해서, 범인이 언제 이 편지를 적어 두고 갔는지 밝혀낼 수 없었다. 일단 상식적으로 생각하면 지난 밤사이에 그랬을 것이라고 상상은 해볼 수 있다.

거기까지 생각하다가 나는 화들짝 놀랐다. 뭘 잊고 있는 거야, 이 멍청이. 방금 전, 너는 리요가 이 텐트에서 남들 몰래 빠져나오는 모습을 목격하지 않았던가? 그녀가 이 편지를 못 볼 수가 있을까? 아니, 없다. 그녀는 이 편지를 보았을 것이다. 그런데 어째서 우리에게 그 발견을 알리지 않았을까? 그리고 그녀는 지금도 뻔뻔한 연기를 계속하고 있다. 어머나, 이 편지는 대체 뭐야, 하는 식으로.

어째서 리요는 이 편지의 발견을 늦추려는 것일까? 아니, 늦추려면 어디든 숨기면 될 것이고, 아니면 없애 버릴 수도 있었을 것이다. 그렇다면 그녀의 의도는? 혹시나 이 편지를 쓴 당사자가 리요……?

"초록색 잉크라니 특이하군."

나쓰오의 말에 마사키가 쓰토무의 가슴 주머니에 꽂힌 만년필을 가리켰다.

"저거예요. 범인은 기타노 형의 만년필을 쓴 겁니다."

에가미 선배가 그 만년필을 조심스럽게 집어 자기 손바닥에 시험 삼아 써보았다.

"정말 초록색이네."

범인은 상당히 철저한 녀석이다. 이 편지만 해도 종이는 텐트 밖에 붙어 있던 표찰의 뒷면이고, 펜은 시체의 소지품이다. 절대 꼬리를 잡히지 않을 물건들만 썼다. 글자도 부자연스럽게 꾹꾹 눌러 갈겨써서 필적감정 불가. 대단한 놈이야. 뱀처럼 교활해.

에가미 선배는 종이 표면의 감촉을 즐기듯 집게손가락의 통통한 살 끝으로 편지 앞뒷면을 쓰다듬으며 고개를 까딱 숙였다.

"그렇다면." 부장은 그렇게 말하면서도 연신 매끈한 종이쪼가리를 쓰다듬고 있었다.

"그럼 여기 짐 검사를 하자. 또 뭔가 나올지도 모르지."

텐트에서 세 사람의 짐을 꺼내 왔다. 에가미 선배는 모두를 증인으로 세우고, 원의 중심에서 그 짐들을 차례로 풀었다.

나는 아무 것도 나오지 않을 거라 생각했다. 에가미 선배가 말하는 가장 안전한 은폐 장소를 이용했던 리요가 불안이 엄습했는지 바로 직전에 나이프를 처분했기 때문이다.

"리요하고 루나가 좀 봐 주겠어? 샐리가 하산할 때 뭘 가져갔는지 알겠니?"

두 사람은 에가미 선배 쪽으로 다가가 남겨진 작은 배낭 속의 물건들을 손에 들고 살펴보았다.

"이건 보조 배낭이었어요. 이것만 놓고 간 건지, 잊고 간 건지……." 루미가 말한다. "여기 남아 있는 물건은 손수건, 휴지, 타월, 장갑, 나침반, 필기도구 정도밖에 없네요. 나머지 물건들은 전부 큰 배낭에 넣어갔나 봐요."

"샐리는 나침반도 가져가지 않은 건가?"

다케시가 비통한 표정으로 말하며 고개를 푹 수그렸다. 하산한다고 해도 나침반 따위는 필요도 없는 외길인데.

"리요도 봐 줘. 이 안에 원래 샐리 물건이 아닌 것은 없나?"

에가미 선배가 그녀의 얼굴을 들여다보며 물었다. 에가미 선배는 리요가 전망대에서 나이프를 집어던지는 순간을 목격한 것이 아닐까? 그래서 그녀에게 심리적인 압박을 가하려는 듯이 보였다. 하지만 그럴 리가 없다. 그 장소에는 분명히 우리 말고 제삼자는 없었으니까. 그 때 에가미 선배는 텐트 앞에서 말없이 깊은 생각에 잠겨 있었다.

"아니, 없습니다. 이건 전부 샐리의 물건이에요."

에가미 선배는 집게손가락으로 미간을 짚으며 입을 다물었다. 이윽고, "다들 불쾌한 걸 참고 협력해 주어서 고맙고, 이제 끝내도록 합시다."라고 말하고는 지친 표정으로 정리를 시작했다. 에가미 선배를 쳐다보니 눈을 질끈 감고 생각에 잠긴 채 고개를 두어 번 가로젓고 있었다.

묻어 두었던 구급상자를 꺼내어 속을 확인했지만, 열세 개의 나이프에는 아무런 이상도 없었다.

그것은 분명 나이프였다. 하지만 정말 살인에 사용된 흉기였을까?

그 때, 리요는 울타리 가까이 서 있었다. 하지만 나이프를 버린 사람이 정말 그녀였을까?

우리가 범인의 편지를 발견하기 전에 리요는 그 텐트에 들어갔었다. 하지만, 편지가 있다는 사실은 몰랐을까?

이 세 가지 의문이 머리에서 떠나지 않았다. 머릿수만 채우는 실력으로 산나물을 캐러 나선 동안, 나는 힘들게 의혹을 떨쳐내려 했으나 적은 강력했다.

미심쩍게 생긴 들풀들을 그득히 쌓일 정도로 모았다. 쓴맛을 우려내면 대부분 먹을 수 있는 풀이라고 보증하는 다카히코의 말에, 식량 사정은 호전 양상을 보였다.

"남은 건 담배네."

한탄하는 다카히코를 모치즈키가 놀렸다.

"꽁초라도 심어라."

"바보야. 법에 저촉되잖아."

"점심은 산나물 카레를 만들 수 있겠다." 미카도 기뻐했다.

"식량 걱정 괜히 했네. 선사시대로 돌아간 것뿐이잖아. 그치."

오다가 마음을 놓았는지 내 어깨를 시원스럽게 치며 말했다.
나는 떨떠름한 표정으로 고개를 꾸벅 숙였다.

4

서늘한 바람이 숲을 훑고 간다.

EMC 멤버들은 살아남기 위해 진지하게 범인 찾기에 임하기 시작했다.

"Y라는 메시지, 벤의 운동복에 남은 손자국, 빈 성냥갑과 성냥 개비 열 개. 범행 종결 냄새를 물씬 풍기는 편지. 이게 다야. 이 것이 범인에게 이어져 있는 가늘디가는 끈이다."

모치즈키가 주먹을 불끈 쥐고 휘두른다. 짜증스러우리만치 적은 단서 아닌가. 게다가 요리조리 궁리해 보아도 그것들이 범인을 찾을 수 있는 결정적인 단서가 되리라는 보장이 없다.

에가미 선배가 불붙은 성냥을 손에 들고 슬금슬금 샛길을 내려오다가, "앗, 뜨거!" 하고 소리를 지르며 짜리몽땅해진 성냥을 냅다 집어던졌다. 오다가 킥킥 웃으며 물었다.

"어땠어요, 에가미 선배?"

"아홉 개비. 내려오는 데만도 아홉 개비는 필요한데 말이야,
범인은 넘어져서 다쳤을지도 모르지. 이번에는 신체검사를 해
볼까?"

사고가 좀처럼 진전되질 않는지 에가미 선배가 자포자기한 표
정으로 말했다.

"응, 그래." 모치즈키가 손가락을 딱 튕겼다. "범인은 그 때 손
에 들고 있던 뭔가를 태우면서 내려간 건지도 몰라요. 예를 들어
주머니에 수첩을 넣고 있었다고 칩시다. 강까지 내려오긴 했는
데 성냥이 모자랐다. 범인은 혀를 끌끌 차면서 수첩을 두세 장
찢어 성냥으로 불을 붙이고 그걸로 왔던 길을 밝히며 되돌아간
거예요."

나는 감탄했다.

"불태운 게 수첩인지 뭔지는 알 수 없지만, 태우고 남은 재는
강에 버리면 되겠죠. 아니면 돌아가는 길에 그런 거라면 어디 현
장에서 멀리 떨어진 곳에 휙 버렸을지도 몰라요."

"그렇게 생각해볼 수도 있겠군." 오다도 동의했다. 에가미 선
배는 잠자코 있다.

"그럼 어떻게 해야 하나요? 다른 사람들의 수첩을 체크할까
요?"

"아리스, 찬찬히 생각해 보자고." 모치즈키가 어깨를 으쓱했
다. "꼭 수첩을 태웠다고 할 수는 없다고 했잖아. 손수건일지도
모르고, 두건일지도 모르고…… 달리 이것저것 많지 않냐."

"하지만 아까 소지품 검사했을 때는 아무것도 밝혀지지 않았

죠. 물론 누가 어떤 손수건을 몇 장 갖고 있었는지, 수첩의 페이지가 몇 장 찢어져 있었는지까지 조사할 수는 없었지만."

결국 결론은 나왔지만 범인과 연관 지을 수는 없었다. 그런 패턴이다. 운동복 손자국으로 범인이 오른손잡이라는 사실을 알았지만 관계자가 전부 오른손잡이였다는 경우와 마찬가지로.

"남은 것은 Y라는 다잉 메시지인가⋯⋯."

모치즈키가 중얼거리는 소리에 나는 또 반론했다.

"그걸 결정적인 단서로 본다면 범인은 기쿠치 유코밖에 없단 말입니다. 그 메시지를 가장 단순하게 본다면 알파벳 Y, 바로 유코의 이니셜이니까요."

"하지만 유코에게는 두 사람을 죽일 동기가 없어."

"동기가 없어 보이는 건 다들 마찬가지예요."

"진전이 없군!" 오다가 고개를 뒤로 젖혔다.

"동기에 대해서는 한 가지 신경 쓰이는 점이 있긴 한데."

"뭐야, 모치? 의미심장하게시리." 오다가 팔꿈치로 쿡쿡 찔렀다. "말해."

모치즈키는 팔을 내저으며 안 되겠다고 말했다.

"생각 좀 정리하고 말할게. 의미가 있는지 없는지도 모르겠고."

뜻밖에 진지한 얼굴로 말하는 모습을 보니 그냥 폼을 재는 것도 아닌 모양이다. 추리 대회는 그가 반걸음 앞서 있는지도 모르겠다.

현장검증도 헛수고로 끝나고 마을로 돌아왔다. 네 사람은 죽은 자의 고발을 기대한 것은 아니었지만 리요의 텐트에 있는 후미오와 쓰토무의 시신에 기도를 올렸다. 새하얀 손수건으로 얼굴을 덮은, 색만 다르고 디자인은 같은 운동복을 입은 시체 두 구가 똑같이 가슴 위에 깍지를 끼고 누워 있다. 그 광경은 기묘하기도하고, 살짝 으스스하기도 했다. 컵에 담긴 들꽃은 누가 갈아 놓았는지 또 새로운 꽃으로 바뀌어 있었다.

우리 텐트로 돌아오면서 모치즈키 탐정의 모습이 이상하다는 것을 깨달았다. 입을 비죽이며 허공에 곧추세운 집게손가락을 빙글빙글 돌리면서 말 한마디 하지 않는다. 나 지금 생각에 잠겨 있습니다, 하고 거들먹거리지 않는 것으로 보아 정말 진지하게 생각에 잠겨 있는 모양이었다.

"앗, 에가미 오빠." 텐트 그늘에서 유코가 불쑥 튀어나왔다. "좀 와 주세요. 싸우고 있어요."

"누가?"

"피스하고 나쓰오 오빠가."

그 두 사람이? 일단 우리는 그녀를 따라 숲 속으로 서둘렀다. 제1범행 현장, 후미오가 죽은 곳에서 사람들이 술렁이고 있었다. 한판 붙으려는 다카히코와 나쓰오를 다케시와 마사키가 말리고 있다.

"어이, 그만두지 못해? 무슨 짓이야?"

에가미 선배가 두 팔을 벌려 두 사람을 떨어뜨려 놓았다.

"이 자식, 아무래도, 나를, 범인으로, 만들고 싶은가 봅니다. 웃기고 있어, 개자식."

다카히코가 거칠게 숨을 몰아쉬며 힘겹게 욕을 퍼부었다. 나쓰오는 새빨간 얼굴로 눈 하나 깜빡하지 않고 비웃었다.

"너희 싸움에 휘말린 우리도 이제 지긋지긋해. 빨리 털어놓으란 말이야. 나는 경찰에 끌려가기 전에 자수하라고 충고해 주고 있는 거라고."

"이 자식이 무슨 소리를 했는지 압니까?" 다카히코는 나쓰오를 턱짓하며 말했다. "내가 변호사와 벤을 죽였고, 그 동기는 삼각관계라는 겁니다. 아무런 증거도 없이 잘도 그런 헛소리를 내뱉는구나, 이 멍청한 자식아."

"누가 멍청이라는 거냐? 넌 내 추리에 아직 제대로 반론도 하지 않았잖아. 정곡을 찔렸다고 그렇게 달려들다니 이거 위험해서 원."

"이 자식!"

"잠깐 입 다물어, 둘 다!" 에가미 선배가 일갈했다. "나쓰오가 어떤 추리를 했는지 일단 들어 보자. 그게 단순한 중상이 아니라 논리적인 추리라면 피스는 반론할 의무가 있다. 다 같이 그 과정을 들을 테니 판정은 우리한테 맡겨."

원수들은 찬성했다.

"마을로 돌아갑시다." 마사키가 작은 목소리로 말했다. "리요나 루나도 같이 듣는 편이 나을 테고, 여기서 서서 이야기하는 것도 뭣하니까……."

다쓰코가 다카히코의 어깨에 기대어 훌쩍이고 있다. 다카히코는 괴로운 표정을 지으면서도 그 어깨를 감싸 안았다.

광장에 모두 모였다. 에가미 선배 앞에서 나쓰오와 다카히코가 다시 멱살을 잡지 못하도록 5미터 정도 떨어져 앉았고, 그 뒤에 나머지 열 명이 앉았다. "스터디 모의재판 같다." 다케시가 혼잣말을 했다.

한편, 마사키는 다카히코 옆에서 냉정한 눈길로 고발자인 나쓰오를 주시하고 있었다. 어이없을 정도로 이성을 잃은 다쓰코는 눈물을 머금고 미카에게 기대어 있었고, 유코는 불안에 휩싸여 표정을 흐렸다. 리요와 루미는 긴장된 표정으로 연신 앉은 자세를 가다듬으며 헛기침을 하기도 했다. 모치즈키는 수첩을 펼쳐 들었고, 오다는 그 옆에서 팔짱을 끼고 있다.

"좋다. 우선 나쓰오의 추리부터 들어볼까. 고의로 상대방을 도발하는 태도는 그만두고 나하고 뒤에 앉은 사람들을 설득할 수 있도록 이야기해 줘."

"네." 그는 다카히코를 흘깃 쳐다보았다. "제가, 피스가 연쇄 살인범이라고 지적한 것은 단순한 중상이 아닙니다. 우스갯소리로 끝날 일이 아니니까요. 충분한 증거가 있습니다. 에가미 형을 비롯한 추리소설연구회 전문가 여러분보다 앞서, 제가 범인의 이름을 알아내게 된 것은 우연히 어떤 대화를 주워들었기 때문입니다."

새 한 마리가 하늘을 가로질러 우리 위에 그림자를 드리웠다.

"캠핑 이틀째 밤에 그 대화를 들었습니다. 10시쯤이었을까요. 저는 이래봬도 천문 애호가인지라, 해먹에 드러누워 한여름의 별자리를 관측해야겠다는 좋은 생각이 떠올랐습니다. 찾아간 해먹에는 후미오가 먼저 와 있었는데, 그 옆에 서 있던 벤과 소리 죽여 이야기를 나누고 있었습니다. 가볍게 말을 걸려다가 그만 입을 다물었습니다. 두 사람은 썩 좋은 이야기를 하고 있었던 게 아니었습니다."

보고 있던 다카히코의 한쪽 눈썹이 움찔했다.

"듣고 싶어서 들은 게 아닙니다. 두 사람은 한창 피스에 대한 원망을 늘어놓고 있었습니다. 그럴 때는 정말 난처하지요."

"거짓말만 늘어놓지 말고, 어떤 얘기를 했는지 그대로 말해 봐."

잔뜩 화가 난 다카히코가 목소리를 깔고 말했다.

"단어 하나하나까지는 재현할 수 없지만, 다쓰코가 워크에 입부하게 된 계기 말인데, 벤이 학교에서 말을 걸어 데려왔다더군요. 귀여운 애라고 들떠서. 원래 하이킹을 좋아했던 다쓰코는 멋진 여자 선배가 많은 워크에 입부하기로 했습니다. 벤은 감격스러웠겠죠. 하지만 그 다음이 문제였습니다. 우선 후미오가 다쓰코에게 열을 올려 구애하기 시작한 겁니다. 당황한 벤은 그걸 말리려 했지만, 사랑에는 선배도 후배도 없지요. 두 사람은 다쓰코를 사이에 두고 기사처럼 정정당당하게 싸울 것을 맹세하고 열심히 꼬드겼지만, 결과는 갑자기 끼어든 피스에게 다쓰코를 빼앗기고 말았습니다. 두 사람은 기가 막힐 노릇이죠."

몇 사람의 눈이 다쓰코를 훔쳐보았다. 시선을 받은 그녀는 불결한 것이라도 떨쳐내듯 고개를 휘저었다. 그녀가 훌쩍였던 것도 나쓰오가 하는 말이 자기에게 직접적으로 불쾌한 이야기였기 때문이다.

"너희는 셋이서 말다툼을 했다더군." 나쓰오는 다카히코를 향해 돌아섰다. "너는 그때까지는 유코하고 알콩달콩 잘 지내고 있었다면서? 그 둘이 '유코가 불쌍하지도 않냐, 다쓰코한테서 손을 떼' 하면서 달려들었겠지?"

"이게 무슨 야쿠자 세계 얘기인 줄 알아? 그 추잡한 말투는 뭐냐. 나하고 유코가 얼마나 깊은 사이였다는 거지? 아무 것도 모르면서 잘도 그런 말을 주절대는군. 만약 내가 유코라는 연인을 헌신짝 버리듯 내팽개치고 젊은 여자한테 매달리는 호색한이었다면, 다쓰코하고 유코가 같은 클럽에서 이렇게 사이좋게 지낼 것 같아? 유코, 말 좀 해 줘."

"피스가 한 말 그대로야." 유코가 '한 말'에 잔뜩 힘을 주며 말했다. "나하고 피스는 친, 한, 친, 구. 다쓰코가 나타나기 전이나 후나 변함없어. 나쓰오, 너는 피스를 화나게 하고, 다쓰코를 불쾌하게 만들고, 내 비웃음을 사고 있을 뿐이야."

"내부의 수치는 드러내고 싶지 않다는 말씀입니까. 전 이 귀로 두 사람의 이야기를 똑똑히 들었습니다. 헤, 그런 일이 있었나 하고 별 관심도 없이 듣고 있었지요. 그런데, 그 다음날 후미오가 살해당하고, 또 그 이틀 후에 쓰토무가 살해당했습니다. 그렇다면…… 어떻게 생각하십니까, 여러분?"

후미오와 쓰토무의 대화가 어땠는지, 아니, 그 이전에 대화 자체가 정말로 있었는지도 확인할 길이 없다. 두 사람 다 이 세상 사람이 아니니까. 하지만 나쓰오가 하나부터 열까지 거짓말을 할 이유도 없어 보였다.

"잠깐 기다려 주세요. 이야기가 이상하지 않습니까?" 마사키가 입술을 비죽 내밀었다. "쓰카사 형이 피해자라면 지금 이야기는 중대한 의미를 지닙니다. 기타노 형하고 변호사가 공모해서 짝사랑의 원한을 풀었다는 식으로 말이죠. 하지만 현실은 그 반대로 두 사람이 살해당하고 말았습니다. 승자인 쓰카사 형에게는 두 사람을 죽일 동기가 없습니다."

"세 사람이 말다툼을 했었다는 사실이 중요한 거야. 피스하고 다쓰코는 여기에 온 후로 찰싹 붙어 다녔잖아. 후미오하고 쓰토무의 분노가 다시 불타올랐을 거라는 상상은 쉽게 해볼 수 있지. 두 사람이 먼저 피스에게 시비를 걸었겠지. 아니, 시비 정도가 아니라 후미오는 셋째 날 밤, 피스에게 싸움을 걸었다가 열 받아서 나이프를 휘두른 거야. 하지만 불쌍하게도 나이프를 빼앗겨 오히려 당하고 만 거지."

"난센스!" 유코가 소리쳤다.

다카히코가 코웃음을 쳤다. "정말 이보다 더한 난센스가 없군. 두 사람의 대화를 엿들었다는 것도 미심쩍은데, 이쯤 되면 완전히 창작이잖아."

"계속하겠어." 나쓰오도 코웃음을 치며 말했다. "그 Y라는 메시지도 너를 가리키고 있어. 그건 '피스'를 나타내는 거다."

그는 땅에서 돌멩이를 주워 그림을 그렸다. 뒤에 앉은 사람들은 허리를 들어 들여다보았다.

<그림 5>

　"피스 마크······." 모치즈키가 신음했다.

　반핵 운동 데모 행진에서 종종 보았던 평화의 심벌이었다. 과연, 이걸 뒤집으면 원 안에 Y 형태가 보인다.

　"뭐야, 이런 마크 난 몰라."

　"너는 몰라도 이런 게 있다고." 나쓰오가 마크를 손가락으로 되짚으면서 말한다. "피스 마크라고 하지. 후미오는 이걸 그리다가 숨이 끊긴 거야."

　"Y가 뒤집혀 있잖아."

　"책상에 앉아서 쓴 것도 아니고, 그의 자세도 비정상적이었어."

　"말도 안 되는 억지야. 용케 남들 앞에서 말하는구나." 유코도 상당히 화가 나 있다.

　"후미오는 뒤에서 찔렸어. 쓰토무도 내가 칼을 빼앗아 찔렀다는 거냐?"

"그래, 벤은 네가 후미오하고 싸우다가 죽인 게 아닌가 감을 잡았을지도 몰라. 벤은 그림을 그리고 있었던 게 아냐. 너하고 벤은 남들 몰래 이야기를 하려고 거기에 갔던 거지?"

"우리는 벤이 혼자 텐트에서 나와 스케치북을 끼고 나가는 모습을 봤어."

나쓰오는 미카의 말도 듣지 않는다.

"밀회였으니까 그렇지, 스케치북은 위장을 위한 소품이야."

"흉기는 뭐였지? 피스의 나이프인가?" 모치즈키의 질문.

"후미오의 나이프야. 살인 현장에 흉기를 두는 건 위험하다는 생각에 가까이 두고 있었던-숲 속에라도 숨겨 두었겠지-나이프를 사용했겠지."

"소지품 검사 때 후미오의 나이프는 분명 가방 속에 있었어."

"하나 더 가지고 있었던 거야."

나쓰오의 이야기는 끝까지 억지스럽다.

"강으로 가는 길에 점점이 떨어져있던 성냥 말인데. 그만한 거리를 성냥개비 열 개만으로 왕복한다는 건 부자연스러워. 부자연스러운 걸로 치면 어두운 숲에 들어가는데 범인이 전등을 갖고 있지 않았던 점도 이상해. 범인은 회중전등은 가지고 있었을 거다. 그 성냥은 니코틴 중독자가 범행 후에 한 대 피우면서 걸어온 흔적이야."

"항상 라이터를 들고 다니는 내가 성냥 따윌 쓸 것 같아?"

"그래? 너 아까 무엇으로 담배에 불을 붙였지? 몸에서 라이터를 떼어 놓질 않는다면 지금 주머니 속에 있는 흡연 도구를 꺼내 보여 봐."

다카히코는 분통터진다는 듯 피스 한 갑과 '솔레이으'의 성냥 갑을 수풀 위에 내던졌다. 나쓰오가 씩 웃는다.

"그렇다면…… 벤이 쓴 y라는 메시지는 어떻게 되는 건데? 피스하고는 전혀 상관없잖아."

미카의 말에 나쓰오는 기다렸다는 듯 "바로 그거, 그 점이 중요해. 알겠습니까? 우리는 후미오가 Y라는 메시지를 남겼을 때 뭐라고 했지요? 모치가 범인의 이니셜이 아닐까라고 중얼거리자 유코가 난리법석을 떨어 다들 입을 다물고 그 후로 말도 안 꺼내지 않았던가요? 결국 우리에게 그 Y는 의미를 알 수 없는 기호였습니다. Y=유코라고 단정할 수도 없었으니까요, 그렇지요? 그 때 우리와 마찬가지로 고개를 갸우뚱하던 벤이 죽음의 문턱에서 y라는 메시지를 쓰겠습니까? 대문자, 소문자, 필기체에 상관없이 Y라는 메시지만은 절대로 쓰지 않았을 겁니다. 두 번째 메시지는 범인의 위장 공작입니다. 결론을 말하자면, 이 범인은 Y와는 아무런 관계도 없는 사람입니다."

"처음으로 말이 되는 소리를 했군." 에가미 선배가 말했다. "범인이 정말 Y라는 이니셜을 가진 유코였다면, 두 번째 피해자는 유코나 기쿠치라고 썼겠지. 우리가 고민하지 않도록."

잠시 침묵이 찾아들었다.

"에가미 형, 나는 반론할 필요 없죠?" 다카히코가 목덜미를 긁적이며 말했다. "정말 기도 안 차서."

"피스한테 사과해."

오다가 어린아이 야단치듯 말하자 나쓰오는 고개를 홱 돌렸다. 하도 근거 없는 이야기라 오다도 기가 막혔나 보다. 동감이다.

"피스한테 사과해!" 유코도 거들었다.

에가미 선배는 총평도 내리지 않고, 다카히코에게 한 가지 질문을 했다.

"나쓰오가 엿들었다는 이야기를 어떻게 생각하지? 있을 법한 일인가?"

"모르겠습니다. 다만 듣고 보니 너무 티를 냈나 싶기도 합니다."

"혼자 신나서는." 어쩐 일로 다쓰코가 힐난했다.

다카히코가 얌전해지자 나쓰오도 제정신이 들었는지 축 늘어졌다. 그는 한참 만에 의기소침하게 기어들어 가는 목소리로 말했다.

"미안. 아니었구나……."

뜻밖에 사과를 받자 다카히코는 대답이 궁했는지 두어 번 헛기침을 했다.

"그래, 아니야. 피스가 범인일 리 없지." 흥분한 모치즈키가 거드름을 피우며 앞으로 나섰다. "범인은 다케시다."

선배의 폭탄 발언에 나는 망치로 머리를 한 대 얻어맞은 기분이었다. 무슨 소리를 하는 것이냐, 우리 선배는.

"호오, 재미있는데."

다케시는 야유에 가까운 웃음을 지었지만, 에가미 선배의 표정은 험악해졌다.

"너까지 말도 안 되는 소리 하지 마."

모치즈키는 맡겨만 달라는 듯 고개를 끄덕였다. 아까는 넨노 다케시 범인설을 다듬느라 생각에 잠겨 있었던 건지도 모른다. 그는 수첩을 손에 들고 일어섰다. 침을 묻혀 페이지를 뒤적였다.

"이 사건에서 가장 이해하기 어려운 점은, 범행 동기를 전혀 알 수 없다는 점입니다. 동기 조사. 저는 거기에 초점을 두고 우리가 나누었던 대화, 일어났던 사건 전부를 떠올려 보았습니다. 기억의 서랍을 전부 빼내어 탈탈 털어 본 것이지요. 방법론으로 보면 나쓰오와 마찬가지일지 모릅니다. 그랬더니 딱 하나, 마음에 걸리는 사실이 있었던 겁니다. 셋째 날 분화 직후, 벤이 들려주었던 이야기입니다."

기억하고 있다. 보이스카우트 캠프 때, 대장이었던 쓰토무의 실수로 산속에서 조난당한 소년이 생명을 잃고 말았다는 이야기다. 생명을 잃고 말았다고는 해도, 구조하러 나선 그가 길을 잃어버리는 바람에 간접적으로 그렇게 된 것이지만.

"마음에 걸리는 건 그 이야기 단 하나뿐이었습니다. 살인 동기가 될 만한 에피소드는 달리 찾아볼 수 없습니다."

"그 얘기가 어떻게 다케시하고 연관이 있지?" 나쓰오가 미심쩍어했다.

"아니, 그 이야기만으로는 다케시하고 눈곱만큼도 관련이 없어. 단지 그 이야기 속에서 벤이 책임을 느끼고 있던 소년의 죽음 말인데, 만일 우리 중에 우연히 그 소년의 친척이 있었다면 어떻게 될까, 하는 말을 하고 싶었던 겁니다. 사랑스러운 그 아이를 죽게 만든 건 이 남자였구나, 하는 거죠. 억지스럽습니까? 하지만 이것 말고는 달리 동기를 짐작할 수 없잖습니까?"

"네가 아는 범위에서는 말이지." 에가미 선배가 한숨을 쉬었다. "너는 다쓰코를 둘러싼 사랑싸움도 몰랐잖아? 어쨌든 계속해 봐. 정말 엘러리 퀸 마니아가 떠올릴만한 이야기이긴 하구나."

"계속합지요. 이 옛날이야기 때문에 범행이 일어난 게 틀림없다고 생각했지만, 누가 그 관계자인지 짐작도 할 수 없었습니다. 게다가 벤의 살해 동기는 그걸로 설명이 되지만, 최초로 일어난 후미오 살해는 여전히 동기를 알 수 없습니다. 이제 어떻게 해야 하나 하릴없이 생각하다 보니 후미오는 벤 대신 죽은 게 아닐까 하는 생각이 떠올랐습니다. 즉 착각 살인입니다. 범행 현장은 알다시피 어두웠고, 후미오와 벤은 똑같이 워크의 운동복을 입고 있었으니까요."

"확실히 어두운 곳이긴 하지만." 나쓰오가 납득하지 않는다. "그렇게 선명한 파랑색하고 노란색을 착각할 리는 없을 것 같은데요. 착각한다면 비슷한 색의 옷을 입은…… 그래, 모치가 위험했을 텐데."

모치즈키는 이때다, 하고 힘주어 말했다. "딱 한 사람 있지, 그 화려한 파랑색과 노란색을 착각할 사람이. 다케시다. 둘째 날 저녁에 네 입으로 했던 말이야. '이 녀석은 미대를 지망했었어.' 다케시는 그 말에 이렇게 대답했지. '색감에 문제가 있어서.' 너는 색맹이지?"

모치즈키가 다케시에게 적의가 어린 시선을 던졌다.

"색맹은 빨강색하고 초록색을 구별 못하는 거 아냐?"

오다가 끼어들었다. 모치즈키는 혀를 끌끌 찼다.

"그건 적록색맹. 다케시는 청황색맹이라고 해야 하나? 파랑과 노랑, 블루와 옐로우를 식별할 수 없는 색맹임에 틀림없어. 색맹이라는 건 보색을 구별하지 못하게 돼. 예를 들면 빨강과 초록이지. 파랑하고 노랑도 혼합하면 회색이 되는, 색상환에서 서로 반대편에 있는 색이야."

"몰랐다." 오다가 감탄했다.

"알겠지요? 파랑색과 노란색을 착각할 유일한 인물, 넨노 다케시가 이 지점에서 떠오르는 건 당연합니다. Y라는 메시지는 수사를 혼미하게 미스 리드하기 위한 눈속임입니다. 이상, Q.E.D.(증명종료)."

나왔다. Q.E.D. 엘러리 퀸의 전매특허다. 하지만……

"내가 파랑색과 노란색을 구별 못하는 중증 색맹이라고? 난 그냥 색약이야. 확인도 안 해 보고 잘도 지껄인다."

"확인할 새가 없었어. 나쓰오가 요상한 소동을 벌이는 바람에."

"변명거리도 못 된다." 에가미 선배의 표정이 심상치 않다. "그걸로 Q.E.D.? 너 스스로 퀸을 바보 취급하고 있는 거 아냐?"

"보세요, 이거 무슨 색인지 알겠어요?"

리요였다. 그녀는 목에 두르고 있던 스카프를 풀어 높이 치켜들었다. 파랑, 주황, 빨강, 노랑, 초록이 불규칙적으로 뒤섞인 페이즐리(paisley) 무늬 천이다.

다케시는 일어나서 리요에게 다가가, 그녀의 손에서 스카프를 낚아챘다. 그리고 그것을 펼쳐들고 새끼손가락으로 하나하나 짚어가며 지긋지긋하다는 표정으로 색을 말했다.

"빨강, 파랑, 초록, 주황, 빨강, 노랑, 파랑, 주황, 초록, 파랑, 노랑…… 더 할까?"

모치즈키는 고개를 푹 떨어뜨렸다. "그만 됐어."

완벽한 패배다.

"모치. 청황색맹이라니 머리 많이 굴렸구나. 적록색맹은 미스터리 세계에서 종종 찾아볼 수 있지만, 청황색맹이라는 건 본 적이 없으니까 말이지. 왜 그럴까? 그런 병은 이 세상에 없거든."

모치즈키는 엄청난 충격을 받은 표정이었다.

"이 세상에 없다고요? 아니, 나 어디서 읽었던 거라 말한 건데요?"

"없다." 에가미 선배는 단호하게 말했다. "아니, 증상으로서는 존재하지. 하지만 그건 네 말처럼 파랑색하고 노란색을 착각하는 게 아니야. 내가 이렇게나 자신 있게 말할 수 있는 이유는…… 내 소설 속에 사용하려고 조사한 적이 있었거든."

"핫!" 아연실색하던 모치즈키는 부장의 마지막 말에 웃음을 터뜨렸다. "그것 참 유감이네요."

"너도 마찬가지지."

야단법석을 떨었는데 결국 아무런 성과도 없었다. 나는 낙담보다도 안심해서 리요를 보았다. 그녀는 눈을 내리깔고 스카프를 목에 두르고 있었다. 스포트라이트가 그곳만 비추는 것 같았다.

5

우리는 기운이 빠져 텐트로 물러났다. 시시한 연극을 보느라 지쳤다. 모치즈키 선배는 창피를 당해 부끄러웠는지 말수가 급격히 줄어들고 말았다.

"모치."

에가미 선배가 캐빈*에 불을 붙였다. 아마도 몇 개비 안 남았을 것이다.

"들떠서 설익은 생각을 떠들긴 했지만, 기죽지 말고 다시 한 번 도전해 봐. 그나저나 나쓰오가 남들 앞에서 그런 식으로 말도 안 되는 소리를 하다니 의외였어. 그 녀석, 그거 진심이었나 보던데."

이미 모두들 한계에 다다른 게 아닐까? 아까 싸움도 나쓰오에

---

* CABIN, 담배 상표 - 옮긴이

게만 책임이 있지는 않다. 다카히코도 "혹시 너 아니야?"라는 한 마디에 울컥해서 달려들었겠지. 헤아려 보니 오늘로 이 산에 온 지 엿새째가 된다. 평범한 캠핑을 해도 슬슬 지칠 때다.

"에가미 선배, 난 범인을 찾아내고 싶어요." 모치즈키는 괴로운 표정으로 대답했다. "이런 상태가 계속된다면 미쳐 버리고 말 거예요. 분화는 멈출 수 없지, 산을 내려가려 해도 길이 없지. 이건 인간의 손으로는 도저히 어쩔 수가 없어요. 하지만 여기서 일어나고 있는 일련의 이해하기 힘든 사건은 생각해 보면 분명 풀릴 겁니다. 그래서 나름대로 지혜를 짜내고 있는데……."

"엘러리 퀸처럼 술술 풀리지 않을 뿐이구나." 오다가 말했다. 모치즈키는 진지했다. 지나친 선의의 해석일지도 모르지만, 아까 나쓰오도 마찬가지였을지 모른다. 나는 모치즈키 탐정을 응원하고 싶어졌다.

"아, 그래. 모치 선배, 저 아직 필름 남았어요. 이거 쓰세요. 현장 사진 찍으러 가요."

배낭에서 상자에 그대로 들어 있는 필름을 꺼내어 모치즈키에게 건넸다. 필름을 받아든 그는 텐트 구석에 두었던 카메라를 잡아당겼다. "어라?" 필름을 갈아 끼우려던 그의 손이 멈췄다.

"왜 그래요?"

"서른여섯 장을 다 쓰고 그대로 두었는데, 필름 카운터가 S로 되어 있어. 이상하네."

그는 다 찍은 필름을 되감으려 했지만 헛바퀴를 돌 뿐이었다.

"이것 봐."

의혹의 하루 255

"열어 봐."

오다의 말에 그는 카메라를 열었다. 역시 필름은 들어 있지 않았다. 모치즈키가 점점 더 미간을 찌푸리며 신음 비슷한 소리를 냈다.

"뭘 낑낑거리는 거야. 다 찍고서 필름 꺼낸 거 아냐?" 오다가 말했다.

"아니야." 모치즈키의 표정은 심각했다. "절대로 그런 일은 없어. 서른여섯 장을 다 찍고, 더 이상 새 필름이 없으니까 카메라 안에 든 필름을 꺼낼 리가 없지. 카메라에서 꺼내면 잃어버리기 쉽잖아. 이건 내 행동 원리이고, 실제로 어제부터 지금까지 그런 짓은 하지 않았다고 단언할 수 있어."

오다는 알았으니 됐다는 표정을 지었다. 이번에는 그 표정에 모치즈키가 화를 냈다.

"이상하잖아, 이상하지 않냐? 내가 찍은 필름을 누가 훔쳐간 거라고."

오다의 표정도 진지해졌다.

"그런 셈이…… 되는군."

"대체 어떻게 된 거야, 연달아 이상한 일들만 일어나네. 하지만 이건 생각해 봐야 할 문제야. 누가 무엇을 위해 그런 걸 훔쳐갔을까?"

"살인범의 소행일까요?"

내가 말하자 모치즈키는 당연하다는 듯, "그야 뻔하지. 범인에게 불리한 무언가가 내가 찍은 사진 속에…… 앗!"

"이번에는 뭐냐."

오다가 모치즈키의 기괴한 소리에 깜짝 놀란다.

"그거 그거, 그때 그거, 그거 아니냐?" 뭔 소리인지. "어제 쇼조 노래가 담긴 테이프 장난. 그 소란을 틈타 빼낸 거야. 나는 그때까지 한시도 떼어놓지 않은 건 아니지만, 줄곧 카메라를 들고 다녔잖아. 밤에는 나 혼자 텐트에 처박혀서 책을 읽고 있었으니 범인이 필름을 빼낼 찬스가 없었을 거다. 그래서 꾀를 내서 그런 소동을 일으켜 나를 텐트에서 끌어낸 거야."

"풋!" 에가미 선배가 웃음을 터뜨렸다.

"이거 상당한 지능범인걸. 어린애 눈속임 같은 트릭이지만, 모치가 틀림없이 속아 넘어갈 거라고 예상한 거로군. 누가 범인인지는 모르겠지만 난 그 녀석하고 마음이 맞을 것 같다."

"부장!" 모치즈키가 항의했다.

"화내지 마. 네가 엄청 단순한 인간이라는 소리가 아니라, 그냥 게임 도중에는 방심은 금물이라는 교훈을 얻었다는 거지. 아니, 살인 사건이 일어났는데 게임이라니 경박한가."

"게임입니다." 모치즈키는 고집을 부렸다. "이 게임에 승리하지 않으면 게임이 되고 만다."

"번역체 같은 말 쓰지 마라." 오다가 말했다. "그런데 범인이 그런 짓까지 해서 훔쳐 가고 싶었던 필름에는 뭐가 찍혀 있었을까?"

"글쎄."

"글쎄가 아니야. 뭘 서른여섯 장이나 찍어댔는지 기억해 봐.

혹시 그거 아닌가하고 짐작 가는 게 있겠지?"

모치즈키는 오다의 채근이 귀찮은 모양이었지만, 수첩을 펼치고 자기가 무엇을 찍었는지 기억을 들쑤셔 촬영한 순서대로 써 내려갔다.

1-3	분화하는 야부키 산
4-10	네 개의 텐트와 전경
11-14	도다 후미오 살해 현장 부근
15	다잉 메시지 Y(이전에도 같은 사진을 찍었다)
16, 17	전망대
18	해먹 부근
19, 20	화장실용 텐트 부근
21-24	개울과 그곳으로 이어지는 길
25	숲 속 화산탄
26	분연을 뿜어내는 야부키 산(낮)
27	쇼조를 찾는 부장, 오다, 아리스가와
28	쇼조를 찾는 다케시, 나쓰오
29	쇼조를 찾는 다카히코
30	쇼조를 찾는 유코
31	점심 준비를 하는 미카, 다쓰코, 마사키
32	점심 식사를 하는 루미, 리요
33	쇼조를 찾는 나쓰오
34	쇼조를 찾는 부장, 다카히코

35	숲 속의 모치즈키(아리스가와 촬영)
36	담배를 피우며 한숨 돌리는 다카히코

"이 정도야. 28, 29, 30 언저리는 순서가 바뀌었을지도 모르지만 피사체는 이게 다야. 특별히 대단한 걸 찍은 것도 아닌데, 과연 이 안에 범인이 찍히면 곤란할 게 있었을 것 같아? 찍은 본인도 전혀 짐작 가는 게 없는데."

나도 서른여섯 장의 사진에 대한 명세표를 쭉 훑어보았지만 특별한 점은 없었다. 물론 '쇼조를 찾는 누구누구', 이것만으로는 어떤 장소에서 어떤 모습을 하고 있는 사진인지, 또 그 배경에 무엇이 찍혀있는지 전혀 알 수 없다. 아무래도 그 점이 수상쩍다는 생각은 했지만, 스냅사진처럼 가벼운 기분으로 찰칵찰칵 찍어 댔으니 모치즈키 본인의 기억도 흐릿했다. 다케시가 팔짱을 끼고, 나쓰오가 저쪽을 찾아보자고 손가락질하는 사진이니, 유코가 V 사인을 하고 있는 사진이니 하는 것만으로는 아무런 의미도 없다. 물론 아닐 수도 있겠지만, 현상해서 남들이 보면 절대로 안 된다고 범인이 당황할 만한 사진이 찍힌 것 같지는 않았다.

"하지만 말입니다." 별다른 생각은 없었지만 힘을 주어 말해보았다. "범인에게 불리한 그 무언가가 상당히 확연한 형태로 찍힌 것 아닐까요? 왜냐하면 범인은 위험을 무릅쓰고 모치 선배의 필름을 훔쳐감으로써 이 놈, 카메라 앞에서 꼬리를 드러냈구나, 하고 곧장 의심을 샀으니 긁어 부스럼이나 다름없잖아요. 그래도 필름을 꺼내갔다는 사실은, 현상하면 바로 알 수 있는 치명적인 사진이라는 얘기일 겁니다."

"확연한 형태로 찍힌 사진이라."

찍은 당사자는 고민에 빠지고 말았다. 아무래도 안 되겠다.

좌우지간 참 영리한 범인이다. 실수를 저질러도 반드시 완벽한 사후 처리로 증거가 될 만한 단서를 남기지 않는다. 정확한 판단력과 실행력에, 운도 상당히 따르는 것 같다. 어느 녀석이지? 우리가 상대하고 있는, 보이지 않는 반상(盤上)의 적은 대체 누구일까?

"미스터리에서 종종 말이지," 오다가 우리 셋의 얼굴을 번갈아 보며 말했다. "멍청한 범인이 있잖아. 일생일대의 지혜를 짜내 밀실이나 알리바이를 만들고는 신이 나 있다가, 마지막에 그 트릭이 깨지면 진상이 줄줄이 전부 드러나서 자기가 범인이라는 게 들통 나는 녀석. 지금 우리가 상대하고 있는 건 그런 놈이 아니야. 날쌔다고 해야 할지, 빈틈이 없다고 해야 할지, 사건 속에 자기가 했다는 서명만 남기지 않으면 승리한 거라고 마음먹고 있는 것 같다. 이런 녀석의 꼬리는 어떻게 잡아야 하나."

사진인가. 범인은 분명 당황했을 것이다.

모치즈키가 우연히 찍은 무언가가 범인을 동요하게 만들었는데. 현상 한 번 해 보지 못하고 처분당한 그 서른여섯 장의 사진이 너무나 아쉬웠다.

요전에 모습을 드러내지 않고 상공의 재와 구름 저편을 배회하던 헬리콥터가 머릿속에 떠올랐다. 이 사건의 범인과 비슷하다.

6

야부키 산 상공은 분연과 열 기류 때문에 헬리콥터가 다가갈 수 없다는 라디오 소식과, 저녁 때 일어난 미진 때문에 우리의 공포는 극에 달했다.

"산을 내려가자. 살아날 길은 그것밖에 없어."

다카히코의 말에 모두들 매달렸다.

에가미 선배는 자기도 찬성이라고 운을 뗀 다음, 이렇게 말했다. "단, 오늘은 이미 해가 졌다. 하룻밤만 더 참고, 내일 아침을 기다리자. 해가 뜨면 바로 하산하기로 하고, 지금부터 그 준비를 하는 거야."

"싫어요." 유코가 새된 소리를 냈다. "더 이상 여기서 하루도 못 지내겠어요. 날이 샐 때마다 사람 수가 줄어들고 있잖아요! 게다가 또 분화가 터질 것 같아요. 지금 당장 터질지도 몰라요. 지금부터 일단 돌아갈 준비나 하자는 느긋한 소리를 할 때가 아니란 말이에요."

"저도 오늘 중으로 내려가는 편이 낫다고 생각합니다만."

"노부나가, 너까지 무슨 소리를 하는 거야." 모치즈키가 초조한 기색으로 반박했다. "그렇게 쉽게 내려갈 수 있을 턱이 없잖아. 몇 걸음 가지도 못해서 해가 지고 노숙하게 될 거다. 여기서 하룻밤 쉬고 출발하는 게 낫다는 걸 모르는 거야?"

"하지만……."

"어머, 모치, 내가 그렇게 어리석어?"

한차례 옥신각신한 후에 결국 에가미 선배의 말이 옳다는 결론이 나왔을 무렵에는 이미 해가 기울고 있었다.

"각자 짐을 최소한으로 쌀 것. 빈손에 가까울수록 좋다." 에가미 선배가 이제부터 해야 할 일을 하나하나 확인했다. "지도, 나침반, 도끼, 삽, 라디오, 의약품. 이것들은 필수 휴대품이다. 그리고 식량. 주먹밥이라도 해서 도시락을 만들어 두자."

"에가미 형, 잊으면 곤란합니다."

나쓰오가 옆에서 말했다.

"뭐가?"

"중요한 증거물 말입니다. 하산하면 곧바로 경찰에게 제출해야 하잖아요."

맞는 말이라는 반응을 하는 사람도 있거니와, 불쾌한 표정을 짓는 사람도 있었다. 나는 나쓰오 입에서 그 말이 나왔다는 사실이 약간 걸렸다. 아직도 다카히코에게 혐의를 두고 있는 것일까? 에가미 선배는 두말할 필요 없다는 듯 그와 눈길을 마주쳤지만, 입을 열지는 않았다.

"오늘밤 저녁 식사는 맛있는 걸로 해 줘."

다카히코가 미카에게 말하자, 그녀의 반응이 에가미 선배하고 똑같아서 괜스레 을씨년스러웠다.

"미카 언니는 누가 범인인지 알겠대."

유코가 깜짝 놀랄만한 소리를 했다. 반사적으로 돌아보니 그녀는 고개를 숙인 채로 정성스레 쌀을 씻고 있었다. 지금, 여기에는 나하고 그녀, 둘 밖에 없다.

"정말이에요?"

유코는 고개를 들었다. "응. 확실한 증거가 없으니까 어디 바보처럼-어머, 미안, 이건 미카 언니가 한 말이야-사람들 앞에서 자신 있게 연설할 수는 없지만, 줄곧 점찍어 둔 사람이 있대."

나는 혀가 꼬일 것 같아 숨을 한 번 들이쉬고 나서 천천히 물었다.

"그건, 누굴, 말하는 건가요?"

"그게 말이야, 말을 안 해 줘. 그런 중대한-중대한 정도가 아니지-정보를 독점하다니 말도 안 돼. 하지만 만약에 틀리면 미안하다는 말로 끝나지 않을 테니까 말 못하겠대. 범인을 알겠다고 한 것도, 나하고 둘이 있을 때 그만 말실수로 흘린 것 같았어. 낮에 설거지하고 있을 때."

"미카 누나가 하는 말도 일리가 있지만, 거기까지 들어 놓고 가장 중요한 범인 이름을 듣지 못하면 개운하지 않겠네요. ……

있지, 있잖아요. 그 얘기를 했을 때 미카 누나의 말씨 같은 데서 뭔가 감이 오는 건 없던가요? 예를 들면 범인은 남자라든가, 여자라든가."

유코는 다시 손으로 눈길을 돌리고 신경질적으로 쌀을 씻기 시작했다.

"그런 힌트는 전혀 없었어. 그냥 노마크인 사람이라고만 했어."

"노마크?"

"그래. 즉 이제껏 아무도, 요만큼도 의심하지 않았던 인물이라는 말이야. 모두들 그 사람한테서 눈을 돌리고 있다고 말했어."

설마, 그녀를 말하는 건가?

"그래서요?"

"그래서? 그래서라니, 그게 다야. 어머, 아리스 뭐니? 그렇게 미카 언니의 추리가 신경 쓰여? 추리소설연구회의 기대주가 너무 약한 소리하는 거 아냐?" 유코는 살짝 어이없다는 표정으로 말했다. "여 탐정 하루미 미카 여사의 추리를 커닝해서 선배님들께 보고하시려고? 아니면, 그렇게…… 무섭니?"

나는 대답할 말이 없었다.

마음의 여유가 필요했다. 연달아 싫은 일들을 보고 듣게 된 신세가 저주스러웠다.

"커닝할 생각 따윈 전혀 없어요. 단지 미카 누나의 새로운 설을 들어 보고 싶었을 뿐입니다. 진기한 설, 기상천외한 설이 다 나왔으니 다음번에는 어떤 추리가 나올지 흥미진진하거든요. 증거 같은 건 없어도 좋으니 겉핥기식으로라도 들어 보고 싶어라……."

"의외로 끈질기네, 아리스 너. 그래도 증거는 없다지만 미카 언니의 직감은 상당히 예리하니까-물론 나보다 훨씬 이론가지만-정답을 쏙 골라내지 않았을까?"

미카에 대한 적의가 화르륵 불타올랐다. 쓸데없는 소리를 했다가는 가만 두지 않겠어. 물론 그녀의 머릿속에 그려진 범인이 리요라고 정해진 것은 아니지만.

"아까 모치의 열성이 대단하던데, 다른 추리연구회 사람들은 무슨 생각 없니? 아리스는?"

네에, 있습지요. 새로운 설이. 입이 찢어져도 말할 수 없는 소름끼치는 추리가.

"별로 없어요."

누가 내려온다. 소문의 당사자인 미카여서 나는 긴장했다. 그 낌새를 느꼈는지 그녀는 조금 의아하다는 표정으로 나를 바라보았다.

"저녁밥 늦어질 것 같네요."

나는 본래의 역할을 떠올리고 물통에 물을 담았다.

하산 루트 탐색을 위해 원정을 나섰던 에가미 선배, 오다, 다카히코, 다케시 네 사람이 저녁 식사 준비가 끝날 무렵에 맞춰 돌아왔다. 해는 벌써 저물었다. 온몸에 흙먼지를 뒤집어쓰고, 나뭇가지에 긁혔는지 얼굴과 팔은 상처투성이에, 어디에 걸렸는지 옷이 찢긴 그 모습에서 악전고투의 흔적을 엿볼 수 있었다.

"방법이 있을 것 같아. 오늘 약한 지진이 몇 번 있었던 탓이겠지만, 아래쪽 상황이 또 바뀌었어, 좋은 쪽으로 말이야. 길이 없는 길을 더듬어 가야 하지만, 200미터쯤은 내려갈 수 있어. 그 앞은 어떻게 되어 있는지 보증할 수 없지만."

다카히코는 단숨에 쏟아 내고는 물통의 물을 들이켰다. 보고 내용에 은근히 '-지만', '-하지만'이 많이 들어간다.

"보고 오는 데 고생을 많이 한 것 같네요." 리요가 친구를 쳐다보며 물었다. "루나는 괜찮을까요?"

다카히코가 그 건에 대해서는 이미 의논이 끝났다는 듯 팔짱을 끼고 대답했다.

"업고서라도 데려갈 거야."

요 사흘 중 가장 성대한 저녁 식사를 마친 후, 지도를 펼치고 정찰대가 하산 작전 개요를 설명했다. 말이 좋아 작전이지, '무조건 뭐가 튀어나와도 뛰어넘어 똑바로 전진하자!'가 전부다.

"내일 이맘때는 산기슭에 있는 온천에라도 몸을 담그고 푹 쉴 수 있겠군. 깨끗한 유카타로 갈아입고 다다미 향이 나는 방에서 푹 자고 싶다."

"산기슭 온천은 다들 피난 가고 텅 비어 있지 않을까요, 오다 선생님?"

경제학부 선배들이 입씨름을 하고 있다. 모든 것은 내일 아침이 되어 봐야 안다.

지도를 손가락으로 짚어가며 이것저것 검토하고 있는 사람들. 지금은 그것마저 어딘지 모르게 한가로운 광경으로 보인다.

"변호사하고 벤은 두고 갈 수밖에 없겠네."

미카가 그렇게 말했을 때, 내 입에서 그만 가시 돋친 말이 튀어나왔다.

"너무 냉정한 것 아닌가요."

뜻밖의 말에 미카는 물론이고, 주위에 있던 몇몇도 깜짝 놀란 표정을 지었다.

"야, 아리스. 그럼 어떻게 하라는 소리야?" 나쓰오가 말했다. "다들 마음이야 두 사람의 시신도 함께 데려가고 싶지, 이런 곳에 버려두고 도망치고 싶겠어? 하지만 지금 이 상황에서 그게 과연 가능할지……."

백해무익한 비난이 나에게 쏟아졌다. 아무도 듣고 싶지 않은, 들을 필요도 없는 말. 나는 잠자코 그의 말이 끝나기를 기다렸다.

미카에게 덤벼들고 말았다. 괜한 시비다. '미카 언니는 범인을 알고 있다'는 유코의 말이 내 머릿속을 헤집어서 무의식적으로 미카에게 적의를 분출하고 만 걸까. 쓸데없는 짓을 하고 말았다.

"알겠습니다. 죄송합니다."

그렇다, 일단 사과하고 봐라. 네가 잘못했으니까. 나는 고개 숙인 내 모습을 남의 일처럼 관찰하고 있었다.

"저어," 마사키가 뒤편에서 끼어들었다. "저도 지금은 선배들의 시신을 두고 갈 수밖에 없다고 생각합니다. 하지만 하다못해 뭔가 유품을 대신할 수 있는 물건이라도 가져가면 어떨까요? 아니, 이건 제 기분 문제지만요."

몇 사람이 찬성했다. 나는 그런 건 아무래도 상관없다고 말하고 싶은 심정이었다.

"작은 게 좋겠다." 미카가 조용하게 말했다. "예를 들자면 후미오의 열쇠고리하고, 벤의 듀퐁 라이터 어때? 둘 다……." 그녀는 말을 잇지 못했다. "둘 다, 그 두 사람이, 항상 가지고 다니던 물건이니까……."

유코가 눈물을 머금고 고개를 주억거렸다. 다쓰코도 비통한 표정으로 다카히코와 마주보고 있다.

"좋아, 그럼 그렇게 하자." 에가미 선배가 말했다. "가져와, 피스."

다카히코가 일어서자 유코가 불러 세웠다.

"나도 갈래. 하지만 그 전에 꽃 좀 따올게. 오늘 아침 갈아 놓고 그대로 두었으니까……."

그녀는 바로 근처에서 나리꽃을 몇 송이 꺾어 왔다. 우리도 두 사람에게 짧은 이별을 고하기 위해 시체를 안치해 둔 텐트 앞에 줄지어 섰다. 유코가 꽃을 갈고 합장하는 뒷모습이 보였다. 이어 다카히코가 무릎을 꿇고 두 손을 모았다.

"잠깐 실례할게."

그렇게 말하며 가까이 있는 쓰토무의 면바지 주머니에서 라이터를 꺼냈다. 다음으로 후미오의 청바지 오른쪽 주머니에 손을 넣었다.

"어라?" 다카히코는 이상한 소리를 내더니, 주머니 안에서 무언가를 뒤적거렸다. 짤랑짤랑 열쇠가 맞부딪는 소리와 함께 열쇠고리가 나왔다. 하지만, 그가 꺼낸 것은 그게 다가 아니었다.

"으악!"

다카히코는 집어 든 그것을 내팽개쳤다. 무슨 일인가 싶어 쳐다보던 우리도 일제히 경악에 찬 비명을 지르며 뒤로 펄쩍 물러났다.

사람 손가락이었다. 길이나 모양으로 봐서 새끼손가락일 것이다. 아니, 틀림없다. 누구 새끼손가락인지도 분명했다. 그 손가락에는, 흑접패 부조로 장식된 플래티나 반지가 끼워져 있었던 것이다.

"쇼조의 손가락이다! 그 녀석 손가락!"

나쓰오가 여자 애들처럼 두 손으로 입을 가렸다. "그럴 수가……." 입을 가린 손가락 사이로 가녀린 목소리가 새어 나오고 있었다.

에가미 선배가 앞으로 나가 그 손가락을 조심스럽게 눈높이까지 집어 올렸다. 반지가 두 번째 관절 위에서 경직된 살에 박혀 있는 것을 확인한 다음, "쇼조의 손가락인가." 하고 말했다.

"그 녀석 손가락이 어째서 여기에?" 나쓰오가 여전히 손가락으로 입을 가리고 말했다. "어떻게 된 일이죠? 땅으로 꺼졌나, 하늘로 솟았나 싶었는데 이런데서 손가락만 튀어나오다니……. 에가미 형, 녀석은 대체 어떻게 된 겁니까?"

"살해당한 거야!" 유코가 까무러치는 목소리로 말했다. "역시 쇼조 오빠도 살해당했던 거야. 내가 말한 대로 제이슨이 어둠 속에서 덮친 거야. 손가락만 잘라 내다니, 어쩜 이렇게 잔인한 짓을!"

"칫, 제이슨 같은 건 없어!" 모치즈키가 단호하게 말했다. "여기에 있는 건 그런 호러 영화 속 괴물이 아니야, 우리의 적은 그런 놈이 아니야. 더 교활하고, 뭔가 복잡한 행동을 하는 놈이야. 그, 그, 즈, 증거로," 말을 더듬는다. "제이슨이 왜 죽인 사람의 손가락을 잘라 내 숨기겠어? 성냥불을 지피면서 손을 씻으러 강으로 내려가겠어? 내 카메라에서 필름을 빼가겠어?"

"필름?" 미카는 흘려듣지 않았다. "필름이라니 무슨 소리지? 누가 모치의 필름을 가져갔어?"

모치즈키는 화들짝 놀랐지만, "그래, 훔쳐갔어."라고 말하고 경위를 설명했다. 숨기고 있었던 게 아니라 말할 기회를 놓쳤다고 변명을 덧붙였지만, 추리연구회를 바라보는 다른 사람들의 눈초리는 비판적이었다.

다케시가 잘린 손가락을 눈짓으로 가리키며 입을 열었다. "그건 됐다 치고, 이 손가락도 가져가야겠군. 하지만 이것만 보고 쇼조가 살해됐다고 단정해도 될까? 그 녀석이 손가락을 잃었다는 사실 그 이상은 알 수 없잖아?"

나도 그렇게 생각했다. 에가미 선배도 그런 모양이다. 손수건으로 손가락을 둘둘 싸면서, "그렇지."하고 말했다.

"아아, 간 떨어지는 줄 알았다." 다카히코가 간신히 커다란 한숨을 내쉬었다. "설마 그런 곳에서 저런 게 튀어나올 줄이야."

"그러고 보니 소지품 검사 때 이 텐트에 있는 짐도 조사하기는 했지만, 시체 주머니까지 뒤져 보지는 않았으니까." 오다가 말했다.

　내 곁에서 모치즈키가 혼잣말처럼 뭐라고 웅얼거렸다.

　"왜 그래요?"

　"응, 나 말이야, 점점 더 모르겠다."

7

"아리스, 별 보러 가자."

나쓰오와 다케시가 부른다. 전망대에서 마지막 한 잔의 커피를 마시잔다. 마치 두 번 다시 못 만날 사람들하고 한 잔 하는 것처럼 거창한 표현이었다.

"영차."

나쓰오가 수풀 위에 책상다리로 앉아, 나란히 늘어놓은 컵에 뜨거운 커피를 따르며 말했다. "진해."

나는 침착할 수 없었다. 리요의 비밀을 훔쳐본 이 장소는, 결코 나에게 안정을 주지 않았다.

"많은 일들이 있었지만, 여기도 오늘밤이 마지막이야. 쇼조가 모습을 감추고, 두 사람이나 죽지만 않았다면 이별의 캠프파이어라도 하고 싶은데 말이야."

나머지 두 사람은 나쓰오의 말에 대꾸도 않고 컵에 손을 뻗어 음침하게 훌쩍였다. 나쓰오는 이상할 정도로 가뿐해 보였다.

"아직 아무것도 끝나지 않았어."

다케시가 나직하게 말했다. 커피가 너무 쓴 모양이다.

"나는 전부 끝난 일인 것만 같아." 미소 짓는 나쓰오의 모습은 상쾌해 보이기까지 했다. "아등바등 발버둥 쳐 봤자 결국 아무것도 할 수 없어. 닥쳐오는 일을 그대로 받아들이는 수밖에 없어. 시험 예상 문제를 찍고, 여자 애들 생일을 적어 두고, 금리가 다음 달부터 하락하니까 서둘러 정기예금 계좌를 만들고, 화재보험에 들고. 그래봤자 아무 소용없어. 모퉁이를 돌다가 차에 치일지도 모르잖아. 사람이 앞으로 어떻게 하고 싶다느니, 어떻게 된다느니, 그런 생각을 하는 건 이상한 일이야. 안 그래?"

"체념의 경지에 이르렀냐." 다케시가 말했다. "결심 한 번 잘한다."

"죽을 각오가 되어 있다는 말이 아니야. 생각해 보면 지금까지, 뭐 기껏해야 이십일 년이지만, 영문도 모르고 조종당해 왔다는 생각이 들어. 우리가 내일 어떻게 될 지는 우주가 창조된 그 옛날에 이미 결정된 사항일지도 몰라. 지금은 조종당하지 않아도 되는 거야."

"신성우주중앙위원회가 그런 세세한 일까지 의결하고 있는 걸까."

"엉?" 내 혼잣말을 듣고 나쓰오는 되물었다.

"오늘밤이 이 세상에서의 마지막 밤이 될지도 모르니까, 한 가지 확인해 두고 싶어."

다케시가 묘하게 심각한 얼굴로 말한다. 입가에 컵을 든 채로 시선은 허공에 못 박혀 있었다.

"나를 제외한 다른 사람들은 정말로 실존하는 걸까? 내가 살고 있는 이 세상은 내가 생각하고 있는 그런 세상일까?"

다케시가 무슨 말을 하고 싶은 건지 몰랐지만, 우리는 귀를 기울였다.

"나는 어렸을 때부터 궁금했어. 지금까지 남한테 말한 적 없는, 시시한 의문이지만. 어렸을 때, 밖에서 돌아와 우리 집 문을 여는 순간, 나는 항상 지나가던 사람들의 눈길이 일제히 나를 향하는 것을 느꼈어. '아아, 저 아이는 이 집 아이로구나' 하고 지나가던 사람들이 몇 명이나 동시에 그렇게 생각하는 것도 느꼈어. 자의식 과잉일까? 그럴 수도 있겠지만, 나는 그게 정말 쑥스러웠어. 부끄러웠지. 그래서 내 뒤에서 누가 걸어오고 있으면 발걸음을 늦추어서 그 사람들을 보내고, 문 여는 소리가 들리지 않을 정도로 멀리 가면 집에 들어오곤 했어."

아직도 다케시가 무슨 이야기를 하고 싶은 건지 감을 못 잡겠다.

"나는 밖에서 집으로 돌아오는 데 그만큼이나 신경을 썼다는 말이야. 하지만 어느 순간, 문득 깨달았어. 지나가는 사람들이 몇 번이고 몇 번이고, 내가 집에 들어오는 순간을 보면서 '저 아이는 이 집 아이구나' 하고 생각할 때마다 피곤했지. 하지만 정작 나는 내 앞을 걸어가는 사람이나 저편에서 걸어오는 사람이 내 눈앞에서 주변에 있는 집으로 들어가는 모습을 본 기억이 없는 거야. 흠칫 놀라 소름이 끼쳤어."

다케시의 눈에는 지금도 곤혹스러움과 회의에 찬 빛이 감돌고 있었다.

"나 혼자만 배우인 게 아닐까? 다른 녀석들은 극중의 통행인 A, B, C인 게 아닐까? 주인공인 나만 이 연극에 계속 출연하고 있고, 같이 출연한 아버지나 어머니, 여동생, 학교 선생님이니 친구니 하는 녀석들은 연극이 끝나면 무대 뒤에서 한숨 돌리면서 자기네들끼리 다음 출연작에 대한 의논을 하거나, 담소를 하고 있는 게 아닐까?"

"종종 있는 일이야, 그런 공상은 흔해. 나도 중학생 때 그랬던 적이 있어."

나쓰오는 공감하겠다는 듯 미소를 지었지만, 다케시는 진지했다.

"내 의문은 아직도 완전히 풀리지 않았어. 정말로 다들 조종당하고 있는 걸까? 나 혼자만 끝없이 출연하고, 조종당하고 있는 게 아닐까?"

이마에 무엇이 느껴졌다. 형태 있는 존재가 아닌, 바람도, 온도도 아닌 무언가를 느끼고 하늘을 바라보자, 그곳에는 달빛만이 존재했다.

"연극이 싫으면 그만두면 돼. 하고 싶지도 않은데 애쓸 이유 없지. 스토리를 짜내려고 고심할 필요도 없어. 주인공인 네가 주저앉아 버리면 연극이 어떻게 될지, 한 번 보라고. 그만둬 그만둬, 그만둬 버려."

나쓰오는 이를 드러내고 어울리지 않게 흉측한 얼굴로 웃었다.

당치도 않게 광인(狂人)들의 티파티가 되고 말았다. 이상한 나라의 앨리스인가. 이제 그만 좀 하지. 아직 달의 지배를 받고 있는지도 모르겠다.

부스럭거리는 소리가 나더니 에가미 선배가 등장했다.

"한 잔 하실래요? 아직 있습니다."

커피를 권하는 나쓰오에게 부장은 가볍게 고개를 저었다.

"벌써 10시가 다 되어가. 그만 가서 자는 게 나을 텐데."

에가미 선배의 머리카락이 한들거리더니, 이어 나뭇가지에 매달린 잎들이 울었다. 달빛에 안색이 창백하다.

"그렇군요, 내일은 힘들 테니까."

나는 그렇게 말하며 두 사람의 반응을 살폈다.

"에가미 형." 나쓰오가 입을 열었다.

"응?"

"범인은 더 이상 피로 손을 더럽히지 않을까요?"

나쓰오는 아직도 희미하게 웃고 있었다.

"아니."

"어째서요?"

에가미 선배는 고개를 홱 돌렸다.

"다시 말하지. 모르겠어."

나쓰오는 말없이 병과 컵을 들고 일어섰다.

"렛 잇 비, 그렇죠?"

비틀즈의 노래를 흥얼거리는 나쓰오를 따라 우리는 마을로 돌아갔다.

지금 있었던 일은 대체 뭐였을까? 괜히 불안만 커졌다.

리요. 리요가 서 있다. 텐트 앞에 리요가 서 있다.

"여."

나쓰오가 손을 슬쩍 들었다. 우리는 그녀 곁을 지나쳤다.

"빨리 자."

에가미 선배가 말을 걸자 그녀의 입에서 작은 소리가 새어 나왔다. "저어." 에가미 선배와 내 발이 동시에 멈췄다.

"왜 그러지?"

그녀는 순간 망설이다가, 터져 나오려는 말을 집어삼키고 다른 말로 바꾼 것 같았다.

"아뇨, 아무 것도 아니에요. 그만 잘게요. 안녕히 주무세요."

네 사람이 저마다 "잘 자." 하고 대답했다.

다들, 의외로 빨리 꿈나라에 빠져든 것 같았다.

8

AM 03:00. 산은 불을 토했다.

제5장
하산의 시간

1

아직 살아 있다.

분화는 잠시 소강상태에 접어들었는지 조용해졌다.

나는 나무를 붙들고 일어섰다. 전신에 분노가 가득했다. 이렇게 나와 리요, 우리 모두를 괴롭혀 놓고, 또다시 탐욕스럽게 또다른 희생자를 요구하는 이 산, Y에 대해 미칠 듯한 분노가 치밀어 올랐다.

"나는, 여기를 내려갈 테다······."

턱까지 흘러 마르고 있는 코피를 훔치며 걸었다.

"······아리스······."

깜짝 놀라 소리가 나는 쪽을 향했다.

"리요? 거기 있어?"

울먹이는 소리가 "아리스." 하고 다시 나를 불렀다.

"거기로 갈 테니 가만히 있어!"

나는 힘껏 소리치고 기는 속도로 전진했다. 어둠 속에서 리요의 오라가 나를 인도해 주었다. 리요가 뻗은 손과, 내가 뻗은 손끝이 맞닿았다.

"아아, 아리스, 무서워."

리요가 내 가슴에 파고들었다. 나는 그녀의 머리카락에 얼굴을 파묻고 짧게 말했다. "괜찮아." 두 어깨에 그녀의 손톱이 아프도록 파고들었다. 그녀가 살아 있다는 감촉이 전해져 와, 나는 희미하게 웃음 지으며 가려린 어깨를 쓰다듬었다.

"이제 이걸로 끝이겠지? 한동안은 분화하지 않겠지?"

"모르겠어."

"⋯⋯지금 몇 시일까⋯⋯."

눈에 힘을 주고 손목시계의 숫자판을 읽었다. "3시 40분."

그녀는 아직 멀리 있는 새벽녘에 한숨지었다.

"루나는 어디 있어? 무사해?" 걱정이 되어 물었다.

"에가미 오빠가 업고 달려갔어. 반대쪽 숲으로 도망친 것 같아."

"이 부근에는 아무도 없나 봐. 엉뚱한 방향으로 온 건 아닐까?"

"엉뚱한 방향이고 맞는 방향이고 없어. 다들 이 산에 매달려 있으니까."

우리는 그 자리에 주저앉아 둥치에 기대어 침묵했다.

"이렇게 될 줄이야."

무심코 안 해도 좋을 말을 했다. 얼굴이 보이지 않으니 오히려 더 리요의 반응이 신경 쓰였다.

"아리스, 누가 살인범일 것 같아?"

나는 그녀의 말에 깜짝 놀랐다. 이게 지금, 사선 위에 있는 사람이 할 말인가?

"어째서 그런 말을 하지? 지금은 어떻게 살아남을 건지만 생각하면 돼."

"나는 알고 싶어!"

그녀는 단호하게 대꾸했다. 나는 말문이 막혔다.

"누가 범인인지 분명하게 알고 싶어! 그래서 누가 범인이 아닌지를 알고 싶은 거야. 누구의 말과 행동, 웃음이 진실이었고, 누가 거짓이었는지 알고 싶어. 그걸 모르면 모두들 잿빛 안개에 가려 정체를 알 수 없는 존재가 되어 버리는 걸!"

리요는 누군가를 의심하고 있다. 그녀의 초조함의 원인은 그것이다. 그렇다면, 그녀는 범인이 아닌가? 그럼 누구를 의심하고 있지? 나?

"리요, 너는 어떻게 생각하지?" 나는 그녀를 몰아세웠다. "그러는 너는 누가 범인이라고 생각하지? 시원하게 말하면 어때? 이런 때에 그런 걸 묻는 이유는 나를 믿기 때문이야, 아니면 의심하기 때문이야?"

"아리스!"

리요의 목소리는 거의 비명에 가까웠다. 지금 나는, 불안의 구렁텅이에서 나락을 들여다보고 있는 그녀의 등을 밀어 버린 것이다.

"말 해, 리요."

"아리스, 그건 말도 안 되는 오해야. 난, 나는 맹세코 아리스는 의심한 적 없어. 사람이 죽어 나가는 소설을 사랑하는 아리스네 선배를 수상쩍게 생각한 적은 있었어. 요 사흘 동안, 살인 게임이라는 걸 이곳에 가져온 사람들을, 불쾌하게 생각했던 적은 있었어."

"리요!"

"들어 줘, 아리스." 그녀는 어깨를 잡으려던 내 손을 뿌리쳤다. "하지만, 그건 히스테리야. 아리스나 에가미 오빠를, 진심으로 범인일지 모른다고 의심했던 적은 단 한 번도 없어. 나는, 나는……."

"그만 됐어. 이제 됐어."

리요는 다시 울음을 터뜨렸다.

"죽는다 해도…… 그 사람 말고 다른 사람들은…… 좋은 사람들이었다고…… 그걸, 나는 알고 싶어……."

그녀는 힘겹게 말을 이었다. 육체의 통증은 잦아들었지만, 이번에는 마음이 상처를 입고 욱신거렸다.

나는 보이지 않는 그녀의 얼굴을 들여다보았다. 흐느끼는 소리만 들려올 뿐, 대답은 없었다.

"어이, 무사하냐! 무사하면 뭐라고 말 좀 해 줘!"

다카히코다. 목이 터져라 비장하게 외치고 있다. 그러자 기쁘게도, 저 멀리서 에가미 선배의 대답이 돌아왔다.

"에가미하고 루나는 무사하다. 다들 이제 괜찮으니 나와!"

"가자." 리요가 내 손을 잡아끌었다. 어깨에 격렬한 통증을 느낀 내가 신음하자 그녀는 깜짝 놀라 손을 멈췄다.

"아리스, 다친 거야?"

"아니, 괜찮아. 못 걸을 정도는 아니야."

나는 어깨가 아프지 않도록, 조심스럽게 걸음을 뗐다. 리요는 내 팔꿈치를 손으로 받치고 걸음을 맞춰 주었다.

숲을 빠져나왔지만, 화산재가 또다시 별이 총총했던 밤하늘을 뒤덮어 마을도 어둠 밑에 가라앉아 있었다.

에가미 선배가 우리를 보고 달려왔다. 과장스러운 아리스 부상병의 모습에 당황한 것이다.

"어디를 다쳤어?"

"넘어졌을 뿐이에요. 한동안 가만히 있으면 나아요."

"뼈는?"

"아무렇지도 않아요. 어깨하고 옆구리에 타박상을 입은 것뿐이에요."

부장과 리요 두 사람의 어깨에 매달려 광장 중앙에 도착했다. 모여든 얼굴들을 둘러보니 두세 명 부족한 것 같았다.

"나쓰오하고 유코만 오면 됩니다."

다카히코가 말하자 에가미 선배는 사방에 대고 큰 소리로 두 사람의 이름을 불렀다. 잠깐 불길한 정적이 흘렀으나, 이윽고 의외로 가까이서 대답이 돌아왔다.

"나쓰오? 어디야?"

"여깁니다. 와 주세요!"

북쪽이다. 에가미 선배는 납작하게 찌그러진 텐트로 기어 들어가 회중전등을 가지고 나왔다. 그리고 불을 켜고 휘두르면서 소리가 나는 쪽으로 향했다.

"그냥 기절한 겁니다." 나쓰오의 목소리가 들린다. 에가미 선배가 의식이 없는 유코를 업고 돌아왔다. 나쓰오는 뺨에 기다란 상처를 입었지만 제 발로 걸어서 뒤를 따라왔다.

쇼크로 기절했을 뿐인 듯, 상처는 없어 보였다. 에가미 선배가 등에서 내려놓고 뺨을 몇 번 톡톡 쳐서 정신을 차리게 했다.

"분화는 진정됐어. 다들 무사히 여기에 있다."

에가미 선배가 조용하게 말하자 유코는 조그맣게 고개를 끄덕였다.

"지금 몇 시인지 아는 사람?"

에가미 선배는 손목시계가 망가졌나 보다. "4시입니다." 다카히코의 대답에 부장은 짤막한 휘파람을 불었다.

"기운 빠지는군. 한 시간 후면 해가 뜬다. 다 같이 여기를 내려가는 거다. 편한 길은 없다. 지금 부상당한 사람도 있는 것 같지만 멀쩡한 사람들이 둘러업고서라도 다 함께 내려간다. 앞으로 한 시간, 여기서 기다리자."

"네!"

유코가 반쯤 우는 얼굴로 웃어 보이며 주먹을 치켜들었다. 가장 맥없이 뻗어 있는 사람은 나다. 부끄럽다.

"좋다, 지금부터 모닥불을 피우자. 첫날 캠프파이어보다 더 화려하게 새빨간 모닥불을 지피는 거야. 그 불을 둘러싸고 노래라도 부르면서 날이 밝기를 기다리자. 춤추고 싶은 사람은 추도 록."

"땔감 주워 올게요." 다카히코가 말했다.

"회중전등을 들고 대여섯 명이 한 덩어리로 가. 절대로 두 사람 이하가 되면 안 된다."

에가미 선배가 당부했다. 다섯 명이 땔감을 모으러 출동했다.

"에가미 오빠, 저 약 좀 가져올게요."

리요가 내 곁을 떠나고 말았다. 정도의 차이는 있지만 어두운 숲 속에서 다들 상처를 입었다.

그녀는 구급상자를 끌어안고 나에게 가장 먼저 와 주었지만, 나는 필요 없다고 사양했다. 누워 있었더니 많이 편해졌다. 리요 는 이어서 루미에게 다가가 다리의 붕대를 갈아주었다.

한참 만에 다섯 명이 돌아와 굵은 땔감을 산처럼 쌓아올렸다. 에가미 선배와 나쓰오가 갖고 있던 책과 일기장을 찢어내 불을 붙여 땔감 속에 던져 넣었다.

"타올라, 타올라라."

나쓰오가 헛소리처럼 중얼거리는 사이에, 불은 둘러앉은 우리 의 얼굴을 밝게 비추기 시작했다. 캠프파이어 때와 마찬가지로 환성, 박수, 그리고 휘파람이 오갔다. 얼어붙은 공포가 점차 삭 아 들었다. 이렇게나 불에 감사했던 적은 없었다.

"따뜻해."

손을 쬐고 있던 유코가 말했다. 생긋 웃는 얼굴이 귀여웠다.

에가미 선배는 활활 타오르는 모닥불을 만족스러운 표정으로 바라보고 있었다. 이거 참, 멋진 아이디어였습니다, 부장.

"누가 노래 좀 해 봐."

다카히코가 말했지만 지원자가 없다. 이런 때 무슨 노래를 부르면 좋을지 모르겠다는 얼굴도 있었다.

"리퀘스트를 할까?" 에가미 선배가 말했다. "워크 멤버하고 나쓰오 그룹이 같이 유린 대학 교가 제창, 어때? 간사이 팀이 들어줄 테니까."

"교가? 나 모르는데."

"어머, 피스, 반역자." 유코가 놀린다.

"어차피 할 거면 신나게 응원가 부르지 않을래? '빅토리 유린.'"

나쓰오의 제안에 유코가 찬성했다. 협의 결과 응원가가 채택되었다.

"간다!" 나쓰오가 소리쳤다. "아인, 츠바이, 드라이!"

　　　젊은 피는 벌써 불타오르네
　　　우리 앞에 적은 없다
　　　전장의 들판에 불어오는
　　　바람도 노래하네 우리의 승리

꽤 활기를 되찾았다. 오다가 손뼉을 치며 웃었다. "대단한 노래다!"

"못 당하겠지? 그래, 그쪽은 뭘 부를래?"

나쓰오의 재촉에 에가미 선배는 어험, 하고 헛기침을 하며 우리에게 곡목을 지시했다. 나도 혼자 힘으로 일어섰다. "'괴기대작전' 부르겠습니다!"

그렇게 말한 오다가 갑자기 비명을 질렀다. 그게 오프닝이다.

어둠을 찢어발기는 수상쩍은 비명
누구야, 누구야, 누구야
악마가 오늘밤도 설쳐 대는가
EMC EMC 수수께끼를 뒤쫓아라
EMC EMC 괴기 현상을 밝혀내라
Let's go!

단순히 왕년의 TV 드라마 주제가의 일부를 EMC로 개사한 곡이다.*

"들을 때마다 느끼는 거지만, 멍청해 보여서 좋다."

다카히코도 어쩔 수 없는 녀석들이라는 듯 폭소를 터뜨리고 있다.

리요와 루미가 둘이서 교가를 부르는 모습이 안쓰러워 보여 추리연구회가 엉터리 백 코러스로 가세했다.

에가미 선배의 연출은 대성공이었다. 다들 기운을 되찾은 것

---

* 울트라맨 시리즈로 유명한 쓰부라야 프로덕션이 제작한 특수 촬영 범죄 드라마 '괴기대작전(1968)'의 '공포의 거리'라는 주제가로, EMC 부분의 원래 가사는 SRI(과학수사연구소, Science Research Institute)이다 – 옮긴이

같았다. 당사자인 에가미 선배는 잡담을 하는 와중에도 남들이 눈치 못 채게 때때로 동녘 하늘에 눈길을 주며 희미한 빛이 찾아 들기를 기다리고 있었다. 4시 25분. 이제 조금만 더.

"아리스, 괜찮아?"

리요가 다가와서 말했다. 나는 두 어깨를 가볍게 휘둘러 보였다.

"아직 약간 아프지만 이제 괜찮아. 고마워."

순간, 우리의 시선이 얽혀 들었다. 그러자 그녀는 눈길을 떨어뜨리며 고개를 숙였다. 내 눈을 똑바로 바라보지 못하겠다는 듯이.

잊고 있었던 그녀에 대한 의혹이 또다시 내 마음에 그림자를 드리웠다. 그렇다, 아까 숲 속에서 나는 연속 살인범에 대해 말하라고 그녀를 다그쳤었다.

"아까 하던 얘기, 마저 하지 않을래?"

"에?" 리요는 시치미를 떼며 이상한 소리를 냈다. 무슨 얘기를 했더라? 고개를 갸웃거리는 모습을 보니 그녀를 추궁하려던 기력이 급속하게 시들었다. 만일 리요를 몰아세우게 된다면, 내가 빼어든 검은 그 칼날의 방향을 바꿔 나에게 치명상을 입힐지도 모른다는 걱정이 들었다.

리요를 믿지 못하는 내가 이상하고, 이해할 수 없었다. 리요가 그런 상황에서 누가 범인일 것 같냐고 묻는 것이 마음에 걸린다. 그저, 리요가 살인범이라는 사실을 알게 되면 나는 전력을 다해 그것을 은폐할 거라는 상상만은 할 수 있었다.

"땔감이 더 필요해. 부족하다."

에가미 선배의 호령에 다카히코, 나쓰오가 달려갔다. 모닥불은 높이 불똥을 튕기며 기세 좋게 타오르고 있었다. 모닥불을 둘러싸고 분화 때 누가 이러저러한 멍청한 행동을 했느니, 누구는 이런저런 추태를 부렸느니, 농담 반 진담 반의 독설 전쟁이 붙었다. 남 얘기에 웃고, 자기 얘기로 웃음을 사는 동안에 시계 바늘이 5시를 넘어섰다.

에가미 선배가 동녘 하늘을 가리켰다. 길게 드리워진 구름이 보랏빛으로, 황금빛으로 물들며 새벽이 찾아왔다.

"다들 잘 견뎠어."

다카히코가 한숨을 깊게 내쉬며 말했다. 어둠의 잔재가 아침 햇살의 진군에 후퇴한다. 세상이 바다 속처럼 푸른빛을 띠었다. 침몰하는 배처럼, 달이 퇴장했다.

"태양이 떠오를 때까지 조금만 더 참자." 에가미 선배가 말했다. "그냥도 위험한 길이니, 체력 회복을 기다리는 게 좋아."

이윽고 땔감도 동이 나고, 그 후로도 잠시 연기를 내고 있었던 모닥불은 역할을 다하고 꺼졌다. 휴식을 취하는 짧은 시간은 어려운 하산에 대한 각오를 다지는 시간이기도 했다. 다들 말수가 줄어들었다. 우리는 고립된 우주가 되어 시간을 흘려보냈다.

6시. 에가미 선배는 출발을 알렸다.

각자 짐을 최소한으로 줄이고, 어제 만들어 둔 주먹밥 식량을 배급받았다. 선두를 맡은 다카히코가 텐트로 기어들어가 삽과 손도끼를 가져왔다. 마사키는 목에 라디오를 걸었다. 나쓰오가 한밤중의 소동으로 잃어버린 지팡이 대신 나무 막대기를 찾아와 루미에게 건넸다. 준비는 끝났다.

　출발 구호는 없었다. 에가미 선배와 눈짓으로 신호를 주고받은 다카히코는 말없이 걸음을 떼어 놓았다.

　지팡이를 짚고서라도 가능하면 자기 발로 걷겠다는 루미를 부축하기 위해 추리연구회가 후방을 지켰다. 리요는 루미에게 달라붙어 의식적으로 나와 눈을 마주치기를 꺼려하는 듯했다. 루미의 걸음은 마침 나한테도 딱 좋은 속도였다. 오다가 옆에서 말해 주었다. "쓰러지면 부축해 줄게."

　"젊은 피는 벌써 불타오르는네."

　에가미 선배가 앞을 향해 '빅토리 유린'을 부르기 시작했다. 잠시 후, 그것은 합창으로 되돌아왔다.

2

첫 번째 분화 직후에 내려가 보았던 지점까지 다다랐다. 한 시간이 걸렸다. 나흘 전 보았을 때에는 토사가 길을 막고 있었지만, 지금은 거대한 주걱으로 그 부분을 깎아낸 것처럼 산의 불그스름한 지표가 그대로 드러나 있었다.

"어제하고 또 모양이 다르네요."

오다가 에가미 선배에게 살짝 귓엣말을 했다.

"여기는 썰매 타듯 내려갈 수밖에 없겠군." 다케시가 아래쪽을 가리켰다. "40-50미터는 타고 내려가야겠어. 높이로 치면 30미터는 되려나."

"아하, 내림각(俯角) 30도로군요." 마사키가 말했다.

아래를 보니 붉은 사면은 처참히 갈라진 산길에 가로막혀 끝나 있었다.

"신경 써서 속도를 줄이지 않으면 저기서 멈추지 않고 아래쪽까지 굴러 떨어질 거야."

다카히코가 까다롭다는 듯 얼굴을 찌푸렸다.

로프를 사용하기로 했다. 선두를 맡은 다카히코부터 내려갔다. 위에서는 남은 사람들이 로프를 꽉 붙들고 있다. 두 번째가 마사키. 무사히 아래쪽 길에 도착한 두 사람은 로프를 끌어 팽팽하게 당겼다. 남자 둘이 교두보를 쌓자 여자들이 뒤를 이었다. 로프를 붙잡고 다섯 명의 여자들이 모두 내려가기까지 30분이 걸렸다.

"다음, 아리스 가라."

에가미 선배가 로프를 쥐여 준다.

"괜찮아요. 저는 마지막이라도 상관없어요."

"너는 절대 마지막으로 내려갈 수 없으니 가라는 거야. 마지막은 아무도 로프를 잡아줄 사람이 없으니까."

"네." 나는 작은 목소리로 대답하고 내려가기 시작했다. 어깨가 아파서 힘을 쓰지 못하겠다. 중간부터 주저앉아 미끄럼을 탔다.

"야야, 온다!"

다카히코의 고함소리가 들린다. 나는 양쪽 발꿈치로 브레이크를 걸었지만 메마른 모래가 허락하지 않았다. 속력이 더 붙은 내몸은 버티고 선 다카히코의 가슴에 처박혔다.

"큭!"

명치를 걷어차인 다카히코가 신음했다. 그를 떠받치고 있다가 충격에 버티지 못하고 뒤로 날아갈 뻔한 유코를 마사키가 필사적으로 끌어당겼다.

"괜찮아?"

유코는 머리 위에 쏟아지는 사람들의 목소리에 주저앉은 채 엄지손가락을 세워 대답했다.

"……죄송합니다."

다카히코가 씨익 웃었다. "너, 프로레슬링 연구회도 겸하고 있는 것 같다?"

보고 있으려니 수명이 줄었다는 듯 리요가 한숨을 깊이 내쉬었다.

사람들을 긴장시킨 것은 나 한사람뿐이었다. 다른 사람은 무난하게 내려왔고, 마지막으로 에가미 선배는 로프를 밑으로 던지더니 삽을 등산지팡이로 사용하면서 솜씨 좋게 내려왔다.

내려온 길을 올려다보면서 마사키가 누구에게랄 것 없이 말했다.

"이제 돌아갈 수 없습니다."

토사에 파묻히고 쓰러진 나무가 가로막고 있는 길을 쉬지도 못하고 더듬어 가야 했다. 에가미 선배와 오다가 어깨에 루미를 부축했고, 루미의 지팡이를 든 리요가 뒤를 따랐다. 나는 모치즈키의 도움을 빌어 맨 뒤에서 따라갔다. 이윽고 오른편은 깎아지른 절벽, 왼편 아래쪽에서는 계곡을 흐르는 물소리가 들려왔다.

앞쪽에서 가던 나쓰오가 비스듬히 쓰러진 나무줄기를 옆쪽 수풀 속으로 치우자 그것은 소리도 없이 아득히 떨어지는 것 같았다. 그는 수풀을 헤치고 들여다보고는 슬쩍 웃었다.

"하하, 이 길 아래는 처마 모양이네."

얼마 가지 않아 행렬이 멈췄다.

"어이, 왜 그래?"

모치즈키가 선두에게 묻자 다카히코가 대답했다. "밀지 마!" 다들 무슨 일인가 보려고 조심스레 앞으로 나가보았다.

길이 무너져 내려 10미터가량 끊겨 있었다. 바로 앞에 가야 할 길이 보이는데, 다리가 쓸려 내려간 강가에 나온 것이나 마찬가지다. 우리는 우뚝 멈춰 설 수밖에 없었다. 수직으로 잘려 나간 아래를 훔쳐보니 강이 보였다. 바람이 밀려 올라온다.

"오도 가도 못하게 됐어……."

유코가 울음을 터뜨리려하자 다쓰코의 얼굴도 덩달아 일그러졌다.

"이쯤이야 어떻게든 될 거야."

다카히코가 가슴 주머니에서 피스 갑을 꺼냈지만 텅 빈 것을 알고는 구겨 버렸다. 에가미 선배가 말없이 캐빈을 갑째 건넸다.

"미안합니다. 자, 들어봐, 우선 내가 로프를 들고 건너겠어. 오른쪽에 폭이 20센티미터쯤 되는 길이 남아 있으니 나라면 건너편까지 갈 수 있어. 그러면 저편에 보이는 나무에 로프를 감을 테니 나머지 사람들은 그걸 붙들고 건너면 돼."

"그만둬, 위험해!"

다쓰코는 이야기만 듣고도 겁을 집어먹었다. 다카히코가 그녀를 윽박지르려는 것을 나쓰오가 말렸다.

"내가 갈게. 너무 마누라한테 걱정 끼치지 마."

"바보, 나는……."

"넌 두 번째로 와라. 그리고 뒤에 오는 녀석들 끌어당기는 걸 도와줘."

그렇게 말하며 한걸음 내딛은 나쓰오의 어깨를 누가 붙잡았다. 다케시였다.

"날 보내 줘."

"무슨 소리야, 됐어, 괜찮으니까."

"빨리 내려가고 싶다. 밑에서 샐리가 기다리고 있어."

그는 나쓰오가 손에 들고 있던 로프를 낚아채 입에 물고 위험한 길에 맞섰다.

"조심해." 나쓰오가 작게 말했다.

그는 절벽에 들러붙어 천천히 걸음을 내딛었다. 왼쪽 발을 앞으로. 오른쪽 발을 왼쪽 발에 붙인다. 그리고 왼쪽 발을 앞으로. 오른쪽 뺨을 절벽에 찰싹 붙이고 있는 다케시의 표정은 보이지 않았지만, 고통으로 일그러져 있지 않을까.

"힘내!"

"쉿!" 응원을 보내려는 유코에게 나쓰오가 집게손가락을 세웠다.

중간까지 그리 위험하지 않게 나아간 다케시였지만, 난관에 부딪혔다. 그나마 조금 남아 있던 길이 가운데에 이르러 2미터가량, 폭이 반으로 깎여 있는 것이다. 심술궂은 형상이다.

"안 되겠으면 돌아와." 나쓰오가 자그마한 소리로 말했다.

다케시는 암벽을 더듬어 얼마 있지도 않은 돌기에 손톱을 박으며 슬금슬금 나아갔다. 뒤꿈치는 여전히 공중을 밟고 있다. 열

두 명이 숨죽이고 바라보는 가운데 난관을 통과한 그는 눈 깜짝할 새에 남은 길을 건넜다.

"잘하는데, 다케시."

"멋졌어!"

히어로는 칭찬하는 목소리에도 귀를 기울이지 않고 다카히코가 점찍은 나무에 로프를 묶는 작업을 시작했다. 다들 모르고 있나? 다케시가 다리를 만들어 주는 것은 아니니까 너희들도 이제부터 그와 같은 길을 가야하는 거야.

암벽을 따라 로프를 쳤다. 모치즈키, 오다가 허리를 굽히고 그 끝자락을 팽팽하게 잡아당긴다.

"다케시가 갔을 때보다는 훨씬 안전해. 발을 헛디뎌도 저 로프만 쥐고 놓지 않으면 괜찮아."

타이르듯 말하는 에가미 선배에게 미카가 진지한 얼굴로 대답했다. "기껍지는 않은걸요."

"에가미 오빠, 저는 할 수 있어요." 리요가 호소했다. "하지만 루나는 어쩌면 좋아요?"

에가미 선배는 루미의 어깨에 가만히 팔을 둘렀다.

"업고 가지."

"그만두세요, 에가미 오빠." 루미가 어깨에 얹힌 손을 잡으며 말했다. "그렇게 위험한 짓은 그만두세요. 저 무겁다고요."

"그렇게 보이지는 않는데."

"아뇨, 꽤 나가요."

"몇 킬로그램?"

우물거리는 루미를 보고 에가미 선배는 웃었다.

"안 걸려드네. 여자의 일급비밀인가."

"농담은 그만두세요. ……전 여기 남아 구조를 기다리고 있을 게요."

"끝이 안 나겠다." 다카히코가 혀를 찼다. "오라버니가 하는 말 들어. 믿음직하니까. 먼저 가겠습니다."

불안한 표정의 모치즈키와 눈이 마주쳤다.

"아리스."

"괜찮아요. 모치 선배 등에 찰싹 달라붙어 있을 테니까."

"야……."

"농담입니다."

나쓰오, 마사키가 차례로 건너가 겁내지 말고 빨리 오라고 여자들을 격려했다. 미카가 입을 떼려는 순간, "나야." 리요가 한 박자 먼저 말했다.

리요는 멋졌다. 입술을 악물고 침착하게, 신중히 손과 발을 움직여 자력으로 관문을 돌파했다. 그녀가 안도의 미소를 지으며 손을 흔드는 모습을 보고 나는 로프를 붙잡고 있던 축축한 손을 떼고 한숨을 돌렸다.

"다음으로 제가 갈게요."

리요와 나 사이에 가로놓인 물리적인 심연을 한시라도 빨리 메우기 위해 지원했다. 에가미 선배가 어깨를 가볍게 밀어 주었다. 각오를 하고 건너기 시작했다.

발을 헛디디면 끝장이다. 열이 나는 이 아픈 어깨가 내 체중을 버텨줄지 자신이 없었다. 생명줄을 허리에 감으면 어떨까 싶었지만 그것도 무리였다. 발이 미끄러져 공중에 뜬 내 몸이 줄에 매달린 진자가 되어, 우뚝 솟은 산이 쩍 벌린 아가리 속에 쑥 처박히는 불쾌한 상황이 쉽게 머릿속에 그려졌다.

"아리스, 힘내."

리요의 목소리.

들뜨지 말자.

돌연 왼쪽 무릎이 푹 꺾여 로프에서 왼손을 놓쳤다. 양쪽에서 비명을 질렀지만, 나는 오른손을 로프에서 놓지 않았다. 넘어졌을 때 부딪힌 게 다행히 몸 왼쪽이라 이를 악물고 버틸 수 있었다. 자세를 가다듬고 게임을 재개했다. 기도 안 차는 필드 운동*이다.

나쓰오가 내미는 손이 기다리고 있다. 왜 이리 멀어 보이는지. 땀이 눈에 들어가 그 모습이 흐려졌다. 나쓰오가 금방 왼손을 잡아 주어, 모험은 마흔 걸음 만에 무사히 끝났다.

"수고했어."

그 자리에 퍼드러진 내 머리 위에 나쓰오의 목소리가 들렸다. 고개를 드니 여럿이 웃고 있었다.

"다행이야."

"고마워." 리요의 축복에 나는 그렇게만 대답했다.

---

* field athletic. 산림에 체력을 단련하는 시설을 갖추어 놓고, 체력과 평형감각을 키우는 스포츠 – 옮긴이

"그대로 앉아서 쉬는 게 어때."

나쓰오 말대로 그럴 생각이다. 내가 지나온 쪽을 돌아보니 미카가 로프를 붙들고 건너오고 있었다. 간 떨어지는 장면도 없이 워크의 여성 팀이 차례로 이쪽에 도착했다.

그 다음으로 누가 갈 것인지 약간 말씨름이 있나 보다. 에가미 선배가 루미의 손을 끌었지만 그녀가 강하게 거부하고 있다. 주위 사람들이 둘 사이에 끼어 곤혹스러워했다.

"뭘 하고 있는 거야?"

다카히코가 초조한 모습으로 담배를 입에 물었다.

이윽고 에가미 선배가 손을 흔들며 크게 소리쳤다.

"루미가 혼자 간다!"

설마! 다들 놀랐다. 그게 가능한가? 혼자서 걷지도 못하는데.

"루나, 무모한 짓은 그만둬."

미카의 말에 루미는 생긋 웃었다.

"로프를 잡고 가는 거니까 괜찮아요. 에가미 오빠한테 업혀서 공중에 떠서 가는 것보다야 훨씬 마음이 편해요."

루미의 선택이다. 그것도 분명 일리는 있지만, 역시 에가미 선배하고 같이 죽기는 싫었나 보다.

"루나." 리요가 맨 앞에서 이름을 부른다. "정말 자신이 있으면 와. 아니라면 거기 남아 있어. 여기서 실수하면 끝장이지만, 기다리면 구조될 가능성도 있어. 루나가 남는다면 나도 그쪽으로 돌아가서 남아 있을게."

이를 어쩐다? 다카히코와 나쓰오가 얼굴을 마주 본다.

루미는 에가미 선배의 부축을 받아 비틀거리는 걸음으로 로프를 붙잡았다. 그녀가 뭐라고 한마디 하자 에가미 선배는 손을 뗐다. 천천히 전진한다. 모두가 숨을 죽이고 지켜보는 가운데 루미는 확실하게 걸음을 내딛었다.

"걸을 수 있네……."

미카가 중얼거리는 소리가 들렸다. 나는 생각에 잠겼다. 루미의 상처는 사실 생각보다 훨씬 가벼웠던 것이 아닐까? 그녀가 허풍을 떨었다? 그렇다고는 해도 지금 미카의 "걸을 수 있네."라는 말은 묘하게 싸늘한 느낌이 들었다.

다친 다리에 중심이 쏠릴 때마다 얼굴을 찌푸렸지만, 거의 균형을 잃지 않았다. 나보다 소요 시간이 짧을지도 모르겠다. 그녀는 건너왔다. "다행이다." 리요가 루미에게 매달렸다.

모두 무사히 이쪽으로 건너오는데 이십 분이 더 걸렸다. 역시나 에가미 선배가 줄 없이 마지막으로 건너왔다.

3

"10시가 지났어." 다카히코가 손목시계를 보았다. "잠깐 쉴까?"

반대할 사람이 있을 리 만무했다. 쓰러진 나무를 넘어서자 다행히 약간 경치가 트여, 털썩 주저앉아 짧은 휴식에 들어갔다.

나는 혼자 멍하니 있었다. 긴장의 끈을 풀고 싶었다. 앞으로 남은 하산길도, 살인 사건도, 머릿속에서 떨쳐내고 그저 시원한 바람이 축축한 피부를 말리는 감촉을 느끼고 싶었다.

나쓰오와 다카히코가 장소에 어울리지 않을 정도로 쾌활하게 웃고 떠들며 어깨를 찔러 대고 있었다. 리요와 루미가 물통의 물을 나눠 마시고 있다. 마사키가 라디오를 켜자 다스코, 모치즈키, 오다가 그 주위에 모여 귀를 기울이고 있다. 다케시는 대 자로 뻗어 뒹굴고 있다. 에가미 선배는 눈을 감고 앉아 꼼짝도 않고 선잠이 든 것 같았다. 유코는 미카의 귓가에 비밀 이야기를 속삭이고 있는 모양이다. 때때로 그 두 사람의 눈길이 내 쪽을 향하는 것이 신경 쓰였다.

"지금 나는 누가 살인범인지 조금도 신경 쓰고 있지 않아." 바람의 방향이 바뀐 탓인지, 나쓰오의 목소리가 갑자기 잘 들렸다. "이렇게 다 함께 지옥 순례를 하고 있으니까, 일단은 모두 무사히 산을 내려가고 싶은 마음뿐이야. 네가 범인이라도 신경 안 쓰니까 만약 그렇다면 지금 슬쩍 말해 버려."

다카히코가 웃었다. "웃기지 마라. 요 뻔뻔한 진범 녀석아."

두 사람은 완전히 화해를 한 걸까? 잠깐만, 뭔가 공통점이 있었던 게 아닐까? 취미가 일치? 아니, 아니다. 학부도 달랐을 텐데. 보이스카우트. 그렇다, 보이스카우트 출신이지 않았나? 아니 그것도 아니다. 그건 다카히코와 나쓰오가 아니라, 죽은 기타노 쓰토무와 행방불명된 잇시키 쇼조다. 쓰토무와 쇼조에게는 공통점이 있었다. 하지만 그것은 두 사람을 직접 연결 지을 수 있을만한 사실도 아니고…….

"아리스."

머리 위에서 또랑또랑한 목소리가 들렸다.

"왜요?"

미카였다. 그 어깻죽지에 유코의 얼굴도 있었다. 두 사람이 다가오는 걸 전혀 눈치 채지 못했다.

"왜요?" 다시 한 번 말했다. "얼굴이 무서운데요."

"무서운 얼굴이라 미안하네. 타고난 얼굴이라 바꿀 수가 없어."

속으로 혀를 찼다. 아무래도 어제부터 미카에게 험한 소리를 하고 만다.

"유코한테 들었어. 너, 내 추리에 엄청 관심을 갖고 있다면서? 영광이야. 추리소설 연구가가 나 같은 아마추어의 생각을 알고 싶어 하다니."

"추리소설연구회는 탐정양성소도, 그 무엇도 아닙니다. 과찬 해 주시니 몸 둘 바를 모르겠네요. 고견을 들려주시겠어요?"

"좋아."

미카와 유코는 내 앞에 앉았다. 유코를 슬쩍 보니 그녀는 무표 정하게 나를 마주 보았다. 고자질 당한 것 같아 미카를 보기가 불편했지만, 밀고자 유코가 불쾌하지는 않았다. 오히려 알고 싶 었던 사실이 밝혀지는 것이니 그녀에게 감사를 해야 할 지도 좋 을지 모르겠다.

"나는 다잉 메시지에 주목했어. 벤이 남긴 'Y'라는 그 한 글자 가 범인의 이름을 가리키는 게 아니면 무엇이겠니. 범인은 이니 셜이 Y인 사람이야."

"……유코 누나 말이에요?"

"유코한테는 벤이나 변호사를 죽일 동기가 눈곱만큼도 없어."

"유코 누나 말고 이니셜이 Y인 사람은 없어요."

"샐리야. 범인은 야마자키 사유리야."

"그런 멍청한……."

마지막 챕터에서 명탐정이 지적한 의외의 범인에 몇 번이나 놀랐었지만, 지금 미카의 한 마디만큼 충격적이지는 않았다. 내 가 두려워했던 것은 그녀의 입에서 리요의 이름이 튀어나오는 것이었다. 그건 피할 수 있었지만, 설마 죽었다고 생각하고 있던 사람의 이름이 튀어나올 줄은 꿈에도 몰랐다. 미스터리 속에서는 흔한 설정이지만, 그래도 그렇지…….

"설마 진짜로 유코 외에 이니셜이 Y인 사람이 없다고 생각하진 않았겠지? 다들 눈치 보느라 말하지 않는 줄 알았는데."

솔직히, 나는 전혀 생각도 못했다.

"너무 의외라 머리에 떠오른 적도 없었어요."

"그렇게 놀랄 것 없잖니. 텔레비전 추리 드라마에서도 흔히 나오잖아. 샐리는 살아 있었다, 그거야."

옆에서 유코가 고개를 까딱 숙였다. 미카의 추리를 먼저 들은 거겠지.

"샐리의 이니셜은 분명 Y입니다. 그건 알겠는데, 그 사람이 범인이라고 적극적으로 주장할 만한 증거는 있나요? 게다가 유코와 마찬가지로 샐리에게도 동기는 없을 텐데요."

미카가 슬쩍 코웃음을 쳤다.

"확실한 물적 증거는 솔직히 말해서 없어. 하지만 상황 증거라면 늘어놓을 수 있지. 먼저 흉기야. 후미오가 살해당했을 때, 모두 나이프를 모아 전원 감시 하에 두었지. 그런데도 두 번째 살인이 일어났어. 그렇다는 말은 범인은 첫 번째 살인 때 자기 나이프를 제출하지 않은 사람이야."

"그게 샐리라고요?"

"그래. 샐리는 짐을 거의 남겨 두고 사라졌지만, 그 남은 짐 속에 나이프는 없었잖니."

"다른 사람들이 나이프 말고 다른 칼을 가지고 있었을 가능성도 있습니다."

"그래. 범인이 이 산에 오기 전부터 범행 계획을 세웠다면 그러는 게 자연스럽겠지. 뭐, 됐어. 이야기를 계속할게. 이다음 부분은 이번 연속 살인의 동기하고도 관계가 있는데…….. 샐리가 갑자기 모습을 감춘 이유는 뭐라고 생각해, 아리스?"

나는 말없이 고개를 저었다. 그 수수께끼도 머릿속을 떠난 적이 없다.

"샐리가 사라진 날 밤-후미오가 살해당한 밤이기도 하지만-나, 너하고 숲 속에서 만났었지?"

기억났다. 보름달 아래에서 루미의 망언을 들은 후, 숲 속을 배회하다가 자작나무에 기대어 서 있던 미카와 잠시 말을 나누었더랬지.

"그 때 내가 했던 말 기억나? 나는 그 전날 밤도 잠이 오지 않아서 그 주변을 어슬렁거렸어. 그 때, 아리스하고 만났던 그 장소에서 샐리를 보았어. 무척 행복해 보이는 샐리를."

어제, 나 잠이 안 와서 한밤중에 텐트에서 나와 산책을 했어. 샐리는 마침 여기에 서 있었어.

서늘히 차가운 달빛에 젖어 밤의 숲 속 요정처럼 아름다웠어. 목에 건 십자가가 반짝거리는 빛이 내 눈을 찔렀어. 샐리는 고민은커녕 무척 행복하다는 듯 가만히 웃고 있었어.

그랬다. 그것도 기억났다.

"아리스가 간 다음에도 그 때의 샐리를 떠올리다가 이상한 사실을 깨달았어. 낮에 리요와 루나가 했던 말. 샐리가 사라지기 전날 밤, 그녀에게 별다른 점은 없었다. 일찌감치 자리에 들어 잠들었다고 했지. 하지만 그게 이상해. 내가 숲 속에서 샐리를 본 건 한밤중이었어. 그녀도 역시 잠이 오지 않았던 걸까. 어쨌든 일찌감치 잠자리에 든 건 리요와 루나 두 사람이고, 샐리는 아니었던 거야. 자기 전에도 무척 행복해 보였던 샐리가 아침에는 사라졌어. 한밤중에 무슨 일이 일어났다고밖에 생각할 수 없어."

나는 미카의 이야기에 빨려 들어갔다.

"내가 생각해낸 가능성은 하나야. 샐리는 한밤중에 숲에서 불행한 사건을 당한 거야. 벤하고 후미오, 쇼조가…… 가해자야."

확신에 찬 미카가 잘라 말하고 입을 다물었다. 내 반응을 관찰하는 게 뻔했다. 하지만, 내 둔한 머리는 그녀의 말을 받아들이는 데 시간이 걸렸다.

"그건 즉…… 벤 형하고 후미오 형하고 쇼조 형이, 샐리에게 나쁜 짓을, 불쾌한 짓을 했다는 말인가요?"

"거기까지만 말해도 돼." 미카는 불쾌한 듯 내 말을 끊었다. "물론 내 눈으로 보지는 않았어. 단지 그렇게 가정하면 지금까지 알 수 없었던 수많은 의문의 해답이 보이지 않니?

진심으로 캠프를 즐기던 샐리가 다음 날 모습을 감춘 이유도 설명할 수 있어. 분하고 부끄러워서 견딜 수 없었던 거야. 리요나 루나한테도 말 못했겠지. 더군다나 좋아하는 다케시에게 이유를 말할 수 있었을 리가 없어. 수수께끼의 실종극의 진상은 바로 이거야."

"……설명이 되는군요."

"그래. 샐리는 산을 내려가 혼자 돌아가려 했어. 하지만 그 분화가 터졌지. 샐리는 길이 끊겨 돌아올 수밖에 없었어. 하지만 절대로 우리한테만은 돌아올 수 없었을 거야. 난감했겠지. 다케시랑 피스가 그녀를 찾으러 갔을 때도 반사적으로 몸을 감추었던 게 틀림없어. 그리고 그대로 행방을 감춰버린 거야."

미카의 목소리가 들리지 않을 턱이 없다. 조금 전부터 모두들 쥐 죽은 듯 조용히 미카의 열변을 경청하고 있었다.

"더욱이 불행하게도, 그녀가 갖고 있던 얼마 되지 않는 짐 속에 나이프가 있었어. 이도저도 못하는 고난에 처한 샐리는 더 이상 어쩌면 좋을지 모르는 상황까지 몰려서 나이프를 사용했어. 자살이 아니라 복수를 위해서. 극한 상태에서의 행동 폭발이겠지."

행동 폭발이라는 들어 보지 못했던 단어가 튀어나왔다. 미카는 심리학을 전공했나? 문득 쓸 데 없는 생각을 했다.

"이미 사라졌다고 샐리를 제외하는 바람에 이렇게 난해한 사건이 되었다고 봐. 그렇지 않으면 자기 그룹의 텐트를 빠져나와 사람을 죽이고 다시 돌아가다니, 너무 눈에 띄기 쉽지 않을까?

사실 샐리가 범인이라는 근거는 또 있어. 그건 사진이야. 모치가 다 쓴 서른여섯 장짜리 필름을 카메라에서 빼간 사건이 있었지? 그것도 샐리의 소행이야. 어째서 범인이 위험을 무릅쓰면서까지 그 필름을 원했는지 생각해 보면 답은 뻔해. 샐리는 찍히고 말았던 거야. 찍을 때는 몰랐어도 현상해 보면 배경에 의외의 장면이 찍혀있는 경우는 흔하잖아. 이른바 심령사진이라는 것도 그런 종류지. 모치가 찍은 사진 속에도 유령이 찍혀있었던 거야. 있을 리 없는, 야마자키 사유리라는 유령이.

어째서 쇼조의 시체만 우리 눈에 띄지 않게 했는지는 모르겠지만, 그의 손가락을 잘라 낸 건 상징적이야. 어째서 자른 손가락을 후미오의 주머니에 넣어 놓았는지 그것도 이해할 수 없지만, 아까워서 버리지 못했나 보지."

등줄기에 서늘한 것이 와 닿는 느낌이었다. 말이 나오지 않았다.

"샐리가 투명 망토를 뒤집어쓰고 나쁜 짓을 하고 다녔다는 말이냐?"

다케시가 신음처럼 입을 열었다. 미카는 천천히 그쪽을 돌아보았다.

"그걸로 너는 안전하다고 생각하나? 그런 어리석은 가설로 우리한테 눈가리개를 씌웠다고 생각해? 너는 무서워서 견딜 수 없는 거야. 우리 사이에 피비린내 나는 살인범이 있다는 사실도 견딜 수 없고, 산 속의 괴물이 밤이면 밤마다 날뛰고 있다는 상상도 견딜 수 없어서 보이지 않는 그 괴물에 이름을 부여한 거야. 어둠 속을 질주하는 모습 없는 귀신의 정체를 억지로 설명하려고 발버둥친 끝에 쥐어짜 낸 것이 조잡한 샐리 범인설이야. 공포의 산물이지."

"아니야. 그렇지 않아." 미카는 다케시를 노려보았다. "너야말로 보기 흉해. 샐리가 범인이라는 내 추론을 끝까지 냉정하게 듣지도 못할 정도로 감정에 치우쳐서는. 나는 너만큼 겁쟁이는 아냐. 그림자 없는 살인귀에게 벌벌 떠는 네 모습을 나한테 투영시키다니 그거야말로 겁쟁이의 눈가림 아냐?"

"자기 친구들까지 범죄자 취급하면서까지 짜낸 기막힌 가설을 아무렇지도 않게 남들 앞에서 말하다니, 제 정신이야? 하나부터 열까지 꾸며낸 이야기잖아."

"연역 추리야. 샐리가 돌연히 모습을 감춘 것도, Y라는 다잉 메시지도, 흉기도, 동기도, 모두 이걸로 설명할 수 있어."

"누가 그런 설명에 납득하겠냐?"

"난 납득했어. 그렇잖아……."

다케시의 노기에 겁먹은 유코가 미카의 편을 들었지만, 다케시의 목소리가 그 말을 덮어썼다.

"샐리가 산을 내려간 건 나흘 전 아침이다. 만일 그녀가 산을 내려가지 못하고 그 근처에서 가만히 숨죽이고 숨어 있었다면, 식량은 어떻게 했다는 거지? 어디서 비와 밤안개를 피했지? 분화의 공포를 아무하고도 나눠 갖지 못하고 어떻게 견뎠지? 너는 이런 부자연스러움, 비현실성에 전혀 설명이 없잖아. 사고가 헛돌고 있다는 증거야."

미카는 그의 반격에 주눅 들지 않았다.

"네가 하는 말도 일리는 있어. 내가 여기 있는 우리들 가운데 살인범이 숨어 있다는 사실을 견디지 못하고 있다고 너는 아까 말했지. 아니, 나는 진실을 추구하고 있어. 이 안에, 샐리를 감싸고 있는 공범이 있는 게 틀림없어. 샐리에게 식량을 전해 주고 무너지기 일보직전인 그녀의 정신을 지탱해 준 인물이 이 안에 분명 있을 거야."

"당신 아닌가요…… 다케시?"

유코가 온화한 목소리로 물었지만 그는 단호히 부정했다.

"예상이 영 빗나갔어. 나도 아니고, 다른 그 누구도 아니야."

그러자 미카가 다른 쪽을 돌아보더니 돌팔매질 하듯 질문을 던졌다.

"그럼 너니, 리요?"

리요는 짧은 비명을 질렀다.

4

침묵이 우리를 짓눌렀다.

"있지." 나쓰오가 말했다. "리요, 미카가 한 말 사실이야?"

리요는 그 말을 들어도 두 손으로 얼굴을 가린 채 한참동안 꼼짝도 않고, 대답도 하지 않았다. 그 태도는 아무리 봐도 암묵 속의 긍정을 나타내고 있었다. 적잖이 충격을 받은 나는 무언가에 괴로워하는 그녀의 애처로운 모습을 바라보고 있었다.

"맞지?"

미카가 고개를 기울여 리요의 얼굴을 들여다보았다.

"리요, 왜 그러는 거야?" 나쓰오가 깜짝 놀라 물었다. "아니면 아니라고 확실하게 말해 줘. 나도 다케시하고 마찬가지로 지금 미카가 한 말에 전혀 현실성을 못 느끼고 있어. 사실 말도 안 되지. 샐리가 게릴라 흉내를 내면서 우리 근처에서 잠복하고 있었다니. ……하지만 네가 그렇게 나오면 정말 미카가 정곡을 찌른 것 같잖아."

리요는 같은 자세로 여전히 입을 다물고 있었다. 초조해진 미카는 루미에게 화살을 돌렸다.

"너는 어떤데? 알고 있는 사실은 여기서 다 털어놔야 해."

루미의 얼굴은 그야말로 백짓장처럼 새하얗다. "몰라요." 힘없이 고개를 젓는 그녀의 눈에는 두려운 기색마저 감돌았다. 하지만 그것은 비밀이 탄로 나는 것에 대한 두려움이 아니라, 단순히 심문에 대한 쇼크 같았다.

"루나에게 물어 봤자 소용없을 것 같네."

미카는 혼잣말처럼 중얼거렸다. 그녀는 리요의 대답 거부야말로 예스나 다름없다고 해석했는지 만족스러운 웃음을 지었다.

"어이, 이게 대체 어떻게 된 일이야?" 오다가 구원을 청하듯 바삐 좌우를 훑어보았다. "이런 허접한 미스터리 같은 이야기가 진실이야? 다들 리요에게 한 방 먹은 거야?"

"설마." 모치즈키가 끙끙거리고 있다.

리요가 벌떡 일어서더니 냅다 달리기 시작했다. 혼자 언덕을 내려간다. 나도 당황해 일어선 순간, 에가미 선배와 눈이 마주쳤다.

"빨리 쫓아가, 아리스."

"네."

나는 몸의 통증도 잊고 뒤를 쫓았다. 에가미 선배가 다른 사람들을 말리는 소리가 뒤에서 들렸다. "녀석한테 맡겨 둬."

길은 비교적 걷기 쉬운 구불구불한 산길이었다. 그녀는 앞쪽 굴곡을 돌아 내 아래쪽 길을 달려간다.

"리요, 잠깐 기다려!"

제길, 기다리라니까! 몸의 마디마디가 욱신거리자 점점 열이 받쳤다. 나는 모퉁이를 돌아 일단 멈춰 섰다.

"기다리라고 하잖아!"

효과가 있었다. 깜짝 놀란 그녀의 발이 멈칫했다. 관성 때문에 5미터쯤 더 내려가 멈춰서더니 천천히 뒤를 돌아보았다. 나는 안심하고 거기까지 걸어갔다. "아무도 안 쫓아와, 나뿐이야."

달리기 탓인지, 흥분 탓인지, 얼굴이 홍조를 띠고 있다. 헐떡이는 작은 어깨를 잠시 바라보고 있었다.

"아리스, 안 그래도 힘든데 달리, 게 해서 미안해."

그녀는 말하는 도중에 숨을 돌렸다. 나는 무의식중에 왼쪽 다리를 문지르고 있던 손을 들어 내저었다. "아니야."

"잠깐 앉아도 될까?"

그렇게 말하면서 그 자리에 두 다리를 뻗고 앉자, 그녀도 자리를 잡았다. 두 사람의 거친 호흡도 서서히 잦아들었다. 울창한 숲의 정적이 우리를 감쌌다. 나는 무심결에 깊이 한숨을 내쉬었다.

"미안."

"다시 말 안 해도 돼. 그보다 어째서 미카 누나의 질문에 대답하지 않고 도망쳤는지, 이유를 알려 줘."

리요는 고개를 숙였다. 옆모습에 짙은 그늘이 드리워졌다.

"입 다물고 있으면 안 돼. 아까 대화를 듣고 다들 리요가 미카 누나의 말을 전면적으로 인정한 거나 다름없다고 받아들이고 있어. 만약 그렇다면 그렇다고 분명하게 말해야 해."

"미카 언니가 하는 말은 틀렸어."

리요는 고개를 들지 않는다. 나도 그런 그녀에게서 눈을 돌리고 나뭇가지 틈새로 보이는 하늘을 바라보았다.

"틀리다면 더더욱 확실하게 대답했어야지."

이렇게 해야지, 저렇게 해야지…… 이 얼마나 밥맛 떨어지는 말투인가. 기분이 울적해지려고 한다.

"미카 언니는 상상을 말하고 있을 뿐이야. 머릿속에서 짜낸 말들뿐이야…… 샐리가 범인이라니 믿을 수 없어."

"그 사람 말처럼 샐리를 숨겨 준 일은 절대 없는 거지?"

"맹세컨대 없어."

나는 하늘을 바라보며 물었다. "그럼 어째서 도망쳤어?"

그녀는 또다시 입을 다물려 했지만 여기까지 오면 나도 물러설 수 없다. 다행히 아무도 듣는 사람이 없는 곳까지 올 수 있었다. 나는 내가 가진 의문을 던져 보았다.

"어째서 나이프를 버렸지?"

리요는 아까와 마찬가지로 두 손으로 얼굴을 덮었지만, 이번에는 금세 고개를 들어 내 눈을 보았다.

"역시 눈치 챘었구나, 아리스는."

"텐트에서 몰래 빠져나왔을 때부터 보고 있었어. 말을 걸려고 뒤를 쫓아갔는데 아무래도 모습이 이상해서 중간부터 나도 기척을 죽이고 미행하는 꼴이 되고 말았지. 전망대에서 내가 따라온 걸 알고 깜짝 놀라 펄쩍 뛰어올랐지? 게다가 나를 불러서 거기서 떼어 놓고 싶은 기색이었어."

리요는 고개를 끄덕였다.

"그 말을 거절하고 그 자리에 남아 네가 무엇을 하고 있었는지 뒷조사를 했지. 전망대에서 밑을 내려다보니 나뭇가지에 못 보던 나이프가 걸려있는 게 보였어. 나는 이거 큰일이다 싶어서 돌을 던져 그걸 떨어뜨렸지."

"어째서 그런 짓을 했지?"

"어쨌든," 나는 헛기침을 했다. "큰일이라고 생각했어. 이 나이프에는 뭔가 특별한 사정이 있을 거라고."

"내가 범인이라 흉기를 처분했다고 생각한 거지?"

"아니……."

"그렇겠지. 그렇게 생각하는 게 당연한 상황이야. 아리스는 나를 감싸 준 거구나."

"뭐, 그렇지." 나는 머리를 긁적이며 그렇게 대답할 수밖에 없었다. 그녀의 표정이 일순 밝아진 것 같았다.

"그게 아니라면 어떻게 된 일인지 알려 주실까."

나는 책상다리로 고쳐 앉았다. 그녀도 결심한 듯 나와 마주 보고 앉았다.

"그 나이프는 샐리 거야. 칼에는 끈적거리는 피가 들러붙어 있었어. 나는 그 나이프를 텐트 안에서 발견했어."

"역시 그랬구나."

"공교롭게도 난 그걸 발견했을 뿐이지, 그걸로 사람을 죽이지는 않았어."

나는 쓴웃음을 지었다.

"그날 아침, 기타노 오빠랑 도다 오빠 시신에 기도를 드리러 갔다가 머리맡에 있는 그 종이쪽지를 발견했어. '더 이상 아무도 살해당하지 않는다'는 그 범행 종결 선언문. 핀으로 꽂아 두는 것처럼 그 종이쪽지를 피가 묻은 나이프로 꽂아 두었던 거야."

"나이프가 그 편지에 꽂혀 있었어?"

"그래. 그게 의미하는 건 뻔하지? '더 이상 살인은 일어나지 않는다'고 선언한 범인은 그 증거로 자기가 사용했던 흉기를 두고 갔던 거야. 그 편지를 모두가 발견했을 때 범행 종결은 범인의 본심인지, 아니면 함정인지 해석이 엇갈렸지만, 만일 나이프가 꽂힌 채로 있었다면 편지의 신빙성은 상당히 높아졌을 거야. 처음 발견한 내가 나이프를 뽑아 버리지만 않았다면 말이야."

"어째서 그런 짓을 했어?"

말하기 불편한지 리요는 코를 훌쩍였다.

"그건 샐리의 나이프야. 물론 그렇다고 범인이 샐리라는 건 아니지만, 그 때 순간적으로 그 나이프는 이상한 오해를 불러일으킬 우려가 있다고 생각했어. 나중에 이런저런 생각을 하는 사이에 아까 미카 언니하고 거의 비슷한 스토리가 떠올랐어. 그럴 수가 있을까 하는 생각도 함께, 만약 그렇다면 역시 그 때 나이프를 처분하길 잘했다는 생각도 들었어……. 이래뵈도 나도 고민 많이 했어."

장난스럽게 어깨를 으쓱했다. 가슴 속의 응어리를 털어놓아 그녀도 마음이 편해졌을 것이다.

"나이프를 버린 사정은 알겠어. 역시 그 편지의 제1발견자는 너였구나. 그렇다면 묻고 싶은데, 꽂혀 있던 나이프를 뽑아서 버린 사실을 제외한다면 편지는 나중에 우리가 발견했을 때하고 똑같은 상태였어?"

"그게 그렇지가 않아." 그녀는 살짝 말하기 어렵다는 듯, 입을 열었다. "또 하나, 내가 한 짓이 있거든. 큰일은 아닌데 편지 윗부분을 5센티미터 정도 찢어 버렸어."

"하?"

"찌익 찢어서 나이프하고 함께 버렸어."

"말은 잘한다. 찢어서 버렸다니 어째서 그런 짓을 한 거야?"

"나이프에는 피가 들러붙어 있었다고 했잖아. 뭐, 그건 범인이 보시다시피 이게 흉기입니다, 하고 알려 주려고 일부러 칼날을 닦지 않았겠지만, 그래서 나이프를 뽑은 자리에 피가 묻어 버린 거야. 만약 그걸 눈치 빠른 사람이 본다면 여기에 꽂혀 있었던 흉기를 누가 가져간 게 아닐까…… 꼭 알아차린다는 보장은 없지만, 어쨌든 부자연스럽고 이상할 것 같아서 그 흔적도 은멸해 버린 거야."

이 애, 정말 대단하다. 그 편지 윗부분이 찢어져 있던 것은 무언가 의미가 있을지 모른다고 생각은 했지만, 이런 장난을 쳤을 줄이야.

"아리스는 그 찢어진 자국을 보고 범인이 한 짓이냐고 물었지. 미안해."

"됐어, 됐어. 하지만 이건 우리끼리만 알고 있을 수는 없겠다."

"그야 물론 그렇지."

리요는 시원스럽게 말하고 머리카락을 쓸어 올렸다.

"샐리를 숨겨 주지 않았다는 말도 분명히 해야 돼. 정말이지, 아까 그 과장된 반응은 대체 뭐니?"

"그렇게 이상했어? 하지만 생각해 보면 샐리의 나이프가 흉기라고 해도 그거랑 범인의 정체하고는 전혀 관계가 없지. 샐리가 산을 내려간 날 낮에 우리 텐트에 숨어들어 와 샐리의 짐 속에서 훔쳐 갔다면 우리 모두한테 찬스가 있었는걸. 바보 같아."

아무래도 기운을 완전히 되찾았나 보다. 신기할 정도로 입이 가벼워졌다. 나도 답답했던 가슴이 뚫렸다.

나는 일어서서 엉덩이에 묻은 흙을 털었다. "돌아갈까. 다들 걱정하고 있어."

"쑥스러운 걸……."

5

초조하게 기다리고 있을 사람들 곁으로 돌아가는 길에 에가미 선배가 서 있었다. 신경이 쓰여 살펴보러 온 것이다.

"정말 죄송했습니다." 리요가 고개를 숙였다. "깜짝 놀라게 해서."

"루나가 걱정스러운 얼굴로 기다리고 있어. 적어도 그 애한테는 사과해라."

"네."

부장의 재촉에 그녀는 종종걸음으로 언덕을 올라갔다. 그 뒤에 선후배가 남았다.

"깜짝 놀랄만한 증언이 있어요. 리요의 공동 기자 회견이 필요합니다."

"응, 실은 듣고 있었어." 에가미 선배는 스스럼없이 말했다. "네가 아픈 몸을 끌고 달려가니까 맡겨는 놨지만, 약간 짐이 버겁지 않을까 싶었거든."

"또 잔인한 말씀을 하시네요. 전부 듣고 있었어요?"

"리요가 샐리의 나이프를 발견해서 버린 이야기는 들었어. 하지만 너도 그렇게 거동이 수상한 사람을 목격해 놓고 입 다물고 있었으니 용서할 수 없구나."

"말씀 마세요."

에가미 선배는 싱글싱글 웃으며 담배를 입에 물고 나무에 몸을 기댔다.

"리요도 상당하지만 아리스도 사서 걱정이다. 그 애가 나이프를 버리는 걸 봤다고 그게 바로 리요=범인이 되니? 단순하기는."

"……."

"그래서야 진범의 꼬리를 잡을 수나 있을까? 그나저나 리요가 끼어들어서 가장 놀란 건 범인이었겠지. 자기가 두고 간 흉기가 감쪽같이 사라지고 말았으니까. 살인 게임 때 내가 깜짝 놀랐던 것과 마찬가지야."

"살인 게임? 이야기가 비약되는 것 같은데 무슨 뜻이지요?"

에가미 선배는 한층 더 싱글거리며 말했다. "다쓰코가 피해자고 내가 범인이었던 때가 있었지? 피해자한테서 가장 멀리 떨어진 곳에 서 있었던 내가 스페이드 에이스를 갖고 있어서 다들 깜짝 놀랐을 때 말이야. 그래, 너하고 리요가 탐정 역할이었지."

"아." 있었다, 있었다. "네. 그 때는 정말 이상했어요. 에가미 선배가 어떤 트릭을 썼을까 궁금했어요."

"트릭 같은 건 쓰지 않았다고 말했잖아. 그렇기는커녕 나는 그 때 아무 짓도 안 했어."

"아무 짓도 안 했는데 어떻게 다쓰코를 죽일 수 있었죠?"

"그러니까 안 죽인 거야. 다쓰코가 비명을 지른 건 틀림없이 피스 때문이야. 깜깜한 틈을 타 장난삼아 끌어안았나 보지. 다쓰코 가 그만 큰 소리를 지르는 바람에 다들 '이크, 사건이구나!' 하고 착각해서 불을 켠 거야. 다쓰코도 이제 와서 애인이 장난쳤다는 소리는 부끄러워서 못하겠고, 적당히 대답을 둘러대면서 피해자 역할을 한 거야. 이리하여 범인은 어리둥절하게 서 있었다."

그랬나. 감탄할 만큼 대단한 일도 아니지만, 이 세상의 풀리 지 않는 신비는 이렇게 사소한 일에서 생겨나는 거구나. 좋은 샘 플이다.

"그 편지를 보고 누가 어리둥절했는지 기억하고 있어요?"

"다들 그랬잖아. 편지 내용이 내용이다 보니." 에가미 선배는 담배를 나무줄기에 비벼 껐다. "공동 기자 회견을 들으러 갈까? 그 전에 너한테 두세 가지 묻고 싶어."

"기꺼이." 나는 마음의 준비를 했다.

"너는 리요가 몰래 나이프를 처분하는 걸 처음부터 끝까지 보 고 있었지. 그 때 그 애가 정말로 남의 눈을 피하는 모습이었는 지, 자신 있게 대답할 수 있어?"

"질문의 의도를 잘 모르겠는데요."

"리요는 너나 다른 누군가가 보고 있다는 사실을 눈치 챘던 게 아닌가 묻고 있는 거야."

나는 턱을 당기고 힘주어 대답했다. "그건 의심할 여지도 없어요. 그녀는 눈치 채지 못했습니다. 제 관찰력은 믿을 수 없다고 말씀하실 건가요?"

"아니. 다음. 텐트에서 나온 리요는 나이프 말고 뭔가 가지고 있었나?"

"갖고 있지 않았습니다."

"다음. 네가 본 나뭇가지에 걸려있던 나이프의 색과 모양은?"

"어, 손잡이가 크림색이고 싸구려라고밖에 설명할 수 없는데요."

"응, 내가 기억하고 있는 샐리의 나이프도 그런 거였어. 묻고 싶었던 건 그게 다야."

영문 모를 질문도 있었지만 굳이 되묻지는 않았다. 물어도 둘러댈 것만 같았다. 때가 되면 알려주겠지.

열한 명이 기다리는 곳으로 돌아왔다. 에가미 선배하고 내가 머리를 맞대고 무슨 이야기를 했는지 궁금해 하는 얼굴도 있었다. 에가미 선배는 홀가분한 표정으로 그 안에 들어갔다.

부장은 다른 사람들이 둘러싼 한 가운데에 리요를 데려다 놓고, 요령 좋게 질문을 해서 그녀가 숨기고 있던 사실을 끌어냈다. 리요는 기죽지 않고 순서대로 대답했다. 듣고 있는 사람들 사이에 경악과 함께 리요에 대한 비난이 퍼져 나갔고, 특히나 여전히 자신의 가설에 미련을 버리지 못한 미카는 입술을 실룩거리며 노골적으로 불만을 표했다.

에가미 선배는 질문을 끝마치자 손뼉을 한 번 쳤다. "이제 와서 리요의 책임을 물어도 소용없겠지. 지금 이야기 속에 한 가지 낭보가 있었어. 범행 종결 선언은 아무래도 범인의 진심인 것 같다. 범인은 이미 흉기를 버렸어. 남은 나이프는 전부 우리의 관리 하에 있어."

"여기까지 오면 죽으나 사나 한 배야. 범인도 이 이상 사건을 저지를 생각은 없겠지."

모치즈키가 스스로를 타이르듯 중얼거렸다. 파트너가 곁에서, "그래, 그래." 하고 찬동한다. 미카는 납득할 수 없는 모양이다.

"샐리 범인설은 아직 결정적으로 분쇄된 게 아니야. 리요가 샐리를 숨겨 주지 않았다는 증거도 없고, 루나나 다른 누군가가 그 역을 맡지 않았다고 증명된 것도 아니잖아. 난 특별히 그녀를 범인 자리에 앉히고 싶은 건 아니니까, 그렇지 않다면 빨리 속 시원히 부정해 줘."

"저어." 마사키가 조심스럽게 발언권을 청했다. "선배 말도 가능한 하나의 케이스이기는 하지만…… 하지만 역시 현실적이지 못해요."

"그렇다면? 똑똑한 너니까 논리 정연하게 반론해 주겠니?"

마사키는 난감한 듯 이마에 손을 짚고 미간을 가볍게 문지르며 짧게 말했다. "아니요. 잘 표현하지 못하겠어요." 미카의 무뚝뚝한 얼굴은 당연히 풀리지 않았다. 에가미 선배는 그런 대화를 가만히 지켜보고 있었다.

"대장." 나쓰오가 에가미 선배를 불렀다. "슬슬 출발하지요? 한차례 파란이 있었지만 휴식을 취했고, 아직 정오까지 시간이 있어요. 설마 여기서 도시락을 펼치지는 않겠지요?"

"그렇게 하자. 다행히 여기서부터 한동안 편히 내려갈 수 있을 것 같으니, 가능하면 하산할 기미가 보이는 곳까지 단숨에 내려가자. 범인 찾기는 산기슭 온천에 도착할 때까지 접어 둬."

가까이 두었던 짐을 들고 일어섰다. 하산이 재개되었다.

아까 리요와 내가 뛰어 내려갔던 구불구불한 산길을 일동은 말없이 내려갔다. 그 무거운 분위기가 싫어 모치즈키와 오다가 시시한 수다를 떨었지만, 둘 다 말꼬리를 제대로 잡지 못하고 대화는 헛돌고 있었다. 나는 남의 도움 없이 걷고 있었고, 루미도 지팡이 하나에만 의지해 혼자 걷고 있었다. "걸을 수 있네."라던 미카의 목소리가 머릿속을 스쳐갔다.

아까는 줄곧 암벽에 들러붙어 있었는데 지금은 숲이 울창하다. 엿새 전에 기쁜 마음으로 올랐던 길이 틀림없다. 기억에 있는 경치도 때때로 나타났지만 그 인상은 영 딴판이다. 독일의 슈바르츠발트(검은 숲)란 이런 걸 말하는 건가 싶을 정도로 위협적이기까지 하다. 머리 위에는 여름의 하늘이 펼쳐져 있는데. 쓰러져있는 나무는 많았지만 길은 께름칙할 정도로 평탄해서 걸음이 묶일 장소도 없었다.

말없이 걸으며, 나는 생각하고 있었다. 샐리 범인설은 완전히 분쇄된 게 아니라고 미카는 패배를 인정하지 않았다. 확실히 그녀의 말에도 약간의 일리는 있다. 만약 정답이라면 어떻게 되지? 샐리가 투명 망토를 뒤집어쓴 귀신을 연기했다 해도, 이미 우리를 중심으로 한 반경 1킬로미터 안에 그녀는 없다. 열세 명이 단결해 안간힘을 쓰며 내려가고 있는 이 험한 길을 그녀가 홀로 내려올 수 있을 리 없다. 그녀는 캠프장에 홀로 남겨지고 말았다는 이야기가 된다. 그렇다면 미칠 것 같은 고독감이 그녀를 덮치지 않았을까. 그런 이유로 만일 이 열세 명 가운데 그녀를 숨겨 주었던 사람이 있었다면, 그 인물은 그녀를 비정하게 버렸다는 말이 된다. 정말로 샐리는 지금 어디서 무얼 하고 있을까, 알고 싶었다.

기슭으로 길이 뻗어있다. 희망의 싹은 저마다의 가슴 속에서 착실하게 성장하고 있었다. 더 이상 무서운 일은 없지 않을까. 이대로 순조롭게 하산할 수 있지 않을까.

에가미 선배가 선두에 선 다카히코에게 말을 걸어, 우리는 점심을 먹기 위해 멈췄다. 지쳐서 길가에 주저앉자 유코와 다쓰코가 물을 나눠 주었다. 잊고 있던 공복감이 순식간에 되살아나 저마다 주먹밥에 달려들었다.

"맛있구나." 오다가 철학적인 신음을 흘렸다.

"대자연의 품에서 전원의 정취가 넘치는 오찬이라니 멋지지 않냐. 이게 이 산에서 먹는 마지막 식사라면 좋겠는데." 모치즈키가 말했다.

마사키가 또 라디오에 귀를 갖다 대고 있다. 하지만 자력으로 하산할 수 있을 거라는 생각 때문인지 주위의 관심은 희박해, 다쓰코가 무슨 소식이 없는지 한 마디 말을 걸었을 뿐이었다. "아니오."라고 대답하면서도, 박사의 표정은 묘하게 복잡했다.

삼십 분쯤 쉬었을까. 에가미 선배가 다시 출발 호령을 내렸다.

"다음으로 쉬게 될 장소가 흙 위가 아니기를."이라는 코멘트를 덧붙이며.

하지만 그 후 십오 분도 채 지나지 않아서, 우리는 또 한 번 이 산의 배반에 직면하게 된다.

계류가 다시 가까워져 물소리가 청량하게 들리기 시작했을 때, 유코가 전기에 감전된 듯, "앗!"하고 외쳤다. 다들 흠칫 놀라 멈춰 섰다.

"구름다리야, 구름다리, 어째서 지금까지 몰랐을까! 분화로 이만큼 산이 심하게 무너졌는데 그 부실해 보이는 구름다리가 무사히 걸려 있을까? 만일…… 만일 그 다리가 떨어졌다면 절대로 그 이상 전진할 수 없어."

멍청하게도 그 사실을 잊고 있었던 것은 나도 마찬가지다. 그녀의 말이 가슴을 찔렀지만, 전혀 다른 반응을 보이는 사람도 많았다.

"알고 있었어." 나쓰오가 침착하게 말했다. "처음부터 그런 것쯤이야 알고 있었던 사실이잖아. 위에서 앉아 죽음을 기다리는 걸 가장 싫어했던 사람이 넌데, 이제 와서 뭘 놀라. 귀신 아니면 무지개가 나올 각오로 시작했잖아."

전에 없이 가시 돋친 말을 하는 나쓰오에게 모치즈키도 동의했다.

"다리가 없어졌으면 그건 그 때 생각할 일이야. 건널 방법이 있을지도 모르잖아. 그것도 이제 곧 알 수 있겠지."

"하지만." 루미는 나하고 같은 부류인지 갑자기 불안해 보였다. "그 다리가 없어졌으면 달리 건너편으로 건너갈 방법이 없어요. 수면까지 30미터나 되는 절벽이었잖아요."

에가미 선배가 말없이 걸음을 뗐다. "가 보면 알 수 있어."라는 말만 남기고.

물 흐르는 소리가 가까워지자 긴장이 고조되었다. 기도하는 심정이었다. "뉴스 시간이다." 곁에서 걷고 있는 마사키가 라디오 스위치를 켜고 다시 귓가에 가져갔다. 또다시 구조대가 어찌되었는지 관심이 맹렬히 커진 나도 귀를 기울였다.

"……하고 있던 야마자키 사유리 씨의 양친은 오늘 아침, 슬픔에 차 사유리 씨의 시신과 마주했습니다."

"뭐?" 이번에는 내가 경악에 찬 소리를 질렀다. "라디오, 지금 뭐라고 한 거죠?"

마사키가 끝났다는 듯 고개를 가로저으며 볼륨을 높였다. 저마다 무슨 일이냐고 묻는 사람들에게 나는 집게손가락을 세워 조용히 하도록 애원했다. 하지만 아나운서의 목소리는 소리가 갈라져 제대로 들리지 않고, 초조함 속에서 뉴스는 끝나고 말았다.

"아리스는 들었지." 마사키가 나를 빤히 바라보며 말했다. "나는 어젯밤부터 알고 있었어. 너무 안 좋은 소식이라 모두들 동요하면 안 될 것 같아 입을 다물고 있었어."

"너희 둘!" 다카히코가 분노를 억누르며 우리에게 덤벼들었다. "뭘 수군수군 속닥이는 거야. 이제 숨기는 건 지겨워. 어떤 나쁜 소식이든 상관없으니 공표해. 아까 누가 말한 것처럼, 이제 다들 죽으나 사나 한 배를 탄 거야. 말 해."

마사키는 라디오를 끄더니 자기에게 집중된 수많은 시선을 되받아치듯 일동을 둘러보았다.

"샐리는 이미 살아 있지 않습니다. 산기슭에서 1킬로미터 되는 지점에서 머리에 화산탄의 직격을 맞고 사망한 것을 그저께 구조대가 발견했습니다. 즉사인 것 같았답니다. 지금, 저하고 아리스가 들은 건 샐리의 양친께서 그녀의 유체를 인수하러 오늘 아침 고모로에 도착했다는 뉴스입니다."

리요와 루나가 돌연 통곡했다. 다케시가 두 손으로 머리를 감싸고 그 자리에 무너져 내려, 지면에 엎드렸다. 우리의 저주는 풀리지 않았던 것이다.

마사키는 미카를 보며, 희미하게 떨리는 입술로 말했다.

"선배가 샐리가 범인이라고 말했을 때, 나는 견디기 힘들었어요. 그건 아니다, 그건 어리석은 망상이라고 큰 소리로 울부짖고 싶은 걸 꾹 참았습니다. 산을 내려가면 밝혀질 사실이니까, 이 흉보를 숨기고 있었지만······그것도 소용없게 되었군요."

미카는 잠시 넋을 놓고 있었지만, 이윽고 안경을 벗더니 눈가에 맺힌 눈물을 손가락으로 닦았다.

"미안해. ······샐리, 심한 소리를 해서 미안해."

"제기랄!" 다카히코가 손에 든 삽을 지면에 내동댕이쳤다. 그는 견디기 어려운 심정으로 구원을 청하듯 에가미 선배를 보았다.

"이제 지긋지긋합니다, 이런 일은."

충격이 너무 커서 귀가 울렁거린다. 귀울림······ 아니, 아니다.

땅울림.

"또 온다."

누군가의 목소리에 다들 납작 엎드렸다. 원한을 호소하듯 산은 또다시 몸부림치기 시작했다. 울려 퍼지는 분화 소리가 저 멀리서 들려왔다.

"다리는, 다리는!"

마사키가 엉금엉금 기어서 강가로 향했다.

"가만히 있어, 지금 그쪽으로 가면 위험해."

에가미 선배의 목소리도 그에게는 들리지 않았나 보다. 부장은 그를 뒤쫓았다.

우리 사이에 놓인 대지가 쩍 갈라지더니 한쪽이 서서히 침하하기 시작했다. 내 눈을 의심하고 싶은 광경이었다. 더군다나 가라앉는 쪽은 계류 쪽으로 기울어지기 시작해서 그쪽에 있던 에가미 선배, 마사키, 루미 세 사람은 허둥지둥 구르고 넘어지면서 균열을 사이에 둔 이쪽 편으로 기어 올라오려 했다. 손을 뻗어 끌어올렸다.

"나무가!"

나무가 보이지 않는 힘에 꺾여 차례차례 쓰러지자 시야가 트여 계류가 모습을 드러냈다. 간신히 살아남은 구름다리는 미친 듯이 좌우로 흔들리고 있다.

"다리는 아직 걸려있어!"

외쳐 대는 루미 위로 소리 없이 한 그루의 거대한 나무가 쓰러지는 순간, 그 손을 끌어당기던 다케시는 그녀를 옆으로 쳐냈다.

굴러간 루미와 나무 밑에 깔린 다케시, 두 사람의 입에서 비명이
터져 나왔다.

그리고 우리들의 눈앞에서, 슬로모션 필름을 보는 것처럼 서
서히 구름다리가 강으로 떨어졌다.

독자에 대한 도전

작가는 여기서 군이 이야기를 중단하고, 본격 추리소설의 고전적 작법에 따라 독자에게 도전하겠습니다.

이 작품은 여기에 이르러 이 연쇄 살인 사건의 진범을 특정하기에 충분한 데이터가 빠짐없이 갖추어졌습니다. 다음 장(章)에서 아리스가와 아리스가 보고 들은 것과 똑같은 사실을 근거로, 즉 독자와 똑같은 조건하에 에가미 지로가 범인을 지적합니다.

당신의 추리가 정리되었다면, 부디 페이지를 넘겨 앞으로 나아가십시오.

제6장
이별의 새벽

1

소리만은 청량했지만 회색빛으로 탁해진 강이 30미터 아래에서 흐르고 있다. 강의 수면에서 불어오는 바람은 시체의 냄새를 띠고 있는 것만 같았다.

신에게 버림받은 물가에서 상처 입은 열세 명의 청년들은 그저 절망할 수밖에 없었다. 인간뿐만 아니라 초록이 울창했던 계곡도 여기저기 생살을 벗겨낸 듯 산의 표면이 찢어져 애처롭다. 내리쬐는 8월의 태양만이 기세를 더했다. 한마디로 최악이다.

대 분화의 위기는 사라졌지만, 동시에 우리의 희망의 등불도 꺼졌다. 구름다리가 끊어지는 장면이 잔혹하리만치 극명하게 뇌리에 박히고 말았다. 머릿속에서 반복 재생할 수 있을 정도로 선명하게. 거미줄이 뚝 끊어졌을 때의 간다타의 심정이 바로 이렇지 않았을까.*

비극은 그것으로 그치지 않았다. 날아드는 유리구슬 크기의 화산탄을 맞고 지면에 굴렀을 때 온몸에 타박상을 입어, 무사한 사람은 하나도 없었다. 우리가 나무 그늘에 나란히 드러누워 있는 그 모습은 마치 야전병원이나 다름없었다.

가장 심각한 피해를 입은 사람은 다케시였다. 루미를 구한 그의 배 위에 쓰러진 나무는 한 아름이나 되어 남자들이 힘을 모아도 도저히 치울 수 없었다. 고통에 신음하는 그를 격려하면서 쓰러져 있는 작은 나무들을 옮겨와 지면에 구멍을 파고 지레로 사용해 간신히 그를 구출해내기까지 삼십 분이나 걸렸다. 구조된 다케시는 점심 때 먹은 음식을 전부 토해내고 축 늘어져 있었다. 구토가 진정되었나 싶었더니 잠시 후 이번에는 피를 토했다.

"내장을 다쳤어⋯⋯."

에가미 선배가 이마에 구슬땀을 흘리며 나직하게 중얼거렸다. 늑골이 부러져 어딘가 장기를 찔렀을 가능성도 있다. 그렇지 않기를 기도하는 것 외에 우리는 아무 것도 할 수 없었다.

루미의 다리는 다시 피가 나기 시작했고, 오다는 넘어졌을 때 돌에 머리를 부딪쳐 이마가 깨졌다. 팔짱을 끼고 우뚝 서 있는 에가미 선배는 입 안이 찢겨졌는지 핏줄기가 입가에 붉은 꼬리를 그리고 있다. 나도 반신의 통통 때문에 일어설 기력을 상실하고 있었다.

"박사, 라디오." 모치즈키가 둥치에 기대어 앉아 물었다. "라

---

* 아쿠타가와 류노스케의 〈거미줄〉에 나오는 이야기. 부처님이 내려 주신 거미줄에 매달려 지옥에서 빠져나오던 간다타는 뒤따라오는 사람들에게 '이 거미줄은 내 것이다'라고 말했다가 줄이 끊어져 다시 지옥으로 떨어진다 - 옮긴이

디오는 어쨌어? 들어보자."

안경을 잃어버린 마사키는 작은 눈을 씀벅이며 애석하다는 듯 대답했다.

"강에…… 떨어졌어요. 허둥대다가 내던지고 마는 바람에 그만, 죄송합니다."

다쓰코가 울먹이며 물통을 하나 잃어버렸다고 사과하기 시작했다. 위로를 해도 그녀는 계속해서 사과했다. 다카히코가 어깨를 도닥거리며 끈기 있게 달랜다.

"자, 이제 어떻게 할까."

에가미 선배는 팔짱을 낀 채로 건너편을 바라보았다. 그 거리는 대략 50미터.

악마여, 우리에게 속삭여라. 영혼과 맞바꾸어 날개를 원하노라.

어제보다, 그저께보다 더욱 기나긴 낮이 시작되었다. '영원한 낮'이라는 말이 문득 떠올랐다. 팝 아트의 표어였던가? 프로그레시브 락의 곡명이었던가? 나는 한동안 기억을 들춰내는 게임에 몰두했다. 시간은 느릿느릿 흐르고, 태양은 황도를 달팽이처럼 지나갔다. 앉아서 죽음을 기다린다는 말도 어딘지 모르게 유쾌하게 들린다고 생각하기에 이르렀다.

유일하게 바람은 상냥하고 푸근했다. 체념과 피로 탓인지 오수의 숨결이 여기저기서 들려왔다. 《잠과 죽음은 형제》, 이는 피터 디킨슨의 미스터리 소설 제목이다. 잠에 빠져드는 것을 끝으로, 그들은 더 이상 눈을 뜰 일이 없는 것 아닐까? 눈꺼풀 하나 깜박이지 않고 자는 리요의 얼굴에 가슴이 아려 왔다. 뺨에 흙이 조금 묻었을 뿐, 평온히 자는 얼굴. 처음 보는 그녀의 잠든 얼굴이었다.

잠든 사람, 혹은 눈을 감고 가만히 있는 사람들 속에서 정신을 차리고 보니 '눈 뜬 사람'은 나하고 에가미 선배 단 둘뿐이었다. '눈 뜬 자' 스승 구제프는 뭐라고 말씀하셨지?

에가미 선배는 등을 구부리고 책상다리로 앉은 채 눈길을 들어 이쪽을 바라보고 있었다. 나도 그쪽으로 몸을 돌려 구도 중심에 에가미 선배의 모습이 오도록 맞추었다. 나를 지배하는 기묘한 비현실성. 눈에 비치는 광경이 전부 그림처럼 생각되었다.

"에가미 선배, 짧은 만남이었지만 정말 즐거웠어요. 부장을 만난 것만으로도 그 대학에 들어간 보람이 있었습니다."

"아직 그 말을 듣기엔 이른걸." 온화한 말투였다. "하지만 교토의 산하가 그립구나, 아리스."

"호리카와 거리의 헌책방에서 이네스의 《햄릿, 복수하라》를 발견했는데, 하필 그 때 돈이 없어서 못 샀어요. 살아서 교토로 돌아갈 수 있다면 오백 엔짜리 동전을 쥐고 달려가고 싶어요."

"이 녀석, 주머니에 오백 엔도 없었냐. 가난뱅이."

"그 책은 갖고 싶어요. 하지만 가장 읽고 싶었던 건 《적사관 살인 사건》인가 하는 책이었어요."

에가미 선배는 꽃처럼 활짝 웃었다. 그 웃음이 어디서 나오는 것인지 나는 전혀 이해할 수 없었다.

"내용은 마음대로 상상하도록. 미스터리의 본질은 환상 소설. 그 원류는 수수께끼를 향한 향수라네, 아리스 군."

"뭡니까, 그거? 모치 선배처럼 젠 척하시는군요. 에가미 선배, 좀 더 미스터리 이야기를 해요."

"시부사와 다쓰히코가 우리 같은 인종을 이렇게 표현한 책이 있었어. '개인의 인격 형성 따위는 아무래도 상관없다, 뿌리부터 호모 루덴스(Homo Ludens)라는 말이다.'라고."

"지당한 말씀입니다."

진정제를 맞은 것이나 다름없다. 좋아하는 이야기를 하고 있으면 불안도 공포도 얼마간 속일 수 있을 것 같았다. 서로 핵심도 없는 이야기를 나누었다. 우리는 두 개의 해시계였다. 해는 서쪽으로 기울고, 두 사람의 그림자는 동쪽으로 뻗어 갔다.

다음으로 우리를 습격한 작은 사건은 소나기였다. 천둥소리와 번개에 겁을 집어먹고 한 데 뭉쳐 있었지만, 단비였다. 그릇이 될 만한 물건을 총동원해 식수를 확보했다. 취우(驟雨)는 지나가고, 서쪽 하늘이 물들어간다. 해는 지고 달이 떠올랐다.

2

만월이 음력 십오야의 달이라면, 그 이틀 후의 달은 다치마치 즈키(立待月)라고 한단다. 그 다음 날이 앉아서 기다린다는 이마치즈키(居待月), 또 그 다음 날이 네마치즈키(寝待月). 달이 나오는 시간이 조금씩 늦어지는 것을 옛사람들은 그렇게 표현했다고 한다. 루미가 아니다. 국문과에서 바쇼를 연구하는 유코의 강의였다.

"여정에 쓰러져 누워서 바라보는 이마치즈키. 이거 하이쿠로 어때?"

모치즈키가 드러누운 채로 말하자 오다가 곧바로 대꾸했다. "하이쿠는 관둬라. 게다가 날짜하고 계절어도 맛이 갔네."

"맛이 간들 어떠하며 미친들 어떠하리. 어디서 들어본 대사로군."

여기저기서 난민들은 잡담에 흥을 내고 있었다. 할 일이 없었던 것이다. 그 와중에 중상을 입은 다케시만이 고통과 싸우고 있었다.

"많이 아파?"

가까이 있던 미카가 묻자 그는 창백한 얼굴로 끄덕였다. 미카 곁에서 에가미 선배가 일그러진 얼굴로, 그 뒤에는 나쓰오가 한 마디 말도 없이 앉아 있다. 미카가 다케시의 이마에 손을 얹었다. 에가미 선배를 돌아본 미카의 입술이 '열'이라는 모양으로 움직이는 것 같았다.

기다리는 일밖에 할 수 없었다. 나는 작정하고 기다리기로 했다. 구조대가 기슭으로부터 1킬로미터 지점에서 사유리의 시신을 발견했다고 했다. 구조는 지금도 이쪽으로 다가오고 있을지 모른다. 그저 기다리는 것이 최선책이라면, 한탄을 그만두고 시간을 죽이고 있으면 된다. 소극적인 생각이지만.

"물 마실 사람 있나요?"

남은 물통을 들고 말하는 다쓰코에게 다카히코가 짜증스럽다는 듯이 말했다.

"일일이 묻고 다니지 않아도 돼. 마시고 싶은 녀석은 자기가 말하겠지. 마시고 싶으면 혼자 마셔."

"어머, 그렇게 신경질 부리지 않아도 되잖아. 마음 상하게."

그런 대화를 바라보고 있던 루미가 부러운 듯 한숨을 쉬었다. 잘 어울리는 커플이다. 다케시와 사유리도 참 좋은 분위기였는데.

밤이 되자 시간의 걸음은 진저리쳐질 정도로 느렸다. 내가 투덜거리자 두 팔을 팔베개로 반듯이 누워 밤하늘을 보고 있던 나쓰오가 이런 제안을 했다.

"내 옆에 누워. 하늘을 봐. 난 벌써 아까부터 유성을 세 개나 보았어. 하룻밤에 몇 개나 떨어질지 계속 세고 있을까봐. 나 바라건대 별 밑에서 여름에 눈을 감기를."*

"모치 선배만 그런가 싶었더니 이번에는 나쓰오 형이 사이교 흉내를 낸 잣파이**를 읊는 건가요? 어디."

나는 그를 흉내내보기로 했다. 치솟는 화산재가 때때로 베일을 드리웠지만, 지상 세계를 초월한, 무궁히 펼쳐지는 드넓은 광경에 나는 잠시 마음을 빼앗겼다. 별은 빛나는 것이라는 사실을, 도시에서 자란 나는 처음으로 실감할 수 있었다. 다만 올려다보는 얼굴에 희미하게 떨어지는 재만은 멈출 도리가 없다. 여자 아이들은 하나같이 머리를 감고 싶다고 불평을 토로하고 있었다.

천구가 움직이고, 밤이 깊어졌다.

"다들 모여 주겠니?"

몸을 일으키자 에가미 선배가 서 있었다. 근심어린 눈빛을 띤 그 모습이 달빛 속에 떠올라 있다. 무슨 일인가 싶어 삼삼오오 흩어져 있던 사람들이 모여들었다. 누워 있는 다케시 옆에는 미카가 있었다.

---

* 승려이자 가인인 사이교(西行, 1118-1180)가 임종 때 남긴 시구의 패러디. '願わくは花のもとにて春死なんその如月の望月のころ, 나 바라건대 벚꽃 아래서 봄에 눈을 감기를, 그 음력 이월 하늘 보름달 뜰 무렵에' – 옮긴이
** 雜俳, 본격적인 하이쿠에 비해 형식과 내용이 잡다한 유희적 하이쿠의 총칭 – 옮긴이

"다들 이런 휴가를 보내게 될 줄은 몰랐겠지. 여기서 일어난 일련의 소란은, 살인 사건도 포함해서 누구 탓도 아니라고 생각해. 우리들 가운데 루나가 있는 걸 핑계 삼아, 이 소란을 전부 저 달 책임으로 돌리자. 산도 사람도, 달 때문에 미쳤다고 생각하자. 다만, 이 무대에 선 나도 너희들도 이제 지쳤어. 오늘밤으로 이런 미친 짓은 끝내 버리고 싶다. 이 안에서 가장 달의 영향을 받은 사람이 누구였는지, 그것도 밝히겠어. 오늘밤은 샐리의 장례 전야이기도 하니, 전부 끝마무리를 짓자. 다들 오늘밤은 푹 잠들고 싶겠지."

마법사의 주문처럼 그 목소리가 귓속에서 메아리쳤다. 그 말의 의미를 확실하게 이해하지 못한 탓도 있는지, 입을 여는 사람은 없었다.

"닷새 전 밤부터 톱니바퀴가 어긋나기 시작했어. 그날 밤, 무슨 일이 일어났는지 나도 모른다. 미카가 말했던 그런 일이 있었는지 없었는지, 알 방도가 없어. 단지, 아침이 되자 샐리가 떠났다."

적적한 피리 소리처럼 에가미 선배의 목소리가 상처 입은 계곡에 흘렀다. 에가미 선배는 지금부터 살인범을 지적하려는 것이다. 간신히 그 사실을 깨달은 나는 마른침을 꿀꺽 삼켰다.

"그날 아침, 분화. 그리고 그날 낮―아마도―범인은 살의를 굳히고 샐리의 집에서 나이프를 빼냈고, 그날 밤, 도다 후미오가 살해당했다. Y라는 다잉 메시지가 남았다. 알리바이가 있는 사람은 아무도 없었다. 결론. 아무 것도 알 수 없다. 범인은 전혀 단서를 남기지 않고 살인에 성공했다.

다음날 밤, 두 번째 분화가 있었고, 쇼조가 모습을 감췄다. 그것도 기묘한 일이지만, 그 후에 다시 누군가가 카세트테이프에 녹음된 쇼조의 노래를 재생하는 장난을 쳤고, 기타노 쓰토무가 살해당했다. 이번에는 지난번과 상황이 달랐어. 'y'라는 메시지와 모두 알리바이가 없었다는 점은 지난번과 똑같았지만, 범인은 우리가 정리하는 데 어리둥절할 정도로 많은 증거품들을 남겼다. 그 하나하나를 자연스러운 배열로 정리해 의미를 도출하려고 고심하게 될 정도로.

먼저 피해자 벤의 어깨에 묻은 오른손 모양의 핏자국. 다음으로 손을 씻으러 개울로 내려간 흔적. 그리고 그날 밤사이에 써서 우리에게 보낸 범행 종결 선언. 리요가 처분한 흉기, 나이프. 더욱이 누군가가 모치의 카메라에서 필름을 빼 갔다는 사실을 알게 되었고, 연이어 쇼조의 절단된 새끼손가락을 발견하게 되었다.

여기까지 재료가 갖추어진 시점에서 나는 범행 용의자를 두 사람으로 좁혔다. 그중 한 사람이…… 샐리였어. 샐리 범인설에 대해서는 아까 미카가 한 차례 말했지만, 그 비현실성을 무시한다면 이야기가 성립된다는 사실은 부정하지 못하겠지. 그렇지만…… 샐리는 살아 있지 않았다."

2-1＝1. 지금, 에가미 선배의 머릿속에 범인의 이름이 있다. 나는 숨을 죽이고 이어지는 이야기에 귀를 기울였다.

"실은 벤이 살해당한 후에 간신히 범인을 짐작할 수 있었다. 어떻게 범인을 두 사람으로 좁혔는지 순서대로 이야기해 보지.

쓰토무 살해 당시, 범인은 다양한 증거품을 남겼다고 아까도 말했지만, 문제는 쓰토무의 어깨에 남아 있던 오른손 모양의 핏자국이야. 그것이 의미하는 것은 범인이 벤을 찔렀을 때 튄 피로 손을 더럽혔다는 사실과 그 손, 즉 주로 사용하는 손이 오른손이라는 사실. 그렇지만 여기 있는 사람들 전부 오른손잡이라 썩 중요해 보이지 않는다…… 그렇게 생각했는데, 이것 때문에 다음 상황에 의문이 생기더군.

다음. 범인이 더럽혀진 오른손을 씻기 위해 개울까지 내려갔다는 사실은 분명해. 그날 가장 마지막으로 물을 뜨러 그 길을 내려간 사람은 나였어. 그 길에 다 타버린 열 개의 성냥개비나, '솔레이으'의 빈 성냥갑이 떨어져 있지 않았다는 건 바로 내가 기억하고 있어. 단순한 확인 절차이지만, 그건 범인이 범행 후에 그 길을 지나갔을 때 남긴 물건이 틀림없어.

이 성냥개비와 빈 갑에 대해 생각해 보자. 이것은 상당히 내 관심을 끌었어. 성냥개비는 전부 열 개비. 어둡고 험한 길을 내려가는 데 쓴 것치고는 수가 너무 적은 것 같다. 모든 성냥개비가 뜨거워서 잡을 수 없게 될 때까지 타들어갔다는 점과, 버려진 빈 갑, 이 두 가지로부터 도출해 낸 그 의문에 대한 해답은, 범인은 갖고 있던 성냥을 다 써버렸다는 말이 된다. 이 점에서 무엇을 알 수 있는가 하면……."

"범인은 회중전등도 라이터도 갖고 있지 않았다." 모치즈키가 재빨리 끼어들었다. "따라서 범인은 준비성 없는 얼간이거나, 혹은 담배를 피우지 않는 사람이다."

"그 정도겠지. 하지만 이 성냥개비와 빈 갑이 내 관심을 강하게 끈 것은 그런 이유에서만이 아니야. 그것에는 납득할 수 없는 이상한 점이 있었는데 모치, 너는 눈치 채지 못했지?"

에가미 선배는 슬며시 웃었다. 지명당한 남자는 말문이 막혀 그 사실을 인정했다. 부장은 잠시 모치즈키에게 고정했던 시선을 다시 돌려 이야기를 시작했다.

"수상한 점은 전혀 없었다. 다들 그렇게 생각하는 모양인데, 아무 것도 없다는 그 점이 바로 이상해. 알겠나? 그건 범인이 피범벅이 된 오른손을 씻기 위해 개울로 내려갔을 때 남겼다고 추정되는 물건이다. 즉 그 성냥에 불을 지폈을 때, 범인의 오른손이 피로 물들어 있었다면, 성냥개비나 성냥갑 둘 중 하나에 피가 묻어 있지 않으면 이상하잖아?"

"앗!" 마사키가 소리를 질렀다.

"여기서 증거물을 꺼내 재확인할 필요도 없겠지. 어느 하나 그런 흔적이 없었다는 사실은 다들 기억하고 있을 거야. 그럼, 그 사실이 어떠한 의미를 갖고 있는지 생각해 보자. 피범벅이 된 오른손의 범인이, 성냥개비도 빈 갑도 전혀 더럽히지 않고 성냥불을 붙일 수 있을 리가 없어."

"범인이 장갑, 목장갑을 끼고 있었다는 건 어때요?" 나쓰오가 말했다.

"사람을 죽일 생각이었으니 범인이 그 때 목장갑을 끼고 있어도 이상할 건 없지만, 목장갑을 끼고 성냥을 긋는 건 어려울 것 같다. 게다가 피범벅이 된 손에 목장갑을 끼면 혈흔이 가득한 목장갑이 되는데, 네가 범인이라면 그런 짓까지 해서 성냥을 더럽히지 않으려 할까?"

"그렇다면…… 그렇다면 이거다!" 나쓰오가 다시 말했다. "범인은 벤을 찔렀을 때 목장갑을 끼고 있었습니다. 벤의 어깨에 남은 손자국은 사실 목장갑을 낀 손자국인 거예요. 그렇게 되면 목장갑을 벗어 버리면 범인의 손은 깨끗하니까 성냥을 그어도 몸통이나 빈 갑을 더럽히지 않지요."

"분명 그래. 그리고 개울까지 손을 씻으러 갈 필요도 없겠지."

"윽." 나쓰오는 소리를 집어삼키고 머리를 긁적였다. "그렇군요."

"나는 성냥쯤 한 손으로 그을 수 있어." 이번에는 다카히코가 말했다. "범인은 오른손은 피가 묻었을지 모르지만 왼손은 아마 깨끗했을 테니, 왼손 하나로 불을 붙인 게 아닐까요?"

"성냥쯤은 한 손으로 그을 수 있다고 했지. 그렇다면 피스, 너 그걸 왼손으로 할 수 있어? 범인은 오른손잡이. 오른손잡이인 사람이 왼손 하나로 성냥을 긋는 건 상당한 재주야. 불가능하다고 말하지는 않겠어. 가능성으로 이야기한다면, 왼손에 상자를 들고 성냥을 입으로 물고 긋는 곡예도 불가능하지는 않아. 단지 의문점은 어째서 그렇게까지 해서 성냥을 더럽히는 걸 싫어했는가, 하는 점이야. 성냥개비에 피가 묻는 걸 절대로 용서할 수 없다? 일반적으로 그런 상황은 생각할 수 없어. 그렇다면 범인이 이것을 그었을 때, 손은 깨끗했다는 말이 돼."

내 앞에서 나쓰오가 끙끙대고 있다가 이야기가 거기까지 진척

되자 손을 들어 발언권을 요청했다.

"에가미 형의 이야기는 이해가 안 돼요. 아까 제가 모순된 말을 했지만, 지금 '범인이 이것을 그었을 때, 손은 깨끗했다'는 건 무슨 말입니까? 손이 깨끗했다면 강까지 씻으러 갈 필요가 없잖아요?"

"아니, 아닙니다!"

갑자기 마사키가 큰 소리를 지르는 바람에 주위 사람들이 펄쩍 뛰어올랐다.

"전혀 이상하지 않습니다. 성냥을 그었을 때 손이 깨끗했다는 말은, 성냥을 긋기 전에는 손이 깨끗하지 않았다는 말입니다. 즉, 손을 씻은 후에 성냥을 그었다, 이렇게 되는 겁니다."

"좀 더 짧게 말할 수 있는 사람은 없는 거야?" 유코가 짜증을 냈다.

거의 정신이 홀린 마사키는 흘겨 뜬 눈으로 에가미 선배를 바라보았다. 부장은 견해의 일치에 수긍했다.

"마사키 박사가 말한 대로다. 그 외의 설명은 불가능해. 범인은 피를 뒤집어쓴 오른손을 씻으러 개울에 내려가, 손을 씻고 돌아오는 길에 그 성냥을 사용한 것이다. 그 길을 왕복하기 위한 불빛으로 사용하기에 성냥개비 열 개는 너무 적다는 또 하나의 의문에도 이걸로 대답할 수 있어. 거기까지 이야기가 진전되면 또 다른 의문이 나타나지. 즉, 그렇다면 범인이 개울에 내려갈 때 어떻게 했을까 하는 점. 어떤 불빛을 사용했는가?"

에가미 선배와 우연히 눈이 맞았다. 뭔가 말 좀 하라고 재촉하는 것만 같다.

"……회중전등, 라이터."

"회중전등, 라이터. 나도 달리 떠오르지 않아. 의문을 한 걸음 더 전진시켜보자. 그렇다면 어째서 범인은 갈 때와 올 때, 다른 불빛을 사용했는가? 이에 대한 대답도 하나밖에 없다. 갈 때 사용했던 불빛을 돌아올 때는 사용할 수 없는 사정이 있었다. 그게 자문자답의 종점이었다. 나는 벤의 시체를 최초로 발견하고, 그 것을 내려다보며 멍하니 서 있던 다케시의 모습을 기억해냈어. 그의 발치에는, 시체를 발견한 쇼크가 너무 커 그만 떨어뜨린 것 으로 보이는 부서진 회중전등이 나뒹굴고 있었어."

"기다려!" 나쓰오가 외쳤다. "기, 기다려 주세요. 그래서…… 그게 어떻다는 말씀입니까?"

완전히 혼란에 빠진 질문이었다. 다케시를 돌아보는 그를 따라 나도 그쪽으로 눈길을 돌렸다. 그는 미카의 무릎을 베개 삼아 에가미 선배 쪽으로 고개를 돌리고 있었지만, 눈을 감고 있는 건지 흐릿하게 뜨고 있는 건지도 알 수 없었다.

"범인은 다케시. 그것이 내 결론이다. 그는 숲에 있던 벤을 찾아다니다가, 발견했다. 그는 벤이 다른 그림을 그리려고 장소를 옮긴다는 말을 듣고 있었어. 자기 입으로 말할 정도였으니까. 그 리고 스케치북에 콩테를 놀리는 벤의 뒤로 몰래 다가가, 나이프를 쥔 오른손을 몸 앞쪽으로 돌려 가슴을 찔렀다. 오른손에 피를 뒤집어쓰는 건 예상치 못한 일은 아니었다. 피를 씻어 내기 위해서 회중전등을 들고 개울로 나 있는 어두운 길을 내려갔다. 하지만 거기서 사고가 발생했다. 그 회중전등을 뭐에 부딪거나 떨어 뜨려서 고장 내고 말았던 거야."

"응?" 그 때, 미카가 다케시의 얼굴을 들여다보았다. "뭐라고 했니?"

귀를 기울이자 그의 목소리를 들을 수 있었다.

"……손을 씻고 있을 때…… 떨어뜨렸어……."

잠시 완벽한 침묵이 이어졌다. 에가미 선배의 추리가 적중했 음을 범인이 스스로 인정한 것이다. 커다란 문이 삐걱대며 서서 히 열리는 정경이 머릿속에 떠올랐다.

"그래, 떨어뜨려서 고장났다는군." 에가미 선배는 무표정하게 이야기를 재개했다. "그는 갑작스런 어둠 속에서 순간 당황했을 지도 모르지. 하지만 다행히 주머니에는 '솔레이으'의 성냥이 한 갑 들어 있었어. 손을 씻고서 그걸 꺼내 귀중한 성냥 하나하나를 소중하게 써서 왔던 길을 돌아간 거지. 전부 열 개비. 다 쓰고 나 서는 증거물로 가치가 없어 보이는 그것을 근처에 버렸다. 그리 고 화장실이나 산책이라도 다녀온 척하고 텐트로 돌아왔던 거야.

이윽고 소동이 일어난다. 벤이 돌아오지 않는다고. 다들 숲 속 에서 흩어져 벤을 찾는다. 다케시의 손에는 불이 들어오지 않는 회중전등밖에 없다. 언제 어떻게 그것이 고장 났는지 필연성이 있는 설명이 필요하다. 그것도 지금 당장. 그렇지 않으면 '야, 그 거 어떻게 된 거야?'라는 지적을 받겠지. 거기서 자기가 시체 발 견자가 되어 그 때 깜짝 놀란 나머지 회중전등을 떨어뜨렸다는 연극을 하기로 한 거야. 범행 현장에는 어두운 숲을 통과하지 않고 갈 수 있는 지름길이 있었다. 시체 발견 후, 텐트로 돌아오기 위해 리요나 마사키 일행이 내려왔던 그 언덕을, 거꾸로 올라가면 되는 거야. 그는 그렇게 했다. 시체 주변에 서서 발치에 고장난 회중전등을 떨어뜨려 놓고, 다른 사람들을 부르기 위해 소리를 질렀어."

다케시는 말이 없었다. 아마도 그것이 에가미 선배의 이야기가 사실과 크게 다르지 않음을 증명하고 있는 것이다.

"능숙한 위장이었어. 나도 그 때는 조금도 수상하다는 느낌을 받지 못했으니까. 이렇게 다소 아슬아슬한 장면도 있었지만, 그는 살인을 끝마쳤다. 그는 연쇄 살인이 계속되는 게 아닐까 하는 쓸데없는 공포를 불식시켜 주려고 범행 종결 선언을 공표하기로 했다.

그 범행 종결 선언을 쓸 때, 그는 신중함 그 자체였어. 종이는 텐트에 붙어 있던 표찰을 떼어내서 사용했고, 펜은 시체의 가슴 주머니에서 꺼냈지. 둘 다 그 장소에 있던 물건들이야. 당연히 필적도 일부러 엉망으로 써서 누구 글씨인지 감정하지 못하게 해 두었어. 여기까지 신경을 썼으니 괜찮을 거라고 생각한 것도 무리는 아니지. 하지만 그는 여기서도 슬쩍 꽁무니를 드러내고 있어.

그건 나중에 얘기하기로 하고, 그 편지를 보았을 때 나는 이게 정말 범인이 쓴 편지일까 고민했어. 그리고 또 하나, 종이 윗부분이 찢겨 나간 것도 사소한 일이긴 했지만 마음에 걸렸어. 하지만 이 두 가지 의문은 오늘 둘 다 풀렸다. 리요의 소행이었어. 그녀는 아침에 편지를 가장 먼저 발견하고는, 거기에 샐리의 나이프가 꽂혀 있는 걸 보고 당황해서 그걸 처리하고 말았다. 게다가 나이프가 꽂혀 있던 자국을 지우려고 편지 윗부분을 찢어서 버렸어. 나는 만일을 생각해 리요가 한 증언도 의심해 보았지만, 아리스가 진위를 증명해 주었어. 아리스는 리요가 남들 눈을 피해 텐트를 나오는 것부터 목격했는데, 이 녀석이 또 그걸 숨기는 바람에."

나는 시선을 숙였다. 리요를 훔쳐보자 그녀도 몸을 움츠리고 듣고 있다.

"누가 썼는지 눈치 채지 못하도록 최대한 주의를 기울인 범행 종결 선언. 실제로 그 후 살인은 일어나지 않았어. 게다가 그 편지에는 흉기가 꽂혀 있었다. 여기까지 재료가 갖추어졌다면 편지를 쓴 사람이 진범이라는 결론을 내려도 되겠다는 생각이 들었어."

오다가 묻는다. "누가 그 편지를 썼는지 알 수 있어요? 방금 다케시가 꽁무니를 드러냈다고 말씀하셨는데, 그런 편지를 보고? 달걀귀신을 보고 관상을 보는 거랑 별 차이 없잖아요."

"해 볼까?" 에가미 선배는 헛기침으로 사이를 두었다. "관점을 살짝 바꾸면 가능해. 나는 그 편지를 만져 보고 눈치 챘어."

부장은 마사키를 보았다. 하지만 마사키도 이번에는 감이 오지 않는 모양이다. "뭘 말하는 거지?" 하고 중얼거렸다.

"편지 표면을 손가락으로 쓰다듬어 보았더니, 기분 좋을 정도로 매끈했어. 뒷면도 마찬가지. 이게 마음에 걸렸지. 범인은 이 편지를 쓸 때 책받침을 대고 썼다는 말이 된다. 무언가 딱딱한 것을 대고 쓰지 않았다면, 그만큼 꾹꾹 눌러썼으니 당연히 종이에 요철 자국이 찍혔을 거야. 그렇다면 범인은 무엇을 책받침으로 이용했나? 종이도 펜도 그 텐트에 있던 물건을 사용한 범인이, 설마 책받침만 가져왔을 리가 없어. 역시 그 텐트 안에 있던 물건들 가운데서 골랐을 거야. 하지만 아무리 둘러봐도 소지품 검사를 한 벤, 후미오, 샐리의 짐 속에는 비슷한 게 없었어. 텐트의 빳빳한 천 위에서 써도 종이는 긁혀. 이상하다는 생각을 하다가 알게 되었어. 범인이 가지고 간 거야. 그 편지를 쓴 건 전날 밤 모두 함께 벤의 시체를 텐트에 안치했을 때부터 다음날 아침 리요가 발견하기까지, 그 사이의 어느 시점이다. 그 사이에 책받침이 될 만한 무언가가 텐트에서 반출되었다면, 그 물건은 그것밖에 없다. 다케시가 가지러 갔던 오셀로 게임판. 나쓰오가 오셀로를 하고 싶지만 영안소가 된 텐트에 그걸 가지러 가는 게 내키지 않는다는 걸 듣고, 다케시가 일어섰어. 다케시가 오셀로 말과 판을 가지러 갔을 때, 근처에 숨겨 두었던 나이프를 들고 가서 재빨리 그 편지를 썼던 게 분명해."

또다시 다케시가 신음했다. "맞습니다." 그 한 마디를 하는데 상당히 힘이 들어 보였다.

"나이프는, 후미오를 죽이기 전에는, 숲 속, 고목, 구멍에, 숨겨 두었다가, 죽인 후에는, 사실은, 안치된, 후미오의, 시체, 밑에, 깔아, 두었어. 아무도, 눈치 채지, 못 하더라……."

"다케시, 억지로 말하지 않아도 돼. 에가미 오빠가 하는 말이

틀렸을 때만 그렇지 않다고 말하면 돼."

미카가 눈물을 글썽이며 말했다.

"에가미 형."

나쓰오가 입술을 부들부들 떨며 가만히 있지 못하겠다는 듯 갑자기 벌떡 일어섰다.

"다케시가 어째서 Y입니까? 뭔가 이유가 있어서 그 녀석이 유코에게 죄를 뒤집어씌우려고 잔재주를 부렸다는 건가요? 그런 말도 안 되는 소리는 하지 않으시겠지요?"

"그 다잉 메시지에 대해서는 최대한 생각하지 않으려 했어. 이렇게 많은 사람들이 머리를 쥐어짜도 해결 못한 메시지는 황당한 불량품이야. 그런 것에 매달릴 때가 아니라고 생각했어. 하지만 범인이 다케시라고 짐작한 후에는 의미를 찾아내려 했지.

한 가지 전제로, 두 번째 메시지, 즉 벤의 스케치북에 쓰인 'ỷ'라는 메시지는 다케시가 한 위장이라고 생각했다. 이건 언젠가 나쓰오가 말했던 것과 같은 이유로, 최초의 Y 메시지를 보고 다들 고민했던 걸 아는 벤이 죽음의 문턱에서 'ỷ'라는 메시지를 쓸 리가 없다는 사실. 즉 신경 써야 하는 건 첫 번째 메시지뿐이야.

하지만 그 Y 역시 도통 영문을 모르겠더군. 알파벳 Y래서야 다케시의 이름과 연결되지 않아. 그렇다면 한자인가? 히라가나? 가타카나? 하지만 그 중 어느 것에도 부합되지 않을 것 같잖아. 다케시(武)도 아니고, 넨노(年野)도 아니야. 잠깐. 넨노(年野)? 이걸 만약 '도시노(としの)'라고 잘못 읽었다면? 히라가나로 'と'를 쓰다가 피해자의 힘이 다했다면 Y가 되지 않을까? 내가

봐도 심술궂은 해석 같기는 했지만 검증해 보았어. 그랬더니 이게 의외로 필연성이 있더군? 먼저, '넨노'를 '도시노'로 잘못 읽을 필연성. 처음 자기소개 시간을 제외하고 누군가 그를 '도시노'라고 부른 적이 과연 몇 번이나 있었을까? 다들 별명, 애칭, 이름으로 부르는 통에 성은 거의 잊고 있지 않았나? 텐트에 붙인 표찰에는 성명을 써 놓았지만, 그걸 잘못 읽을 가능성은 커. 더군다나 그의 이름은 굳이 말하자면 '도시노'라고 읽는 게 자연스럽지."

나쓰오는 곧바로 반박했다. "그건 좋다고 칩시다. 하지만 어째서 후미오는 입에 익은 '다케시'라는 이름을 쓰지 않았지요?"

"그것에도 필연성이 있어. 후미오도 '다케시'라고 쓰려 했는지 몰라. 하지만 그의 여력은 'と' 한 글자도 다 쓰지 못할 정도였어. 그는 자기의 힘이 다할 것을 예상하고 '다케시'라 쓰려던 걸 그만두었어. 그랬다가는 그 메시지의 의미가 '다케시'와 '다케시타 마사키', 누구를 가리키고 있는지 모를 테니까. 그렇지 않나?"

나쓰오는 힘없이 주저앉았다. 허탈감을 견디지 못하고.

"그래." 다케시가 말했다. "후미오는, 나를 '도시노'라고 부른 적이, 있었어. 우리 둘만 있을 때. 그래서, 나는 'Y'의 뜻을, 금방, 알았어. 다들, 그걸 알파벳 Y라고, 착각했어. 그래서 벤을 죽였을 때에는, 필기체 'y'를 썼어. 그렇게 하면, 더욱 더, 내 이름에서, 멀어져."

에가미 선배는 서글픈 표정으로 끄덕였다.

3

"에가미 형은 기타노 형이 살해당했을 때 범인을 두 명으로 좁혔다고 말씀하셨죠?"

마사키가 약간 강경한 말투로 물었다. 에가미 선배는 그렇다고 대답했다.

"아니, 그건 아닐 겁니다. 그 시점에서 에가미 형은 다케시 형이 범인이라고 결론을 내렸을 겁니다. 가능성이라는 면에서 샐리 범인설도 보류했다는 건 지나치게 신중합니다. 만일 에가미 형이 진심으로 그렇게 생각했다면 말이 안 돼요.

에가미 형은 샐리가 범인일지도 모른다는 생각은 하면서, 잇시키 쇼조가 범인일지도 모른다는 생각은 조금도 하지 않았습니까? 지금 이야기 속에서도 쇼조 형 이야기는 한마디도 나오지 않았지요. 그는 어떻게 된 걸까요? 살아 있나요? 죽었나요? 만약 살아 있다면 그도 샐리와 마찬가지로 범인일 가능성이 있습니다. 알리바이 따위 있을 리가 없으니까요. 게다가 아까 하루미 누나가 말한 '도둑맞은 필름'에 대한 설명도 맞아 들어갑니다. 어째서, 모치즈키의 필름이 도둑맞았는가, 그것은 쇼조 형이 유령처럼 찍혀 버렸기 때문이에요."

에가미 선배는 마사키의 눈을 가만히 바라보고 있었다.

"다케시가 자기가 했다고 자백하고 있는데도 그런 새로운 가설을 끄집어내는 건가, 나쓰오도, 너도."

"다케시가 범인이라고 생각하고 싶지 않아."

그렇게 대답한 사람은 나쓰오도, 마사키도 아닌, 다카히코였다. 그의 두 눈동자에도 슬픔이 짙게 어려 있었다.

"나도." 미카가 말했다. "나도 누가 범인이든 믿고 싶지 않아. 유코가 말한 것처럼 제이슨이 한 짓이라면 그나마 마음이 편하겠어."

다케시가 힘없이 웃었다. "……나인데."

"쇼조가 범인이라는 건 불가능한 일이야. 박사님께서 혼란스러운가 보군." 끼어든 사람은 모치즈키다. "피 묻은 손자국을 잊고 있어. 그 오른손 핏자국에는 다섯 손가락이 제대로 붙어 있었잖아."

마사키는 고개를 가로저었다.

"혼란스럽지 않습니다. 들어보세요, 에가미 형, 쇼조 형이 어떠한 사정으로 넷째 손가락을 잃은 것은 기타노 형을 살해한 후라고 생각해도 이상하지 않지요?"

모치즈키는 마사키의 말에 한 방 먹었다. 확실히 그 손가락이 언제부터 후미오의 주머니에 들어 있었는지는 확실치 않다.

"그래, 이상하지 않아."

"그렇다면 쇼조 형이 범인일 가능성도 있지요?"

"아니, 그건 없어. 벤이 살해당했을 때 쇼조가 아직 살아 있고, 또 그가 넷째 손가락을 잘리지 않았다고 해도 범행은 무리였어. 반지가 살에 박혀서, 그는 넷째 손가락을 구부릴 수 없었으니까."

마사키는 신음과 함께 입을 다물었다.

"……나이프를 쥘 수 없었다."

"그래, 시험해 보면 실감할 수 있겠지만, 넷째 손가락을 굽히지 않고 물건을 세게 쥐기란 불가능해. 따라서 쇼조는 범인이 아니야. 그는 죽었을 거라고 생각해."

"나야…… 쇼조를 죽인 것도."

다케시가 쥐어짜는 목소리로 말했다. 침묵이 찾아왔다.

"쇼조의 시체는 절벽에서 떨어뜨렸나?"

에가미 선배가 조용히 묻자 그는 고개를 끄덕였다.

"그래. 손가락을 자른 건 분화 후였지?"

다케시는 또다시 끄덕였다. 에가미 선배는 다시 우리를 향해 이야기를 시작했다.

"그의 손가락이 발견된 시점에서, 두 번째 희생자가 된 게 아닐까 했어. 하지만 어째서 범인이 시체를 숨겼는지 알 수 없었어. 범인은 후미오와 벤을 죽인 후에는 시체를 숨기려고 하지 않았는데, 쇼조를 죽인 후에는 어째서 그 시체만 없앨 필요가 있었는가?

물론 가능성은 무한하겠지만, 먼저 생각해볼 수 있는 건 시체를 보면 범인이 누구인지 알 수 있는 상황이지 않았나 하는 점. 예를 들어 범인이 쇼조의 저항으로 인해 상처를 입어, 그 혈흔이 피해자의 옷에 남아 버린 케이스. 하지만 그렇다면 범인은 더럽혀진 옷만 처분하면 됐을 테니, 그게 시체를 통째로 처리할 이유가 되지는 않아. 만약 범인이 상처를 입었어도 그리 대단한 출혈은 아니었을 거다. 우리들 가운데 그 때 큰 상처를 입은 사람은 없었으니까, 설마 시체가 머리끝부터 발끝까지 피를 뒤집어썼을 리는 없어.

그렇다면, 어째서?"

"가능성은 무한합니다." 마사키가 부장이 방금 전에 한 말을 인용했다. "예를 들어 범인이 나이프를 사용하지 않고 쇼조 형을 목 졸라 죽였다고 칩시다. 죽인 후에 보니 시체의 목에 자기 손자국이 선명하게 남고 말았다. 그런 경우도 생각해볼 수 있습니다."

"응, 하지만 그건 아닐 거야. 범인은 쇼조의 손가락을 잘라 냈어. 즉 그 때 나이프를 가지고 있었다는 말이지.

가능성은 무한하지만, 그날 밤 그 때 일어난 가장 커다란 사건, 그리고 범인이 예상치 못한 사건은 두 번째의 분화겠지. 그게 해프닝을 일으켜 범인에게 시체를 없애도록 만든 게 아닐까?

다케시, 내가 말할 테니 그냥 들어. 틀리면 마지막에 정정해.

다케시가 범인이라면 언제 쇼조를 죽였는가? 그러면 분화 전에 그럴 기회가 있었어. 그리고 분화 전에 그가 범행을 저질렀을 경우, 시체를 없애야만 하는 상황이 발생한다. 분화 전 각자의 행동을 떠올려 보자. 여자들은 다들 잠자리에 들었고, 나도 텐트에서 일찌감치 잠들어 있었지. 아리스와 나쓰오는 광장에서 커피를 마시고 있었고, 모치와 노부나가는 그 옆에 있었다. 피스하고 박사도 있었지. 숲에서 어슬렁거리던 건 나머지 세 명이야, 벤은 스케치, 쇼조하고 다케시는 밤 산책. 이 세 사람 가운데 다케시만 분화 전에 숲에서 나왔어. 그건…… 쇼조를 죽이고 숲에서 돌아왔던 거야."

……그랬었나.

"알겠어? 분화 전에 범행을 저질렀다면, 알리바이가 없는 건 다케시하고 벤 두 사람뿐이라는 말이야. 분화 때문에 혼란스러울 때 나이프를 손에 들고 어두운 숲을 헤매지 않고도 그는 쇼조를 죽일 수 있었어. 살해 후에 아무렇지도 않은 척 텐트로 돌아온다. 시체는 벤이 돌아오지 않는 걸 걱정한 다른 사람들이 숲을 뒤지다가 찾아내던가, 아니면 다들 거기까지 신경 쓰지 않고 자버린 후 후미오처럼 다음날 아침 발견하거나, 둘 중 하나일 거라 생각했겠지.

하지만 일이 그렇게 풀리지는 않았어. 분화가 일어났다. 그렇다면 어떻게 되지? 뜨거운 재와 모래, 돌이 떨어져 내린다. 쇼조의 시체가 반듯이 누워 있었는지, 엎드려 있었는지는 모르겠지만, 그가 입고 있던 하얀 운동복의 한쪽 면에만 그것들이 떨어진 거야. 운동복만 더럽혀지지는 않았을 거야. 살해 현장이 숲 속이

기는 해도 머리, 혹은 얼굴이나 드러나 있던 팔에도 흔적이 남았 겠지. 자, 이윽고 분화가 진정되고 시체가 발견되면 어떻게 될 까? 분화 전부터 이미 쇼조가 시체로 지면에 드러누워 있었다는 사실이 밝혀지고 만다.

떠올려 봐. 분화 전에 알리바이가 없는 사람은 다케시하고 벤 뿐이다. 그리고 다케시는 바로 그 벤을 다음번 피해자로 삼을 예 정이었다. 그렇다면 다케시는 용의자가 다케시와 벤, 두 사람으 로 한정되는 상황은 절대로 피해야 해. 그래서 그는 다른 사람들 이 시체를 보지 못하게 만들었어. 절벽에서 밀어 버린 거야."

"그 전에 그는 시체의 넷째 손가락을 잘라냈지요. 역시 반지를 버리고 싶지 않았던 걸까요?"

오다의 말에 에가미 선배는 살짝 눈길을 내렸다.

"생각해 봐. 자기가 사랑했던 사람이 한시도 몸에서 떼어놓지 않았던 소중한 물건, 어쩌면 그 사람의 유품일지도 모를 물건을 버릴 수 있겠어? 하지만 그는 시체를 버릴 필요가 있었어. 갈등 끝에 그는 손가락을 절단한 후, 시체를 절벽에서 떨어뜨려 숨긴 거야. 그럴 수밖에 없었겠지."

"맞아……."

에가미 선배는 계속했다.

"지금 말한 사건들은 분화가 이어지는 혼란 속에서 행해졌다. 시체는 우리 눈이 닿지 않는 곳에 치워 버렸지만 그의 손에는 잘 라 낸 손가락이 남았다. 이 손가락을 어떻게 해야 하나, 그는 고 민했겠지. 이걸 숨기고 있는 걸 들키면 큰일이다. 가능하다면 버리고 싶은 귀찮은 물건이지만, 거기에 박힌 건 사랑했던 사람의 분신이야. 무엇과도 바꿀 수 없는 소중한 물건이, 무엇보다도 께름칙한 물건에 파고들어 떨어지지 않아. 샐리의 반지가 박힌 쇼조의 넷째 손가락은 정말 모순 덩어리 같았겠지. 결국 다케시는 그걸 조심스럽게 보관할 수밖에 없었어."

"그래서 도다의 주머니에 숨겨놓은 건가요."

마사키가 납득하려는데 에가미 선배가 고개를 저었다.

"최종적으로는 후미오의 주머니를 사각지대라 보고 거기에 숨겼지만, 분화 직후에는 그럴 틈이 없었어. 그래서 그는 일단 어떤 장소에 손가락을 숨겼다."

에가미 선배는 또다시 다케시의 얼굴을 보았다. 다케시는 희미한 웃음을 지었다.

"핫, 잘, 알고 있군요, 에가미 형."

에가미 선배는 모치즈키에게 시선을 돌렸다.

"다케시는 손가락을 어디다 숨길까 두리번거리다가 벌러덩 자빠져 있는 너를 본 거야."

"나를?"

"그래. 근처에 떨어진 화산탄에 놀라 나무에 머리를 박고 기절한 너를 본 그가 어떤 행동을 했을까. 유감스럽게도 너를 깨우지는 않았어. 그가 주목한 것은 네 옆에 굴러다니던 카메라였어."

다케시가 다시 유쾌하다는 듯 웃었다.

"나는, 봤어. 모치가, 새로, 서른여섯 장짜리, 필름을, 끼우는, 모습을, 분화, 직, 전에, 보았어."

"서른여섯 장짜리 필름을 막 갈아 끼운 카메라. 그걸 본 다케시의 행동은 이랬어. 덮개를 열고 필름을 빼서 버린 후, 절단한 손가락을 안에 넣고 원래대로 바닥에 던져 놓았어."

"필름을 뺐다? 그 때……?"

모치즈키가 허를 찔린 듯 눈을 휘둥그레 떴다.

"그래. 그는 서른여섯 장짜리 필름을 막 갈아 끼운 카메라는 당분간 열릴 일이 없는 로커라고 판단한 거야."

"에가미 형, 말 한 번, 잘 하는데요……."

"쓸데없는 때에 억지로 말하지 마. 어, 어디까지 했더라. 앗, 그래, 그래. 그래서 다케시는 모치의 카메라를 빌렸지만, 오산이 있었어. 서른여섯 장짜리 필름을 그가 하루 만에 다 써버린 거야. 물론 그 카메라에 필름은 들어 있지 않았으니 모치가 찍는다고 생각하면서 찰칵찰칵 셔터를 눌러댔을 뿐이지만. 어쨌든 필름을 다 썼다고 생각했으니 그의 카메라는 더 이상 안전한 로커가 되지 못해. 느긋하게 있을 때가 아니다. 빨리 손가락을 회수해야 한다. 그래서 그 카세트테이프 장난으로 모치를 꾀어내고, 그 틈에 손가락을 되찾아온 거야."

"나는 필름도 없는 카메라로 하루 종일 셔터를 눌러대고 있었다는 말입니까?" 모치즈키는 어리벙벙한 얼굴이다. "하지만……나는 정신을 잃기 전에 화산 사진을 세 장쯤 찍었어요. 사건 다음날 아침, 카메라를 봤더니 필름 카운터는 네 장 째에 맞게 가 있던데요……."

"물론 다케시는 거기까지 꼼꼼하게 맞춰놓은 거야. 필름을 빼고 뚜껑을 덮은 후에 세 번, 셔터를 눌러서."

"그럼 뭡니까, 제가 열심히 기억을 더듬어 몇 번째에 무엇을 찍었는지 명세표를 만들어, 그걸 보고 끙끙댔던 건 완전히 헛수고였나요⋯⋯."

"고생 많았어."

"잘 아는군요⋯⋯." 다케시가 말했다.

"생각했으니까. 처음부터 카메라에서 필름을 도둑맞은 게 그 테이프 소동 때라고는 생각하기 어려웠어. 내가 범인이 된 셈 치고 생각해 보면 알겠지만, 소동을 일으키고 그 틈을 타 다른 사람 텐트에 들어간다면 한시라도 빨리 목적을 달성하고 빠져나오고 싶을 거 아니겠어. 그런데 이 범인은 유유자적하게 서른여섯 장짜리 필름을 되감아서 빼냈어. 그런 짓을 하는 것보다 카메라를 통째로 집어가서 버리면 됐을 텐데. 카세트를 빼돌렸을 정도니 카메라 하나쯤 식은 죽 먹기였겠지. 그걸 이상하게 생각했더니 알 수 있었어. 범인의 목적은 촬영이 끝난 필름이 아니라는 사실을.

그리고 그 후에 다음 보관 장소로 후미오의 주머니를 선택해 옮겨 넣은 거야. 시체 밑에 나이프를 숨겨 두었다고 했으니 그걸 응용한 거겠지."

에가미 선배는 이야기에 지쳤는지, 한차례 크게 한숨을 쉬었다. "미안한데 물 좀 주겠어?" 다쓰코가 물통의 물을 컵에 따라 건넸다.

"카메라를 로커로 사용한 건 기발한 아이디어이긴 하지만, 이건 다케시의 버릇이 표출된 것 같기도 해. 이 사건에서, 그는 다른 사람들의 물건을 얼마나 빌려 썼지? 먼저 흉기로 쓴 나이프는 샐리의 물건이지. 카세트는 유코의 물건. 손가락을 숨긴 장소로 모치의 카메라와 후미오의 주머니. 리요 일행의 텐트 표찰과 벤의 만년필로 범행 종결 선언을 썼지. 전부 남의 물건이고, 게다가 자기 그룹이 아닌 사람들의 물건을 빌려 썼더군."

기운 없는 박수가 일었다. 다케시였다.

4

범인의 정체는 밝혀졌다. 하지만 아직 이해가 안 되는 일이 있다.

"다케시가 후미오와 벤을 죽인 범인이었다니…… 하지만 어째서?"

나쓰오가 누구에게랄 것도 없이 무기력하게 물었다.

에가미 선배는 허리춤에 손을 짚고 코로 한숨을 내쉬었다.

"그건 나도 잘 모르겠다. 상상해 보자면 아까 미카가 한 이야기가 떠올라. 그 두 사람이 샐리한테 몹쓸 짓을 한 게 아닐까. 그것이 샐리가 혼자서 산을 내려가게 된 원인이고, 그걸 눈치 챈 다케시가 복수를. 앙갚음이 아닌, 샐리의 복수가 살인 동기였을지도 모르겠다고 짐작해 볼 뿐이야."

"아니야." 다케시가 말했다.

"무리하지 마."

그렇게 다독이는 미카에게 다케시는 갈라진 목소리로 힘겹게 대답하며 웃어보였다. "괜찮아."

"미카는, 숲 속에, 샐리가 서 있는 걸, 보았다고 했지? 잠이 안 와서, 산책을 하고 있었던 게, 아니야. 그거, 나를, 기다리고 있었어. 다들, 잠들면, 텐트를, 빠져나와서, 한밤중의 데이트, 약속했어. 낮 시간만으로는, 부족해서, 조금 더, 조금 더, 이야기를 나누고 싶어서. ……그런 짓, 안 하는 게, 나았어. 달이…… 달이 너무나, 환해서, 둘이서, 숲 속 깊이, 헤치고 들어가, 앉아서, 이야기를 했어. 만난 지, 이틀밖에 안 되었지만, 나하고, 샐리는, 서로, 절대로, 헤어질 수 없다고, 생각하게, 되었어. …………샐리하고 나, 달빛 가득한 숲에서, 맺어지려던 순간이었어.

후미오하고, 벤하고, 맞닥뜨린 거야. ……취했더군. 두 사람이, 빈정대던, 말은, 지금도, 전부, 기억하고 있어. 다시 떠올려 봐도, 치가 떨려. 나쓰오가, 들었다는 말은, 사실이겠지. 피스하고 다스코가 사귀는 게, 두 사람은, 어지간히, 마음에 안 들었나 봐. 그것도, 불평하더군.

샐리는, 울음을 터뜨리고, 나를 뿌리치고, 도망쳐 버렸어. 나한테, 쥐여 주었던, 십자가를 낚아채서, 가슴에 품고. 그 아이가 얼마나, 상처 입었을지……. 홀로 남은 나는, 그저, 멍청하게 있었어.

그러는 사이, 맹렬하게, 화가 치밀어 올라, 두 사람한테, 달려들었어. 벤한테, 배를 두 차례 얻어맞고, 후미오가, 발을 걸어서, 어이없게, 나자빠졌어. 그 때, 둥치에, 머리를 부딪치고, 쭉 뻗어 버렸어. ……둘은, 거기에, 만족했는지, 신나게 웃으면서, 가 버렸지. 나를, 흉내 내서, 내일 밤, 다쓰코를 차지해 버릴까, 그 따위 소리를 하더군. ……취했었어. 녀석들, 다음날, 나한테, 태연하게, 말을 걸어, 왔을 정도야. 기억, 못했던 게, 아닐까.

샐리가, 산을, 내려갔다는 말을, 들었을 때, 그 이유는, 알 수 있었어. 경박한 아이가 아니었어. 순수하고, 경건한 크리스천…… 여기에, 있는 걸, 견딜 수, 없었겠지. 그래도, 어째서, 나한테, 한 마디도 없이, 가 버렸는지. 내가 한심해서……."

"샐리는 왔었어." 나쓰오가 끼어들었다. "그날 새벽, 눈을 뜬 나하고 다케시는 누운 채로 한참 시시한 이야기를 계속했지. 아리스, 너한테도 말했었지? 그 때, 샐리는 우리 텐트 앞까지 왔었는지 몰라. 하지만, 안에서 내 목소리가 들려서 다케시한테 이별을 고하지 못하고 걸음을 돌려 혼자서 산을 내려간 거야. 다케시, 미안!"

나쓰오는 고개를 숙였다. 다케시는 그 모습을 보고 있지 않다.

"나는, 비관주의자야. 산사태, 현장을 보고, 금세, 아아, 이래서야, 샐리는 가망 없겠다 싶었어. 실제로는, 그 아이는, 기슭에서, 1킬로미터 떨어진 곳까지, 내려갔던 거야. 하지만, 샐리는, 그 토사 밑에, 묻히고 말았다고, 생각했어. ……행복의 절정에서, 나락 밑바닥이야. 체념할 수, 없었어. 절대로 헤어질 수 없기는커녕, 마지막 이별도, 전하지 못했어. 분화로, 죽을 거라면, 샐리하고 함께, 죽고 싶었어. 그렇다면, 내 인생도, 그리 나쁘지만은 않았을, 거야. 행복하다고 말 할 수는 없어도, 드라마틱하잖아. ……하지만, 이루지 못하게, 되었어.

나는, 추스를 수 없는 분노와 절망을, 후미오와, 벤에게 토해냈어. 어차피, 구조는 오지 않을 거라, 생각했어. 죽을 거라면, 이 우스꽝스러운, 인생을, 비극으로, 끝내 주려 했어. 예정에 없던 짓을 해서, 같이 등장한 연기자들에게, 한 방 크게 먹이고, 끝내 주겠다고……."

"쇼조는 왜 죽었지?" 나쓰오가 떨리는 목소리로 물었다. "나는 이해할 수 없어."

다케시는 말하는 게 괴롭다기보다, 말하기 불편해 보였다. 잠시 생각하다가 괴로운 표정으로 천천히 입을 떼었다.

"너무나, 쉽게, 사람을, 죽이고 말았어……. 후미오하고, 벤을, 살려 둘 수 없다고, 생각한, 이유조차, 희박한데, 쇼조의, 경우는, 더, 별 것 아닌, 이유였어. 그 녀석은, 두 사람한테, 그 이야기를, 들었을 뿐, 이었어. '들었어. 너 실패했다며.'라고……. 나는, 그날 밤, 일을, 다른 사람이, 알고 있다는, 사실을, 견딜 수, 없었어. 더군다나, 쇼조는 특히……."

"어째서 쇼조는 특히 더 그랬지?"

다케시는 거북해하는 것 같았다.

"……샐리도, 나를, 좋아했어. 지금은, 눈곱만큼도, 그 사실을, 의심하지 않아……."

"지금은? 그걸 의심했던 적이 있었나?"

"있어. ……샐리가, 정말로, 좋아한 사람은, 쇼조가 아니었을까…… 오해했던 때, 아니, 오해했던 순간이, 있었어. 쇼조를, 죽인 것은, 그, 한 순간, 이었어. '샐리가, 네 것인 줄, 아냐?'고, 숲, 속에서, 그 녀석이, 말했을 때. ……숨겨 두고, 싶었던, 사실을, 그 녀석이, 알고 있다고, 말하는데다, 샐리가, 정말로, 좋아했던 사람이, 쇼조였다고, 생각한 순간에, 나는, 나이프로, 그 녀석을, 찌르고 말았어. ……그건, 벤을, 죽이려고, 갖고, 있던, 나이프였어. 나는, 벤을, 죽일, 심산으로, 숲에, 있었어. 거기에, 녀석이, 나타나서, 그런 말을, 하는 바람에……."

'샐리가 네 것인 줄 아냐?'

겨우 그 말 한마디에, 사유리가 자기가 아니라 쇼조에게 마음이 있었다고 오해할까? 그렇게 생각한 순간, 나는 어떤 사실을 깨달았다.

"다케시 형." 나는 그를 불렀다. "리요와 제 얘기를 들었던 거군요? 그, 다케시 형이 토사에 파묻힌 길을 삽으로 파고 있을 때, 우리가 어쩌다가 다가간 적이 있잖아요. 그 날 점심때입니다. 그 때 우리는 샐리 이야기를 하면서 길을 내려갔고, 다케시 형의 모습을 보고 입을 다물었어요. 하지만 그 이야기의 마지막 부분만 들은 거죠? 리요, 기억하고 있어?"

리요는 고개를 저었다.

나는 똑똑히 기억하고 있었다. 그 때, 리요는 나에게 샐리라는 여성을 어떻게 생각하느냐고 물었다. 남자 이야기는 거론도 하지 않던 샐리가 다케시와 서로 끌리는 것이 있는 모양이라고 말한 다음……

그래서 난 납득이 갔어. 다케시 오빠라면 샐리한테 딱 맞는 상대라고. 그 사람도 보이지 않는 면이 있는 사람 같아. 샐리하고 같은 것을 보며 울고 웃을 수 있는 사람인 것 같아. 역시 샐리를 사랑해 줄 사람은 다케시 오빠가 나아.

어째서 그렇게 말하지? 다케시 형이 낫다니…… 달리 누구하고 비교하는 것처럼 들려.

비교하고 있어. 쇼조 오빠. 쇼조 오빠야. 샐리가 마음에 든대.

"이런 대화였습니다. '쇼조 오빠야. 샐리가 마음에 든대.' 즉 다케시 형은 그 말을 듣고, 쇼조 형이 샐리를 좋아한다는 걸 오해해서, 샐리가 쇼조 형을 좋아한다고 생각하고 만 거예요. 그렇죠?"

다케시는 눈을 감고 끄덕였다.

"어리석은, 착각이었어. 나중에, 눈치, 챘어."

끝났다. 이것으로 무슨 일이 일어났는지, 더 이상 이해 못할 일은 없다.

그의 이마에 미카의 눈물이 한 방울 똑 떨어졌다.

"에가미 형." 다케시는 희미하게 눈을 뜨고 탐정 역할을 끝마친 사람을 보았다. "달, 탓이, 아니야. 한여름의, 내리쬐는, 태양 아래서, 나는, 샐리의, 나이프를, 손에 넣어, 살인, 기회를, 노리고 있었어. 달, 탓으로, 돌릴 마음, 없어. ……내가, 샐리를, 숲에서 안았던 것도, 달, 탓이, 아니야, 좋아했기…… 때문에. 달, 빛도, 모습도, 전혀, 상관, 없어. 달 탓이라고, 하지, 말아 줘. ……

그것, 뿐……."

에가미 선배는 고개를 두어 번 끄덕거렸다. 알겠다는 듯이. 다케시는 그 모습을 보고 안도한 듯 미소 지었다.

"……고마워. 에가미 형은, 나, 대신, 밝혀, 주었어. ……지금, 꽤, 편해. 말하는 것도, 그렇게, 괴롭지 않아. 아까, 이랬다면, 내, 입으로, 너희한테, 이야기할 수 있었는데. ……하지만, 다행이야. 에가미 형은, 나를, 구해 주려고, 한 거니까. 그래도…… 재미있었어. 필사적으로, 꽁무니를, 감췄는데, 어떻게, 잡혔는지, 듣는 건."

"다케시, 말하지 마. 그대로 가만히 쉬고 있어."

에가미 선배가 말리는데도 다케시는 듣지 않았다.

"어차피, 다들, 죽을 거다, 경찰에, 잡힐 리, 없다고, 생각했어. 어떻게 되든 상관없다고, 아무 것도 무섭지 않다고, 생각했지만, 필사적으로, 꽁무니를, 감췄어. 나를, 이십 년 동안, 줄곧 놀려왔던, 배우들에게, 힘껏 승부를, 걸었어. 기가 막히는, 내 정체를, 알 수 있겠냐고…… 덤벼라, 절대로 지지 않겠다고, 싸웠어."

다케시는 힘겹게 고개를 들어 에가미 선배를 보았다.

"게임이었어. 강제로, 참가하게 되었던, 연극의, 그물을, 찢어버리고, 전부, 내가, 규칙을, 정하고, 재구성해서, 게임을 하고 싶었어. 모두, 게임의, 적으로, 생각되었지만, 특히, 경계했던 사람은…… 에가미, 형, 당신이었어."

"이제, 그만 입 다물어."

에가미 선배는 눈을 감았다. 그리고 실이 끊긴 마리오네트처럼 그 자리에 털썩 주저앉아 수풀 위에 벌러덩 드러누웠다.

침묵이 찾아왔다. 상황이 이런데도, 신기하게 평온함이 감도는 정적이 우리를 감싸고 있었다. 방금 들은 그의 고백의 의미를, 내가 과연 이해했는지는 불확실하다. 겨우 그런 일로 세 사람의 목숨을 빼앗을 수 있을까. 그런 생각을 마음 속 어딘가에 묻은 채, 나는 그의 이야기를 있는 그대로 받아들였다. 달빛 아래서, 평화로운 정적 속에서, 나는 그가 인생에 대해 느껴왔다는 위화감과, 그 안에서 발견한 소중한 존재를 지키려던 순수함만을 믿기로 했다.

"자자." 침묵이 싫은 나쓰오가 말했다. "뭔가 즐거운 공상이라도 하면서 자자. 내일 아침이면 고민 따위는 전부 사라질 거라 생각하고, 푹 자자. 총천연색 꿈을 꿀 수 있게 해 주세요."

그 말을 끝으로, 아무도 입을 열지 않았고, 벌레 소리도 끊겼다.

얼마 지나지 않아 에가미 선배의 잠든 숨소리가 들려왔다. 너무 뻔하게 티가 나는 숨소리였다.

나는 또다시 나쓰오와 나란히 누웠다. 분연의 구름이 사라지고, 별이 쏟아지는 밤하늘이 나타났다. 여전히 가득 차오른 달이 자랑스럽게 모습을 드러냈다. 별은 흐르지 않았다.

한 시간쯤 그러고 있었을까.

"나쓰오 형, 깨어 있어요?"

말을 걸었지만 대답이 없다. 쳐다봤더니 그는 어린애 같은 얼굴로 천진하게 잠들어 있다. 주위에 사람이 깨어 있는 기척은 없었다. 다들 저마다 총천연색 꿈속에서 노닐고 있을까? 그런 생각을 하면서 나는 다시 밤하늘을 우러러보았다. 저게 백조자리, 저건 카시오페이아자리. 나쓰오가 가르쳐 주었다. 그 별자리 하나하나가, 여기에 잠든 우리의 꿈이 하늘에 투영되어 만들어진 것 같았다.

그만 잠들도록 하자. 밤하늘에 별이 너무나 가득해서, 내 꿈이 끼어들 여지가 있을지 약간 걱정스럽기는 하지만. 가장 좋아하는 것, 즐거웠던 일을 머릿속 스크린에 한가득 그렸다. 그 스크린 위에, 사랑스러운 사람이 웃고, 울고, 화를 내고, 슬퍼하고, 노래하고, 달리고, 먹고, 이야기 하고…….

이윽고 썰물이 모래를 품어 가듯이, 잠이 나를 아득한 곳으로 이끌었다.

누군가 외치고 있다. 절박한 목소리다.

나는 혼탁하고 멍한 의식 속에서 그 목소리를 들으려 했다. 무슨 일이지? 모르겠다. 하는 수 없이 나는 머릿속에서 수마를 내쫓기로 했다. 동녘 하늘이 어렴풋이 밝았지만, 여전히 어슴푸레하다.

"다케시……다케시?"

미카였다. 다케시 위에 엎드려, 얼굴을 들여다보며 어깨를 흔들고 있다. 그에게 이변이 일어난 건가? 멍한 정신으로 바라보고 있자니, 에가미 선배가 벌떡 일어나 미카와 다케시에게 달려갔다.

"무슨 일이야?!"

미카가 얼굴을 일그러뜨리며 에가미 선배를 보았다.

"다케시가…… 샐리 곁으로 가 버렸어."

에필로그

구조는 하늘에서 내려 왔다. 육상자위대의 헬리콥터는 다케시가 숨을 거둔 후 세 시간 만에 우리 머리 위에 나타났다. 강력한 로터 소리를 울리며 헬기가 상공에서 선회하는 모습을, 우리는 홀린 듯 올려다보았다.

헬기는 네 번에 걸쳐 조난자들을 하계로 옮겨주었다. 우리 추리소설연구회 네 명이 가장 마지막이었다. 네 사람은 헬기가 올라갈수록 눈 밑에서 점점 멀어져가는 계곡을 말없이 바라보고 있었다.

전원 고모로의 병원으로 이송되었다. 상처를 치료받은 후, 체력이 회복될 때까지 입원하게 되었다. 루미와 나의 부상이 큰 편이었는데, 구출된 직후 모치즈키가 고열을 내고 앓아누워 버렸다. 다행히 다들 심각하지는 않아 구출 소식을 듣고 달려온 가족들도 가슴을 쓸어내렸고, 다음날에는 몇 명을 남기고 집으로 돌아갔다. 다케시, 후미오, 쇼조, 쓰토무의 가족이 어떻게 되었는지, 나는 모른다…….

하루가 더 지나자, 병실 창 너머로 배웅하는 우리에게 손을 흔들며 유린 대학 녀석들이 도쿄로, 혹은 가족들에게로 돌아갔다. 제일 뒤에 선 유코가 아쉬운 듯 문에 다다르기까지 뒷걸음을 걷더니, 눈물과 웃음을 머금고 경례와 함께 사라졌다.

그날 밤, 11시쯤이었을까. 아득한 폭발음과 함께 지진이 일었다. 나는 벌떡 일어나 창으로 달려갔다. 야부키 산을 보니 산꼭대기가 붉은색으로 선명하게 물들어 있었다. 바작바작 소리를 내며 진동하는 창유리에 얼굴을 바짝 대고 그 진홍을 바라본다.

"Y의 비극의 피날레다."

"네?"

뒤를 돌아보니 같은 병실의 모치즈키가 서 있었다.

"야부키 산, 유린 대학, 야마자키 사유리, 다잉 메시지…… Y의 비극이 이 분화로 막을 내리는구나."

캠프장에 남겨두고 온 형형색색의 텐트, 후미오와 쓰토무, 쇼조의 시신. 그 위에 재와 돌이 쏟아지는 광경이 눈에 선했다.

퇴원 전야였다.

리요가 혼자 배웅하러 와주었다.

"몇 시 열차였죠?"

눈부시리만치 새하얀 원피스의 그녀가 묻는다.

"8시 정각. 십 분 남았어." 에가미 선배가 대답했다. "나가노까지 가서 특급으로 갈아타니까 3시에는 교토로 돌아갈 수 있겠지."

"한 걸음 먼저 가시는군요. 저도 고베가 그리워요."

이마에 반창고를 붙인 오다와, 완전히 회복한 모치즈키가 한 걸음 앞으로 나섰다.

"피차 이번 여름은 평생 잊지 못하겠구나."

"언젠가 다시 만나자."

두 사람은 리요와 악수를 나누고 이미 선로에 들어와 있던 열차에 올라탔다.

"건강해라."

에가미 선배가 간결하게 말했다.

"에가미 오빠도." 리요는 손을 내밀었다. "루나가 에가미 오빠한테 꼭 안부인사 전해 달라고 했어요."

"고마워. 루나한테도 인사 좀 부탁해."

"달을 볼 때마다 에가미 오빠를 떠올릴 것 같다고 그러던걸요."

에가미 선배는 악수하던 손을 놓고 열차 속으로 사라졌다.

"굉장한 여름방학이었지."

내 말에 그녀는 말없이 고개를 끄덕였다. 친구를 잃은 슬픔, 가혹한 운명에 대한 슬픔이 문득 그녀의 얼굴을 스쳐 지나갔다.

"리요를 좋아해."

리요는 내 말을 듣고 쓸쓸한 미소를 떠올렸지만, 아무 말도 없었다. 실망을 불러일으키는 동작이었다. 손목시계와 역의 시계를 보니 출발 시각까지 남은 시간은 삼 분.

"……괜찮다면 오사카로 돌아간 후에 만나고 싶어."

그러자 그녀는 방금 전보다 더 쓸쓸한 표정을 짓더니 잠시 머뭇거렸다. 나는 재차 여기저기 시계를 훔쳐보며 시간이 없다는 사실에 안절부절 했다.

"아리스, 미안하지만 안 돼. 나, 기다리고 있는 사람이 있어."

발밑에서 함정이 입을 쩍 벌리는 것 같았다. 그녀의 말이 귓속에서 메아리쳤다.

"그래. ……그럼 그 사람하고 같이 캠핑 갔으면 좋았을 텐데."

괜한 타박이다, 이건.

"그 사람, 보트 클럽 합숙이라서……."

급속하게 그녀의 존재가 멀어져 갔다. 그런가, 그게 교토 대학에 다닌다던 고등학교 선배였나…….

대꾸할 말을 찾을 새도 없이 벨이 울리고, 나는 다급히 열차에 뛰어올랐다. 승강구에 서서 뒤를 돌아본다.

"안녕."

리요의 마지막 말이 떨어짐과 동시에 코앞에서 문이 닫혔다. 유리 너머의 그녀는 역시 쓸쓸해 보였다.

누군가가 내 어깨에 손을 얹는다. 에가미 선배였다. 평소보다 한층 더 푸근한 그 눈동자는, 마치 실연의 신 같다. 이 사람은 이렇게 될 줄 알고 있었던 거야.

날카로운 바늘 같은 기적소리가 플랫폼에 울려 퍼지고, 열차가 덜컹거리며 움직이기 시작했다. 나는 차량 안으로 뛰어들어 가장 가까운 창을 한껏 열어젖혔다. 이별을 고하려는 나에게, 열차를 따라 대여섯 걸음 달려온 리요가 주머니 속에 갖고 있던 물건을 창으로 던져 넣었다. '솔레이으'의 성냥이었다.

"안녕."

플랫폼 끝자락의 '고모로'라는 역 팻말 앞에 선 리요의 하얀 모습이 순식간에 작아져 간다. 여름의 햇살은 부드러웠다.

작가 후기

before the moonrise

아리스가와 아리스

이 책은 헤이세이 원년(1989년) 1월이라는 느낌 좋은 달에, '아유카와 데쓰야와 열세 가지 수수께끼' 시리즈의 네 번째 작품으로 세상에 나온 나의 장편 처녀작이다. 열두 살 때 처음으로 도쿄소겐샤(東京創元社)의 소겐 추리문고를 읽고, 미스터리의 세계에 푹 빠져버린 내 작품이 바로 그 소겐 추리문고에 수록되다니, 감개무량하기 그지없다.

과거를 돌아보며 데뷔 당시의 추억을 논하기에는 아직 너무 이르지만 "데뷔작이니까 한 마디 쓰시죠."라는 권유에 펜을 든다. '1990년 전후, 신본격파라 불린 미스터리 작가의 데뷔의 한 사례'로서, 과장되게 말하자면 '증언'과 '기록'을 하고자 한다.

이 작품의 원형은 고등학교 2학년 때 썼던 단편이다. 그것을 도시샤(同志社) 대학 추리소설연구회 당시 《Y의 비극 '78》이라는 제목으로 100매 정도로 다시 써서 발표했다. 어지간히 이 작품에 애착이 있었던지, 이것을 다시 450매 분량의 장편으로 발전시켜 《월광 게임 Y의 비극 '86》이라 제목을 붙여 제30회 에도가와 란포 상에 응모했다가 낙선했다. 그 작품이 《월광 게임 Y의 비극 '88》로 데뷔작이 되었으니, 란포 상 낙선 후 2년간의 우여곡절을 거쳐 햇빛을 보게 된 것이다. 우여곡절이라 함은 말할 것도 없이 이 작품이 아유카와 데쓰야 선생님과 도쿄소겐샤의 도가와 야스노부(戸川安宣) 편집장께 인정받기까지의 사정이다.

아유카와 선생님과 나는 '작가와 팬'이라는 지극히 소박한 관계였으나 팬레터를 몇 통 보내는 사이에 가도카와 문고판 《열쇠구멍 없는 문》의 해설을 쓸 기회를 얻기도 했다. 또한 한 번 만나 보고 싶다는 말씀에 대학을 졸업한 이듬해, 1982년 가마쿠라에 계신 선생님을 찾아뵙게 됐다. 그 때 선생님은 철도 미스터리 앤솔로지를 구상하고 계셨는데, 도시샤 추리소설연구회의 회지 《카멜레온》에 게재되었던 〈타버린 선로 위의 시체〉라는 단편을 넣고 싶다고 하셨다. 나는 펄쩍 뛰어올랐다.

"그 소설을 쓴 아리스가와 아리스가 실은 접니다!"

"허어, 그거 놀랍구먼."

이런 대화를 시작으로 4년이 흘러, 철도 미스터리 앤솔로지 《무인 건널목》은 고분샤(光文社) 문고로 출간되었다(당시 아유카와 선생님께 '이런 게 있습니다' 하고 〈타버린 선로 위의 시체〉를 보내주신 분은 이 책의 해설을 써주신 야마마에 유즈루 씨였다고 한다). 그것만 해도 좋은 추억이라 해야겠지만, 초등학교 때부터 품고 있던 추리작가가 되고 싶다는 내 마음은 점점 더 강해졌다. 하지만 아유카와 선생님의 추천으로 출판사에 연줄을 대려는 생각은 하지도 못했다. 그것은 너무 뻔뻔하다고 자중했다기보다, 그런 일이 가능할 거라는 생각조차 못했기 때문이었다. 또한 에도가와 란포 상에 대한 욕심도 있었다.

나는 장편을 쓰기 시작했다. 2년을 들여 탈고한 그 작품이 《월광 게임 Y의 비극 ' 86》이었다. 나는 아유카와 선생님의 감상을 듣고 싶었다. 벌써 수차례에 이르는 가마쿠라 방문. 귀찮은 내색 없이 읽어 주신 선생님은 "재미있었네."라고 말씀하신 후, "자네, 역시 R상을 원하나?"라고 물으셨다. 그리고 "비밀이라 자세한 말은 못하겠는데, 조만간 모 출판사에서 장편 추리소설을 모집할게야. 거기 보내 볼 생각은 없나?"라고 덧붙이셨다. 내가 "란포 상을 노려보렵니다."라고 대답하자 선생님은 "그런가?"라고 말씀하셨는데, 그 눈가에는 영문 모를 웃음이 서려 있었다.

화산을 무대로 한 이 소설이 내게 행운이 되기를 기원했던 그때, 마침 이즈 오시마의 미하라 산이 격렬하게 분화했었다. 가마쿠라에서 집으로 돌아가는 신칸센이 아타미를 지날 무렵, 옆에 앉은 승객이 차창을 가리키며 우리 부부에게 말을 걸어왔다.

"어제 말이죠, 여기를 지날 때 빨간 불이 보였어요."

하지만, 그날 밤의 바다는 그저 어둡기만 했다.

몇 개월 후, 나는 앞에서 말한 대로 란포 상에 떨어졌다. 수상한 작품은 이시이 도시히로(石井敏弘) 씨의 《바람의 턴 로드》.

비슷한 경력을 가진 작가들과 이야기를 나눌 때 "나도 란포 상 떨어졌어요."라는 말은 종종 듣지만, 나처럼 1차 예선도 통과하지 못한 사람은 드물다.

낙심한 나에게 아유카와 선생님은 "나는 재미있던데, 아는 편집자 분께 읽어 봐 달라고 함세."라고 말씀하셨다. 예상치 못했던 말에 감격했고, 내 가슴에 또다시 희미한 희망의 불빛이 타올랐지만, 현실은 그리 녹록치 않았다. 선생님의 소개로 두 사람의 편집자가 애써 읽어 주기는 했지만, 대답은 둘 다 불합격. 게다가 어디가 좋다는 장점은 언급조차 없었다. 처음 써 본 장편소설이지 않은가, 도전은 이제부터 시작이다. 그렇게 생각하면서도 《월광 게임》으로 되풀이해서 고배를 마셔야했다.

"한 군데 더 보내 보세나."

아유카와 선생님의 친절에 깊이 감사했지만, 나는 더 이상 요행을 바라는 태도는 그만두고 늦기는 했지만 다음 작품을 구상하기 시작했다.

얼마 후.

88년 1월, 도쿄소겐샤의 도가와 야스노부 편집장으로부터 "당신 작품을 읽었소이다. 오사카에 갈 일도 있고 하니 한 번 뵙고 싶소."라는 연락을 받았다. 점심시간에 근무처 근처의 카페에서 만난 도가와 편집장은 "이걸로는 안 됩니다."라고 말하면서도 몇 가지 호의적인 감상을 들려주었다. '아유카와 데쓰야와 열세 가지 수수께끼'라는 총서와, 그 마지막 권을 《열세 번째 의자》로 공모하겠다는 기획도 들었다. 그제야 아유카와 선생님이 싱글벙글 웃으며 말씀하셨던 모 출판사가 도쿄소겐샤라는 것을 알았다.

"가필수정 후 다시 봅시다. 열세 번째 작품으로 응모하라는 말은 않겠습니다."

그것이 당시 결론이었다. 크게 고무됐지만, 머리가 따라가질 않아 끙끙거리고 있던 참에 도가와 씨의 전화를 받았다.

"어떻습니까, 잘 됩니까?"

정말 놀랐다. 일부러 상황을 묻는 전화를 해 줄 줄은 생각도 못했다. 워드프로세서 앞에서 팔짱을 끼고 있을 때가 아니다.

고쳐 써서 500매로 늘어난 두 번째 원고를 도가와 씨에게 건넨 날은 잊히지도 않는, 이듬해 7월 7일이었다. 장소는 신주쿠 센추리 하야트 호텔의 티 룸.

아직도 안 되겠다고 하면 몇 번이고 고쳐 쓰자. 그렇게 생각하고 있던 내게 도가와 씨는 똑똑히 말했다.

"몇 번이나 고쳐 쓰라는 건 뭣하니까, 이걸로 정합시다."

나는 내심 초조한 걸 꾹 참았다.

"고쳐 써서 나아졌을 겁니다. 기회를 주셔서 감사합니다."

그런 우등생 같은 말도 했더랬지.

사흘 후. 근무처에 도가와 씨로부터 전화가 왔다.

"이걸 책으로 만들 겁니다."

"힘이 있는 사람은 어떻게든 모습을 드러내는 법입니다."

때때로, 편집자분들은 그런 말을 한다. 하지만 정말로 그럴까? 내 능력이 어느 정도인지는 차치하고, 실력 있는 사람이 반드시 세상에 모습을 드러낸다는 보증은 슬프게도 없지 않을까?

내 첫 번째 작품이 도쿄소겐샤 이외의 다른 출판사에서 출간될 일은 없었다, 나는 그렇게 믿고 있다.

"데뷔작이니까 한 마디 쓰시죠." 도가와 씨의 말에 펜을 들다 보니 길어지고 말았다. 짧게 쓸 수 없었다.

참고문헌을 대신하여 - 후카자와 루미의 애독서

《달의 마력》A. 리버 (도쿄쇼세키)

《천사론》가사이 아키라 (겐다이시초샤)

《이단의 초상》시부사와 다쓰히코, 《시부사와 다쓰히코 집성 제5권》(도겐샤)

《기적을 찾아서》P. D. 우스펜스키 (히라카와 출판사)

작품 해설 _ 야마마에 유즈루 (山前讓, 1956~ , 미스터리 연구가)

0

추리작가나 편집자 사이에서 나는 '본격파' 작가로 통한다. 때로는 '본격 미스터리' 추리작가, 또 때로는 '본격 작가'라는 평가를 받기도 한다. 의미는 동일하다. 즉 본격 미스터리 전문작가라는 말인데, 이번 콘테스트를 통해 아무래도 세상 사람들은 이 '본격'의 의미를 잘 모르고 있지 않나 하는 인상을 절절히 받고 잠시 할 말을 잃었다.

'기획자가 말한다', 아유카와 데쓰야
《본격추리 ①》, 고분샤문고, 1993.4

1

쇼와 63년(1988년) 시월에 간행된 오리하라 이치(折原一)의 《도착의 사각》을 첫 작품으로 한, '아유카와 데쓰야와 열세 가지 수수께끼'는 그 이름처럼 열세 작품으로 이루어진 신간 장편 총서로, 권수는 명시되지 않았지만 쇼와 7년(1932년)부터 이듬해에 걸쳐 간행된 신초샤(新潮社)의 《신작 탐정소설 전집》으로 시작된, 신작 장편 전집 발행 흐름에 발맞춘 기획이었다. '아유카와 데쓰야와 열세 가지 수수께끼'는 이미 경력이 있는 작가들을 섭외한 기존의 전집과는 약간 달리, 신인을 다수 기용했고 마지막 작품은 일반 공모를 했다. 공모는 과거 고단샤(講談社)의 신작 전집(1955-1956년)에서도 시도했었지만, 신예 작가를 중심으로 한 기용은 드문 일이다.

네 번째 발간 작품으로 헤이세이 원년 1월에 간행된 본서 《월광 게임》 또한 추리작가 아리스가와 아리스 최초의 장편이었다. 화산 분화로 캠프장에 고립되어, 화산력의 직격을 받은 열일곱 명의 대학생들. 하지만 비극은 자연의 위협만으로 끝나지 않고, 이윽고 연속 살인 사건이 발생한다. 범인은 누구? 동기는 무엇? 초판본의 커버에서 작가는 다음과 같이 말하고 있다.

누가 뭐래도 본격입니다. 밀실 살인이나 알리바이 붕괴도 좋아하고, 기상천외한 트릭도 가슴이 설렙니다. 하지만 제게 있어 가장 추리소설다운 추리소설은 '범인 찾기'입니다. 알리바이가 없는 용의자들 속에서 숨을 죽이고 숨어 있는 살인범. '이 안에 범인이 있다……' 바로 이것입니다.

주위로부터 단절된 무대에서 펼쳐지는 일련의 사건들의 범인과, Y로 읽히는 다잉 메시지의 수수께끼에 도전하는 것은 부장 에가미 지로를 필두로 하는 에이토 대학 추리소설연구회 멤버들이다. 법학부 1학년생으로 그 추리소설연구회에 갓 입부한, 작가와 같은 이름을 가진 아리스가와 아리스를 화자로 하여 수수께끼와 논리에 의한 본격 추리소설이 전개된다. 본격 추리작품으로서의 작가의 자부심은 제5장 뒤의 '독자에 대한 도전'에 나타나 있다.

2

이 작품은 아리스가와 아리스의 최초 장편이지만, 데뷔작이라 할 수는 없다. 쇼와 61년(1986년) 11월, 아유카와 데쓰야가 편집한 철도 앤솔로지 《무인 건널목》에, 역시 에이토 대학 추리소설 연구회 멤버가 등장하는, 아리스가와 아리스 명의의 단편 〈타버린 선로 위의 시체〉가 수록되어 있기 때문이다. 하지만 이것도 작가의 첫 번째 추리소설은 아니다.

아리스가와 아리스, 본명 우에하라 마사히데(上原正英)는 쇼와 34년(1959년) 4월 26일 오사카 시에서 태어났다. 초등학생 때부터 셜록 홈즈나 란포 작품에 열중하여 열한 살 때 직접 추리소설을 썼다고 한다. 열세 살 때 엘러리 퀸의 《네덜란드 구두의 비밀》에 감동을 받고 독자에 대한 도전이 들어간 범인 찾기 소설(100장 정도라고 하지만)을 집필한다. 탐정 역이 아니긴 해도 작가와 같은 이름을 가진 등장인물을 주요 캐릭터로 삼아 독자에 대한 도전을 삽입한 이 작품을 보면, 작가가 얼마나 퀸에 경도되어 있는지 엿볼 수 있다. 그리고 중학교 3학년 때 360매 장편을 써서 에도가와 란포 상에 응모했다. 내용이 어떠하든 열다섯 살 나이로 그만한 분량을 써냈다는 점만으로도 놀랍다.

대학은 추리소설연구회가 있다는 이유로 교토의 도시샤 대학 법학부로 진학해, 회지 《카멜레온》에 창작 소설을 발표했다. 《카멜레온》 제7호(1980.11)에 〈아득한 뇌명〉을 발표했을 때, 작품

말미에는 '아리스가와 아리스 저작 리스트'가 부기되어 있다. 그것을 옮겨보면 이렇다.

1 위대한 살인(1974)

2 보리수장(杜) 살인 사건(1975)

3 우주공간의 소실(1976)

4 Y의 비극'78(1978)

5 부탁(1978)

6 이별가(1979)

7 창백한 별(1980)

이 중 1번이 중학교 때 란포 상에 응모했던 작품이리라. 2번과 3번은 고등학생 때 작품으로 둘 다 당시 발행되었던 《환영성》 신인상에 응모했었다. 대입 준비로 바빴던 일 년을 잠시 쉬고 4번부터가 대학생이 되고나서 《카멜레온》에 발표했던 작품이다. 앤솔로지 《무인 건널목》의 아유카와 데쓰야 해설에 의하면 펜네임의 힌트는 대학교 1학년 때 통학 길에서 본 '아리스가와 궁정터'라는 비석에서 따왔다고 한다. 내가 가지고 있는 《카멜레온》은 제6호부터 8호까지로, 작가가 2학년 때부터 4학년 때까지 발행되었던 분량인데, 제8호(1981.11)에 〈타버린 선로 위의 시체〉가 실려 있다. 이것을 수정하여 《무인 건널목》에 실었다. 《카멜레온》에 실린 단편에서는 이마데가와(今出川) 대학 탐정소설연구회를 배경으로 작중 인물 아리스가와 아리스가 2학년 때 경험하는 사건이지만, 《무인 건널목》에 수록된 단편에서는 1학년으로 바뀌어 있다.

그리고 'Y의 비극 '88'이라는 부제가 붙은 《월광 게임》은, 읽어 보지는 못했지만 대학 시절에 썼던 《Y의 비극 '78》이 그 원형이라고 한다. 초등학교 시절부터 추리작가를 지망했고 대학교 4학년 때에는 '데일리 스포츠'에 범인 찾기 소설을 몇 작품 집필하기는 했지만, 추리작가는 아리스가와 아리스가 자유롭게 선택할 수 있는 직업은 아니었다. 대학졸업 후 그는 샐러리맨의 길을 선택했다. 하지만 추리작가가 되고 싶다는 꿈은 꺾을 수 없어, 대학 시절의 작품을 꾸준히 고쳐 쓴 것이 이 《월광 게임》이었다. 이년 반의 세월을 들여 완성했고 쇼와 62년(1987년) 에도가와 란포 상에 응모하지만 유감스럽게도 낙선하고 만다. 그것을 안 아유카와 데쓰야의 추천으로 대폭적인 가필수정 후 '아유카와 데쓰야와 열세 가지 수수께끼' 시리즈의 한 권으로 출간된 것이다. 그동안의 경위는 초판본에 있었던 아유카와 데쓰야의 해설에서 언급하고 있다.

3

아리스가와 아리스가 중학생 때부터 엘러리 퀸과 함께 탐독했던 것은 바로 그 아유카와 데쓰야의 작품이다. 《월광 게임 Y의 비극 '88》에도 아유카와 작품의 타이틀이 언급되는데, 절판된 책이라는 점에서 마니아의 편린이 엿보인다. 아리스가와 아리스는 팬레터를 계기로 아유카와 데쓰야와 서신을 주고받게 되면서, 가도카와 문고판 《열쇠 구멍 없는 문》(1982.11)에서 본명으로 해설을 담당한 적이 있다. 쇼와 53년(1978년) 이후 단편을 중심으로 아유카와 작품이 빠른 속도로 가도카와 문고에 수록되었을 때, 그 해설은 대학교의 추리소설연구회 OB들이 담당했다. 시기는 늦었지만 도시샤 대학 OB로 집필한 것이 《열쇠 구멍 없는 문》의 해설이었다. 거기서 아유카와 데쓰야 작품의 매력을 이렇게 말하고 있다.

이렇게 각 대학의 추리소설연구회 출신 멤버들이 줄줄이 아유카와 미스터리의 해설자를 맡게 된 이유는 무엇일까요? 답은 간단합니다. 이렇게 미스터리에 대해 까다로운 분들도 아유카와 미스터리를 절대적으로 지지하고 있기 때문입니다. 트릭과 논리로 이루어진 철저한 본격. 작품이 하나같이 높은 수준일 뿐만 아니라 아유카와 씨의 언동 하나하나에서 추리소설에 대한 더없는 정열과 애정을 엿볼 수 있다는 점도, 추리소설 팬들을 아유카와 신자로 만드는 요인입니다.

아유카와 데쓰야의 추리소설에 대한 정열과 애정이 잘 나타난 예가 바로 '아유카와 데쓰야와 열세 가지 수수께끼'와 같은 기획이다. 아리스가와 아리스뿐만 아니라 신인 등용을 적극적으로 지원하는 모습은 최근 특히 두드러졌다. 다만 너무 남들 일에 신경을 쓰다가 '아유카와 데쓰야와 열세 가지 수수께끼' 최종 출간 작품으로 예고한 자신의 《백화장 사건》을 아직도 완성하지 못했지만……

추리소설을 좋아하는 대학생들 사이에서 아유카와 작품의 인기는 예를 들면《카멜레온》제8호에 실린 '도시샤 대학 추리소설 연구회 베스트 표(1981년)'의 국내 편 1위가《리라장 살인 사건》, 2위가《검은 트렁크》인 것만 보아도 알 수 있지만, 그 중 아리스가와 아리스가 고른 베스트 5를 정리해 보면 다음과 같다.

〈국내〉	〈해외〉
검은 트렁크/ 아유카와 데쓰야	Y의 비극/ 엘러리 퀸
리라장 살인 사건/ 아유카와 데쓰야	X의 비극/ 엘러리 퀸
노 가면 살인 사건/ 다카기 아키미쓰	화형법정/ 존 딕슨 카
옥문도/ 요코미조 세이시	살의/ 프랜시스 아일즈
어두운 비탈/ 사사자와 사호	네덜란드 구두의 비밀 / 엘러리 퀸

가장 책을 많이 읽을 수 있는 대학생 시절, 국내외 추리소설 다수를 섭렵한 그가 뽑은 베스트가 이것이다. 스스로 작품을 쓰면서 엘러리 퀸이나 아유카와 데쓰야를 목표로 삼는 것은 당연하기도 하고(그런 아유카와도 퀸을 좋아하니 모든 길은 퀸으로 통하지만) 또 그 결과인 이 작품은 그러한 선인들에게 근접하는, 수수께끼와 논리의 본격 추리작품이다.

4

자, 바로 그 본격추리 이야기를 해 보자. 서두에서 인용한 아유카와 데쓰야의 말은 본격추리의 단편 콘테스트 입선작들로 이루어진 앤솔로지에 덧붙인 말인데, 이 지적과 같이 '본격'이라는 일본의 추리소설계의 기술 용어는 오래도록 본래의 의미와 동떨어지게 남용되어 본격추리의 이미지는 산만해지고 말았다. '본격적인'이나 '본격파'라는 일반적 의미로 사용되는 경우가 많지만, 그와 동시에 본격추리가 아니면 추리소설이 아니라는 편협한 사고도 없지 않다.

나카지마 가와타로*의 《본격과 변격》(1956년 2월호 《보석》 게재 후, 도도쇼보(東都書房)의 《추리소설전망》에 재수록)에 따르면 다이쇼(大正) 후기, 추리소설이 탐정소설이라 일컬어지던 시절에 '본격'과 '변격'으로 분류했던 것은 고가 사부로**였다. 이 용어는 다이쇼 15년(1926년) 경에 일반에 널리 알려진 모양이지만, 이러한 용어를 일부러 만들어낸 것도 당시 탐정소설이 매우 넓은 범위의 작품을 포함하는 장르였기 때문이다.

쇼와 6년(1931년) 9월, '도쿄일일신문'에 발표한 '탐정소설의 한계'에서 에도가와 란포는 당시의 탐정소설을 '범죄추리 순수 탐정소설' '추리적 흥미가 부족한 범죄모색 소설' '범죄자의 심

---

* 中島河太郎, 1917~1999, 일본의 미스터리 문학 평론가 – 옮긴이
** 甲賀三郎, 1893~1945, 일본의 추리소설 작가 – 옮긴이

리, 범죄의 경로 묘사에 주안점을 둔 범죄소설' '그저 '의외'적인 스릴에 주안점을 둔 반전소설' '범죄자 혹은 탐정을 주인공으로 하는 대중소설' '범죄를 도입한 과학 소설' '범죄 혹은 탐정을 주제로 한 통속 모험 괴기소설'로 분류한 후, '그 외 단순한 괴기소설, 공포소설, 괴담도 조금이라도 범죄 냄새를 풍기면 탐정소설이라고 하는데다, 또한 발자크, 디킨즈, 도스토예프스키 등의 어떤 작품은 탐정소설이라 부르는 경우까지 있다'고 그 다양성에 대하여 논하고 있다(평론서《귀신의 언어》에서 인용).

여기서 말하는 순수 탐정소설이 이른바 본격 탐정소설을 가리키며, 그 외의 것이 '변격'인데, 그렇다면 '본격'이란 대체 어떠한 작품인가. 최근 저마다 다른 정의를 내리고 있는 모양이지만, 그것은 용어의 뿌리를, 즉 탐정소설의 뿌리를 되짚어 가면 분명하다. 에도가와 란포 본인은 전쟁 전 '본격'을 그다지 기껍게 사용하지 않은 듯하지만, 쇼와 10년(1935년) 11월《프로필》에 발표한 〈탐정소설의 범위와 종류〉에서 '탐정소설이란 난해한 비밀이 많든 적든 논리적으로 서서히 풀어가는 경로의 재미에 주안점을 준 문학이다'라고 말한 바 있다. 이것이 역시 가장 적절한 '본격'의 정의일 것이다.

이 문구는 세계2차 대전 이후 약간 수정돼 평론서《환영성》에 다시 게재되었지만, 이것이 본래 탐정소설의 형태이다. 그리고 시대와 함께, 변화와 상이한 주제에 따라 다양한 타입의 작품이 태어났다. 혹은 다른 장르와 융합하기도 했으리라. 전후 에도가와 란포는 본격 탐정소설을 추리소설로 개칭하려 한 모양이지만, 이윽고 탐정소설이 기계적으로 추리소설로 전환되면서 과거에 변격으로 취급되었던 SF나 괴기 환상소설이 독립적인 장르를 형성했음에도 불구하고, 추리소설은 하드보일드와 같이 더욱 세분화되었다.

처음에는 '본격'이라는 하나의 흐름이었던 탐정소설(추리소설)에는 점차 지류가 생겨났다. 현재는 어느 것이 본류이고 어느 것이 지류인지 구별할 수 없고, 물론 차별도 할 수 없다. 하지만 본격 탐정소설이 본격 추리소설이라 불리게 되었다고 '본격'의 의미가 변하지는 않는다. '신(新)'이나 '구(舊)'는 시간의 흐름을 나타낼 뿐이다. 만일 이것과 다른 타입의 추리소설이 탄생한다면 그것은 다른 호칭을 붙이면 그만이니, 오해를 불러일으키지 않도록 안이하게 추리소설에 '본격'이라는 이름을 붙이지 않았더라면 좋았을 것을, 일본인은 '본격'이라는 용어에 매력을 느끼는지 '본격'을 여기저기 붙이다 보니 지금과 같은 애매한 상태가 되고 말았다. 일반적인 의미와는 달리 추리소설계에서는 '본격'이 독립된 불변의 의미를 가지고 있다는 사실을, 아리스가와 작품을 읽기 전에 확인하지 않으면 안 된다.

5

간신히 고립된 캠프장에서 벗어나려는 찰나, 에가미 지로는 사건의 진상을 해결로 인도한다. 눈에 띄지 않게 감췄던 사건의 단서들이 하나의 선으로 연결되어, 논리적인 추리의 귀착으로

단 한 사람의 범인을 호명한다. 그 경과의 서스펜스와 진상이 밝혀지는 카타르시스가 본격추리의 참맛이다. 이래저래 정의를 떠들어대는 것보다, 실제로 작품을 읽어보면 본격추리가 어떠한 것인지 명백해질 것이다. 결말을 알고 난 후 작가가 페어플레이 정신에 입각해 추리의 단서를 과부족 없이 묘사하고 있었는가 음미하며, 복선의 묘미를 맛보며 재독하는 것도 본격추리만의 즐거움이다.

그런데 본격추리에 대한 또 하나의 오해가 바로 트릭이다. 광의의 트릭은 에도가와 란포가 말하는 난해한 비밀을 만들어 내기 위해 필요하지만, 본격추리는 트릭이 어떠한 것인지 그 결과가 아니라, 그 트릭을 밝혀내는 과정에 주안점을 두고 있다. 트릭에 편중하다가는 자칫 기상천외한 트릭을 고안해 내는 데 눈을 빼앗기고 만다. 분명 의표를 찌르는 트릭은 결과의 의외성에 효과적이지만, 독창적인 트릭은 좀처럼 나오지 않고, 논리적 해결도 불안하다. 트릭에 연연하다가는 당연히 막다른 골목에 부딪히고 만다. 그런 점에서 수수께끼의 구축과 그 논리적인 추리는 전개 가능성이 무한하다 할 수 있다.

하지만 역시 사건의 범인이라는 수수께끼만으로는 부족한 것이 사실이다. 수수께끼는 난해하거나, 혹은 불가사의해야 한층 인상적이다. 이 《월광 게임》에서는 작가가 엘러리 퀸의 팬이라 첫 번째 사건에서 다잉 메시지를 쓰고 있다.

Y'라고 읽을 수 있는 죽음의 문턱에서 보내는 그 전언을 둘러싼 추리도 또한 매우 흥미롭다. 초판본에서는 실제로 지면에 쓴

글자를 사진으로 넣었는데, 그것이 약간 의심스러운 형태여서 상당한 반향을 일으켰다. 이 다잉 메시지는 미스디렉션 (misdirection)이 너무 강한 감도 없잖아 있는데, 과연 몇 명이나 올바른 해석을 할 수 있을까?

6

본격추리로서의 흥미와 함께 《월광 게임》은 청춘소설의 정취도 있어 작중인물 아리스가와 아리스의 쌉싸래한 연애 또한 흐뭇하다. 대학생이라는 세대와 어울리는 말과 생각을 그려놓았으며 그것이 사건의 진상과 깊은 연관이 있다. 동세대 사람들은 공감을 할 것이고, 과거 대학생이었던 사람들은 향수에 젖게 되지 않을까.

특히 작가가 과거 추리소설연구회 소속이었던 탓인지 끝말잇기나 살인 게임에 몰두하는 에이토 대학 추리소설연구회 멤버들이 생생하게 그려지고 있다. 이후 두 번째 장편으로 집필한 《외딴섬 퍼즐》(1989.7), '황금의 13' 시리즈로 집필한 《쌍두의 악마》(1992.2)까지, 에이토 대학 추리소설연구회 시리즈 장편은 지금까지 세 작품이 발표되었다.* 고집스럽게 밀폐된 상황에 집착하는, 논리성이 풍부한 스타일도 점차 연마되어 가고, 작중

---

* 2007년 9월에 학생 아리스 시리즈 네 번째 작품 《여왕국의 성》이 발간됐다 - 옮긴이

인물 아리스가와 아리스도 성장해간다. 번외편으로는 《소겐추리2》(1993.5)에 발표한 단편 〈모치즈키 슈헤이의 은밀한 여행〉이 있다.

이 시리즈와 병행하여 집필하고 있는 작품군으로 에이토 대학 범죄사회학 조교수 히무라 히데오와 추리작가 아리스가와 아리스 콤비가 등장하는 시리즈가 있다. 장편으로 《46번째 밀실》(1992.3)과 《달리의 고치》(1993.12)가 있으며, 《동물원의 암호》(《소설현대》 1993.5 증간호) 등 단편도 몇 편 발표했다. 추리작가 아리스가와 아리스와 학생 아리스가와 아리스가 어떤 관계인지, 두 시리즈의 접점이 궁금하다.

또한 시리즈 외 장편으로 알리바이 소설 《매직 밀러》(1990.4)가 있으며 수수께끼의 행각승이 화자인 단편 시리즈가 〈지선(地線)과 신데렐라〉(《코튼》 1990.3)를 첫 작품으로 하여 단행본 1권 분량에 이르렀다.

이 《월광 게임》에서 아리스가와 아리스가 본격적으로 추리문단에 데뷔한 후 오 년 남짓한 세월이 지났다. 그사이 발표한 작품은 장편이 여섯 편, 단편이 십여 편이다. 독자와 정정당당하게 대결하는 본격추리가 양산될 수 없음은 명백하며, 본래의 의미에서 본격추리 독자가 그렇게 많다고 생각되지도 않는다. 나카이 히데오도 좋아하여 공황소설에도 관심이 있다고 하니 앞으로 다채로운 작품을 집필할지도 모르겠다. 에도가와 란포는 '탐정소설의 범위와 종류'라는 글 말미에서,

탐정소설은 어디까지나 탐정소설이지, 범죄소설도, 괴기소설도 아니지만, 그렇다고 탐정작가는 탐정작품 이외의 작품을 써서는 안 된다는 획일성이 성립되지 않는다는 것은 언급할 필요도 없다. 써서 안 되기는커녕, 작가 개개인의 소질과 기호가 이끄는 대로 그러한 근친 문학에 손을 뻗는 일은 무척 바람직하다. 개인의 입장에서는 탐정소설이든 아니든, 우수한 작품을 만들어내는 것이 최대의 관심사여야 한다.

이렇게 기술하고 있다. 이것은 지당한 의견이며 독자 또한 하나의 장르에 얽매이지 말고 다양한 소설을 읽을 필요가 있다. 하지만 본격추리는 우연히 쓸 수 있는 글이 아니다. 현재 수가 적은 본격추리 작가의 한 사람으로서, 본격추리의 흐름을 유지하기 위해서라도 아리스가와 아리스가 계속 본격추리에 집착하길 바라는 독자는 많을 것이다. 작중 인물이 어떠한 사건에 휘말려 어떻게 인생을 고뇌하며, 어떻게 사회와 대치하든, 아리스가와 작품은 수수께끼와 논리의 본격추리이기를 기대하고 싶다.

(존칭 생략)

헤이세이 6년(1994년) 2월

역자 후기

    아리스가와 아리스는 우리나라에도 잘 알려진 아야츠지 유키토와 함께 일본 신본격의 기수라 불리는 인물입니다. 아리스가와는 어렸을 때부터 홈즈와 에도가와 란포를 좋아했고, 11살 때 창작 추리소설을 썼으며, 13살 때 엘러리 퀸의 《네덜란드 구두의 비밀》에 감명을 받아 본격 미스터리의 매력에 매료됩니다. 이상과 현실은 다르다고 누가 그랬던가요, 대학 졸업 후 그는 서점에 취직하여 평범한 회사원의 길을 걷습니다. 하지만 아리스가와는 추리작가가 되겠다는 꿈을 버리지 않았고, 1989년에 이 작품 《월광 게임》으로 데뷔하여 이제는 학생 아리스 시리즈와 작가 아리스 시리즈라는 추리소설 외에도 수많은 에세이, 평론을 발표한 중견 작가가 되었습니다(이 두 시리즈는 탐정의 이름을 따서 에가미 시리즈, 히무라 시리즈라 부르기도 합니다). 아야츠지가 기발한 트릭과 반전이 매력적인 관 시리즈를 발표하고 있을 때, 아리스가와는 철저하게 '논리'에 치중한 범인찾기 소설에 치중했습니다. 그의 작품에는 섬세하고 억지스럽지 않은 논리 전개와 함께 생생하게 살아 숨쉬는 캐릭터가 등장합니다. 초기의 신본격은 사건에 너무 치중한 나머지 인간 묘사가 부족하다는 비판을 많이 받았다고 합니다. 그런 상황에서 추리소설에 푹 빠져있는 네 명의 대학생을 등장시켜 연속살인과 함께 풋풋한 청춘군상까지 그려낸 이 작품은 열성적인 고정 팬들을 낳기에 이릅니다. 우리나라에 잘 알려진 또 다른 미스터리 작가 미야베 미유키 또한 아리스가와의 팬으로, 등장인물들에 대한 시선이 긍정적이고 따스하다는 점에서 두 사람은 일맥상통하는 면이 있습니다.

2007년 9월, 학생 시리즈 네 번째 작품이 일본에서 발매되었습니다. 10월에 일본에 갈 기회가 있어 한 서점에 가 보았더니, 서점 직원이 직접 만든 '15년 만에 에가미 지로가 돌아왔다!'라는 POP 광고와 함께 진열되어 있더군요. 저도 일개 팬의 입장에서 흐뭇한 마음으로 책을 집어 들었습니다. 《월광 게임》에서는 1학년이던 아리스도, 두 번째 작품 《외딴섬 퍼즐》과 세 번째 작품 《쌍두의 악마》에서는 2학년이 되고, 네 번째 작품 《여왕국의 성》에서는 3학년이 됩니다. 논리적인 추리를 펼치는 탐정 에가미 지로의 인정 넘치는 대사와 함께, 주인공 아리스의 성장 과정도 이 시리즈의 크나큰 매력 중 하나입니다.

아리스가와는 일본 본격 미스터리의 대명사인 아유카와 데쓰야의 작품도 좋아해서, 학생 시리즈 도처에서 아유카와의 대표작 《리라장 살인사건》의 소품들을 차용하고 있습니다. 아유카와의 작품은 아직 우리나라에 소개되지 않았지만 부디 아쉬워하지 마시길. 작품 도처에 깔려있는 동서고금의 미스터리에 대한 찬양과, 독자가 탐정과 동일한 정보를 쥐고 범인을 추리하는 이 작품은, 분명 미스터리를 애호하는 우리 호모 루덴스에게 흐뭇한 미소를 안겨줄 것입니다.

2007년 11월
김선영